講談社文庫

忍者烈伝

稲葉博一

講談社

弟に捧ぐ。

予一以貫レ之。

予《わ》れは一《いつ》以《もつ》て之《こ》れを貫《つらぬ》けり。

【意訳】わたしの道というのは、常に一つのことを貫いてきたものなのだ。

――孔子の言行の記録「論語」より――

目次

忍者烈伝

鬼の子

ところは河内国《かわちのくに》、時は天文《てんぶん》年間のはじめのころ、石川村というちいさな村に、ひとりの僧《そう》があらわれた。

男は、このころの名を東夭坊《とうようぼう》といったが、のちには名乗りをいくつも代《か》えて、ある男たちの間では別の名で知られた怪人である。

東から来た――。

それだけいうと、この東夭坊という男は艮《うしとら》（北東）の方角にある、村はずれの古い破《や》れ寺に棲《す》みついた。辺りは、鬱蒼《うっそう》たる竹藪《たけやぶ》がひろがり、糸のように細い一条の川が流れているばかりである。日中といえどもほとんど陽が差さず、喉《のど》をしめつけられた女の苦しげな声を聞くような、奇声を発する鳥が刻《とき》もたえず鳴いているといった場所である。耳目《じもく》不吉なこの場所へ近づく者など、だれもいない。

この廃寺《はいじ》で東夭坊は、数ヶ月を過ごした。

近在の村人たちは、東夭坊なる正体の知れない僧が、廃寺なぞで何をして過ごしているのかと、訝《いぶか》しがった。東夭坊が村に来たその日より、外を歩いている姿はほとんど見かけられず、法を説いて廻ることすらなかったのである。その顔姿さえも、さだかではなかった。

東夭坊なる男の顔が人目に晒《さら》されたのは、この村にながれ着いてまだ間もないころのことである。

凡《およ》そ、歳は二十代の半ば——という者もあれば、このとき東夭坊の顔をまぢかに見た者のひとりは、齢《よわい》四十といったところであろう、という。あごに生やした鬚《ひげ》は、白くまばらで、顔のまんなかにある大きな鼻は、骨を折られたように曲がっていたという。黄色い目は虎か竜の如《ごと》くに鋭く、その眼差しに見据《す》えられると、鬼さえも身をすくめるのではないかと、うわさした。いや、あの廃寺に棲まう僧こそ、鬼であるという者さえいる。

「ひとの目に見えるものなぞ、存外そんなものかも知れぬわ」

東夭坊は、おのれの風聞《うわさ》を耳にして笑った。人間というものは、ふたつの目玉で見たものばかりでなく、こころの目に見えるものを加味して、あらぬものを見えたといいだすものである。このあいまいな処へ、それらしき「うわさ咄《ばなし》」が加われば、怪物に化けることが、案外と楽にできるものだ。

他国の見知らぬ人物——と、いうことである。

さらには、鬼門（北東の方角）に佇《たたず》む薄気味の悪い居住まいに棲みつき、あるいは闇のなかに、こうしてひっそりと隠《かく》れて居さえすれば、人は見えないものを見ようとして、余計な想像をくわえてくれる。それを鬼や物《もの》の怪《け》などの「異端《いたん》の者」として見るものなのだ。これに業《わざ》を行えば、「幻術《げんじゅつ》」となるのであろう。このとき東夭坊と名乗っている男は、のちに幻術の名人とも知られ、名もちがっている。

さて——、
石川村の廃寺に棲みついた怪僧東夭坊のうわさは、いよいよ鬼らしくなっていく。

夏の終わりのころより、ときに、赤子の声が聞こえるようになったのである。

東夭坊の棲む寺からであった。

烏どもの奇怪な声にまじって、かすかに赤子の泣き声が、廃寺の辺りから聞こえて来るというのである。地獄の口に立てば、耳にもしようかという、孤独な泣き声であった。それも、この赤子らしき声は一夜で消える。

——はて、あの怪僧は子を食らうておるのではあるまいか。

そのようなうわさが、村では、まことしやかに囁《ささや》かれるようになった。

「おそろしや、おそろしや。外村《とむら》の寺に取り憑《つ》きたるは鬼なれば」

「何地《いずち》からと赤児《あかご》をさらいきては、夜毎《よごと》これをくいたるや」

と、村人は顔を合わせるたびに話しあう。鬼の名を口にすれば、あれは我が家にもやって来て、子を獲《と》って食らうともいうのだ。やがて、村人たちは、村外れの廃寺に棲みついた、この「怪僧」のことを話さなくなった。その名を口の端にするだけで、恐ろしかったのであろう。秋にもなると、東天坊という名さえも思い出されなくなっていた。

その年の冬である。

この石川村の鬼の棲家《すみか》に、ひとりの女が入っていった。まだ年若く、幼さの残る顔をした女であった。郷《さと》では見かけぬ顔である――歳のころは、まだ二十にならずといったふうで、艶《つや》やかな黒髪が美しく、切れ長の目をした女であった。この女、同国石川郡の赤坂村から来た。うわさとは面白いことに、この女の暮らしている村では、鬼も神になるようである。石川村に棲みつく廃寺の鬼は、うわさの風に流されるうちに、訶梨帝母《かりていも》（鬼子母神《きしもじん》）に化けていた。

子を食べる鬼という「咄」が、どうやら人の口伝えに「鬼子母神」の伝説にすりかわったようである――この鬼子母神というのは、もともと他人の子をとらえて食らう鬼女であり、あるとき我が子のひとりが仏に隠されてしまう。鬼女はこれを嘆《なげ》き哀しみ、王舎城《おうしやじょう》の釈尊《しやくそん》に、隠された我が子を探し出してくれと頼むのである。釈尊は、子を失う母の気持ちを鬼女に教え諭《さと》し、これに改心した鬼女が、子育てや母子を護《まも》る女神になったというものだ。

しかし、ここに棲みついたのは正体こそ知れぬが、ひとりの人間であり、しかも男であって鬼子母神ではない。

女は、信じて疑わなかった。ここに棲むという「鬼子母神」をである。

時刻は、丑三《うしみ》ツの刻《こく》。

夜空は厚い雪雲に覆《おお》われている。ときに風が吹いて、冷えきった夜気を刃物にかえた。

女は腕に、幼児を抱いていた。

子をしっかりと抱きかかえ、石川村の田地をぬけて、廃寺へと向かった。途次にひろがる竹藪はどこも雪に覆われ、ほのかに白銀の明かりを放っている。つもった雪の重みに耐えきれない竹が、きしんだ声をたてていた。まるで、骨と骨をこすり合わせるような、痛々しい音だ。ときに、雪の塊が地に落ちて、巨人が地面を踏みならすような大きな音がした。

竹藪を抜けると、崩れた土塀のつづく小径《こみち》を歩き、目当ての廃寺に着いた。屋根に雪をつもらせ、いまにも崩れ落ちそうな門をくぐった。寺の境内は、夜の深い闇につつまれ、まるで穴の底を見るようである。

女は門をくぐった処で、足を止めた。それ以上、先に進めない。一歩を踏み出せば、地獄の穴に落ちるのではないかとおもうほどに暗い。

腕に我が子を抱いたまま、四半刻も経ったであろうか。

——天の暗闇から、白いかけらが降ってきた。一片《ひとひら》、また一片と、風に散る白い花びらのような雪が、女のうえに舞い降りてくる。

凍《こお》りつくような夜気にさらされて、女の足の指のさきは赤く悴《かじか》んでいる。着ている暗い朱《あか》いろの小袖《こそで》の両肩には、空から降ってくる雪が押し固《かた》められた塩のようにつもり、骨にしみるほど冷たかった。

女は、腕に抱いた我が子を哀しげな目で見おろしている。赤子は泣き声ひとつたてず、ただじっと暗い夜空を見つめていた。まばたきも忘れたように、暗黒の天蓋《てんがい》から降ってくる、雪の一片一片を目で追いかけていた。めずらしいものでも見るような、目である。

おそらく——この赤子にとって雪というものを見るのは、これがはじめての事であったろう。その目が、ちらと母の顔を見た。

女は息をつまらせ、そして泣いた。

我が子の無垢《むく》な瞳《ひとみ》を見て、胸を引き裂かれた。これから自分が行うことに、その決心に、全身の骨がくだかれる思いであった。女は声をたてず、ただ涙だけをしずかに流している。

赤子の身を包む着物の前を合わせ、その裏襟《うらえり》に自分の着物の端布《はぎれ》でつくった、御守り袋を差し込んだ。

門柱のそばにかがみ込んで、我が子を石段の上に寝かせる。赤子が、体から離れるとき、その温もりも一緒にはなれていった。女は肩をふるわせて泣きながら、子を一《いち》瞥《べつ》し、境内に広がる闇に向かって、手を合わせた。

(鬼子母神さま……どうぞ、この子をお救いくださいませや)

心でそう念じると、ついに声をあげて泣きながら、寺の門を飛び出し、来た路を駆《か》けもどった。

この母親の決心は悲痛なものであった——我が子を捨て置くなどという行為が、外《げ》道《どう》であるとはわかっている。いかなる理由があったものか。

門前に置き去りにされた子は、声ひとつたてず、しずかに息をしている。おとなしくしていることで、母が戻ってくるのだと信じているかのように。しかし、女は戻らなかった。そして、この赤子が、この世に生をうけたときに授《さず》かったであろう——あの母の子としての——運命《さだめ》もまた、とり戻すことはもうできないのである。

そこにあるのは果てしない静寂と、凍《い》てつく夜、闇に舞う雪だけである。

一陣の風に、雪が散った。

門下に、影が立っている。

岩のように固《かた》い男の腕が、赤子の身体《からだ》を抱きあげた——東天坊である。この鬼《オニ》は、一部始終を闇の奥から見ていた。母親の念じた声は聞こえていない。東天坊は、赤子を腕に抱きかかえると、すぐに着物をめくって股《また》を見た。

「男児《おのこ》か——」

口の端《はし》で笑った。

「よくよく運のある奴《やつ》よ」

東天坊は運というものを考えてみた。親に捨てられたのは、なるほど不運である。しかし、我《われ》がこうして、ここに居合わせねば、朝になるまでに、雪の降りしきる夜の冷たさに殺されておったであろうと、この赤子の寸分の命運を笑うのであった。さらには、あの女がこの寺にくるのが一日遅れていたとすれば――東天坊は、ここにいなかったのである。あすは、隣国の大和国《やまと》を抜けて、伊賀国に向かうつもりであった。

東天坊は、

子買《こが》い

である。姿かたちこそは坊主だが、その血肉は伊賀の男であった。

出自《しゆつじ》は、名張《なばり》の下人《げにん》（下忍）だという。

同郷の郷士《ごうし》に命ぜられて、この河内国下《くにもと》から幼子《おさなご》を五人あつめ、これを送り届けている。廃寺に棲みついてからの日々、近村の百姓の家をたずねては、子の多い家にあがりこみ、幼子を銭で買い受ける。ときには、誘拐《さらい》もした。その行いは、たしかに鬼であるといえるかもしれない。

子の四人は集まり、すでに伊賀へ送っている。あとひとりがなかなか用意ができず、ここにとどまっていたのだが、あすは大和に抜けて、そこで残るひとりを調達し、伊賀へ入るつもりであった。

その手間がはぶけた。

東天坊は、われの腕のなかに抱いている赤子の衣布《いふく》の内側に、御守り袋を見つけた。袋の口を閉じている紐《ひも》を解《ほど》くと、なかに一葉の紙片が入っている。そのちいさな紙切れに、墨《すみ》の文字があった。

天文三
生国かわち
だんぞう

と読める。おそらく、この男児の生まれ年、国と名を書きとめたものであろう。東天坊はその紙切れの文字を視《み》て、勝手なものだと苦笑いした。この幼子が、じつの親からもらい受けたのは、この三行ばかりの文字だけなのである。それも、いずれも親の都合《つごう》ではないか。東天坊は、紙切れを捨てようとしたが、思いとどまった。手を止めた理由は、自分でも分からない。己の身の上をおもったのかもしれない。

東天坊は人の執着が書かれた「紙切れ」を御守り袋に差し入れると、またもとのように、赤子が着ている衣の襟裏にもどした。

「段蔵《だんぞう》よ、これのいるいらぬは、我で決めるがよい」

そういうと、赤子を抱いて、雪の舞う闇を走った。

この夜、東天坊は長らく滞在していた石川村の廃寺を離れ、葛城《かつらぎ》山を越えて、隣国大和へ出た。その向こうに、伊賀国がある。

捨て子は鬼の腕に抱えられて、伊賀へと向かっている。

そこは忍びたちの郷であった。

これより、数十年ののち、この幼子は「鳶《とび》」という異名で知られることになる。あるいは「飛び」ともいう。

鳶（飛び）加藤《かとう》――加藤段蔵である。

忍者列伝

ながい戦国の歴史は、応仁の乱にはじまる。

この大乱は、応仁元（一四六七）年正月に勃発《ぼっぱつ》し、文明九（一四七七）年に終決するにいたる――ことの発端《ほったん》は、激しく家督《かとく》を争っていた、畠山政長《はたけやままさなが》と畠山義就《よしなり》の対立を主として、このとき次期将軍として決定していた足利義政《あしかがよしまさ》の実弟である足利義視《よしみ》と、義政の正室である日野富子《ひのとみこ》との対立があった。日野富子が、義尚《よしひさ》を出産したため、当然のことながら、将軍職は義政の血を継ぐ子の義尚のものである、と主張するのである。

また、管領《かんれい》（室町幕府において、将軍を補佐する役職）を務《つと》める守護大名の細川勝元《ほそかわかつもと》と、播磨《はりま》の守護大名であった山名宗全《やまなそうぜん》が、室町幕府の最高実力者の座を狙って対立しており、両者とも勢力拡大の機《き》をここで摑《つか》もうとしていた。

こうした要素が重なりあって大きな時代の乱《みだ》れが誘発され、政治の中心であった京都の地は東西に二分されるのである。「應仁記《おうにんき》」によれば――東軍十六万一千五百余騎、対する西軍は十一万六千余騎であったという。これが衝突《しょうとつ》した。

この大乱は十一年にも及び、戦場となった京都は荒廃《こうはい》する。また、この合戦に参加した守護大名を通じて、全国各地の守護代《しゅごだい》や国人領主《こくじんりょうしゅ》（在国の領主）たちは莫大《ばくだい》な戦費を徴収《ちょうしゅう》され、これによって多くの民衆が「幕府」のために疲弊《ひへい》する――この守護代が、以降に「戦国大名」化するのである――巨大な「内輪《うちわ》もめ」ともいえるこの大乱に、世は古い秩序を捨てはじめる。

幕府には一己の利権を欲する者たちがいるだけで、天下を統治するだけの能力はない。そう判断した。そこで中央権力（幕府）と一線を画して、各地で独自の「領国の集権化」をはかる、戦国大名と呼ばれる漢《おとこ》たちが出現するのである。

この筆頭に、

伊勢新九郎《いせしんくろう》（北条早雲）がいる。のちの「伊勢宗瑞《そうずい》」である。戦国時代における「下克上《げこくじょう》」のさきがけであった。

伊勢新九郎は幕府を辞《じ》したのち、東国に下向《げこう》する。駿河《するが》と遠江《とおとうみ》の守護大名であった今川義忠《いまがわよしただ》に仕《つか》えると、堀越公方《ほりごえくぼう》の子であった足利茶々丸《あしかがちゃちゃまる》を襲撃して、これを滅《ほろ》ぼした——堀越公方は、伊豆国堀越にあった室町幕府の公権力《こうけんりょく》の代行者の肩書《かたが》きをいう。

この任務を行使していたのが、足利政知《あしかがまさとも》である——政知は当初、幕府から鎌倉公方として関東に送られたのだが、鎌倉には入ることができず、手前の堀越に御所を建て、これを本拠地としていたのである。

さて、伊勢新九郎は伊豆に侵攻し、この堀越公方から伊豆一国を奪い取ったのち、隣国の相模《さがみ》国の三浦氏を倒して、これを掌握《しょうあく》する。このとき、八十五歳であったという。以降、北条氏が小田原に拠点を持ち、関東を支配した。

また、美濃《みの》には「まむし」があらわれた。

下克上によって戦国大名となった、

斎藤道三《さいとうどうさん》

である。京都妙覚寺《みょうかくじ》法華坊主であった父西村新左衛門《にしむらしんざえもん》の跡をつぐと、惣領《そうりょう》を討ち殺して諸職を奪い取り、斎藤を名乗った。戦国の梟雄《きょうゆう》である。

出雲《いずも》国には、

尼子経久《あまごつねひさ》

がいた。

この経久という人物は、幕府から守護代の職を剝奪《はくだつ》され、出雲から追放されたのち、しばらく身を隠しながら機《しお》をうかがい、富田城に斬り込んで城主に返り咲く――このほか、備前には宇喜多氏、越後には上杉氏、甲斐に武田氏と、戦国大名がつぎつぎと天《あめ》の下に誕生する。

こうして、時代はまぎれもない「戦国の世」となり、室町幕府は弱体化する一方で、天下に群雄《ぐんゆう》が割拠《かっきょ》することとなるのである。

戦《いくさ》は戦を生んだ。

このさき百数十年もの間、戦の絶えない世がつづくのだが、それは、とてつもなく長い――人ひとりの一生より、はるかに永《なが》い――乱世のはじまりであった。

時は流れて、

天文《てんぶん》年間――。

応仁の乱が終焉《しゅうえん》をむかえて、約五十年ののちである。

天文という年月は、戦国時代の直中《ただなか》にあって、大地に軍神の芽が吹いたともいえる時期であった。

のちに戦国時代の覇王《はおう》としてその名を知られる織田信長が、天文三（一五三四）年に尾張《おわり》の勝幡《しょばた》城で生まれた。それより遡《さかのぼ》ること十三年まえには、すでに甲斐の地に武田信虎の嫡男《ちゃくなん》である晴信《はるのぶ》（のちの武田信玄）という芽が吹いており、四年まえの享禄《きょうろく》三（一五三〇）年正月二十一日には、越後《えちご》国頸城《くびき》郡の春日山《かすがやま》城にて長尾《ながお》虎千代《とらちよ》こと、上杉謙信がこの世に生をうけている。

戦国時代の天下人である羽柴秀吉は天文六年に生まれており、さらに、江戸に幕府を開くことになる徳川家康が、天文十一年に誕生した。

いずれも、のちに乱世の日本を鎮《しず》めようとする者たちが、この頃に生まれ、あるいは青年となっている。

戦は変わっていく――。

室町幕府に対する不信からはじまった領国集権化の目的は、やがてはっきりと自国領土の拡大（おもに食料の米を得るための土地の拡充《かくじゅう》）のための戦となり、他国からの侵攻に対しての武力衝突が繰り返され、あらゆる政治工作がなされていくのである。

そして、この天文年間よりさきになると、戦は「永きにわたる乱世を鎮めるための」あるいは――「天下統一」を目的とするものへと、変貌《へんぼう》していくのである。

いずれにして「戦国大名」たちは、世の乱れによって生み出された。

そして、もうひとつこの時代に出現した者たちがある。かれらは古《いにしえ》のころよりつねに存在してはいたが、この戦国時代という特異な時代環境によって、はっきりと職《しょく》能《のう》としての輪郭《りんかく》をあらわしてくるのである。

忍　者《しのびのもの》

である。

その起源や、始祖《しそ》についての説はさまざまにある。ひとつは廏戸皇子《うまやどのみこ》（聖徳太子）が側《そば》においたという「志能備《しのび》」がはじまりとされる説がある。これは大伴細人《おおとものさひと》のことで、志能備という名は太子《たいし》が付けた。伊賀の出身であるという。この他、源　義経《みなもとのよしつね》や楠木正成《くすのきまさしげ》、伊勢義盛《いせのよしもり》、伊賀覚法《いがのかくほう》、甲賀《こうか》三郎《さぶろう》、藤原千方《ふじわらのちかた》といった者たちの名が、忍者の祖《そ》としてあげられる。また、

役小角《えんのおづぬ》

が始祖であるといわれており、この人物は山伏修験《やまぶししゅげん》の開祖でもある。「役《えんの》　行者《ぎょうじゃ》」ともいい、いわゆる仙人であった。

この役行者は、大和国の葛城《かつらぎ》山などで山岳《さんがく》修行をしたのちに、金峯山《きんぷせん》で金剛蔵王大権現を感得する。「日本国現報善悪霊異記《にほんこくげんぽうぜんなくりょういき》」（日本最古の説話集）によれば――孔雀《くじゃく》の呪法《じゅほふ》を修習し、奇異の験術を証《あか》し得たり。鬼神を駈《お》ひ使ひ、得ること自在なり――孔《く》雀明王《じゃくみょうおう》の呪法を学び、鬼神を操《あやつ》った、というのである。あくまでも、説話である。

もとより、忍術の発生は中国の孫子からといわれており、それが山伏たちによって日

本独自の「兵法《ひょうほう》」の一種になったとされている。

またさらに、伊賀流忍術に限れば、その祖のひとりに「御色多由也《おいろたゆや》」の名があげられるだろう。この人物は、中国秦《しん》の始皇帝《しこうてい》の臣であった「徐福《じょふく》」なる人物である。徐福は不老長生《ふろうちょうせい》の仙薬をさがして渡来するが、ついに仙薬は見つからず、中国にかえらずに日本に残った。これを御色多由也とする説――もうひとつには、徐福は女性を二人残して帰国し、この二人が伊賀に移り住んで忍術を伝えたといい、この女のうちの一人が御色多由也とする説がある。男か女かも、定かではない。

いずれにしても、その発祥《はっしょう》の説のすべては雲をつかむようなものである。

しかし、応仁の乱がはじまった年の二十年後――長享《ちょうきょう》元（一四八七）年に歴史の表舞台にかれらがあらわれたその時、忍者はたしかに起源した。

長享の乱における「鈎《まがり》の陣」の攻防こそ、真の忍者の興《おこ》りとしたい。

長享元年――時の将軍であった第九代足利義尚《あしかがよしひさ》が、二万の大軍を率《ひき》いて、近江《おうみ》国観《かん》音寺《のんじ》城の六角高頼《ろっかくたかより》の征討にむかう。この将軍義尚は、日野富子の実子であり、さきの応仁の乱で、戦火の一因《いちいん》になった人物でもある。「緑髪将軍」といわれ、美しい顔立ちをしていたようだ。一方の六角氏は、応仁の乱において、義尚を擁立《ようりつ》した西軍の山名宗全に属していた人物である。

応仁の乱後、六角高頼は近江守護でありながら、六角氏の戦国大名化を図って、公《く》家《げ》や寺社《じしゃ》、奉公衆（将軍直轄軍《ちょっかつ》）たちの勢力を抑えつけようとした。六角氏は荘園《しょうえん》や将軍近臣の所領を押領し、ついには山門領《さんもんりょう》（比叡山）までも荒らした。

これにより、将軍義尚は六角征伐《せいばつ》に動くのである。将軍直々の征討軍二万をまえにして、六角高頼は甲賀《こうか》へと逃げてしまった。

ここで登場するのが、甲賀《こうか》郡中郷士《ぐんちゅうごうし》——甲賀武士たちである。

六角氏応援に現れた甲賀衆は、近江国栗太《くりもと》郡鈎《まがり》の里に布陣していた義尚軍に奇襲をかける。かれらは朝霧に乗じて神出鬼没するので、「霞《かすみ》をもって魔法を使う」といわれ、将軍勢から大いに恐れられた。甲賀衆は、この「鈎の陣」でさんざんに義尚軍を乱《みだ》し、悩ませつづける。

このときの参戦には甲賀衆だけでなく、伊賀衆も加わっている。伊賀と甲賀といえば、黒と白ほどに敵対関係にあったかのように思われがちなのだが、それは違っている。もともと、

「甲伊一国」

という。

伊賀国と近江国甲賀とは隣接した地にあり、その昔、甲賀は伊賀の国の一部であっ

た。同一氏族であったともいわれ、平安時代中期になって、この地の荘園主が交代したとき、甲賀三郎兼家《かねいえ》という人物が藤原氏の荘官《そうかん》となり、このとき伊賀北辺にあたる地が、近江国に編入《へんにゅう》されたのである。この「甲賀」という字も、伊賀の「伊」の字の原形である「甲」の字を用いたものである。

さて、

将軍義尚の六角討伐は、このとき現れた「魔法を使う」者たちのために阻止《そし》され、膠着《こうちゃく》状態に陥《おちい》ってしまう。そしてついに将軍勢は、六角高頼の征討を成し遂《と》げられずに撤退する。将軍義尚（このころは義熙《よしひろ》と改名）は鈎の陣中にて死去し、六角高頼は赦《しゃ》免《めん》されるのだ。

長享元年のこの戦いによって、伊賀甲賀両衆の名は、天下に知られるようになる。寒川辰清《さむかわときよ》の編纂《へんさん》による地誌「近江輿地志略《おうみよちしりやく》」によれば、〈世上普《あまね》く、伊賀・甲賀の忍者と称する事《こと》は、足利将軍家《あしかがしょうぐんけ》の鈎《まがり》御陣の時《とき》、神妙奇異の働《はたらき》ありしを、日本國中の大軍眼前に見聞する故に、其以來《それいらい》名高し――〉という。

この鈎《まがり》の陣の戦いによって、六角氏は功績のあった甲賀衆のうち、五十三家を甲賀名門とした。これが所謂《いわゆる》、「甲賀五十三家」のはじまりであり、このうち軍功著《いちじる》しかった二十一家には感状が与えられ、かれらは「甲賀古士二十一家」と称されるので

ある。また、この「近江輿地志略」には、
伊賀甲賀と号し、忍者といふ——
とある。忍者とは敵城中に自由に忍びこみ、密事を探って、これを味方に告知する者たちである、とつづけていう。忍者の役目が、はっきりとした。かれらは密偵《みってい》であり、間諜《かんちょう》なのである——してそれを、職能の域にまで高めた者たちなのだ。さらに付け加えていえば、この「忍者《しのびのもの》」という呼称は、当時、あまりこれを通称としていない。
たとえば——聖徳太子がつかった忍びを働く者を「志能備」と呼んだように、上杉氏では忍者のことを「担猿《のきざる》（軒猿）」と呼んでいた。小田原北条氏では「乱波《ラッパ》」という。真田配下にある忍びの者たちは「草《くさ》」と呼ばれ、ほかに「透波《スッパ》（素波。セッパともいう）」や、「三ツ者」「奸《かまり》」「細作《さいさく》」などのさまざまな呼び名があるのだが、総じて忍び仕事をする者たちの通称を、
伊賀者《いがもの》
という。
これが戦国期以降の、「忍者」そのものを指《さ》し、あるいは忍者像の原形となるのである。伊賀者が忍者の代名詞であるというのは、もうひとつの理由に、徳川家康が天

正十（一五八二）年の「本能寺の変」直後の危機的状況のなかで迎える「天正の伊賀越え」にも起因しているのだが、この伊賀者という呼称は、それ以前からつかわれていた。

　長享の乱における活躍をはじめ、伊賀忍者は、各地で多くの忍び仕事をつとめている――かれら自体が、忍者の「祖」であるといってもいいであろう。事実に、伊賀の忍びたちは戦国大名の依頼により、他国に出向している。その活躍で有名なものをあげると――永禄《えいろく》三（一五六〇）年に松平元康《まつだいらもとやす》（のちの徳川家康）が、今川氏の命《めい》をうけて、大高城《おおだかじょう》に兵糧《ひょうろう》を運びこむことになる。時は桶狭間《おけはざま》の戦いの前日（成島司直《なるしまもとなお》が編纂《へんさん》した『徳川実紀《とくがわじつき》』では前年）の事である。大高城に向かうには、今川氏と敵対する織田包囲網を抜けなければならず、この「兵糧入れ」は難題であった。このとき登場するのが、元康の軍師であった服部半三保長《はっとりはんぞうやすなが》とその後嗣《こうし》である半蔵正成《はんぞうまさなり》である。かれらは配下三百の忍びを使って、この大高城の兵糧入れを成功させるのだ――のちに伊賀忍者の頭領《とうりょう》「服部半蔵」として有名になるのは、後嗣の半蔵正成である――また、江戸幕府が編纂した「寛政重修諸家譜《かんせいちょうしゅうしょかふ》」によれば、半蔵正成は宇土《うど》城夜討ちのときにも、伊賀の忍者《しのびのもの》を六、七十人率いて城内に忍び入り、戦功をあげている。

他《ほか》に伊賀流の忍びで、伊賀崎道順《いがさきどうじゅん》という男は、近江の六角承禎義賢《ろっかくじょうていよしかた》のころ、百々《どど》氏の盾籠《たてこ》もる沢山《さわやま》城を落とした。このとき、道順の率いた忍びの人数は、わずか四十八人であったという。伊賀から四十四人、甲賀から四人である。承禎義賢が落とせなかった城を、それだけの手勢で落とすとは凄《すご》い話しである。ついでながら、この六角承禎義賢の父は定頼《さだより》で「楽市楽座《らくいちらくざ》」の創始者でもある。織田信長はこれを踏襲《とうしゅう》して、楽市を拡大させた。また定頼の父が「鉤の陣」のときの六角高頼である。

このほかにも、忍びたちの逸話は些少《さしょう》ながら、歴史の表舞台から幾《いく》つか拾うことができる。その一方で、歴史の闇の部分に見るかれらの姿がある。

伝説、

である。

忍者《しのび》たちは、怪異奇譚《かいいきたん》の要素を多分にもった「説話」のなかにも生きている。おそらく、かれらが神出鬼没の存在であった故《ゆえ》に、常人には魔物やなにかのような「妖《あや》しき」者として見えたのであろう。その多くが「妖者《ばけもの》」として登場する。これは同時に、忍びの者が〈影〉あるいは〈闇〉の者たちであったことを示唆《しさ》するものである。

忍びたちは、闇――に生きた。

その仕事《つとめ》の性質上、否が応でも、影を往《ゆ》かなければならなかった。ときにその所業《しょぎょう》は、狐狸《こり》や天狗《てんぐ》のように摩訶《まか》不思議で、恐ろしい物《もの》の怪《け》として人の目に映った。かれらは人智人力を越えた業《わざ》によって、戦国の世に役目を果たす者たちなのだ。霞をもって魔法をつかう——それが忍びの者たちである。

忍びになる者は、幼年のころより、過酷なまでの修行《しゆぎよう》を積みあげていく。剣術や棒術はもとより、あらゆる方言や職業の者を覚え、ときには真言密教《しんごんみつきよう》に通ずる呪術妖術の類《たぐい》を体得し、強靭《きようじん》な「心」をつくりあげることで、影人《かげのひと》となるのだ。すべては、忍びの業に己を捧《ささ》げるためである。

そのつとめの多くは、敵地に入りこむことが本《もと》であった。

敵地に入れば〈己《おのれ》〉しか頼るものはない。己を支えるのは「術」だけである——ときには城の堀に身を隠し、敵兵の足音に恐れるであろう。あるときは雇《やと》い主と敵対する国の動向一切をさぐるために、その敵国にすら住まなければならなかった。偽《いつわ》りをもって月日をくらし、正体が露見《ろけん》すれば、かれらは殺されるのである。日々、その危険のなかに身をさらしてこそ、忍びはつとまるというものだ。

この忍びの者たちが常人とは異質な「怪奇玄妙《かいきげんみよう》」の者として見られているのは、かれらのその役目こそが、尋常なものではなかったからなのである。

忍びの教えのなかに「忍歌」というものがある。これは忍びとしての心得を歌に詠《よ》んだものであるが、

窃忍《しのび》には習いの道は多けれど
先《ま》第《ず》一は敵に近づけ

と覚える。この歌ひとつのなかにも、忍びの生き様というものを、うかがい知ることができよう。かれらは己をつよく戒《いまし》めた。藤林保武《ふじばやしやすたけ》の「萬川集海《ばんせんしゅうかい》」では、そもそも、忍芸はほぼ盗賊の術に近し。

——という。

併《あわ》せて、心の重要性を説いている。

忍びの術をどれほど極めようとも、心を厳しくしなければ、我が身を滅ぼすということをかれらはよく知っていたのである。忍者はいずれにあれ、己の心に負けたそのとき、ただの盗人に成り果ててしまう危険があった。後年、盗賊の一味として捕らえられ、処刑された者たちがいるが、かれらは己の心に敗《やぶ》れたのである。

故《ゆえ》に、

伊賀において、忍びの術は秘中の秘とされてきた。術を修めるときには、心の向きようを知っていなければならない。私欲一切を捨て去り、忍びのつとめに向き合うことが「肝心《かんじん》」なのである。術はあくまでも、手段であった。そうでなければ、盗人の如く、人道を外れてしまうことになる。

このため、忍びの術は口伝《くでん》に因《よ》ることが多く、余所《よそ》ものにはなかなか知れるものではない。師《し》に限って、その手もとに秘伝の術書をおくことが許されていた。

あるとき——。

この秘術書のひとつが、奪《うば》われた。

時は戦国、天文年間のはじめのことである。

世にあらたな戦国大名たちの芽が出始めたころ、忍びの郷《さと》である伊賀の国に、裏切りという名の一陣の風が吹いた。

その風を「東夭坊《とうようぼう》」といった。

闇のなかを駆《か》ける、黒い風であった。

旋風

つめたい秋の風が北から吹きよせ、舞いあがった落ち葉が、夜気のなかに踊った。空には盆《ぼん》のような、まるい月が出ている。東の方角、天童山《てんどうさん》の頂《いただき》を見ると、蒼《あお》い雲の帯《おび》が流れている。草葉の蔭《かげ》では、秋の虫がちろちろと鳴いていた。

真夜中である。

「それ、あすこよ」

と声がした。

月明かりの下に、杉の大樹が六本立っている。その梢《こずえ》がゆれていた。何かがいる。

「見たか」

杉の木のまわりには、四つの人影が集まっていた——その影のひとつが、杉の梢を指さしていったのである。

「見た」

別の影が応《こた》えた。杉の梢から梢と飛びうつる、猿《ましら》のような影を見た。木の天辺を見上げながら、四人の男たちは腰から刀を抜いた。

「囲《かこ》え、逃《のが》すな」

そう命じたのは、籐七郎《とうしちろう》である。伊賀上野村に住む下忍《げにん》（下人）頭のひとりで、髪は灰いろ、蛇のように冷たい目をした男だ。歳は五十をかぞえた。残る三人は銀兵衛《ぎんべえ》と孫十郎《まごじゅうろう》、そして松次《まつのじ》である。いずれも籐七郎の組下にある、伊賀の下忍たちであった。

天文五年の十月。

伊賀の古山《フリヤマ》という辺りを半里ほど下《くだ》った場所での出来事である。

籐七郎たちは半刻《はんこく》もまえから「影」をひたすらに追いつづけ、そしてついに、この杉の大木の上に追いつめた。ここで片を付けてやる……四人は刀を手にしたまま、木の梢をじっと睨《にら》みつけていた。

間もなく、月に雲がかかった。夜の闇が濃くなっていく。

（気配《けはい》は分かるわ）

籐七郎はさらに目を凝《こ》らして、杉の梢を見ている。しかし「影」の姿は闇に深く溶《と》けこんで、よく見えていない。

「松《マツ》（松次）、矢を射《い》ってみや」

しびれを切らして、籐七郎が命じた。松次は背負っていた弓矢を手にとった。矢をつがえ、杉の木の一本に狙いをつける。梢に鏃《やじり》を向けて、弓弦《ゆみづる》を引いた。

「外すなや――」

銀兵衛が、松次の顔を見ていった。

「心得て候《そろ》」

松次は左目を閉じた。次の瞬間、放《はな》たれた矢が風を切った。

矢は、杉の梢に向かって勢いよく飛んでいった。梢の陰のなかに消え、直後に鈍《にぶ》い音が鳴った。当たったか――四人の伊賀者たちは、各々《おのおの》に身構えたまま様子をうかがっている。夜の静寂《しじま》に、虫の声がよく響いていた。松次は構えていた弓をおろし、籐七郎の顔を見た。籐七郎は木の梢から目を離さない。足を一歩踏み出して、杉の天辺を見上げた。

何かが、こちらを見下ろしている――猿ではない。人の顔だった。高みの枝陰《えだかげ》から、黄色く濁《にご》った目が、地面に立つ籐七郎たちをのぞき見ていた。嗤《わら》っている。相手の目のなかに嘲《あざけ》りを見てとった籐七郎の表情が、殺意を孕《はら》んだ。

「おのれッ――」

頭上に向かって、怒鳴り声をあげた。

「赤兵衛《あかべえ》！　おりて来《き》させッ」

木の上の男の目が、また笑った。口には筒《つつ》のようなものをくわえている――今宵《こよい》、伊賀の上忍《じようにん》、百地丹波《ももちたんば》の屋敷から奪ってきた「神伝奥秘《しんでんおうひ》覚抄《おぼえのしよう》」という巻物だ。そこには古来伝わる呪法《じゆほう》の類が認《したた》められてあり、門外不出の書として隠されてきたものである。

月にかかっていた雲が流れた。

すると、木の上にある顔が、月明かりにあたって露《あら》わになった――赤兵衛という、その男――月光に妖《あや》しく晒《さら》したその顔は、はたして東天坊《とうようぼう》であった。

実の正体である。

東天坊は伊賀国阿拝《あへ》郡大滝村の某《なにがし》という農家で生をうけるのだが、生まれてすぐのころ、名張の郷士に身売りされた。口減《くちべ》らし、である。名張で忍者《しのび》の修行を積んだのは十二の歳のころまでで、名を赤兵衛といった。以後は、上野《うえの》の平野《ひらの》姓の家に奉公し、作男《あらしこ》としての日々を送った。

下忍であった。

赤兵衛は忍び仕事のために越中《えつちゆう》、加賀《かが》、甲斐《かい》、若狭《わかさ》、山城《やましろ》の五ヶ国を転々と移り住んだ。その期間は永正十五《えいしよう》（一五一八）年から、享禄二《きようろく》（一五二九）年の間で、このとき幼少の武田晴信の顔を見ている。帰郷してからは、下忍の種《たね》を河内や和泉、大和国から買いあつめ、あるいは攫《さら》って来てはこれを伊賀郷士の家々に売った——このとき、おのれの名乗りを「東夭坊」とし、出家に変装していたのだ。田畑をもたない赤兵衛（東夭坊）にとっては「子盗《こと》り」で稼《かせ》ぐしか、米を食う方法がなかった。

それが厭《いや》になった。

下忍の生き様は、ときに犬の扱《あつか》いより酷《ひど》い。赤兵衛は——ころを見計らって、伊賀三大上忍のひとり、百地丹波の屋敷奥に忍び入り、秘伝の巻物を盗ろうと企《たくら》んだ。この行為だけで、忍者《しのび》としての名が売れる。上忍の家から何かを盗み出すともなれば、相応《そうおう》の腕がいるのだ。これを成し遂《と》げれば、伊賀の術達者として名を知らしめ、われの身も高く売れるだろうとおもった。赤兵衛は、国をすてる気だ。国を出たあとの身の振り方も、すでに手筈《てはず》が済《す》んでいる。

月明かりが翳《かげ》った。

ちらと見ると、空の月を呑《の》みこもうとする、ぶあつい雲があった。木の上の赤兵衛の目が、また嗤《わら》っている。その顔が闇に隠れたとき、

「松——あれに矢を射よ。外すなッ」

籐七郎が怒りの滲《にじ》んだ声で命じた。怒りは杉の天辺にいる赤兵衛に向けられたものだったが、松次はおのれが怒《おこ》られたものとおもって、背に冷や汗をかいた。矢羽根をなめて、弓弦につがえた。頭上の闇を睨みつけ、さきほど見た赤兵衛の不敵な笑いを宿した目をおもい浮かべながら、矢を射放った。

松次が射放った矢が、杉の天辺の闇を刺した。

籐七郎たちは、矢が消えた辺りの闇を見つめたままである。だれも、悲鳴は聴かなかった。外したものであろうか――すると間もなく、木の上から矢が落ちてきた。四人の目が一斉《いっせい》に「矢」を視《み》た。

銀兵衛がまえに進みでて、拾いあげた。

鏃《やじり》が真っ赤に染まっている。

「血じゃ」

銀兵衛は手にした矢を、籐七郎に見せた――鏃に血が滴《したた》っていた。よく見ると、血にまじって毛がついている。短い、粉のような、栗色《くりいろ》の毛である。それを見た籐七郎が、目を怒らせた。

(ねずみの毛だ)

四人が同時に、そのことに気づいた。木の上を見たが、すでに気配は消え失せていた。早技《はやわざ》である――四人の視線が――落ちてきた矢に向けられた一瞬の隙《すき》をついて、赤兵衛は飛び降《お》りていた。音もなく地上に降り、風のように逃げた。鏃の血は、懐中に隠しもっていた野鼠《のねずみ》の死《し》骸《がい》のものである。赤兵衛は、わが身を逸《そ》れた矢を木の幹から引き抜いて、野鼠の骸《むくろ》に刺したあと、地上の男たちの視線を逸らすために、投げ捨てたのだ。

（遁《に》がさぬ……）

と籐七郎は、素《す》早《ばや》く杉の根もとに走りこみ、四方の闇を見まわした。ちょうどそのとき、雲間から月の光りが射した――南に、芒《すすき》の原がひろがっている。大群落である。月明かりに芒の穂は白々《しらしら》と輝き、風に揺れるその様《さま》は、まるで夏の海の波光を見るようであった。

籐七郎の目は、光りの原の奥にある「闇」を視《み》ている。

鼻で深い息をすると、その方向に残り香《が》がつづいていた――白檀《びやくだん》の、甘い香りである――先刻、赤兵衛が盗賊を働いて百地屋敷を飛び出してきたところに、銀兵衛が目つぶしの香灰をくらわせた。この香気の強い白檀の木は、仏像や薫物《たきもの》として使われるが、忍びの法では、その木片を砂ほどに細かく砕いて灰と混ぜ、目つぶしにして用いた。とくに、この目つぶしは香りが長く尾を引くので、灰をかぶった相手の動きが見え易《やす》いのである——赤兵衛をこの六本杉まで追いつめられたのも、この「匂い」を追えたからであった。

忍びの者である籐七郎にとって、この香りの糸は、目に見えるようである。これを手繰《たぐ》ればよい。銀兵衛たちが、籐七郎のそばに寄ってきた。同じく、匂いを嗅《か》ぎとったのだ。

「この先は七見峠《ななみとうげ》じゃわ——」

原の向こうを見て、銀兵衛が苦々《にがにが》しくいった。

「峠に引き込まれたら、煩《うるさ》いことになる。赤《あか》（赤兵衛）は、イセチから垣外へ出るつもりか」

「いや、阿保越《あおご》えの肚《はら》であろう。いずれの道にして、伊勢に出ることに相違《そうい》ない。そのまえに討ちとる」

籐七郎は思案した——この逃亡には、手引きがある。何者かが、伊賀と伊勢の国境で引導《いんどう》のために伏《ふ》せているに違いないだろう。それも、一人ではないはずだ。勘《かん》、であった。伊賀者がもつ独特の嗅覚《きゆうかく》といってもよい、籐七郎の直感である。

（赤兵衛はひとりで動いてはいまい）

仲間がいる、と読んだ。

（さすれば、まずい――）

この手数では、相手に足らぬ。

銀兵衛が籐七郎の表情を見て、同じ勘を働かせた。

「いよいよ、まずい」

その言葉に、籐七郎がうなずいた。

「孫《まご》（孫十郎）よ、是《これ》よりすぐに立ちもどって、左《ヒダリ》たちを加勢《かせい》に呼べ――左は、笹児《ささじ》らを連れて、妙楽寺《みようらくじ》に出とるはずじゃ。よいか、赤兵衛は阿保越《あおご》えで伊勢に抜ける、わしが左様《さよう》にみたと伝えよ」

「へい」

「いそげッ」

孫十郎は返事をするなり、地を蹴《け》って闇のなかを駈《か》けた。このときすでに、籐七郎たちは走り出している。月明かりに仄白《ほのしろ》く光る芒の大群落に飛び込み、そのまま七見峠を目指して、風のように奔《はし》った。

月が、――雲に隠れた。

妙楽寺。

伊賀の東方——一里半を北に向かえば喰代《ほおしろ》の百地砦《とりで》（屋敷）があり、東におよそ二里もいくと布引山を越えて伊勢国——にある。

ここに黒い川の流れがあった。

長田川（木津川）から東に向かう支流をさらに、南下する細流である。この辺りは、夜の闇が一段と濃い。

痩《や》せた田と、

「水車小屋」

があった——粗末《そまつ》な小屋には似つかわしくないほどの、大きな水車である——芯棒《しんぼう》の取り付けが悪いらしく、水車はつめたい水の流れに、がたがたと震えながらまわっていた。

夜空に、烏《からす》の声が二つ飛んだ。

小屋のすぐ側《そば》の叢《くさむら》に、五人の忍びたちが伏せている——ひとりは身の丈《たけ》五尺にもみたない小男で、名を高場《たかば》左《さ》兵衛《ひょうえ》四郎《しろう》といった。忍びの間では「上野《うえの》ノ左《ヒダリ》」の通称で呼ばれている。目は鷹のように鋭いが、口もとのやさしい男だ。伊賀上野に住む、地侍であった。上野では平素、馬場《ばば》氏に仕えているが、忍び仕事に関しては百地丹波に従事していた。兄弟子である籐七郎の配下にあって、八人の下忍たちをまとめている。

郷にもどったのは、二日まえのことである。

それまでヒダリは、山城国の伏見に潜伏《せんぷく》していた。帰参してすぐに、この騒動である。弟子仲間の赤兵衛が百地屋敷から書を盗みとって「遁《に》げた」と聞いた。男をひとり斬ったという。斬られたのは、百地屋敷に住んでいた矢伍郎《やごろう》という、若い家人《けにん》である。

胸中が、苦《にが》い。

(阿呆《あほう》しよったわい――)

忍びの法が骨の芯《しん》まで染みこんだヒダリは、ひとたび命《めい》をうければ、情を捨てることなど容易《たやす》い。しかし、赤兵衛とは同じ師に習い、一度ならず、同じ釜《かま》の飯《めし》を食ったことのある、いわば身内でもあった。旧知《きゆうち》の伊賀者を仕留めるというのは、さすがに気が退《ひ》けた。仕合えば、かならず命のとりあいになろう――馬鹿なことをしでかしてくれたものだ。

「困ったの」

赤兵衛がいずれへ逃げたか、である。

ヒダリたちには見当がつかない。駆けつけたのは、騒ぎのあとのことだった。百地の御屋敷の下知《げじ》をうけて、この妙楽寺へ来た。

斬れ、

といわれた。書は取り返すまでもなく、その場で焼き捨てよと命じられている。いずれにせよ、命令を受けたからには赤兵衛は斬るしかない。

しかし、

相手が何処《どこ》を走っているのか、まるで分からないのである。隣国への逃亡を阻《はば》むには、この地も押さえておく必要はあるが、

（はて、来るか）

と同じ疑念をもった男が、ヒダリの傍《かたわ》らにいた。下忍の笹児《ささじ》である。

この笹児という男は身上《しんしよう》が低いために、忍びの法は組頭のヒダリから習った。いまは、長田川の西にある朝屋《ちようや》に居住《いず》まいがあるが、もとは上野村の出《で》である。ヒダリとは同じ下忍同士でありながら、師弟《してい》の間柄でもあった。抜け目のない大きな眼《まなこ》をしていて、顎《あご》がたくましい男である。投擲《とうてき》術の達者といわれ、車剣《くるまけん》を得意とした。六方手裏剣を用いて〈雷落し〉という技をつかった。打ち方は八相に近いが、投げられる手裏剣は的《まと》にむかってまっすぐに飛ばず、弧《こ》を描いて上昇したのち、突然と急落下して

的裏に突き刺さる――のである。

「ヒダリ、赤兵衛は来ようか」

おなじことを訊《たず》ねるのは、これで三度《みたび》になる。きまって、返事はない。ヒダリはいつもするように、特有の柔和《にゅうわ》な表情をつくると、また遠くを見つめている。それはまるで、人の生死が何たるかを悟《さと》ったとでもいうような、複雑な微笑であった。笹児は、その微笑を見ると、いつもつづく言葉を見失ってしまう。

ふいに、人の汗が臭《にお》った。

(何処からか――)

ヒダリの目が臭《にお》いを追って、背後の水車小屋のほうを振りかえった。いや、人の臭いは、別の方角から流れてきている。

(……南だ)

そこには、勝地《かちじ》村につづく細い道がある――と、奥の闇から、荒い息づかいが聞こえてきた。見ると、孫十郎である。

「孫ではないか。その慌てざまは如何《いか》とした」

一同は立ちあがると、走ってくる孫十郎を招《よ》び寄せた。

「籐七郎さまの言付けを」

「兄者から——？」

籐七郎のことを、ヒダリは〈兄〉と呼んでいる——孫十郎が、乱れた息を鎮《しず》めながら、伝言をつづけた。

「賊は阿保越えの様子にて、ヒダリどのに加勢へ出てくだされと……」

「ほお」

ヒダリは感心したように唸《うな》った。

「阿保越え、とな」

連れだって来た下忍たちの顔を見た。笹児の他に、大野木《おおのき》村の下忍半介《はんすけ》と犬丸《いぬまる》、そして法花《ほっけ》ノ与《よ》藤次《とうじ》が顔をそろえている。

「それで兄者は、いずちにおられてや」

「七見峠に追い込むような御様子に——あとは存じませぬ」

「そうか」

「どないする気で、ヒダリ——」

笹児が、血の気《け》をのぼらせた冴《さ》えた目をしていった。

「斬りにゆく」

云いながら、ヒダリは歩を進めていた。

「孫はこれへ残っておれ。よいか、よもやと思うて、たれも通すでないぞ——笹児と半介はわしにつづけ。老川《おいかわ》を抜けて、諸木《もろき》に出る。あとの者で、此処《ここ》の見張りをつづけよ」

駆けだしたヒダリのあとを追って、笹児と半介も走った。三人は、放たれた矢のように、闇のなかを飛んでいった。

国境に出た。

すぐさま雑木《ぞうき》の蔭《かげ》に身を隠すと、ヒダリと笹児、半介の三人は、付近のようすを注意深く見張った。赤兵衛が来たようすは、未《ま》だない。一帯は夜気につつまれ、底冷えがした。

「間に合《お》うたかの」

低声《こごえ》で、ヒダリがいった。およそ三里の道を走って来たというのに、この小男は汗ひとつ掻《か》いていない。手には三尺ほどの短い刀を握っている。忍び刀といわれる、黒刃の直刀《ちょくとう》である。

「仕掛けをやるか」

笹児が細びきの束《たば》を手にしていった。木々の間にこれを張って、えものが触れたときに音を聞こうというのである。

「よかろう。半介、仕掛けて来《こ》よ」

ヒダリにいわれて、半介は笹児から細びきを受けとった。息を殺して、後方へと消えた。ヒダリはじっと闇に身を潜《ひそ》め、前方を見つめたままである。

土肌があらわになった径《みち》がある——伊賀から伊勢側の地へとつづく間道が、灌木《かんぼく》の茂みの向こうに見えていた。径は山を昇りつめたところで扇状《おうぎ》にひろがり、赤松《アカマツ》の倒木が横たわっている。おそらく地元の杣《そま》が、腰休めのために置いたものであろう。腰掛け代わりの倒木の向かい側には、道祖神《どうそじん》の石仏が五体、肩を寄せ合うようにして立っていた。

径のうえに、黄金《こがね》いろの月が出ている。

手を伸ばせば、届きそうな高さに見えた。周囲の草かげからは、秋の虫の音色がしずかに染《し》み出し、森の奥の暗がりから、梟《ふくろう》の不安げに啼《な》く声が聞こえてくる。平穏無事な夜の姿であった。

「あれは——」

笹児の目に、緊張のいろが浮かんだ。道祖神のそばに、人影が三つあらわれたのを見たのである。丸編み笠をかぶった、出家姿の男たちだった。

「ただの坊主か？」

ヒダリも男たちを見ている。その気配をしげしげと見つめ、

「ではあるまい」

とさらに身を低くし、二人はおのれの気配を消した。

(渡《わた》り衆《しゅう》じゃな……)

笹児も同じことを思った。世にいう伊賀甲賀の忍びになく、渡《わた》り透波《スッパ》という者たちがいると聞く。国々を渡り歩きながら、独自に忍びを働く集団である。その働きは、およそ盗賊に近く、利得のためには殺生もした――渡り衆（あるいは単に、渡り）と呼ばれる正体の知れない族《やから》たちである。

この出家に化けた男たち――三人の渡り透波らが、赤兵衛を引導する役目にここへ来たのであれば、赤兵衛はまだ伊賀を脱していない、ということになろう。その赤兵衛は、七見峠で籐七郎たちの手の内につかまり、立往生《たちおうじょう》しているのではあるまいか。

(間違いない――)

ヒダリは確信した。赤兵衛は伊勢には抜けていない。ここに現れた渡り衆は、赤兵衛の手引きにきた者たちであり、ここは示し合わせの場所に違いなかった。兄者籐七

郎の勘が、的を射たものである。

（赤兵衛め、渡り衆に通じたるとは、外道《げどう》に落ちたか……）

ヒダリは胸の下に刀を置いて、柄《つか》を握りしめた。

「斬るか」

となりに伏せている笹児が、ささやいた。

「まだ早い――」

赤兵衛の姿を見ていない。いまは待つ――時を忍んで、機の到来を逃がさないことが肝要《かんよう》である。

「笹児よ、おまえは七見峠へ向こうてくれ」

「おし、承知した」

「まず、薬師堂を覗《のぞ》いてこい。おそらく、あの辺りに追い込んでおるはずじゃ。行って、兄者らに手を加えてこい」

「ヒダリは――」

「待つ。半介も、じきに戻るであろう。あの三人を見張る」

「わかった」

笹児は身を屈めたままの姿勢で後退《あとずさ》り、闇深くに落ちて、そのまま音もなく走り出した。

ヒダリは、渡り衆を睨《にら》んでいる。

半介がもどった。

およそ一里半——笹児は、闇濃《こ》い夜道を駈けに駈けた。

北から流れてくる長田川が、川上《かわかみ》川と前深《まえふかせ》瀬川の支流に別れる辺りに、七見峠はあった。このあたりにはヒノキが林立し、平素はくらい。いまは——月の明かりを浴びたヒノキの、赤褐色の樹皮《じゆひ》が闇に映《は》えていた——おかげで、夜目《よめ》が利いた。笹児は、昼のように木立の中を走った。

峠を半ばまでのぼったとき、ふと足を止めた。風を匂い、すぐに身を屈《かが》めた。右方向に岩がある。笹児はその岩の陰に飛びこむと、太刀の下《さ》げ緒《お》をといて、鞘《さや》を胸に抱いた。

風に、血と硝煙《しょうえん》が臭っている。

息を整えると、岩の裏から顔をのぞかせた。三間ほどさきの木の根もとに、人の腕が見える。

（あれは何ぞや……）

笹児はふたたび岩陰に身を隠すと、しずかに目を閉じ、神経をとぎすまして、周囲の気《け》を見た。人の気配はまったくない。とおもうや、笹児は岩陰から飛び出し、いっきに腕のところへ駆け込んだ。

(おお――)

腕が一本、苦無《クナイ》で木の幹に打ちつけられ、肩のところから切り離されている。ひらいた掌《て》が、空《くう》をつかむ形にかたまっていた。

(これは、たれの腕ぞ……)

笹児はおもうと同時に、身の内に灯《とも》った恐れの火を消すため、口中で「天下《てんが》鳴弦雲《めいげんうん》上帰命頂礼《じょうきみょうちょうらい》」と二回唱えた。恐怖心は、すぐに消えた。一切の畏《おそ》れがなくなると、あとは忍びの極《きわ》みへと到達するためにだけ存在する「己」がそこにある。

鋭い眼が、四囲の闇をさぐった。

血の臭いが、濃《こ》い――見ると、周囲の草や木の幹が、血で赤く濡《ぬ》れている。ひどい有り様だ。笹児はこの惨状に、目を見張った。人の四肢《しし》が転がっている。胴体は、傍らの叢《くさむら》のなかで、腹をみせて倒れていた。

首が、

――転がっている。

「これは、籐七郎どのではないか……」

おもわず、声が出た。笹児は、斬り捨てられた首に近づいて、驚いた。ここに散らばっている人の残骸《ざんがい》は、籐七郎だったのである。斬り落とされた首のまわりには、紙の燃え残りが煤《すす》になって落ちている。ひと欠片《かけら》を手にとると、かすかながら文字が読めた。「孔雀」とある。おそらく、孔雀明王ノ呪法のことであろう。燃えた紙のもとは、赤兵衛が盗み出した、秘伝の書である。

（焼いたか――）

五体を八つ裂きにされながらも、頭目《とうもく》百地丹波の命令を果たそうとした籐七郎の心情をおもい、

「籐七郎どの、よくぞしてのけられた」

笹児は胸をつまらせた。仇《アタ》を討たねばなるまいぞ。赤兵衛を追って、笹児は峠を走った。

薬師堂は、川のちかくにあった。

林の影を背負い、堂の表《おもて》は芒《すすき》などの雑草が群生《ぐんせい》しているばかりである。茅《かや》を葺《ふ》いた屋根が、月明かりに黄いろく染まって見えた――笹児はちかくの大樹の陰に身を潜め、堂を見ていた。人の気配がまるでしない。

（はて、居《お》るか——？）

ヒダリにここを覗けといわれた。だから、

（覗こう）

猫のように一歩、また一歩と慎重に足をすすめ、堂のまえに出ようとした。刹那《せつな》、横合いから影が飛び出してきた。笹児は咄嗟《とっさ》に刀の鞘を胸のまえに掲《かか》げ、一の太刀を防ごうとした。が、相手は斬ってこない。おもうや、柄《つか》をにぎって刀を抜きざまに斬りつけようとする。手首をつかまれた。

「誤《あやも》うな、笹児——わしじゃ」

銀兵衛の顔であった。ふたりは、木の陰に身を隠した。

「あれは堂の中におる」

銀兵衛の左手は、親指しか残っていなかった。あとの四本は切り落とされ、止血に巻いている布が血に黒く濡れている。赤兵衛と刀を交えたときに、指を落とされた。

「松次が、堂の裏手を見張っている。……聞こえよう」

虫の声《ね》を真似る松次の声が、涼《すず》しげに鳴っていた。

「籐七郎は、死んだ——」

「見た」

「書は焼いた」

「それも、――」

見た、と笹児はいった。あとは赤兵衛を始末するだけである。銀兵衛の痛々しい左手を見つめた。これでは、刀を振れまい。仕合ったところで、精々《せいぜい》、相討ちがよいところだ。酷《ひど》い仕様である。忍びの男が指を失えば、仕事の半分はつとまらなくなる。下忍が米を食い損《そこ》ねる、ということだ。銀兵衛の殺気立った目の奥に、死の覚悟ができている。

「まず、わしが往《ゆ》きまする」

笹児がいった。

「あれは幻戯《めくらまし》をつかう」

「心得てござる」

すくと立ち上がると、木の陰から、月下に身をさらした。下手《へた》に策を講じても、相手には通じない。おもって、笹児はまっすぐ堂にむかった。立ち止まり、

「盗人《とうじん》や出て来さらせ、われが相手になる」

返事がない。堂の裏手からきこえてくる松次の声が、夜の静寂《しじま》に透《とお》っている。声音《こわね》は、こおろぎのものである。うまく鳴くものよ、と笹児は可笑《おか》しくなって心のなかで

わらった。とそのとき、

「笹児か――」

堂の中から、男の声が染み出てきた。変わった発声の仕方である。これも幻術であろうか。笹児は、喉《のど》に渇きをおぼえた。幻術を用いる相手と、仕合ったことがなかった。勝てるものだろうかと、刀を握る手に汗が浮かんだ――おくれて、

「応《おう》さ、その笹児よ」

と返事をした。

「入るがよい」

いわれて踏み板に足をかけると、素早く戸を蹴《け》って中に入った。同時に、刀を抜いていた。堂内の闇は、煤《すす》を溶かしたように濃かった。目を細めると、奥に木を削《けず》った薬師《やくし》如来《にょらい》の像が見える――高さ、わずか一尺と満たない小さな像だ。その如来が、口をきいた。

「笹児、わしと仕合うて、命を損《そん》じるな」

(まさか。――)

笹児は薬師如来像から目をそらして、周囲の闇を見透《みす》かした。赤兵衛の正体はどこにもない。何かが、臭《にお》った。

「刀は無用ぞ」

如来が口を利き、嗄《か》れたわらい声をたてた——息をするたびに、辛《から》いかおりが、鼻の奥に流れこんでくる。笹児は、

（これは、まずい……）

とおもったが、すでに遅かった。突然、天地が逆さまになり、左頬《ひだりほお》を板で打たれた。

笹児は床板のうえに倒れていた。

見ると、おのれの身体《からだ》のうえに黒々とした影が、覆《おお》いかぶさってくる。影のなかに目がふたつ、恐ろしく光っていた。押し退《の》けようとしたが、腕があがらない。肩の関節を外されている——膝裏《ひざうら》に、針を刺すような痛みが起こり、両脚が痺《しび》れにつつまれた。あっという間である。顎《あご》の関節もすでに外され、うめき声しか出なかった。

（殺《や》られる……）

おもったとき、喉のうえに、ほそい光りが乗った。刀身である。身体に覆いかぶさる影の塊が、笹児の喉に刃《やいば》をあてていた。

「こたえよ——加勢は、ひとりか」

声は、赤兵衛のものであった。

「まばたきで示せ」

笹児は、相手の目を睨みつけたまま、微動だにしない。

「おまえがここへ来たからには、上野ノ左も外におるか」

まばたきを、した。いると思わせておけば、心強い。何も、赤兵衛にかぎったことではないが、ヒダリに敵《かな》う術者は伊賀になかった。こと幻術呪術の類は、まるで通じない男なのである。

あれが表にいては煩《うるさ》くなる——笹児の目を覗きこんで、もう一度、尋《たず》ねた。

「……おるのじゃな？」

まばたき、である。早かった。赤兵衛は、その返事を嘘《いつわり》と見た。

「正直なおとこじゃ——」

笑って、笹児の喉にあてがっていた刀を離した。

「また合おう、笹児」

黒い幻影は、波が引くように笹児の身体のうえから去った。

(仕損《しそん》じたわ——くそっ)

笹児は、呆然《ぼうぜん》と天井を見つめている。生かされた、そう考えると怒りで涙がこみあげてくる。ぬけがらのように、こうして横たわっているおのれを恥じた。

一方、

――表で見張っている銀兵衛は、堂内のようすが分からない。片手に刀を握りしめ、赤兵衛が飛び出してくることがあれば、一撃で刺し殺してやろうと、身構えていることが精一杯であった。

ふと、静かになった。

推量《すいりよう》しかねている。笹児が堂に入って、間はない。まさかとおもうが、薬師堂の裏から、虫の声がきこえてこないのだ。

(さては)

急いで、松次のもとへ駈けていった――草陰に、亡骸《なきがら》が倒れている。松次は袈裟懸《けさが》けに斬り殺されていた。死体の虚《うつ》ろな目が、夜空の月を眺めている。銀兵衛はすぐに辺りを見回したが、赤兵衛の姿はどこにもなかった。

(逃げられた)

おもったとき、おのれの中の忍びが滅《ほろ》んだ――指のない左手が、はげしく痛みはじめた。

残る一生は、この痛みを忘れずに生きていくだけのものかと、銀兵衛は覚《さと》った。

国境である。

三人の渡り衆が、苛々《いらいら》と地面をけりながら、赤兵衛を待っている。示し合わせた刻限は、とっくに過ぎていた。

影のなかに身を伏せて、それを見ているヒダリと半介もまた、どうしたものかと怪《け》訝《げん》におもっていた。

(やって来ないのではあるまいか)

東の空が、蒼《あお》ざめていた。朝がちかい。

(兄者たちが、仕《し》留《と》めたのかも知れぬ――)

おもったが、その報《しら》せも来ない。赤兵衛を七見峠で始末したものならば、笹児がもどって来てもおかしくはないが、それもない。笹児と別れてから、すでに一刻が経っていた。

(おそい)

と渡り衆が、動いた。かれらもまた、赤兵衛の到着を疑っているのであろう。いよいよ三人は、下山するようすに見えた。足を伊勢の方へ向けたのである。

「ヒダリどの、如《い》何《か》に致しましょうや」

半介が、慌てて訊《き》いた。

「うむ――」

東の空を見ると、すでにあたらしい陽の光りに染まってきている。赤兵衛は来ないであろう――とすれば、ここにいても仕方あるまい。といって、

(渡り衆をこのまま見逃す手もなかろう)

外道たちである。国境とはいえ、伊賀の地を踏んだことを後悔させてやらねばなるまい。ヒダリは膝《ひざ》をたてると、半介の肩に手を乗せた。

「十《とお》を数えて、犬の声で吠えよ」

刀をつかんで、立ちあがった。

「ここを動くなや、半介」

云い捨てて、ヒダリは奔《はし》った。音もなく灌木《かんぼく》の茂みをとび越え、雑木の陰間《かげま》を風のように奔り抜けて、道祖神《どうそじん》が立っている裏へと回った――出家姿の三人が、すぐそこに見える。息を鎮《しず》めて、待った。八、九、十……犬が吠えた。渡り衆が足を止めて、振り返った。

刹那、傍らの茂みから、影が飛び出してきた。渡り衆のひとりが、

「赤兵衛どのか――?」

と訊いた。

「ちがう」

ヒダリはいうと、抜いた刀で一颯《いっさつ》した。相手の首が血を吹いて、空に跳《と》んだ。あっという間である。残る二人の合間に走り込んだヒダリは、身体を旋回《せんかい》させながら、それぞれの喉もとを斬った。まるで、一陣の風が吹き抜けたような、早業《はやわざ》であった。三人を斬り捨てると、刀を鞘におさめ、すたすたと歩き去った。

「半介、下《お》りるぞ」

木陰に隠れていた半介が、慌てて這い出してきた。ヒダリに走り寄り、

「未《いま》だ賊の姿を、見ませぬが――？」

「あれは、とおに逃げ果《おお》せておろうわ。ここへは現れぬ」

めずらしくヒダリの声に、苛立《いらだ》ちがあった。ふたりは朝焼けの空の下を、郷にむかって歩いた。

翌日《あくるひ》のこと――。
ひとりの杣人《そまびと》が、道祖神のまえで死んでいる出家姿の男たちを見つけて、腰を抜かすほどに驚いた。この者たちが、賊人の赤兵衛を手引きしようとした渡り透波であることを、男は知らない。ただ――三つの死体は、きれいな輪になって倒れており、そ

の血が円を描くように流れている。まるで、刃のあるつむじ風でも吹いたようであった。

男は物の怪のしわざかとおもい、この死体の有り様を恐れた。村に帰ってそのことを話すと、村衆は「鎌風《かまかぜ》に吹かれたのであろう」といった。

さて。

手裏剣の術に、旋風《せんぷう》というものがある。投法《とうほう》秘中にあって、それを見たものはいないという。放たれた手裏剣が円を描いてとび、複数の的を刺し抜くというものであるが、実《じつ》のところはちがっている。

剣、

であった。

この秘剣を上野ノ左がつかった。

下忍なる道

天文《てんぶん》十年、ある冬の日である。

伊賀上野村の西方に、長田という土地がある。ここに安井《やすい》十郎左衛門《じゅうろうさえもん》という、郷士があった。この十郎左衛門という男は、長田一族の血を引いており、長田士族は小田郷五ヶ村、長田郷六ヶ村を領地とする土豪《どごう》である。

下忍《げにん》を育てている。

まだ幼《おさな》いころから、子たちに「忍びの法」を仕込み、術がつかえるまでに育つと、これを売った。とくに見込みのある者だけは、手元にのこして、作男《あらしこ》として飼《か》いおくのである。平素は、屋敷の仕事に従事させ、忍びの手を貸してほしいと依頼があったときに、これを貸し出して銭をとった。

子らは、

――隣村の百姓や、同じ身上の郷士から預けられることもあったが、その多くは買ってくる。いまも、八人の忍びの種を育てていた。これを下忍に仕立てあげていく。このうちの、三人はおのれの屋敷内に住まわせていた。

五郎太、平助、そして段蔵である。

いずれもまだ幼く、歳は六つ七つのころであった。

十郎左衛門の屋敷に住む子たちは、まだ夜も明けない内から働いた。伊賀の忍びは、朝がはやい。寅ノ刻（午前四時）には寝床から起き出て、虫癒《むしいや》しに「茶の子」を食べることもあれば、そのまま午《うま》ノ刻《こく》（真昼）まで田や畑に出て、はたらくのである。

けさは一層と冷《ひ》えた。

子供らの寝所《しんじょ》は、屋敷の母屋《おもや》裏手にある納屋であった。納屋の土間に藁《わら》をしいて、莫蓙《ござ》をかぶって眠っている——起きると、吐く息が、白かった。

歯の根をふるわせながら、子供たちはすぐに桶《おけ》を手にして、水を汲《く》みにいく。そのあと廏《うまや》にむかい、飼葉《かいば》を支度した。秣《まぐさ》に大豆を混ぜて、馬槽《うまぶね》にながすのである。馬は三頭いる。葦毛《あしげ》が十郎左衛門の馬であり、あとの二頭は黒鹿毛《くろかげ》の老馬《おいうま》と、駑馬《どば》であった。馬具をそうじして、表に出ると、空が明け白《しら》んでいた。

「段蔵、藁を三《み》たばに縛《しば》っておけや」

十郎左衛門が、母屋から出てきた。背が六尺ちかくもある巨《おお》きな男で、切れ長の目がいつも人を蔑《さげす》むように見下ろしている。髷《まげ》を結《ゆ》い、赤黒い筒袖《つつそで》を羽織っていた。腰には鹿革の引敷《ひっしき》をまいて、柄に飾りがある小太刀《こだち》を差している。鍬《くわ》を手にすると、畑へむかって歩きはじめた。子供たちも、背に藁の束をひとつずつ背負って、十郎左衛門のあとを追った。

霜《しも》を踏んで、畑におりるとすぐに、野菜の苗のまわりに藁を敷きつめていく。無言である。口をきくと、十郎左衛門の黒竹のむちがとんでくる。背や尻を打《ぶ》たれ、返答のほかに口をきいてはならぬ——そう、教えられた。

畑仕事をすませたころには、陽がのぼりきって、青々とした冬空が頭上にひろがっている。

子供たちは屋敷にもどってから、朝餉《あさげ》をとらされた。その四半刻（三十分）後には、長田川へ出て、洗濯をするのである。川の水に手を入れると、皮膚が凍《こお》りつくほどに冷たい。子供たちは指を赤く腫《は》らしながら、衣やふんどしをあらった。

昼前には当番にわかれて、それぞれの仕事をこなした。五郎太は、廏のそうじをして、あつめた馬糞《まぐそ》を畑に運んだ。段蔵は母屋をそうじする番だ。床をすみずみまで拭《ふ》き終えると、つぎは柱をみがいた。箒《ほうき》をとって、表を掃《は》く。平助は十郎左衛門を手伝い、鍛冶《かじ》の道具をそうじした。

未ノ刻——。

西蓮寺《さいれんじ》という寺の裏まで歩いていき、子供らは訓練を受ける。忍びになるための、修行のはじまりであった。

すでに人が出ていた。いずれも十郎左衛門の下人（下忍）たちである。首の右がわに火傷《やけど》を負った男は六兵衛《ろくべえ》という名で、先代のころから安井家に奉公をしている。年若い男に、与次郎《よじろう》という名の下忍がいた。ほかに独眼の後介《ごすけ》と、五十をすぎた青申《あおさる》という老忍《ろうにん》がいる。それぞれが、手裏剣を的に当てる練習や、砂を詰めた米俵を持ちあげたり、木刀で素振りをして軀《からだ》を鍛えていた。

ほかに下忍の種が、五つある——四郎《しろう》、末松《すえまつ》、小介《こすけ》、猪助《いすけ》、三吉《さんきち》という男児《おのこ》たちで、十郎左衛門の家から五郎太、段蔵、平助の三人がこれに加わり、八人の子供たちの修練がはじまる。それぞれのまえに、水を張った桶があった。

「始めよ」

六兵衛の合図で、子供たちは桶のなかの水に頭をつっこむ。息止めは、城の堀に身を長くかくしたり、川を人知れず渉《わた》るときに役立つものだが——子供には、苦しむための修練としか、おもえなかった。顔の膚《はだ》が切られるくらい、水は冷たい。息をこらえられず、水から顔をあげれば、竹のむちで膝《ひざ》の裏を叩かれた。

「こらえやッ——我慢の足《た》りぬやつは、あすも同じことをする」

いわれて子供たちは、また桶の水のなかへ頭を入れる。この修練で気を失ってしまう者もあれば、窒息《ちっそく》死する子供まで出た。この日もついに、末松という五才の子供が気を失ったまま、桶から顔をあげられず、命を落とした。

「与次郎——」

六兵衛は末松の頭を桶から出して、息がもどらぬことを確かめると、

「葬《ほうむ》ってこい」

と指示をした。修練中に命を落とした子供たちの亡骸《なきがら》は、西蓮寺の西にある林のなかに埋葬《まいそう》される。無縁塚《むえんづか》——と呼ばれているその墓所には、すでに十数基の盛り土があった。そのひとつひとつが、忍びの修練で落命した子供たちの墓である。碑は、ない。ここへ参拝に訪れる者も、なかった。

桜のつぼみが膨《ふく》らむころになると、息止めもできるようになる。といっても、これに適《かな》わないものは命を落とし、試練をのりこえた子供のみが、生き残っただけのことであったが。

春先には、歩行術を習いはじめる。

これを伊賀では、足並十法《あしなみじっぽう》という。抜足《ぬきあし》、摺足《すりあし》、片足、小足、大足、刻足《きざみあし》、走足、狐走《きつねばしり》、犬歩《いぬあゆみ》、兎歩《うさぎあゆみ》――である。あたりまえではあるが、いずれの歩も基本は、己の自重《じじゅう》を移動することにある。これを人並み以上に諭《さと》すためには、幼年から、水にぬらした唐紙《とうし》のうえを歩かせる。ただ足をおけば、紙はやぶれる。子供たちの臑《すね》を竹のむちで打って、

「破らずに歩け」

とまた歩かせる。水にぬれた紙のうえから、己の体重を消す修練であった。紙をやぶる度《たび》に、子供たちは臑を竹で打たれ、血をにじませた。それが十日もつづくと、普通に歩くことさえ、つらくなる。寝床についても、臑の痛みが疼《うず》いて眠れない。あすなど来なくていい――神仏にすがるような、おもいである。

それでも翌朝には早くに起きて、いつものように水を汲みだし、廐にいって餌《えさ》をやると、田へと下りて仕事をする。田植は、子供たちにとって「痛い」仕事でもあった。田に引きこんだ水が、臑の傷にしみるのだ。噛みつかれるような痛さに耐えながら、仕事を終えると、午後からはまた忍びの修練である。

夏――。

田に育つ、いねの葉も青々としてくる。

このころになると、水にぬれた紙のうえを、やぶらずに歩けるようにもなる。

(できるものか)

はじめはそうおもっていた子供たちも、己の足の運びようにおどろく。「歩ける」ようになるのだ。一歩、二歩と足を踏み出すが、紙はやぶれない。その夜は、ぐっすりと眠れた。

翌日から、——走る。

一反《いったん》の布を襟《えり》につけて、それが地面にふれないように四里の道を半刻(一時間)内に走るという、鍛錬《たんれん》である。この布が地につけば、見張りの大人たちに怒鳴られ、また竹で打たれるのである。忍びの修練とはそういうものだ。それは、終わりも見えず、くりかえされる——一生を——おそらくは、死を目のまえにするそのときまで、忍びとして生まれた者は、忍びであるために己を鍛えつづけるのである。

一途《ひたすら》に。

そうすることで、からだの内から「邪念」を追い払うのだ。

夏の日差しが、容赦なく照りつけた——子供たちは、一途《いちず》に走りつづけている。着衣が、汗をふくんで重かった。道端の木にとまっている、蟬《せみ》の声がすずしげである。

誘惑の声にきこえる。

（木陰に入って休みたい……）

蟬の声を耳にすると、そんな気持ちが子供たちのこころをよぎった。気持ちがゆれると、足はしぜんと遅くなる。浮いていた布も力をなくし、地面をなめる。

「三吉よッ、布が地についとるわ、呆《ぼ》け――遅れるな、走れッ」

馬に乗って子供たちのあとをついて来ている六兵衛が、棒きれを投げて怒鳴りつけた。三吉は顔を真っ赤にして、足を速めた。もう少しいくと、坂である。のぼり坂は、ことの他につらい。

「段蔵――」

三吉は、まえを走る段蔵の背に声をかけた。

「夏とは、いやなものじゃな」

「分かる」

ふりかえって笑顔を見せた。段蔵の顔は陽に赤く焼け、汗まみれである。

「口をきくなッ、段蔵」

六兵衛の声がとんできた。段蔵はまえを見て、また走ることに一念した。しばらくすると坂になった。この坂をのぼるのは、何度めのことだろうか。

気がとおくなるようなおもいを振りはらい、子供たちは歯を食いしばって、坂を駆けあがった。

坂のうえには、海のように蒼《あお》い空がひろがっている。

おおきな入道雲がでていた——一羽の鳶《とび》が、湧きあがるような雲間を優雅《ゆうが》に舞っている姿がみえた。


四十里。

一日に、その距離を走る。

子供らは、声を失うほど疲れきっている。湯気《ゆげ》をたてる身体《からだ》をやすめようと、木陰に転がりこんだ。息が鎮《しず》まるころを見計らって、

「立て。まだ陽は高い」

と十郎左衛門ら、大人がやってくる。

跳躍《ちょうやく》術を習う。これを跳六法《とびろっぽう》という。高飛びを六尺、幅跳びは十二尺、左右に九尺、後方九尺、そして四十尺（およそ十二メートル）の高さを飛び降りるのである。陽が暮れたころにようやく屋敷へもどり、子供たちは夕餉《ゆうげ》のおかゆを胃に流しこんだあとに、忍歌といわれる「よしもり哥《うた》（伊勢三郎義盛百首）」をうたいながら、これを覚

える。はじめに、

大風や大雨しげき時にこそ
　夜うち忍びは入るものぞかし

と声にする。うたいながらも、次第《しだい》に、こうべが垂れてくる。ねむけは、子供たちの常であった。また、竹で打たれるのも約束である。

ようやく百首をうたい終えて、寝床につくころには己の正体も、さだかではない。

子供たちは泥に浸《つ》かるように、ねむった。

秋を過ごし、

――年を越える。

このころになると、下忍の種たちは、いよいよ芽を吹きはじめた。歩き、走り、そして跳ぶことができるようになっていた。これよりさき、体技とあわせて、軀の内がわの鍛錬がはじまる。内がわとは、こころと臓器である。

「まずは、――」

十郎左衛門は子供たちをあつめると、短い説法をといて、

「禅《ぜん》を知れ」

と禅寺に連れていった。曹洞宗《そうとうしゅう》、である。伊賀では「修験道」との結びつきが深かったが、日本各地からいずれと知らず宗教が持ちこまれてくる。忍びたちが、持ちかえった。そもそも修験道からして、神道《しんとう》、仏教、道教、陰陽道《おんみょうどう》が山岳信仰と結びついたものであり、平安時代になればこれに密教が加わった。良きとして、それに得るものがあれば、忍びたちは法に取り入れる。悪《あ》しきとしては、邪教といわれる真言立川流のようなものが、郷に流れてきたこともあった——これは荼枳尼天《だきにてん》なる女悪鬼を拝《はい》して、性交《せいこう》により男女が大日如来と一体となると説《と》く淫祠邪教《いんしじゃきょう》であり、のちに衰退《すいたい》して滅《めっ》した——が、伊賀者には宗教そのものを嫌《きら》う者たちもいた。

忍びの法の起源がいずれにあれ、神仏の教えを尊ぶには、いまの世はあまりにも生きづらい。こと、忍びの働きをつづけるかぎりは、殺生を避《さ》けることはできないものなのだ。さらに、いう——忍びとは、神仏の命《めい》によって働くものでなく、上忍が絶対者（唯一神《ゆいいつのかみ》）の存在であり、すべては己の術こそが頼りなのであると。のちの武芸者、宮本武蔵の言葉を借りれば、

「仏神は貴し。仏神をたのまず」

と、いうことになろうか。

しかし、
修験道をはじめ、禅には得ることも多かった。術法を活かす教えが、ある。すべての執着《しゅうちゃく》を捨て、無となることの教えが、それである。一切の欲を敵とし、愛（情）さえも捨て去って、この世の何ものの執着をも持たない——それは、死にも等しい状態である。生きた人でありながら、死の境地に達するのだ。故《ゆえ》に、
禅を知れ——

と十郎左衛門はいった。

このときより子供らは、坐禅《ざぜん》を日々に取り入れる。こころを鍛錬《たんれん》することを知り、さらには、軀の内部に通ずる薬草学をまなんだ。いわゆる飲み薬のようなものや、切り傷、火傷のときに傷口に当てるための、薬草の調法を習うのである。たとえば「飢《き》渇丸《かつがん》」というものがあった。これを三粒服用すれば、心力労することなしといい、人参、蕎麦《ソバ》粉、小麦粉、耳草、ハト麦、ヤマノ芋《イモ》を酒で煮詰める——といった類のことである。このとき同時に、毒についての教えにも触れた。

呑《の》んだ。

毒草を煮る。これを命に触れない程度にうすめ、汁にして呑むのである。

「一口《ひとくち》ずつにせよ。このさき、五日《いつか》ごとに呑む」

六兵衛がまず手本になって、呑んでみせた。鉄鍋《てつなべ》のなかに柄杓《ひしやく》をいれ、黒い液を一口する。饐《す》えた味がした。そのあとから、苦味《にがみ》がくる。間もなく胃のなかが、火をともしたように熱くなった。これで毒に慣《な》れ、免疫《めんえき》をつくるのだ。

「小介、おのれから呑め」

鉄鍋のなかで湯気を吹いている黒い毒汁を、子供たちの目が恐れるようにみている。小介が柄杓を手にし、口に含んだ。のどに通らない。体が拒絶しているのだ。あごをつきあげて、何とか呑みこんだ——これにつづいて猪助、段蔵、五郎太、平助、四郎に柄杓がまわされ、それぞれが一口した。三吉はいない。秋口に、流感にかかって死んだ。

「吐くな、四郎」

胃がよじれた。四郎は目に涙をうかべながら、咳《せき》をした。呑みこんだ毒が、のどに迫《せ》りあがってくる。体が吐きだそうとしていた。みると、となりの平助は顔がまっ青だ。額に大粒の汗がうかんでいる。

「お師匠《ししよう》、へえすけの具合が——」

まずい、と五郎太が六兵衛に訴《うつた》えた。いよいよ平助の顔いろが変わり、嘔吐《おうと》しはじめた。六兵衛は平助の身体《からだ》をいそいで抱きあげると、頭を逆さにして、背を叩いた。

「与次郎、毒消しを呑ませやッ」

背後にいた与次郎が、腰から吸い筒をとり、地面に寝かせた平助の口に毒を中和させる薬水《やくすい》を流しこんだ。平助がそれを吐いた。体が、何ものも拒絶してしまっている。六兵衛がまた平助の両足をつかみあげ、逆さにして背を叩いた。与次郎は子供たちを振りかえり、

「おのれらは、屋敷にもどっておれ――」

と怒鳴った。子供たちは、その声に身をすくめた。こんなにも、なるものか……自身も同じものを呑んでいる。平助のようすが、恐ろしかった。

「段蔵、青申《あおさる》どのをこれに呼んで参れ。走れッ」

いわれて、段蔵は走った。何かに追われるように、ただ一途に走った。

(平助、死ぬなや――)

そう幾度も、こころのなかで叫んでいた。

夜が更《ふ》けた。

屋敷の納屋にもどってから、五郎太と段蔵はすぐに寝床についたが、なかなか眠れるものではない。昼間のことが頭蓋《ずがい》のうらにこびりついて、とれなかった。茣蓙《ござ》を頭

までかぶり「寝よう」と何度も、自分にいい聞かせている。

それでも、眠れない。

納屋の隅には、巻きあげられたままの莫蓙が一枚のこっていた。平助のものだ。まだ、もどっていない。その後の平助の容体を、ふたりは知らなかった。

「段蔵——」

五郎太は、そっと声をかけてみたが、返事はない。

段蔵は五郎太に背をむけたまま、目をかたくとじていた。声は聞こえている。しかし、いまは何も言葉にならないのだ。平助はどうなったか——おもいながら、両手に御守り袋をにぎりしめていた。紅《あか》い女ものの着物の切れ端で縫《ぬ》われた、ちいさな袋である。由縁のことは知らない。薄々《うすうす》だが、母のものであると気づいてはいる。段蔵が三つになったとき、十郎左衛門のつまが「主人にいうなや、段蔵。大切にもて」と、くれた。いま、それを強く握りしめている。平助は、無事であると己にいい聞かせながら。

「へえすけ、大事《だいじ》ないかの——のう、段蔵」

ひとりごとのように、五郎太がいった。このころになると、子供たちの間にも、強い仲間意識が芽生《めば》えている。もとより、家族のないもの同士が、きびしい修練の日々をともに生きるのだ。その絆《きずな》は、同血の兄弟とかわらない。

「大事はないて――」

段蔵が返事をした。自分にいったものかも知れない。それとも、五郎太への慰《なぐさ》めであろうか。

「もどって来《く》っか、のう？」

五郎太は、蔀戸《しとみど》から射しこむ月の光りを見つめている。まるで天女がまとう黄金《こがね》いろの衣の裾《すそ》でもみるようだ。月の明かりは、美しかった。ひとの命の光とは、このようないろをしているのではあるまいか。五郎太はそうおもうと、幾分か穏《おだ》やかな気持ちにもなれた。

「あすになれば――」

と五郎太はいいかけたが、そのあとをいわなかった。ふたりは背をむけたままである。段蔵が、諾《うん》と同意した。

「もどる」

そう一言《ひとこと》いって、段蔵は返事をやめてしまった。五郎太も、何もいわなくなった。

ふたりは、あすのことをおもった。いつまで、この日々はつづくのだろうかと――段蔵の目に、薄らと涙がうかんでいる。なぜかは、自分でもわからない。泣けて、仕方なかった。ただ、はじめて「生きよう」とおもった。

そのころ、

――平助は、ひとり眠っていた。

無縁塚の土の下でしずかな眠りにつき、そこでみじかい一生を終《お》えた。

正心の男

時はすぎて、

――天文十二年。

伊賀長田の子供たちは、九《ここの》つや十《とお》をかぞえる歳になっていた。顔つきも、いよいよきびしさが増し、忍びの者としての枝葉をひろげようとしている。

この天文十二年、日本に鉄砲が伝来した年である。甲府では、武田氏の居館である躑躅《つつじ》ヶ崎《さき》館に諏訪《すわ》御料人《ごりょうにん》（諏訪《すわ》頼重《よりしげ》の娘）が、武田晴信（のちの信玄）の側室として迎えられている。同年八月十五日には、越後で長尾《ながお》虎千代《とらちよ》が元服し、平三景虎《かげとら》と名乗っており、兄晴景《はるかげ》に代わって中越《ちゅうえつ》の長尾領統治《とうち》のため、三条城から栃尾《とちお》城へ入った。のちの「上杉謙信」である。また、前年十二月には、三河《みかわ》国の岡崎城中で松平広忠《まつだいらひろただ》に嫡《ちゃく》男《なん》竹千代（徳川家康）が生まれ、このころ松平氏に仕えていた伊賀者の服部半三保長《やすなが》の五男として「服部半蔵正成」が、家康に同じく三河国に生まれている。

天文十二年の十二月――、
暮《く》れの二十日《はつか》である。

伊賀の国に、初雪が降った。

昨夕方から、伊賀の空は鉛《なまり》いろの雪雲に覆《おお》われていた。明け方ごろになると、籾殻《もみがら》のような雪片が、くらい空を舞いはじめた。それも陽が射すころには消えて、雲だけが残った。田が、塩をまいたように薄らと白くなっていたが、日のはじまりとともに気温があがると、雪は朝靄《あさもや》となって、消えてしまった。

午ノ刻。

安井十郎左衛門は、六兵衛ら下忍《げにん》を連れて、ちかくの沼の畔《ほとり》へと歩いていった。子供たちも同行している――小介と段蔵、そして猪助と五郎太の四名である。四郎は跳《ちょう》躍《やく》術の稽古《けいこ》のとき、崖《がけ》から飛び降りようとしたところ、着地をあやまって首の骨を折り、その夜に息を引きとった。わずか一《ひと》ト月《つき》まえのことである。

「この三年の修練に、うぬら四人のもの――よくぞ、残った」

十郎左衛門が、激励《げきれい》の言葉をのべた。沼の四囲に群生している葦《あし》の合間から、蝦蟇《がま》の気味悪い声が聞こえている。

「これよりのち、忍びの法を知ることになる」

四人の子供たちは、無言で聞いている。十郎左衛門をはじめ、六兵衛たちの顔つきがいつもより、堅《かた》くみえた。

（なにかある……）

と不穏《ふおん》な空気を肌《はだ》にかんじた。子供たちは、しずかに沼をみている。鉛いろの空を映した暗い沼の水面《みなも》が、ざわめくように波を立てていた。葦の茂みにいる蝦蟇が、天を呪うような不吉な声でわらっている。

十郎左衛門が、子供たちの顔を睨《にら》んだ。

「そのまえに、――うぬらを試《ため》す」

いうと、同伴している与次郎の方をみて、うなずいた。

「沼にはいれ」

与次郎が子供たちを先導《せんどう》した。

「これより、うぬらを試し、適《かな》った者につぎの格《かく》を与うるが仕来《しきた》りじゃ。まずは、これより息止めをおこない、断食《だんじき》五日をおこなう」

試験であった。これまでは、忍びの基礎ともいえる訓練をしていたにすぎない。この日を境《さかい》にして、これからは忍びの術法を学ぶのである。四人が忍びとしてつとまるか、それを見極めようというのである。

まず、小介が沼にはいった。腰まで水に浸《つ》かると、そこで仰向《あおむ》けになって沼底《ぬまぞこ》にしずかに横たわった。つづいて、段蔵、猪助、五郎太も沼へはいった。四人は沼底にならんで、水面を見あげている。

沼の水を透かして、空がみえた。

空を覆う雲のうらに、太陽が暗く光っていた。


いずれも、息止めは合格である。

四人は沼からあがると、村の者たちが共同でつかっている納屋へと連れていかれ、なかにはいった。戸の外に土嚢《どのう》が積まれ、出られないようにされる。断食を五日間、此処《ここ》でおこなうのだ。

(わずか五日のことだ――)

四人はおもった。

はじめの一日は、ただ空腹を感じるだけである。四人は坐禅《ざぜん》を組んで、しずかにしていた。この程度かと、ゆとりもあった。これをすぎると、のどの渇《かわ》きがはじまった。納屋のなかは真っ暗である。昼夜《ちゅうや》の区別がわからなくなりはじめ、渇きがひどくなった。闇のなかに長くいると、平常心をたもつのが難しくなる。自制により抑えていた空腹感も、痛みを伴《ともな》っておおきくなった。

（このためか……）

坐禅をしていた小介が、ふいに「ちっ」と舌打ちをした。この半年、充分以上の食事をあたえられてきた。

（お師匠も、嫌みなものや）

この日を見据《みす》えて、空腹感を煽《あお》るために、子供たちの胃袋をおおきくさせていたのである。

「腹が空《す》いた、堪《こら》えきれん――」

戸のまえにすわりこんでいる猪助が、愚痴《ぐち》をこぼしている。その腹が、何度も音《ね》をあげていた。

「いうな、猪助。わいまで、辛《つろ》うなる」

小介が目を瞑《つむ》ったまま、叱《しか》りつけた。

「あかん、辛《つら》い――」

と、五郎太が地べたに寝転がり、のどの渇きを訴《うった》えた。

底冷えがした。

外は雪でも降っているのだろうか——段蔵は小介にならって、坐禅を組んだままである。冷えは感じない。だれの声もきかなかった。空腹がはじまったときから、己を消すことに集中している。

忍びになる——。

このころ段蔵は、真剣に考えはじめている。

(われの一生は、それでこそ救われる)

捨て子、と知った。それが、自分の身の上であると——母は何故、われを捨てたのか。天涯孤独《てんがいこどく》の身の上をおもうと、こころにあいた穴につめたい風が吹きこんだ。この穴を埋めるのは、忍びの術法ではあるまいか。段蔵は何としても、この試験を抜けて、つぎの格をつかもうとおもっていた。

五日。

——闇にひとすじの光明が射した。戸が開かれ、与次郎が顔をのぞかせている。

「立てや、洞《ほら》へゆくぞ」

なるほど五日の断食で、命を落とすまでもない。過酷すぎるほどの修練に堪《た》えてきた四人である。しかし、身体《からだ》は気がぬけたようで、力が入らなかった。立ちあがろうとするが、足もとがふらついて踏ん張りがきかない。

「早《はよ》う、せい。走るぞ」

おぼつかぬ足で、四人は外へ出た。光が目を刺した。見渡すかぎり、雪である。太陽の光が刃物のように鋭《するど》く、雪に反射している――子供たちは、白い息をはきながら、山の麓《ふもと》にある洞穴《どうけつ》へむかった。

走ること、一里。

十郎左衛門と六兵衛が、くらい洞穴のなかで待っていた。空気が淀《よど》んでいる。

「近《ちこ》う、来い」

洞穴のなかに、十郎左衛門の声が響いた。

「此処《ここ》から息ひとつで、あれを消せ。できぬ者には、次の格はない――」

みると、洞の奥に燭台《しょくだい》があった。油皿に、ちいさな火がともっている。光の輪が闇のなかに浮かんでいるので、ようやく火と知ることができるほどの微弱な火であった。

「よいな、一息《ひといき》のことじゃぞ。さあ、並べ」

与次郎がそういって、四人の背を押した――子供たちは断食で弱っているうえに、一里を走って、息をするにも苦しくなっている。燭台までの距離は、十間《けん》（およそ十八メートル）もあった。米粒《こめつぶ》ほどにしかみえない火を、一息で消せというのである。

四人の子供は、返事もできなかった。十郎左衛門の命令を耳にして、燭台の火よりさきに気力を消してしまっていた。一様に呆然《ぼうぜん》としていると、

「誰《たれ》からじゃ」

猪助が、張りのない声で訊《き》いた。

「うむ――では先ず、おのれからやれ。猪助のつぎに五郎太、小介、段蔵の順でよい。此処に立て。一歩もまえに出てはならぬぞ」

小石《こいし》が目印に、おいてあった。猪助は与次郎に肩をつかまれ、位置に立った。十間先の燭台の横には、六兵衛がついている。消えたときに、火をおこす役目だ。

（消せるか……この距離を？）

四人は同じことをおもった。あまりに遠い――体の状態がよくても、十間先の火を一息で消すのは難しい。猪助はつまさきで小石を踏み、息を深く吸いこんだ。

ふうっ、

力の限り息を吹いたが、燭台の火はゆれもしない。

「五郎太。つぎだ――」

与次郎が猪助の腕をつかみ、うしろへ下げると、五郎太をおなじ位置につかせた。

息を吸いこむとき、緊張で肩がふるえた。五郎太は、肺のなかにためこんだ息をすべ

て出した――が、目当ての火はかすかにゆれただけである。十郎左衛門が腕をくみ、ため息をついた。

「さがれ、五郎太。小介――やれ」

真剣な面持ちである。小介は瞬《まばた》きすら忘れ、十間先の火を凝《じ》っとみつめている。小石を踏み、目を閉じて神経を集中した。ゆっくりと呼吸をし、整ったところで深い息をする。

矢を射ったような小介の息が、洞穴の闇のなかをとんだ。

燭台のうえに、糸のように細い白煙がたった。火が消えた――小介は六兵衛にむかって御辞儀《おじぎ》をすると、無言のまま、うしろへ下がった。

「段蔵、おまえが最後じゃ」

与次郎にいわれ、段蔵は小石のまえに立った。六兵衛が、燭台のうえの煙を手で払い、火をつけなおしている。

(小介は消した――やれる)

息を鎮《しず》めた。段蔵は姿勢をただし、火を消すということに一念した。闇に点《とも》った、米粒のような火だけをみる。十間という距離は、忘れた。胸いっぱいに息を吸いこみ、次の瞬間、鋭く吹いた。

火が倒れた。

が――起きあがって、ちらちらとゆれながら光輪《こうりん》を闇にうかべた。段蔵が吹いた息は、火を消さなかった。

（あと少しだった……）

おもったが、燭台の火を消すことはできなかった、のである。いまさらながら、のどがひどく渇いた。呑みこむ唾《つば》すら、でてこない。

「よし、これで終《しま》いにする」

十郎左衛門が、子供たちに目をむけた。

「苦労であった。さきの断食をすごした納屋にもどって、ゆるりと体をやすめておくがよい――すぐにも夕餉《ゆうげ》を取らすであろう」

いわれて、子供たちは洞穴を出ていった。その足取りは重かった。修練に明け暮れたこれまでの日々を、一時《いちどき》に背負わされたような気分だ。足の運びだけでなく、こころまでもが、海に沈む岩のように重かった――いずれにせよ、試験は終わったのである。

（終いじゃ――）

段蔵は直感した。おもうと、雪を踏む足が宙にういて、夢のなかを彷徨《さまよ》い歩いていいるような錯覚《さっかく》をおぼえた。

その直感は、当を得ていた。この試験は、実《じっ》のところ——生き残りをはかった、四人の命の問題でもあったのだ。


「小介は何処《どこ》ぞに呼ばれたんやろ」

猪助がいった。納屋にもどってから、すでに半刻が経っている。ついさきほど、与次郎がやってきて、小介を外へ連れだしている。

「めしの支度を手伝わされておるのではないか」

五郎太は背伸びをすると、

「また、芋粥《いもがゆ》かのう——」

と身震《みぶる》いした。冷える。半蔀《はじとみ》があがっていた。そこから、外の闇がみえている。雪が舞っていた。刻は酉《とり》のころにもなろうか。外は夜の帳《とばり》がおりて、まっくらになっていた。

納屋のなかは、行灯《あんどん》の火であかるい。暖もあった。火鉢がひとつ、まんなかに置いてある。炭《すみ》は赤々と燃えて、その周囲にいると温《ぬく》もった。五郎太と猪助は、火鉢に手を翳《かざ》して、暖をとった。

段蔵は、

——蔀戸《しとみ》の外にひろがる闇をみつめている。しずかに降っている雪をながめながら、ずっと考えごとをしていた。雪の舞いをみていると、かすかながらも、古い日のことが思い出されてくるのだ。くらい空から、降ってくる雪の一片《ひとひら》——そして、母らしき女の顔が脳裏にうかんだ。はっきりとはしないが、「泣いていた」ようにおもう。

(小介だけが、火を消した……)

そのおもいが、とおい日の雪の記憶をかき消した。段蔵の目は外の雪にむけられたままだが、見てはいなかった。さまざまな考えが頭のなかに浮かびあがり、もつれあった糸のようになっていた——声がした——自身の声である。

逃げろ。

そういっている。いまだった。もし逃げようとおもうなら、この機しかない。戸の外へ飛びだし、そのまま闇雲《やみくも》に駈《か》けよ。何故、逃げねばならぬのか——段蔵は自分に問《と》うてみた。分かっているはずだ、そう返事がある。

「めしじゃ、食え」

戸があいて、十郎左衛門と六兵衛が入ってきた。

（阿呆《あほう》め。手遅れになったわ……）

段蔵は、最後に自分にいった。

六兵衛が――手に提《さ》げている鍋《なべ》を、火鉢のうえに置いた。茶碗《ちゃわん》と箸《はし》を五郎太たちに配り、鍋のふたをあげると、湯気がわき立って、辺りに粥《かゆ》の匂《にお》いがひろがった。

「椀《わん》をだせ」

六兵衛は粥をすくうと、五郎太の茶椀になみなみと装《よそ》った。五郎太のつぎに猪助が茶椀を手にして並び、そのうしろに段蔵が立った。段蔵の目が、六兵衛の腰を見つめている。太刀を佩《は》いていた。十郎左衛門の腰にも、刀が一口《ひとふり》提げてあった。鍋の粥をみた――栗《くり》と銀杏《ぎんなん》、大根の葉が白くにごった米に浸《つ》かっている。

臭《にお》った。

粥の甘い香りのなかに、別の臭いがあるのだ。それが何であるか、段蔵は分からなかったが、六兵衛たちの腰にある刀と同じ意味を感じとっていた。

「段蔵、椀を出さぬか」

いわれて、はっとした。段蔵は茶椀を差しだし、粥を装ってもらうと、五郎太たちが坐《すわ》っている横へと、腰をおろした。三人の子供たちは、椀を地べたに置くと、顔のまえで手を合わせて、しずかに目を閉じた。六兵衛が戸のほうへ歩いていく。戸に突支棒《つっかえぼう》をすると、十郎左衛門を視《み》て、うなずいた。

「よし、食え」

十郎左衛門のその声で、子供たちは目をあけた。

が、――茶椀をとらない。

子供たちは黙りこんだまま、顔をうつむいた。三人ともに、臭《にお》いに気づいている。目をあげて、茶椀のなかの粥をみるが、決して手は出さなかった。五日の断食のあとである。粥の湯気も一際《ひときわ》うまそうにみえた。しかし、箸をとらなかった。

「早う、片付けてしまえ。五郎太、腹が空《す》いておろう――断食のあとのことぞ、畏《かしこ》まるまでもないわ。食え」

背後に立っている六兵衛が、あかるい声でいった。五郎太は苦笑した。それが、精一杯であった。段蔵は呆然《ぼうぜん》として、茶椀のなかの粥をみている。

(毒が入っとるわ……)

その臭いだった――粥に毒が混《ま》ぜられている。三人は、それに気づいていた。これが最後の食事になるのかとおもうと、涙がこみあげてくる。

(殺される――)

のである。下忍としての資質を問われ、しくじったのだ。

この三人は、試験に失敗した者たちだ。資格のない者に、術は教えられない。大抵《たいてい》は、村外へ奉公《ほうこう》に出されるか、命をとられるのが常識であった。十郎左衛門も、奉公を考えてはみた。しかし、買い手がつかないのである。天文四（一五三五）年の一八一日間にもおよんだ旱魃《かんばつ》のために、日本各地は大不作を経験していた――この年、餓死する者が大勢でた。伊賀も、例外ではなかった。すでに大旱魃の年から八年の年月を経ていたが、どこの村もあいかわらずの不景気面《づら》であった。こと、戦の絶えない時代である。無理もない話しだが、忍びとして使えない者を奉公人としてとる家など、どこにもなかった。十郎左衛門ですら、下忍を五人もかかえている。これ以上の人数を養《やしな》う余裕はなかった。翌年にもなれば、またあたらしい下忍の種を仕込まなければならないのだ。使えないものは、不用である。故に、

始末する――ときめた。

粥に、身体を麻痺《まひ》させる毒を仕込んだ。よその村では、不用の子供に石を抱かせ、池に沈めたり、眠っている間に首を絞めて窒息《ちっそく》させ、山に埋めたりすることもあると聞く。多くは、斬首《ざんしゅ》した。十郎左衛門も、斬って始末する方法を撰《えら》んだ。が――子供とはいえ、走ることを覚えている。跳躍もできる。しずかに首を斬らせない。それで毒を盛った。身体を痺《しび》れさせておいて、斬るのである。

「猪助どうした、食わぬか——控《ひか》えんでええぞ」

六兵衛が誘うようにやさしくいうと、突然のように、猪助がすすり泣いた。哀《かな》しかった。死を目前にして、いい知れぬ悲哀の念が胸を締めつけた。猪助もまた、親なし子である。死ぬと分かると、おのれのすべてが辛《つら》かった。

「五郎太、椀を手にとれッ」

十郎左衛門が、子供たちのこころを察して、怒鳴るようにいった。こうなれば、騙《だま》し討ちも何も、あったものではない。刀の柄に手を添《そ》えると、もう一度、大声でいった。

「その粥を呑めッ」

いわれて五郎太は、湯気をたてる茶椀を両手にとった。顔が青ざめている。ふるえる唇《くちびる》が、椀の端にふれた。思いきって粥を口に含《ふく》んだ——呑みこもうとしたが、なかなか喉《のど》を通っていかない。茶椀を置くと、あいた両手で自分の口をおさえた。

呑んだ……。

それをみて、十郎左衛門が声を怒《いか》らせた。

「猪助、段蔵、うぬらも口にせぬかッ」

猪助が茶椀を手にした。十郎左衛門にいわれたからではない。五郎太と同じでありたかったのだ。猪助は、泣きながら粥をすすった。となりにいる五郎太が、全身を震わせている。毒がまわったのだ。身体の肉が膨《ふく》れあがったような感覚になり、目のまえが突然暗くなった。体の震えがとまらない。背後にいた六兵衛が刀を抜いた。「えいっ」と声を放って、五郎太の首に刀を振りおろした。首の失《う》せた、ちいさな胴体が血を噴《ふ》いて地べたにたおれた。

「段蔵ッ」

声はきこえた。しかし段蔵は、返事もせず、茶椀も手にしなかった。外の闇をみている。蔀戸の向こうに、雪が舞っていた。段蔵はしずかな面持ちで、雪の降る闇の向こうに、道を視《み》つづけている。目には映らない道だ。しかし段蔵のこころには、その道がみえていた。いや、みえそうであった——さらに、神経を研《と》ぎ澄ました。生きる手がかりとなる糸口をつかむために。

「えいっ」

六兵衛の刀が、猪助を討った。噴き出した血が、段蔵の頰《ほお》にはねた。それでも、段蔵の表情は変わらない。

「おそれるな、段蔵。潔《いさぎよ》う死ね」

十郎左衛門は、刀を抜いていない。段蔵の目が、凝っと十郎左衛門の太刀をみている――目の端に、六兵衛の姿もみえていた。刀の刃《は》に付いた、血とあぶらを拭《ふ》いている。段蔵は、そこに道をみつけた。茶椀を手にすると――次の瞬間、段蔵は立ちあがりざまに、手にある椀を六兵衛の顔に投げつけた。

「あっ」

とおもったが、避けられなかった。六兵衛は顔に粥をかけられ、その熱さに声をあげた。

刀を落とした……

段蔵が六兵衛の足もとに跳びこんで、その刀を拾いあげていた。

(重い)

刀の振りかたを知らなかった――が、火のついた闘争心と、生まれもった本能が手伝った。段蔵は両手で刀の柄《つか》をにぎると、そのまま振りあげるようにして、六兵衛の顔に斬りつけた。鮮血が散った。とっさに、段蔵は体をひねっていた。その動きに、刀の重みが加わり、おおきな反動が生まれた。段蔵は勢いをつけて、十郎左衛門にむかって刀を投げつけた。

瞬《また》く間のことであった。

十郎左衛門は何事が起こったのか分からず、動くことすらできずにいた――投げられた刀は、十郎左衛門の顔のわきの柱に突き刺さった。それを段蔵はみなかった。鍋を蹴りつけると、蔀戸《しとみ》に向かって、まっすぐに走っていた。ひっくり返った鍋の粥が、火鉢の炭にかかった。火の消えた炭が、悲鳴にも似た音をたてながら、天井の高さまで湯気を噴きあげた。

「おのれッ」

十郎左衛門がようやくこの事態を呑みこんだときには、沸《わ》きたつ湯気の向こうを段蔵の影が走っていた。段蔵は壁ぎわに積んであった葛籠《つづら》を踏み台にして、蔀戸から外へ飛び出した。まるで猫のような、軽い身のこなしようである。

「六兵衛、段蔵が逃げたッ」

十郎左衛門は柱に刺さった刀を抜いて、六兵衛にわたした。六兵衛は、斬られた顔の傷を手で押さえ、悲痛なうめき声をあげている。指の間から、血がぼたぼたと滴《したた》り落ちていた。

「あの餓鬼《がき》めッ、許《ゆる》すまいぞ――」

腹の底から絞《しぼ》りだされるような、憎悪《ぞうお》にみちた声だ。六兵衛は手拭《てぬぐ》いで顔の傷をおさえ、かたく縛《しば》った。手拭いはすぐに、血で真っ赤に染まった。

「殺してくれようわッ」

十郎左衛門が戸を蹴破《けやぶ》って、外へ出た。六兵衛もつづいた。

外は見渡すかぎりの、雪である。

闇のほかは、すべてが白い。田や畦《あぜ》も、納屋の横に流れていた小川さえも、雪の下に埋もれていた。静寂《しずか》だ——音までもが、雪の下に隠されてしまっている。

「いたわ」

声が雷鳴のように響いた。六兵衛の片目が、雪のうえを走る段蔵のちいさな影を見つけた。東にむかっている。ふたりは段蔵を追った。その様はまるで、兎《うさぎ》を狙う、二頭の狼であった。

——雪が深い。

段蔵は足首を雪にうずめながら、林をめざして走った。平地よりも、木々のなかを抜けたほうが、まだ姿が隠せるとおもったのだ。一歩が、重い。段蔵は雪に足をとられ、何度も転倒した。走っているのか、それとも転がりながら進んでいるのか、自分でも分からなくなった。ただ、遠くへ逃げなければという思いが、体を突き動かすのである。息はとっくに切れている。五日とつづいた断食のあととあって、体力は極端に消耗していた——それでも、段蔵は夜の闇のなかを駈《か》けつづけた。

林に入ると、木立の影の合間を縫《ぬ》うようにして走った。

(何処へ逃げる――?)

おもったとき、耳元を何かが掠《かす》め飛んだ。それが、目の前の木に突き刺さった。刃をもった黒い鋼《はがね》である――手裏剣だ。段蔵は恐怖した。また背後の闇のなかから、蜂《はち》の羽音のような音をたてて、手裏剣が飛んできた。

「あっ」

と段蔵は身を低くして、避《よ》けた。手裏剣は躱《かわ》したが、足がすべった。

段蔵は雪の積もった斜面を転がり落ち、ついには木の幹に肩を打ちつけて、ようやく止まった。

一瞬、方角が分からなくなった。立ちあがって、体勢を整えようとしたとき、また手裏剣が飛んできた。今度は躱《かわ》す間がなかった。刹那《せつな》、右肩が火に焼かれたように熱くなった。

(殺される……)

段蔵はしゃがみこむと、肩に刺さった手裏剣を抜いた。はげしい痛みに悲鳴をあげそうになったが、声は呑《の》みこんだ。声をたてれば、おのれの位置を知られる――段蔵は手裏剣をはじめて、手にもった。肩から抜きとった手裏剣は、十字の形をしていた。これが人を殺すのかとおもうと、手のなかで重みが増すようであった。

(近くにいる——)

十郎左衛門と六兵衛である。ふたりが悪鬼の形相で走ってくる姿を想像して、心臓がのどに迫《せ》りあがった。相手の姿はみえない。それが、さらに恐怖心を煽《あお》るのだ。

(この雪のなかで、死ぬのだろうか)

息苦しくなった。

体の慄《ふる》えも、止まらない。この寒さのためか、それとも恐れのあまりにか、いずれとわからない。ただ、このままじっとしていても殺される——走りだそうとしたそのとき、段蔵のまえに人影が立ちはだかった。

(終《しま》いじゃ)

凍りついたように、体が動かなかった。段蔵は息をするのも忘れて、相手をみつめた。許しを乞《こ》うかと一瞬おもったが、それはなるまい。

「段蔵、みつけだぞ」

背後から、六兵衛の声がした。

はっとして振り返ると、顔の半分を血で真っ赤に染めた六兵衛が、刀を手にやってくる。そのうしろに、十郎左衛門の姿がみえた。段蔵は、目のまえに立っている男に視線をもどした。与次郎か——そうおもったが、目のまえの男は笠をかぶっていて、顔がよく見えない。蓑《みの》を着こんでいた。雪に吹かれた蓑のしたから、刀の柄がのぞいている。背丈は五尺にもみたない、小柄《こがら》な男であった。青申《あおさる》でもなさそうだった。その男は笠を指で押しあげると、段蔵の顔を見下ろした。鷹《たか》のように鋭い眼をしていたが、口もとにはやさしい笑みが浮かんでいる。段蔵には、知らない顔であった。

と、そこへ——六兵衛と十郎左衛門が、走りこんできた。ふたりは立ち止まり、段蔵ではなく、そのうしろに立っている男を凝視した。

「…………」

男は——段蔵の必死の形相を——愉快《ゆかい》げにみている。ふと六兵衛の顔に目をむけ、感心したふうに口をきいた。

「ほお。この小僧が、何か悪さでも為出《しで》かしたようじゃな。六《ろく》（六兵衛）よ、その顔はどうしたことか」

六兵衛は苦しそうに肩で息をしているばかりで、返答ができなかった。相手の顔をみて、さらに言葉を詰まらせた。何かうまい返事を探して、声をかけようともおもったが、十郎左衛門がそれを遮《さえぎ》った。下手なことを口走られては、まずい——といって、代わりに何を話すということもできず、ただ相手の名をいっただけである。

「ヒダリか――」

「十郎左《じゅうろうざ》（十郎左衛門）どの、今宵はよう冷《ひ》えまするな……」

この男、はたして「上野ノ左」であった。大人たちの間に立っている段蔵の目には、十郎左衛門たちがこの小柄な男を畏《おそ》れているようにみえている。

（一体、このひとは何者なのやろうか？）

段蔵は、その場から動かなかった。というよりも、この「ヒダリ」と呼ばれる男をまえにして、不思議と逃げ出す隙《すき》がうかがえなかったのである。一歩でも動けば、このちいさな男の手が伸びてきて、首のねっこを摑《つか》まれそうな感じがした。

一種の、気魄《きはく》――であった。この柔和な顔をした男の全身からは、殺意にも似た、恐ろしいほどの気力がにじみ出ていた。

「その小僧め、わしの顔を斬りよった」

六兵衛がいうと、ヒダリは感心したように笑った。

「ほお。――わけを聞かせや」

「待て、ヒダリ」

慌てて、十郎左衛門が口をはさんできた。これ以上、六兵衛にいらぬ事を話されては、たまらない。この一件を恥《はじ》ととられては、後々顔が立たなくなるであろう。しかも相手は、上野ノ左であった。万に一つでも仕合うことになれば、こちらが怪我《けが》をするはめになる。

「うぬが何でまた、ここまで出張《でば》っておるや」

「笹児《ささじ》のところへ見舞いに参ったまで。あれの、女房《つま》が具合を悪くしとると聞くで、薬を届けてやった、その帰りでしてな――で、六よ、おぬしらのわけとは何か云《い》わんかい」

その語尾には、刃のような鋭さがあった。おもわず、六兵衛が謝罪するような調子で返事をしかけた。

「その小僧が……」

「だまれッ、六兵衛。――修練の始末じゃ、ヒダリ。その小僧とほかに二人、格を試したところ適《かな》いやせなんだ。それで仕来《しきた》りどおりに始末する所やったが、隙《すき》をつかれて、その小僧だけ取り逃がしたのじゃ。手前で始末するさけんに、こっちへ渡してくれや」

ヒダリは段蔵の肩にそっと手をおいて、わらった。

「おもしろき事を申すわ、十郎左どのよ。修練が適わなんだと云うが、おぬしらの手を抜けて逃げたとな？」

いた。

「ヒダリ、大事にせんでくれ」

十郎左衛門は、懇願《こんがん》するような力のない声に変わっていた。相手にしている男が、あまりにも面倒だ。言葉の端々《はしばし》から、威嚇《いかく》が伝わってくる。こころが、すでに負けていた。

「どうじゃ、十郎左どの――」

「何がや」

「この小僧、わしにくれぬか。ただでとは云わぬ――おぬしらの手の間を抜けた小僧じゃ。忍びの道に、筋が見えるわ」

と懐から銅銭のはいった袋を取りだし、それを十郎左衛門に投げた。

「それで文句はあるまいて。小僧は、連れてくぞ」

有無をいわさなかった。ヒダリは段蔵の背を押して、雪のなかを立ち去った。六兵衛が、奥歯を鳴らした。

「くそっ、あの小僧め。うまうまと逃げくさったわ」

「もう云うな、六兵衛。帰るぞ……」

と十郎左衛門は、銭の入った袋を叩いた。

「儲《もう》けたわ」

ふたりは、道をもどった。

子《ね》ノ刻をすぎたころ、
雪がやんだ。

——今宵、命を落とした子供と、死をまぬがれた子供がいる。段蔵は、この夜を生き延びた。ここに生きながらえたとして、またあすから、耐《た》え難《がた》い忍びの修練がはじまるのかもしれなかった。そこで、命を落とすような危険と、幾度となく出くわすだろう。それでいい、と段蔵はおもった。

雪の深い夜道を歩きながら、段蔵はいまこのときこそ、自分のなかにはじめて命の火が点《とも》ったように感じていた。

時つ風

春がきた。

この伊賀の郷、——長田川の支流になる久米川の土手のうえには、土筆《つくづくし》が群生し、桜の大樹が花を咲かせた枝をひろげ、黄いろい蒲公英《たんぽぽ》が咲き乱れている。春霞《かす》む空のうえで、雲雀《ひばり》が歌っていた。騒々しいその歌声もまた、春にきけば麗《うら》かなる笛の音《ね》であった。とおくから春風が吹きよせ、川の水面《みなも》がさざ波だった。

桜が、舞った。

風に吹かれた千万《せんばん》の花びらが、雪のように空に渦《うず》まき、景色を桜いろに染めあげていく。

「段蔵、柴木《しばき》を運ぶのを手伝えい」

上野ノ左がいた。柴の束《たば》を背負い、両手にも一束ずつ提《さ》げている。片手を空《あ》けて、頭にかぶった桜の花びらをはらい落とすと、

「春のことよ——」

口に入った花びらを吐いて、苦々しく笑った。川下には、段蔵がいる。水のながれに衣を浸《ひた》して、洗濯をしていた。ヒダリの家に居住まいを同じくして、すでに一年と三月《みつき》が過《た》っている。

段蔵は洗濯物を竹籠《かご》に押しこむと、背に担《かつ》いで、ヒダリのもとへと走った。

「ひとつ持て」

いわれて柴木の一束を腕にかかえると、ヒダリの倶《とも》をした。

段蔵はヒダリから、忍びの法を教わっている——日々のことは、高場家にちいさな田畑があったので、そこで働き、家事の一切を手伝っていた。ときにはヒダリの組下にある下忍《げにん》たちの家々に、百姓仕事に借りだされる。ヒダリは忙《いそが》しい男である。何をしているのかは知らぬところだが、ときどき家を三日から十日と、留守にしたまま帰って来ない。旅に出ている。忍びのつとめであろう、とおもっても尋《たず》ねることはしない。

ヒダリが家にいるときは、正午より諸芸を習った。まず、手刀拳《しゅとうけん》と骨法術《こっぽうじゅつ》を教わり、藁《わら》をまいた木に拳や、立てた指をたたきつけた。手が血に滲《にじ》むような、つらい修練であったが、段蔵は弱音《よわね》など吐かなかった。むしろ、喜んで教えをうけた。文字を習い、いろはを書けるようにもなった。漢字を覚え、「忍びいろは」という伊賀独自の文字も習いはじめている。ちかごろは、木刀をもらい、それで刀術の稽古《けいこ》にはげんだ。忍びには、修めねばならない、八門《はちもん》というものがある。——気合術、骨法体術、剣術、槍術、手裏剣、火術、遊芸、教門の八つの習いである。この八門があり、諸術は成る。

さて。

段蔵はヒダリに従って、土手から家まで十丁《ちょう》を歩いた。竹藪《たけやぶ》を抜けると、そこが高場家の母屋の裏手になる。段蔵はヒダリが背負っている柴木を降ろすと、運んできた柴をまとめて、離れへ持っていった。わきに積みあげていると、

「段蔵、木刀をもって林へ行っとれ」

とヒダリの声がした。段蔵は急いで柴木を積みあげ、母屋から木刀を取ってくると、畦《あぜ》を走って一丁、櫟《イチイ》の林にはいった。

ここに、縄に縛られた棒が、木々の枝から吊《つ》りさげられている。数は五つ。四方にあって、縄の長さはそれぞれ違っている。これを木刀で打って、刀術の稽古をするのである。ヒダリが来るまでは、素振りをした。五行の構え、をそれぞれ百である。中《ちゅう》

段《だん》の構えからはじめた。常《つね》の構え、ともいう。かけ声をつけて、素振りを百回。つぎに上段《じょうだん》に構え、素振りをする。下段《げだん》、八相《はっそう》、脇構《わきかま》えとつづけていた。

いつのまにか、ヒダリが後ろに立っていた。段蔵は木刀を腰のわきに納めて、ヒダリに一礼し、

「筋《すじ》が出てきたのう」

「お師匠《ししょう》の手ほどきゆえに」

上達したのだ——と、いいかけたが、

「段蔵、わしを師匠とは呼ばぬ約束じゃぞ」

「あ、はい。失礼いたしまいた」

段蔵は詫《わ》びて、頭をさげた。ヒダリは苦笑した。

(師と呼びたかろうが……)

それは成らぬことであった。皮肉なことに、六兵衛が訴えたのである。

去年の春に、六兵衛は百地丹波に傷のことを直訴した。段蔵が斬りつけた顔の傷跡がひどく目立って、他国に忍ぶにも差し障《さわ》りがあり、つとめの稼《かせ》ぎが減ったというのである。それを恨《うら》みにおもい、ことの次第を言いつけたのであった。後日、百地丹波はヒダリを呼びつけて、他方の言い分も、聞いた。段蔵を奉公人として取ることは許

したが、弟子として術を習わせることを禁じた。それで和解は成立したが、ヒダリは段蔵の素質を惜《お》しんで、術を仕込んでいるのだ。おそらくは——百地の御屋敷でも、それは承知している。見ぬフリをなされているのだ。忍びの種《たね》は多いほうがよい。それでなくとも、いくさ働きに借りだされて落命する者が多くなり、他国に潜ませる数もこのところ手薄くなっている。育つ者をむざむざと、始末するのは愚《おろ》かしい。

(何のことはない。六兵衛の阿呆が、まだ口煩《くちうるさ》いようなら、わしが出向いて直々に話しを付けてくれるわ)

ただし、段蔵には師《し》弟《てい》の縁《ゆかり》はないと、いいきかせてある。それを条件に、忍びの法を教えた。六兵衛の手前もある。何より、この男子《おのこ》の行末《ゆくすえ》をおもってのことだ。親に捨てられた身の上に、見知らぬ土地で暮らして行かねばならない子の手に、我が法を説いて、何ほどのことがあろうか。

忍びの術が、天涯孤独の子の立身に活《い》きるならば、それは天の法にもならん——ヒダリはそう考えていた。

「三方《さんぼう》切りをしてみせよ」

いわれて段蔵は、まえに進み出た。木の枝から吊りさがった棒のひとつを正面に見据えて、脇構えから、「えいっ」と打ちこんだ。すぐさま身を返して、背後の棒に木刀を振りおろし、打ったところで重心を右足に乗せながら、右方の棒を打った。迅《はや》いな——ヒダリは、段蔵の太刀捌《さば》きをみて驚いた。

「うむ。覚えの早いやつじゃ」

感心していうと、ヒダリは木刀を手にした。

「組み打ちをやろう」

段蔵の目が嬉々《きき》とした。

なるほど遊ぶ相手もなく、田植か忍びの修練しか知らない日々を過ごしている子供である。組み合うと、まるで疲れを知らない。打ち込んでは躱《かわ》され、足をかけられて転んだ。しかし、また立ち上がると、果敢《かかん》に打ちかかり、手首を打たれ、肩を打たれと、痛みに耐えながらもヒダリと組み合いをつづけた。

ヒダリは懸命になって打ちこんでくる子供の目のなかに、青々とした命の光りを見ていた。

(天命であったかの——)

雪の日の出会いが思い出されると、ふと、そんな思いが心をよぎった。この小僧は、忍びになる。

間違いない、とおもった。

（これは、早《はよ》うに心を諭《さと》しておかねばなるまいて）

日の暮れるころに刀術の稽古を終《しま》いにして、ヒダリは段蔵を連れて家にもどった。

夕餉《ゆうげ》の片付けのあと、囲炉裏のまえに坐《すわ》らせると、

「おまえは忍びの本源《ほんげん》は、何と心得ておるかの――？」

ヒダリは、そう話しを切り出した。

「本源とは、本《もと》のまた本《もと》のことにございまするか」

段蔵は、深々と考えこんだ。日々の鍛錬をいわれておるのではあるまいか、そうおもったが答えは違っていた。

「正心《しょうしん》なるわ」

いったヒダリの目が鋭かった。段蔵は、おもわず顔を伏せた。はじめて、ヒダリに畏《おそ》れを感じた。あの目だ――十郎左衛門が、そして六兵衛が雪の日にこの男と出くわして、動けなくなったときと同じ目つきであった。

「よいか、忍びの本は正心と、よくよく心得よ。正心とは、正しき心をいわん。正しき心なくば、おまえの覚える術のいずれもが、我が身こそを滅ぼすものとなろうわ。これを決して忘れるでないぞ。よいな」

「はい、ヒダリどの」

「正心とは――？」

「正しき、心のことに」

段蔵は顔をあげて、まっすぐに答えた。して、――その正しきとは、何のことをいうかと問われた。段蔵は言葉が出てこず、また悩みこんでしまった。ヒダリは忍歌を手がかりにさせた。

しのびとて道にそむきしぬすみせば
　神や仏のいかでまほらん

この一首の意味を知っているかと、訊《き》いた。段蔵は哥《うた》を習い覚えて知ってはいたが、意味までは考えてもみなかった。

「忍びといえども、人の道にそむいて偸《ぬす》（盗）みをすれば、神仏《しんぶつ》も御守りくださらぬ、と哥《うと》うておるのじゃ――もしやそれ、私慾《しよく》のために忍びの術をつかい、人の道を外れ、盗みをはたらき、生物《いきもの》の命を殺して怨《あた》を結ぶことのあれば、かならずや罪の報《むく》いを受けようぞ。話しは、分《わ》こうたか」

「しよく、とは何をいうのでございましょう……」

「うむ。おのれの慾の意《い》を申すのよ。おまえが欲しいと思うたと云うて、人様《ひとさま》のものを盗むは、良きことではないの――？」

段蔵は、しっかりと頷《うなず》いた。

「さすればよ、腹をたてたと云うて、相手を傷つけるのも、この私慾のひとつであると、かたく覚えておくがよい。おまえが習う術のいずれも、つかい様によっては、私慾を適《かな》うには充分。しかし、わしが教えておるのは、おまえの私慾を充《み》たしてやる為《ため》のものではない。決してな」

「あい分かった」

純粋な目である。

「忍びの術は、五徳《ごとく》の為のもの、他につかうことはない」

「ごとく、とは――？」

「忠、勇、謀、功、信を云うて、忍びが五徳と心得るがよい。世が為の、五つの心じゃな。是《これ》、忠《ちゅう》なるは、我を虚《むな》しくして、他人が為にする心、それをまごころという。勇《ゆう》なるは、ふるいたつ心にして、おおしい心のことをいう――」

つづけて、謀《ぼう》は思いはかることの心を云い、功《こう》なるは、仕事につとめることの意を成り立ちとし、事を成し遂げる心をいった――そして信《しん》は、いつわりのない心のことであり、まことの意である。

「この五つのこころを五徳というのじゃ。分かるかよ――？」

「はい、世がための五つのこころじゃな」

「応《おう》じゃ。忍びの法とはな、そのこころにこそ仕《つか》えておるのよ。人の仕業にではない。そこを違《たが》えてはならん。故に、おのれもその五つのこころを持たねば成らぬ、ということじゃ。おまえには、ちと難しい話しではあるがの、よくよく聞き覚えておけ。よいな――忍びの術に、我があるとき、それは外道の法となる。私欲にとらわれては、術は成し遂《と》げられず、いずれ閻羅王《えんらおう》の使いの鬼どもに魂《みたま》を捕らわれてしまおうわい。決して、五徳を忘れるな」

「それが正心なるもの、なのじゃな」

ヒダリが、段蔵の返事をきいて感心したように笑った。

（聡《さと》い小僧じゃや……）

と膝《ひざ》を打った。

「明日《あす》からは、朝に夕にと、正心と心に文字を置きて、くり返し唱《とな》えるがよい。口に出さずともよいぞ――五徳は何をいわんやと、五つの心の様を復誦《ふくしょう》せい。ちかごろは、念仏を唱える伊賀者も多《おお》なったが、忍びには神に念じるほどのことは何もない。

少《すく》のうても、儂《わし》はそのような心構えで教えてきた。念仏よりも、正心を唱えるほうが、忍びの道には、幾らも利があってよい。頼みは、正心を本とする我のみよ。そも神仏もや、この乱世には施《ほどこ》しに忙《いそが》しいと云うて、儂らのところへなぞ、まわって来やせんわな」

いって笑うと、それにつられて段蔵も微笑《ほほえ》んだ。そうか——神《かみ》さんも、施しに各地を歩いて忙しくしているのか。段蔵はそれをおもうと、可笑《おか》しくなった。

「さあさ、あすも早いぞ。寝床の支度をするかの——」

立ちあがって、ヒダリは厠《かわや》に行こうと、土間におりた。

「段蔵、あすから正心と唱えるのを忘れなや。昼《ひる》からは、笹児のところの畑を手伝いにいけ。儂は十日ほど、家《ここ》を空《あ》ける——戻るまで、留守《るすもり》をたのむぞ」

と外へ出ていった。

段蔵の顔から、笑みが消えていた。またしばらく、ヒダリに習うことができなくなることを、残念におもった。

（正心、か——）

それを呪文《じゆもん》のように、こころで呟《つぶや》きながら、寝床を支度した。

翌日の昼には、ヒダリは近江国《おうみ》へ出ていた。

草津で——、
甲賀《こうか》者の右馬介《うますけ》という男と合い、都のうわさをいくつか拾《ひろ》った。

西空の雲が、夕陽に朱《あか》く染まるころには、ヒダリは粟田口《あわた》から京へ入り、途中、尊《そん》勝院《しょういん》という天台宗の寺院に立ち寄った。この寺は、青蓮院《しょうれんいん》の裏にあるが、もとは比叡《ひえい》山《ざん》横川に建てられた尊勝坊を移したものである。今は——応仁の乱で、荒廃したままになっている。この寺には、行者たちがよく訪れた。ヒダリは京に潜伏しているあいだ、下忍仲間との密会の場所に、この寺の境内をつかっている。他人《ひと》の耳がない、のである。

「ちかごろ、越後《えちご》辺りから猿が三匹来ていると耳にした——」

ヒダリは乞食《こつじき》のなりをした男と、顔を合わせた。この乞食、倉ノ次《くらじ》という名があった。伊賀服部氏の下忍で、二年まえから乞食に化けて、鴨川《かもがわ》に住まっている諜報《ちょうほう》者である。本来、この男の上忍である服部半三保長は、三河の松平氏に仕えていて、郷にはいない。代《か》わりに百地屋敷から銭を与えられ、この京都で食っている。

「それは、神泉苑の裏あたりに棲《す》んでおやる」

見張っている、ともいった。ヒダリは百地丹波から預かってきた支度金を手わたして、この乞食と別れた。

この数年来——、
上野ノ左は伊賀者の連絡役として、山城《やましろ》と若狭《わかさ》の二国に足を運ぶつとめを命じられていた。それぞれに潜伏している伊賀者から、情報を得、あるいは与えて、風通しをしておくのである。このとき、喰代《ほおしろ》の屋敷から預かってきた、生活のための費用を届けた。また、永く他国に住んでいる者は、気の緩《ゆる》みも起きやすい。それを「締《し》める」のもヒダリの役目である。

祇園《ぎおん》に宿をとり、翌日には若狭国へ足を延《の》ばした。

おそろしいほどの、健脚《けんきやく》である。

若狭では、まず井上で鍛冶屋《かじや》を装っている、伊賀者の五平次《ごへいじ》という老忍と連絡を取った。昼まえには、丹後街道に出て本郷《ほんごう》、高浜《たかはま》、八里をもどって日笠に出、万葉集《まんようしゆう》にも詠《よ》まれた三方五湖《みかたごこ》（三方の海）まで街道をのぼって、伊賀者と密通し、その翌日には小浜《おばま》にいた。

要港、である。

小浜は敦賀《つるが》港についで、日本海沿岸に位置する諸国にとって、重要な港であった

（ここにあがった鯖《さば》が一塩され、京まで運ばれる）。当然ながら、栄《さか》えた港には人があつまるものだ。賑《にぎ》わいに身を潜りこませて、ヒダリはさまざまな話しを耳にした。あとは港に運ばれる荷をしらべて、国々の懐具合にも見当をつけておく。

逗留《とうりゅう》して二日。

ヒダリは鯖《さば》の道を辿《たど》って、京へもどった。

十日後には伊賀へもどり、喰代の百地屋敷で報告をすませると、

「ヒダリ、美濃《みの》へ行ってくれ」

と百地丹波から命じられた。顔はみない。主《あるじ》は座敷の奥の、暗がりに坐っている。

ヒダリは敷居の外で膝を小さくしていた。

「あい。では、いつごろ出向きましょうや――？」

「追って沙汰《さた》する。笹児を倶《とも》につれてゆくがよい。美濃への用向きは、出立《でた》ちのときに明《あ》かす――」

出立ち、とは旅の着物の支度が整うころ、をいう。二、三日後には出発である。

「承《うけたまわ》りまして候」

ヒダリはこの十日の働きに対する賃銀を貰《もら》い受けると、深々と頭をさげた。長くなるな――主の声に、次のつとめが面倒なものになる、との含みを感じていた。一卜《ひと》月

か。いや、あの云いようからすれば、下手すれば一年になるやも知れぬ。

（美濃なぞに何がある――？）

ヒダリは喰代の屋敷を出て、家に帰る道すがら、ふと段蔵の身の振りようを考えてみた。

（このままでは、ならない）

忍びの男は値《あたい》する年かさになるまで、間断のない修行を積みあげてこそ、実《みの》るものなのだ。われが家を空けると、段蔵の修練は復習こそ成せ、滞《とどこお》ってしまっている。忍びの実《み》が熟《じゅく》するまえに、腐り落ちてしまうかもしれない。

（それに――）

ヒダリは独《ひと》り身である。おのれへの戒《いまし》めであった。忍びの者も家族をもてば、その土地に未練《みれん》という根をはってしまうものである。ともすれば、それは死を畏《おそ》れてしまうことにもなりかねない。この道にあって、死とは常のことであった。故に、ヒダリはおのれをたえず孤独《こどく》の身においてきた。伊賀の男たちにいわせると、この上野ノ左は「死を娶《めと》った」男なのだそうだ。

（……さて、段蔵の行末《ゆくすえ》が、気掛かる）

「身を預《あず》けるか」

そうおもって、家路を反《そ》れると、伊賀南辺の名張《なばり》まで足を延ばした。

竜口《りゅうぐち》という土地に、男がいる。下田長次郎《しもだちょうじろう》という老人で、ヒダリはこの男から霧遁《むとん》ノ術を教わった。火薬を調合し、霧を生じさせて遁《に》げるという術である。

「長《ちょう》の爺《じい》は居《お》ってか」

「これは懐《なつ》かしゅう貌《かお》を見るわい」

と、古びた家屋の表に、老婆が腰を曲げて働いていた。檜《ひのき》の皮を干《ほ》している。長次郎の女房で、うめという。肉は枯《か》れているが、声が若い。白胡麻《しろごま》の長い髪をした老女であった。

「婆《ばば》、かわらぬな」

ヒダリがいうと、うめは顔に皺《しわ》を増やして、しらしらと笑った。

「歯は、一本も無《の》うなってしもうたわい。ちと、待っとれや。呼んでくるで」

と家にあがった。しばらくすると、

「上野ノ左兵衛《さひょうえ》かえ――まず、あがれ」

家の奥から、長次郎が出てきた。干涸《ひか》らびた狐の骸《むくろ》のような面《つら》をした男だ。髪の毛は抜け落ちて、ない。ヒダリのことを「左兵衛」と呼ぶのは、この男くらいのものである。九十の歳になろうかというのに、頭は呆《ぼ》けてなさそうだ。

「随分《ずいぶん》と久しい」

しっかりとした口調でいった。ヒダリはあらたまって、頭をさげた。

「じつは――長の爺に、たのみがあって参った」

「めずらかな。忍びはつとまるまいぞ、わしは死ぬ日もちかい」

からからと、渇《かわ》いた笑い声をたてた。

「仕事《つとめ》ではない。いずれかの山伏たちに通じたい。子をひとり、預ける。忍びの法を知っている者がよいのだが――」

「おまえに子があったか」

「ちがう。わけあって、手元に飼っている。長の爺は行者に顔が広いゆえ、たれぞ存じよりのことと思うて参った――礼はする」

いうと、ヒダリは喰代の屋敷で貰《もら》ったばかりの銭を出し、みせた。

「三月《みつき》に一度、銭を払う。子の世話につこうてくれ」

「ならば……、二日をくれ。都合をつけよう。その御子《おこ》を連れてくるのは、あすでもよい」

「助かる」

ヒダリは礼をいうと、すぐに上野へと引き返した。家にもどると、段蔵が表で薪割《まき》りをしていた。

「段蔵――」

声に振り返ると、そこにヒダリの姿をみた。

「すまぬが、笹児のところへ使いに行ってくれぬか」

いうと、笑顔がうなずいた。

「招《よ》んでいる、と云えばよい。わしは家に居る」

段蔵は活潑《かっぱつ》な声で返事をすると、すぐに薪を片付けて、その足で朝屋の笹児の家へ向かった。言付けをすると、またすぐに家へと走って帰った。

「暮れごろに、おいでになられまする」

笹児のことである。段蔵は土間で畏《かしこ》まり、ヒダリの指示をしずかに待った。ヒダリは汗を拭《ぬぐ》って、あたらしい着物に替えている。

「一太刀、教えよう。おもてに出て、待っておれ。木刀は二尺四寸がよい」

いわれて、段蔵は嬉々《きき》として外に駆けだしていった。剣術の稽古《けいこ》がはじまると、時の過ぎるのもわすれて、夢中になった。いつしか天道《てんとう》が空の彼方《かなた》に消え、空がうす暗くなっている。

「ヒダリ、お呼びと聞いた」

笹児がやってきた。ヒダリは段蔵の太刀を受けると、その一手を最後に、木刀を下ろした。姿勢をただして納刀し、それに併《あわ》せて段蔵も腰を落とした。木刀を納め、ヒダリに一礼をする。

「小僧、太刀すじが良さげじゃな」

笹児がいうと、段蔵はかしこまって頭を下げた。

「あと一年もすれば、おまえも負けるほどの腕になりよるぞ――」

ヒダリの言葉に、段蔵が恥《は》じらいだ。それを見逃さなかった。笹児は、段蔵を小突《こづ》いた。

「照れぬでもええがな。ほめられたんじゃ、小僧」

段蔵は、また頭を下げた。感情を表に出すということに、馴《な》れていない。なぜか、心情を露《あら》わにすることを畏《おそ》れていた。命運が、そうさせるのであろうか。

「段蔵、薪割りはもう充分ゆえ、裏にいって瓶《かめ》を洗っておけ――笹児、おぬしには、ちと話しがある。中に入るがよい」

とヒダリが汗を拭いながら、家に入った。笹児は段蔵の背をたたいて、

「稽古を励《はげ》めよ、段蔵。時を惜しむな」

と家に入っていった。

半刻が過ぎた――。

笹児が、むずかしい顔をして戸口から出てきた。夜空には、月がまぶしく光っている。何処からと知れず、桜の香がにおってくる。心地よい風が吹いていた。笹児は腕を組むと、深刻そうにため息をついた。

(厭《いや》な報せじゃな)

林の方角から、甲高《かん》い雉《きじ》の声がふたつ聞こえた。夫婦《めおと》であろうか。

「笹児、いつ発《た》てるや――」

うしろから、ヒダリが声をかけた。美濃国へ行く、のである。

「今夜にも荷をまとめるで。……あすには」

「では、二日のちの亥《い》の刻、新堂《しんどう》にて落ち合おう」

「形《なり》は――？」

「出家《しゅつけ》に妖《ば》ける」

妖者術《ばけもの》、というものがある。変装、あるいは偽装するのだが、上野ノ左は、この変装の達者でもあった。声色や、ときには背の丈さえちがってみせることができる。伊賀ではこれを、ともいう。出家僧のほか、常《つね》の形《かた》、虚無《こむ》僧、山伏、猿楽《さるがく》師、放下《ほうか》師、商人に化ける七方出《しちほうで》のだ。

「承知した」

笹児はヒダリと別れ、月で明るくなった夜道をゆっくりと歩いて帰った。ヒダリはしばらく戸のまえに立って、空の星をながめている。月日をかぞえていた——段蔵を引き取ってから、一年と四月《よつき》が過《た》っている。

「段蔵、家にはいれ」

大きな声を残して、ヒダリは戸をくぐった。

(諸行無常《しょぎょうむじょう》とは、これを云わんか——)

ヒダリは、鼻で息をついた。段蔵の身の上をおもうと、何ともかけてやる言葉が見当たらない。いまさらながらにして、忍びになるべくしてこの世に生まれた小僧である——そう、おもった。この男子《おのこ》には情が、根づかないのである。これから、別れを告げねばならない。明日、段蔵を長次郎の家に連れて行くつもりだった。ヒダリは囲炉裏のまえに坐《すわ》ると、しずかに目を閉じた。何を説いてやるか。思案を巡らせていると、戸が開いて、段蔵が顔をみせた。

「瓶《かめ》は五つまで、洗いおきました」

水に濡《ぬ》れた手を払いながら、入ってくる。よく働く小僧や――ヒダリは感心していた。

「おまえに話しがある――まず、これへ来よ」

ヒダリの声には、今宵の月の明かりのような、荘厳《そうごん》とした響きがあった。

翌日《あくるひ》、
段蔵はヒダリに伴《ともな》って、竜口へ出向いた。道すがら、ふたりは口を一言もきかなかった。段蔵の肩が落ちている。

おまえを、山岳修験の行者《ぎようじや》らにあずける――

といわれた。

(このさきは修験道を学びに入れ、忍びの法の習いをつづけるように)

ヒダリは国を出て、戻らないかも知れないとも仰せであった。昨夜のことである。

「我にしてや、忍びごときの命、いつまであるなしかと問《と》うても知れぬ。今宵を今生《こんじよう》の別れとおもえ」

――別れ。

段蔵はその言葉を耳にしたとき、何故《なぜ》か、夜の闇に舞う雪をみた気がした。正心を疎《おろそ》かにするなよ——それがヒダリの最後の言葉であった。寝床についても、一睡もできなかった。われの今生とは一体、何なのか。それをおもうと、胸にまた暗い穴が口をひらいて、冷たい風が吹きぬけていく。段蔵は何度も、こころの中で五徳とは何ぞやと自分に説いた。そして朝になり、家を出た。

さきを歩く、ヒダリの背を凝《じ》っとみた。

幹を肥らせた大樹のように、頼《たの》もしい背なかつきであるが、不思議と哀《かな》しくもみえた。これが忍びの者の、背なのであろうか。段蔵は言葉もなく、ただヒダリの後ろをついて歩いた。

暗い心とは裏腹に、空は透《す》きとおるように明るく、どこまでも晴れわたっていた。名張川の流れをわたり、支流の滝川にかかる橋を越えた。竹が生え揃《そろ》う辺りをぬけ、田の畦《あぜ》を十丁も歩くと、一軒の農家がみえてきた。

「長の爺《じい》、子を連れて参った——」

ヒダリがいうと、家の中から、老婆が出てきた。うめ、である。段蔵をみて、

「いま用事に出ておるでな——ほお、これがその子かえ。色気のある子じゃな」

「婆《ばば》、いらぬ事を申すな。これは人を斬ることも、すでに容易《たやす》い。刃物を触るよう

に、おもえや」

　いうとヒダリは、段蔵を静かな目でみた。

「よいか、段蔵。ここの主《あるじ》がもどれば、おまえは山伏のおる、修験山へゆける。道は二つしかない――忍びになるか、ならぬかじゃ。道はいつも、おのれの内で決めよ。五徳じゃぞ、段蔵。それを忘るな」

　忍びに成った後のことは、名張のさる郷士に頼んである――ともいった。段蔵は、ヒダリの目の奥に暗い湖をみていた。波ひとつない湖面のような、黒く光る睛《ひとみ》をしている。別れの言葉はなかった。ヒダリは背をむけると、

「婆よ、あとのことは頼むぞ」

　といい残して、立ち去った。段蔵は、つと足を踏み出した。ヒダリの背を見て、何か言葉をかけようとしたが、声がのどの奥に詰まった。せめても、最後にお師匠と呼び止め、礼を云いたかった。しかし、それも声にならなかった。上野ノ左の姿は、どんどん小さくなっていく――いま走れば、追いつくであろう。ヒダリの背を遠くに見つめながら、何度もそうおもった。段蔵は手をにぎりしめている。ゆびの爪がまっ白になるほど、力強く拳《こぶし》をにぎっていた。

（追うのはよせ――）

最後にみたヒダリの目が、戒《いまし》めていたではないか。振り返るな、将来《さき》を見ていろと語っていたのを聞いたではなかったか。段蔵は、追わなかった。一己の執着心を捨てて、五徳のこころを選んだのだ。それと気づいたとき、ヒダリの姿は道の上になかった。

涙は落ちなかった——それでいい、と段蔵は自分に言い聞かせた。人知れず目をこすったあと、おのれの感情を押し殺しながら、ながい息をついた。家の中から、うめが呼んでいる。段蔵は道に背をみせると、母屋へ向かって歩きだした。

戸のまえに立ったとき、突風が吹きよせた。

時《とき》つ風《かぜ》

である——あたらしい夏の到来を報せる、季節風であった。段蔵は空を見あげていた。

また夏が来る。そうおもうと、太陽がまぶしかった。

美濃の谷汲《たにぐみ》

道端に、死人《しびと》が転がっている。

その骸《むくろ》は、骨が浮きあがってみえるほど、痩《や》せこけていた。

天文十四（一五四五）年の七月——、
各地で旱魃《かんばつ》の被害がでた。この年の五月から七月にかけては、ほとんど雨が降っていない。

大地が涸《か》れた。

戦国期とは、人と人の戦いだけではなく、自然とも戦わなければならなかった時代である。旱害《かんがい》の他にも、大雨や洪水、大風、大雪などさまざまな自然災害が起きている。そもそもこの戦国の時代というのは小氷期にあたり、気候が安定しなかった時期である。気象は農作物にも、多大な影響を及ぼした。蝗《イナゴ》や浮塵子《ウンカ》などによる虫害も発生する。凶作になると、飢饉《ききん》が人びとを襲った。前年の天文十三年にも、甲斐国では大麦が実らず、夏に多くの餓死者が出ていた。

美濃国も同じであった。

草木は枯れ、井戸も干《ひ》あがってしまっている。

「堪《たま》らぬな――」

道の端《はた》にたおれている、皮と骨ばかりの死体のようすをみていった。

「京あたりでは、いまごろ禰《ね》宜《ぎ》が雨乞《あまご》いでもしておろう――が、この天のようすを見るかぎり、雨は降りそうにもないわ」

死人のそばに立っている出家《しゆつけ》の者がいった。動いている影は、この二人連れの出家僧だけである。周囲一里に人の影をみない。

「この中を捜《さが》さな成らんのか、ヒダリ……木曾《きそ》川へ出ようや。まさかのこと、あの川まで涸れてはおるまい。水をひと浴びして、それからではなるまいか」

と笹児《ささじ》はいって、かぶっている笠をぬいだ。この出家ら、伊賀者の上野ノ左《ヒダリ》と笹児が妖《ば》けていたものである。

「勝山《かつやま》まで、足を延ばしてみるか――」

暑い、とヒダリは空をみあげた。

この美濃にきて、すでに三月《みつき》以上が過《た》っている――伊賀を出たときには、これほどの旱害をおもってもみなかった。美濃の国は川が多い。それでもこうして、人は涸れあがってしまうものか。ヒダリは、また空をみた。

(雨乞いなどをして、人の命のやくに立つものか)

朝廷《ちょうてい》が諸寺に命じているという、祈雨《きう》を馬鹿らしくおもった。空には一片の雲もない。雨を降らせるのが神の力とするならば、こうして日照りに死んでゆく者たちは、神が見殺しにしたも同じではないか。命を見捨てるものに、何を祈ろうというのだろうか。気の浮《うわ》ついた、小娘の機嫌をとるようなものだ。

「阿呆《あほ》らしい――」

笹児が手にした笠を煽《あお》って、死体のうえに群がる蝿《はえ》を追いはらっている。ふたりはこの数日、死体を見かける度に立ち止まっては、念仏を唱えていた。唱えずとも、渇き死んだ者らは、極楽浄土《ごくらくじょうど》へいった――少なくとも、この世よりましな処で休んでいるに違いない。

(とっくに魂は、安養浄土《あんようじょうど》で過ごしているわい)

そうおもうと、笹児は蝿を払うことも、阿呆らしくなった。この骸は、蟬《せみ》の抜け殻と同じではないか。

「行こう。これでは、わしらまで干上がってしまおうわ」

この数日は、夏の日差しに殺された者や、飢えで倒れた人馬を方々《ほうぼう》でみかけた。我らとて、忍びでなければ、この大地の乾《かわ》きように血肉を干されて、とっくに死んでいたに違いない。

笹児は蝿の相手をやめて、笠をかぶった。苦々しく空をみていたヒダリも、道端の死人から離れた。

人を捜している。

ふたりはその人物を捜しあて、あげくに殺人をせねばならなかった。何とも矛盾したことである。旱魃《かんばつ》で人が死ぬ日々に、自ら手をかけて、わざわざ人の命をとるのである。

はたして忍びとは、何者であろうか——。

ヒダリたちは、そのようなことを思いめぐらせながら、陽炎《かげろう》がもえる道を東へとむかった。

「美濃へは、何をしに参れば宜《よろ》しゅうござりまするのか」

ヒダリは畏《かしこ》まって訊《き》いた。美濃へ出向するまえに、伊賀喰代《ほおしろ》の百地《ももち》屋敷へ顔を出したときのことだ。すでに、出家の姿に着替えている。

「沙汰《さた》がない」

上忍《じょうにん》百地丹波が答えた。美濃国へ配《くば》っていた伊賀の下忍衆からの報告が、ふいに途絶えてしまったというのだ。すでに、三月《みつき》になる。美濃に潜伏している伊賀者の人数は、五人だった。その数で、美濃一国の動向を常日頃から見張っており、月に一度、伊賀へ報告を入れていた。橋渡しをしていたのは、伊賀寺畑《てらばた》に住む下忍で、半次《はんじ》という男だったが、これが三月まえに美濃へ出たきり戻らなかった。何かことが起きた場合には、美濃がわの五人から、連絡がくる手筈《てはず》だったが、それもない。

「何ぞ、起きたわ――」

百地丹波はそういって、ヒダリを凝視した。ヒダリは主の顔をみなかったが、視線は痛いほどに分かった。

「ことによっては、斬って捨てよ。一伍《いちご》を預《あず》ける。美濃にて、うぬがそれを配り直して来よ」

五人を一組にしたものを「一伍」という。百地丹波は、先に美濃へ潜伏していた者たちの、仮名《かりな》と住処《すみか》にしていた場所をヒダリに明かした。当然ながら、口伝《くでん》である。ヒダリは頭のなかに筆を入れるようにして、五人の情報をしっかりと覚えた。

「笹児のやつも、美濃に残しまするので――？」

「数えぬ。美濃へ入《い》れるのは、才良《さいら》から選《よ》っておる五人じゃ。外に集まっておる故、その者らを連れていけ」

百地丹波は支度金を用意し、ヒダリたちを早速、美濃へと向かわせた。

美濃へは東山道《とうせんどう》（中仙道）から入り、関ヶ原を抜けて、揖保川《いぼ》のてまえにある大垣《おおがき》で足を休めた。川端にある寺に宿を借りた。七人ともに、出家の身形《みなり》である。

「ヒダリよ、この国でわしらは何をするのや？」

笹児は用命を知らされていない。他の五人も同様である。

「消えた」

「とは――？」

五人組のひとり、才良ノ小吉《こきち》という男が訊いた。手足が長く、面長で、目のちいさな男である。

「この国で前任をしておった者らがの、消えたらしい。沙汰がないそうじゃ。おぬしらが、美濃に入ったのは代替《だいが》えよ」

上忍百地丹波から、美濃に棲めといわれたが、五人は何故かは知らされていない。消えた、とヒダリの口伝《くちづて》に聞いて、一同は不安げな顔になった。

「案ずるな。わしと笹児で事由《じゆう》をさぐりあてる。おぬしらがこの美濃に根を生《は》やすまでは、わしらも留《とど》まっておる故、いらぬ心配を致すでない」

「割り地は、どのようになされるおつもりか」

木左衛門《きざえもん》という男がいった。目鼻立ちが大きく、肌のいろが女のように白い、美しい顔だちをした男である。年も若い。その目が慌《あわ》てていた。

「逸《はや》るな。むこう十日ばかり、うぬら五人はここで世話になっておればよい。わしと笹児で、さぐりを入れる。それまでは、静かにしておれや」

と立ちあがり、ヒダリは笹児を連れて、外へ出た。漆黒《しっこく》の空に、爪痕《つめあと》のような月が銀いろに光っていた。

「不穏《ふおん》じゃな」

ヒダリが、周囲の闇を見回していった。

「何がじゃ――？」

「この国の匂いよ」

事実、美濃の空気は静かなふうではあったが、奥底では騒いでいた――もともと美濃という国は内紛こそすれ、他国のように武力によって隣国を襲い、領土を拡《ひろ》げようとはしていない。古くから美濃国守護にあたっていた土岐氏は、自国の安定にこそ力を注いできた。しかしその権力はこのとき、欠片《かけら》すらも失ってしまっていたのである。土岐氏に代わり、守護代の斎藤氏が台頭するのだが、その斎藤氏もまた、いまでは没落してしまっている。

長井規秀《ながいのりひで》

という男がある。――この国の不穏な空気はどうやら、その男の身から発しているものらしい。

いまは、

「斎藤左近大夫利政《さいとうさこんたいふとしまさ》」

と名乗っている。その父は長井豊後守《ながいぶんごのかみ》という人物で、京都の妙覚寺の僧の出であった。一介の坊主であった男が、美濃では長井家に仕え、成りあがったのである。この頃までを西村新左衛門尉《にしむらしんざえもんのじょう》といい、以後、長井豊後守を名乗るようになった。

左近大夫利政はこの長井豊後守の子であり、もとは長井規秀《ながいのりひで》といった。規秀は、土岐氏当主の頼芸《よりよし》から寵愛《ちょうあい》を受けるようになると、土岐家の重臣に位置し、なかでも頭角をあらわすようになっていく――天文七（一五三八）年には、守護代斎藤氏を嗣《つ》いで、斎藤利政と名を改める。翌年には、美濃の金華山にあった稲葉山城の大改築をおこない、二年後の天文十年には、主《あるじ》であった土岐頼芸《ときよりよし》と対立して、これと抗《あらが》い争い、あっという間に土岐頼純《よりずみ》の籠《こ》もる大桑城とその支城をも攻め、つぎつぎとこれを落城せしめ、事実上の美濃国主となった。

「美濃の蝮《まむし》」

と呼ばれている。

戦国の梟雄《きょうゆう》――のちの「斎藤道三」が、この男である。

父子二代で美濃国を乗っ取ってしまった。この年、天文十四年も戦の火種は消えていない。隣国の織田信秀《おだのぶひで》という男が、この美濃に手を伸ばそうとしている。また、美濃という国は、京へのぼろうとする東国の大名たちにとっての要路でもあった。この国を何者が抑えるかで、上洛の難易《なんい》の度合が変わってくる――これまで美濃は、古い守護大名の統治下にあったが――いまは戦国大名が興《おこ》っている。平らな大地であった処に、突然と岩が置かれたようなものであった。

この岩を砕くも、取り込むも、その基盤となるのは第一に諜報《ちょうほう》である。

「ヒダリ、美濃へ行ってくれ」

伊賀で百地丹波からそう命じられたとき、上野ノ左は、

(美濃なぞに何がある――？)

と侮《あなど》ってこそいたが、見当はなかった。いまになって、美濃国入りには二つの意味があったということを、この空気の匂いで知った。ひとつは、消えた伊賀者たちの行

方、そしてもうひとつがこの国のただならぬ状勢である。ヒダリは斎藤道三のことを知らなかったが、美濃に来て、この空気を嗅《か》いだだけでも、忍びの本能が頭をもたげてくる。

「何かある」

とヒダリは月を見ながら、呟《つぶや》いた。

「厭《いや》な云いようや」

笹児は、怪訝《けげん》な顔つきだった。

「ヒダリ、わしにはこの仕事《つとめ》が、危ない話にきこえてならん。さきほど皆には、前任が消えたと云うておったが、あれは……殺された、ということかの？」

笹児は低声《こごえ》で、そう尋ねた。中にいる才良の五人には聞こえないようにと、か細い声である。

「そう見ている」

「誰《たれ》に」

殺されたのか、と訊いた。

「それを調べる。笹児、まずは馬目《まのめ》とやらへ向かおう。そこにいた新八《しんはち》とかいう伊賀者に合う」

「生きとるのか」

「さて、わからぬ――死んでおったら、骸《むくろ》に話を訊くわさ」

いうと、ヒダリたちは夜の闇に身を投じて、揖保川沿いの道を南下した。

およそ、五里。

馬目という邑《むら》は、美濃国の南西にある。揖保川と長良川に挟《はさ》まれるようにして、ほそい中州《なかす》のようになった土地であった。辺りには池が多く、小川が血脈のように幾筋も通っていた。田ばかりの土地で、ひとたび夜闇にのまれると、墨《すみ》をぬったように真っ暗になった。

夜目は利《き》く。

ヒダリたちは、暗闇のなかでも昼を歩くように、しっかりとした足取りで邑のなかを進んだ。畦道を数本踏むと、黒々とした細流に架かった橋があった。杉の丸太を三本渡しただけの小橋で、そのさきに家がある。

「あれに相違《そうい》ない――」

ヒダリは懐から苦無《クナイ》を出して、手に握った。「苦無」とは、一尺に満たない鋼《はがね》でできた忍び道具のひとつで、笹の葉のような形をして先が尖《とが》っており、土塀を切り破ったり、石垣を登るときに使った。縄のさきに付ければ、これを投げて飛苦無《とびくない》としても用い、火打ち鉄《がね》としても役立つ。当然ながら、武器にもなった。

「わしが先に立つ——笹児《おまえ》は、裏へまわれ」

「おし、承知した」

と笹児は六方手裏剣を手に、橋を渡ると、家の裏へとまわりこんだ。ヒダリは家の戸のまえに立ち、なかの気配をさぐった。家といっても、小屋のようなものである。屋根は板葺《いたぶ》きで、風に煽《あお》られぬように石が乗せられ、壁には荷駄車の車輪がたてかけてあった。

「新八は、居《い》やってか——」

ヒダリは声をかけてみたが、返事はない。数歩さがって、屋根のうえを見たが、人影らしきものはなかった。つぎに戸を叩き、しばらく待った。

「入るぞ」

といって、戸をあけた。

——中は暗い。

人の気配が、まったく無かった。ヒダリは土間に足を踏み入れ、耳をすました。鼠《ねずみ》の声すら、聞こえない。戸口に、油皿がおいてある。指で皿を探ると、油は乾いて、ほこりだけが溜《た》まっていた。三月《みつき》とは分からないが、久しくこの家に人は暮らしていないようすである。

「笹児、入ってこい。たれも居やらん」

ヒダリと笹児は一夜をこの家で過ごした。囲炉裏の灰の中や、床下まで探《さぐ》ったが、新八の行方の見当になるようなものは、何も出てこない。翌朝には田へ出て、邑人《むらびと》たちに新八の行方を尋ねて歩いた。

誰も知らない。

新八の家が空《から》になって、二月《ふたつき》が経っているという。

「ちかく、新八の親類すじの者が訪ねてくる」

とヒダリたちは流言しておいて、大垣から才良ノ小吉と木左衛門を呼びよせ、ここに住まわせた。

「わしらは加納《かのう》へ参ろう」

ヒダリと笹児は、稲葉山城の南西にある「加納」という地へ向かった。およそ九里半を行くと、長良川に沿って町があり、ここに研《と》ぎ師の店《たな》があった。主人は伊賀の高《こう》山《やま》の出で、下田《しもだ》八右衛門《はちうえもん》といった。この加納では、別の名を名乗っている。

「主人はおられるか」

いったのはヒダリである。何処で手に入れてきたのか、鈴懸《すずかけ》を着て、斑蓋《はんがい》（あやい笠）をかぶり、茶地金襴《きんらん》の結袈裟《ゆいげさ》をつけている。肩箱を載《の》せた笈《おい》を背負って、金剛杖をついている姿は、誰の目にも山伏だった。

「どちら様で――」

奥から手代が出てきた。背がまるい痩せた男で、目がおおきく蟷螂《かまきり》のような容姿である。足が悪いのか、体をゆらしながら歩いていた。ヒダリは飾《かざ》りの付いた鞘《さや》に収まった小太刀を差し出し、

「この店《たな》の主が、砥《と》ぎものの名人と聞いた。これを砥いで貰いたいと思うて、寄ってみたのじゃが」

ヒダリは小刀を鞘から抜き、手代に披露した。さらにこれは役行者《えんのぎょうじゃ》の縁《ゆかり》の品だと、偽《いつわ》りの口上をならべたてたが、

「それが、わざわざお越し頂いて、まことに申しわけもございませぬが――当の主人は、居ませぬもので」

ここの伊賀者も、三月《みつき》まえに行方を眩《くら》ましていた。手代はあれやこれやと、取り繕《つくろ》うような話しをして、主人の不在を詫《わ》びた。

「左様か」

「その、縁の高い御品は当方でお預かり致しまして、主人の評判に違《たが》わぬよう砥いで差しあげまするが、如何《いかが》でございましょう？」

「いや、よいわ——またくる」

とヒダリは店を出て、金華山の山麓《さんろく》をまわって井ノ口へと足を踏み入れた。そこから長良川に架かる大橋をわたり、鷺山《さぎやま》という小高い山の麓《ふもと》で足を休めた。神社の裏へまわると、そこでまた出家の姿に化けた。

（消えた伊賀者たちは、示しあわせて何処かへむかったのか——？）

もしや、生きておるのではあるまいか。ヒダリは考えながら、笹児と合流するために、鷺山の北側にある城田寺《きだいじ》という村に出た。笹児はヒダリの指図で、一足さきにこの村で音沙汰《おとさた》が切れた伊賀者、鬼越《おにこふ》ノ伝助という男を捜している筈《はず》だった。

「居《い》やらん——骨の一本も落ちておれば、何ぞ探りあてる足がかりにもなろうがの」

笹児がやって来て、苦々しくいった。

「家のようすは」

ヒダリが訊《き》くと、空き家になっているという。大垣に残る三人を、その夜のうちに連れてきた。

「ここに住め——銭をおいていくが、しずかにしておれよ。与之《よの》は川向こうに通うて、国のようすを探っておけ」

才良《さいら》のひとり、与之助《よのすけ》という男が返事をした。笑うと猫のように目をほそめる、愛嬌のある商人顔の男であった。

「山のうえに城がある。その井ノ口あたりが栄《さか》えておる故、何ぞ働き口があれば、雇《やと》うてもらうがよい」

「承知した」

半刻《はんこく》ばかり、才良の忍びたちと当面の身の振りようを話し合い、ヒダリと笹児は金山《かなやま》へとむかった。

北へ、二十里。

美濃北部の山間《やまあい》を大蛇のすすむように、飛騨川《ひだ》がのたうって流れている。この辺りには奇岩が多い。川の流れに、山肌《やまはだ》が削られたものであろう。踏《ふ》み分けた道がつづき、このさきは飛騨国の下呂《げろ》という処へでる。

中原《ナカハラ》、
という辺りで、ヒダリと笹児のふたりは飛騨川の支流にそれて、山の中へ足を踏み入れた。

杣《そま》が使っている小屋がある。

四人目の伊賀者は、同じ上野でうまれ育った、岩魚《イワナ》との異名《あだな》を持つ老忍である。泳ぎが達者であったと、おぼえている。この美濃に入って、十五年は経っていた。懐《なつ》かしい顔を期待したが、

「ここも空《から》じゃな——」

とヒダリは唸《うな》った。人の気配がまったくしないのである。小屋の戸を叩いてはみたが、案の定《じょう》、返事はない。

「ヒダリよ、わしは何を探しておるのか、わからんようになってきた……」

笹児はいって、小屋のまわりを歩いた。裏には、山から伐《き》り運ばれた木材が、屋根の高さまで積み重ねて置いてある。それだけだった。道具もきれいに片付けられ、まるで人だけが消えたようである。すべての物《モノ》が、意味深げにじっと息を潜《ひそ》めているようにも、みえてくる。

「笹児よ、今宵はここで足を休めるぞ——あすは、東へゆく」

ヒダリは小屋に入ると、笠をとって、囲炉裏のまえに坐《すわ》りこんだ。

「男らは何処へ消えた——？」

と、笹児が入ってきた。

「分かれば、苦労もせぬわ。仕事《つとめ》とは、そんなものを云うのよ」

ヒダリは苦々しく笑って、体を横にして休んだ。しばらくすると夕闇が山を染め、朱《あか》ねいろの空気が小屋を包みこんだ。

ふと、目が覚めた。

真夜中である。

笹児は囲炉裏のそばで、仰《あおむ》向けになって寝転がっている。いつの間にか、眠りこんでいたらしい。目を開けると、四囲《まわり》は闇に包まれていた。かろうじて、屋根の梁《はり》が見えている。

ヒダリが、――いない。

闇のなかに目を凝《こ》らすと、ヒダリは戸のそばで身を屈《かが》め、背をまるめていた。

（何をしている……）

とおもったとき、外から草を踏む音が聞こえてきた。微《かす》かな音である。しかし、笹児たちには、草を踏む人の重さも知れた。

（笹児、寝ておれ。――）

戸のまえにいるヒダリが、鷹《たか》のように鋭い目を、こちらに向けていた。手には、苦無をにぎりしめている。笹児には、云わんとすることが分かった。小さく頷《うなず》くと、ものように体を横たえて、しずかに寝息をたてた。

すると、
戸が、そろりと開いた。

糸のように細い月の明かりが、小屋の中へ入ってきた。引き戸が音もなく開いて、あとに人影が静かに入ってきた。手に抜き身の刀を提《さ》げている。煤《すす》を塗っているらしく、刃に光りがない。影は笹児のほうへ、足を向けていた――一歩、二歩と――足を運んだそのとき、闇からヒダリが飛び出してきた。影の手首を摑《つか》みあげ、

「何者ぞッ」

ヒダリが叫んだと同時に、天井からもうひとつの影がドサリと落ちてきた。刹那、笹児が床から跳ね起きた。懐から六方手裏剣を取り出したのをみて、

「殺すな」

相手の手首をねじあげ、ヒダリがいった。笹児は倒れこむように身を伏せ、もうひとつの影の膝頭《ひざがしら》を狙って、手裏剣を投げつけていた。

うわっ、
と悲鳴があがったかとおもうや、影は天井の梁《はり》に飛びあがり、屋根を蹴《け》破《やぶ》った。血のついた手裏剣が落ちてきた。それを拾いあげ、

「追うぞ」

と笹児はヒダリに云い残し、窓を破って外へ飛び出した。

「命が惜《お》しくば、抗《あらが》うでないッ」

ヒダリは刀を奪いとり、相手の太腿《ふともも》を刺し抜いていた。戸口へ押しやると、月明かりのなかに曝《さら》して、相手の貌《かお》をみた。

「あっ、おまえは。——」

ヒダリは息を呑《の》んだ。はたして、その貌は——研ぎ師の店で顔を合わせた、手代の男であった。蟷螂《かまきり》のような顔が、ニヤリと笑った。

「伊賀め」

いうとヒダリの手を鷲摑《わしづか》みにし、脚に刀を刺したまま、喉笛《のどぶえ》に嚙みつこうとしてきた。ヒダリは仰《の》け反《ぞ》って、戸の外へと倒れこんだ。

（まずい——）

とおもったとき、蟷螂が身体に覆《おお》いかぶさってきた。男は剝《む》き出した歯を、ヒダリの喉もとに突き立てようとしている。ヒダリは咄嗟《とっさ》に刀から手を放し、立ちあがりざまに、胸を蹴りつけた。するとすぐに、相手の脚に突き刺さっている刀を摑んで、引き抜いた。

「うぬが殺したかッ」

ヒダリは男のうえに馬乗りになって身体の自由を押さえつけ、血がしたたる刀の刃を相手の首のうえに乗せた。やはり五人の伊賀者は消えたのではない、この者らに殺されたのだ……そう、確信した。

「いずれの国の者か、申せやッ」

「知らぬでよい」

男は嗤《わら》うように云うや、ヒダリの手にある刀に自ら喉を押しつけて、首を横に振った。

「あっ」

と、ヒダリが手を避けたときには遅かった。男の喉から血が噴きあがった。ヒダリは慌てて、男のそばに膝をついた。手の施《ほどこ》しようがない。男の首は熟《う》れた石榴《ざくろ》のように割《さ》けて、黒い血が流れだしている。

「名を云えッ。伊賀衆を殺したのは、おまえか――」

男は血の泡を口から吐きながら、楽しそうに笑っている。

「伊舎那天《いしゃなてん》が――」

ヒダリは最期《いまわ》の言葉を聞き届けようとして、男の声に耳を側立《そばだ》てた。

「――うぬらを殺しに参る、覚悟せや」

首が捩《よじ》れ、男は息をしなくなった。異様におおきな眼《まなこ》が、夜空を凝視している。

ちっ、
と舌打ちして、ヒダリは心臓を刀で一突きにした。用心のためである。この男が忍びであることに相違はない。死さえも、偽《いつわ》るのが忍びの者たちである。心臓に突き刺した刀を抜いて、もう一度、息を確かめた。

死んでいる。

そこへ笹児が駆けもどってきた。

「しくじった。逃げたやつめは、崖《がけ》から落ちた。命は無かろうが……」

ヒダリのそばに倒れている男の骸《むくろ》をみて、言葉を呑んだ。

「死んだか」

「死んだ。不覚《ふかく》であったわ――しかし、正体は知れた」

ヒダリはいって、立ちあがった。

(伊舎那天《いしやなてん》か。――)

うわさには聞いたことがある。忍びの異名、としてである。抑《そも》、伊舎那天とは東北の御法神にして、破壊の神といわれる。荼枳尼天《だきにてん》の同族とされ、魯捺羅《ろだら》の化身でもあった。暴風の神、忿怒《ふんぬ》の火神ともいう。仏画を――観《み》たことがある。伊舎那天の額には第三の眼があり、生き血を盛ったという皿を左手にのせていた。右手には三叉戟《さんさげき》をもち、白牛にまたがった恐ろしい姿の神である。

　この異形の姿をした神の名を語る、忍びの者があった。信濃から出たといい、四阿山《あずまやさん》で山岳修験を積んだのち、籠屋《こもりや》を出て下山した男だという。越後の忍びであるとも聞く。定かではないが——いずれにして、東北の地から出た忍びの者のようで、呪術と幻術に長《た》けているらしい。ヒダリは、死体をひきずって林のなかに捨てた。

「その伊舎那天とか申す、忍びの人体《にんてい》を知っておるのか」

　笹児が訊いたが、

「知らぬ。しかしこれを探しあてて、斬らねばなるまいて。いずれの大名が雇《やと》うたものか判《わか》らぬが、この美濃の地をよほど重くみておるらしいわ」

　いずれ上洛を考えている大名がいるのだろう。京へのぼる途中、この美濃を通ることを考え、手飼いの忍びを放ったのだ。新興の大名、斎藤左近大夫利政を調べるためか、単に国の状勢を探っておいて、来たる日にむけての検討材料をいまから集めているのかもしれない。それとも——下から手を伸ばしている、尾張の織田信秀が放った忍びという可能性も、ある。

（いずれにせよ、われには拘《かか》わりのないこと——）

正体の知れぬ忍びの者が、この美濃に紛《まぎ》れこみ、同朋《どうぼう》の伊賀者を追い殺しているのだ。それを仕留めるだけのことである。大名たちが何を考え、何をしようとも、伊賀の忍びの知ったことではない。

「伊舎那天を斬る」

いうとヒダリは矢立《やだて》を取り出し、筆さきに墨《すみ》を吸わせた。一葉の紙に「伊舎那天」と書き記すと、その紙を小屋の戸口に持っていった。

「何をするつもりや、ヒダリ」

「偽引《おび》くのよ」

血が付いた刀を手にした。神の名を書いた紙を戸柱に当てると、刀で突き刺しにして飾《かざ》った。刀身に付いていた血が切っ先へと伝《つた》い流れて、紙のうえで滲《にじ》んだ。足跡を残しておいてやる。われらを追ってこい——ヒダリの目が、紙のうえの名を読んでいた。

「笹児よ、この文字をよく見覚《みおぼ》えておけや。紙や札に書いて、美濃にばらまく」

「承知」

笹児は満足そうに笑むと、ヒダリに従って山をおりた。

ふたりは翌日の昼に、関《せき》という町に入った。

そこで、残る伊賀者の所在を確かめたが、やはりここでも行方はいずれと知れなかった。

「雨が降らぬな」

笹児は、怪訝《けげん》な目で空を見あげた。六月にもなるというのに、この美濃に入ってからは、まだ一滴の雨も降っていない。

「暑くなりそうじゃな――」

その日から、ヒダリと笹児は「伊舎那天」なる得体の知れぬ忍びの者を誘《おび》き出すため、国中を歩きまわった。名を書いた紙片を木の幹に釘で打ちつけ、あるいは板木《はんぎ》に名を刻んで血に浸《ひた》し、神社の境内などに吊《つる》してまわった。

人びとは、この奇怪なる神の名を忌《い》み嫌った。ときに、家の軒先にはり紙をされ、あるいは算《ふだ》を吊されているのを見つけると、真《ま》っ青《さお》な顔になって剥《は》ぎとった。真言宗当山派の寺院が近くにあれば、護摩木《ごまぎ》と一緒に焼《く》べてもらい、籤《ひご》に結わえて川に流したりもした。

伊舎那天

――この名が大いに畏《おそ》れられるに至るころには、この美濃でも旱害《かんがい》がはじまっていた。日照りに草木が枯れ、老人や子供は渇《かわ》きにうめいた。これは一体何事なのかと、人びとはうわさし合い、伊舎那天のうわさはさらに近在の者から隣村へと、しずかに広まっていった。

「この美濃に伊舎那天《いしやなてん》なる邪神が、災いを率いて訪れておる――」

そのような会話が、昼夜を問わずなされた。

うわさにあわせて、ヒダリたちは流言をまいている。ふたりの僧が、伊舎那天を退治するために国を巡《めぐ》っておる、とふれた。

おのれらがまいた「はり紙」を火にかけ、念仏を唱えながら、美濃の国中を歩いてまわった。

そして、

――三月《みつき》が経ったのである。

木曾川に出たヒダリと笹児は、川の水を命一杯に頭から浴びた。しばらく涼をとってから、川岸にあがり、

「ヒダリよ、われらは三月《みつき》もこの国を歩きまわっておるが、その魔道《まどう》の妖《ば》けものや、

足跡《あしあと》のひとつ見かけぬぞ。まことに、おるんかの――？」

笹児は体を横たえて休むと、

「夢のことかも知れぬのう」

といって、おおきな欠伸《あくび》をした。

「ふん」

ヒダリは鼻でわらって、遠くを見つめた。ふたりが休んでいるのは、美濃の勝山《かつやま》という辺りである。この地は、濃州南辺に位置し、木曾川の流れが曲がりくねった筋沿《すじぞ》いにあって、川を越えると尾張国の犬山にでる。

背後の山の頂に、城がみえた。

猿啄城《さるばみ》
である――応永のころは西村豊前守善政《にしむらぶぜんのかみよしまさ》が居城にしていたが、享禄三（一五三〇）年から田原左衛門《たはらさえもん》という男が城主になっている。城の北側の麓には、一条の細流が銀いろの糸のように光り、その向こうに田地が広がっていた。そのさきに、
深萓《ふかがや》
という邑里《ゆうり》があった。

ヒダリたちは木曾川を離れると、深萓までを歩いた。半里も下れば川があるという

のに、ここの田も半分がひび割れている。畦道《あぜ》は白く渇き、陽炎《かげろう》がたっていた。ふたりは道を往きながら、家々をのぞきこんでいる。

軒先に立つと、「悪《あ》しきはり紙、算《ふだ》のあれば、供養する」といって、念仏を唱えながら、またつぎの家を訪ねてまわった。

しばらく歩いていると、道の奥に影があらわれた。岩のように、大きい。ヒダリは足を止めると、笠の下から、道のさきに出てきた影を凝《じ》っと見つめた。影は、こちらへ近づいて来る——ゆらりゆらりと、歩いているふうにみえた。ヒダリと笹児は、呆《あっ》気《け》にとられて、道のうえに突っ立ったままである。その影はいまや、陽炎のなかに呑みこまれて、歪《いびつ》な姿をふたりのまえに曝《さら》した。

「あれは何じゃ」

笹児は、目をまるくした。

「弥珍《いやめずら》しきをみる」

とヒダリは笑っている。影は、みる間に近寄ってきた。一頭の牛《うし》、であった。その背には、人が跨《またが》っている——一糸《いっし》纏《まと》わぬ女人《にょにん》である。牛の方は土埃《つちぼこり》をかぶって、真っ白に汚れていた。ふたりのまえに来ると、

「おのれら、われを探しておるかッ」

と牛の背にまたがった裸の女が、甲高《かんだか》い声を発した。目が、狐に憑《つ》かれたようにつりあがっている。あごが尖《とが》り、鼻が長くみえるが、美しい顔立ちをしていた。あばら骨が浮きあがり、椀《わん》のようなかたちをした乳房《ちぶさ》に、黒髪が垂れていた。その左手には、血に染まった皿を乗せ、右手に刃の錆《さ》びついた鎌《かま》をにぎっている。

「ほお」

ヒダリは女の形《なり》をみて、感心したように笑った。やはり出てきよったわ——笹児をちらとみて、うなずいた。

「おとこ、応《いら》えや。われに何用ぞ」

女はふたりの顔を睨《にら》みつけ、地に唾《つば》をはいた。牛が長い舌を出して、おのれの鼻の頭をなめている。蠅《はえ》を払うように、尾をふっていた。牛がひと鳴きして、前足で地面を掻《か》いたとき、ヒダリが言葉を返した。

「おぬしは、たれじゃ」

いうと、横にいる笹児が懐に手を入れて、隠している手裏剣を闇につかんだ。

「われは、艮《うしとら》(北東)の御法神、伊舎那天《いしやなてん》じゃ」

「ほお……、ならば、用があるのはおまえの方ではないか。この国で、伊賀者を手にかけたであろう」

ヒダリが訊き返すと、女はけらけらと笑って、

「仇《アタ》を討つ気でおやるか？」

と嘲《あざけ》るように目を剝《む》いた。ヒダリは視線をそらした。こいつではない——その目が、道の隅々をみていた。枯れ草の奥を、そしてひび割れた田に倒れている、荷車の蔭《かげ》へと視線を向けた。

(どこかで見ているはずだ。この女は術をかけられ、操《あやつ》られているに過ぎぬ)

ヒダリは手の裏に、苦無を隠し持った。

「仕合《しお》うてやる。あす、谷汲山《たにぐみさん》へ来い」

女がいって、ヒダリは視線をもどした。

「華厳寺《けごんじ》のことかの——？」

「その北をみよ。高科《たかしな》に谷がある。足をいれて、西へ十丁もゆけば、舟がひっくり返っておる。そこで、合《お》うてやる。よいな、子《ね》ノ下刻に待《ま》っておやるぞ」

云うや、女は右手にある鎌の刃で、自分の首を搔《か》き落とした。乾いた土のうえに血をまき散らしながら、白い首がころがった。

(あっ)

とヒダリが後退《あとずさ》った。首をなくした胴体が、牛の背で仰《の》け反《ぞ》っている。左手に皿

を、右手に血にぬれた錆鎌《さびがま》をつかんだままである。血を浴びて真っ赤になった牛は、悲鳴をあげたかとおもうと、こんどは狂ったように鼻息を荒げて、とつぜん走り出した。背のうえの女の裸体が地にころげ落ちた。

「阿呆《あほう》、こちへ来《く》なやッ」

笹児は牛の角《つの》を避けようと、わきへ飛び退《の》いてころんだ。牛はそのまま、道を駆け去っていく。

「笹児、大事ないかよ」

「牛は好《す》かぬ――」

土を払いながら、笹児が立ちあがった。ヒダリは道のうえに転がっている、無惨な女の死体をみながら、

「出て来よったわい」

とつぶやいて、笠をとった。

「魔道の者は、やることがいちいち惨《むご》い」

笹児が死体を担《かつ》ぎあげ、道の端へ持っていき、捨てた。ヒダリは首をつかみ、胴体の横にそっとおいた。

「伊舎那天などと神の名を語ろうても、たかが人の仕業。己《おの》が術に、酔い浸《ひた》っておる

男のことよ――伊賀の剣で、いちどに刺し抜いてくれようわ」

怒っていた。声が、太く響いている。ヒダリは女の骸のそばに屈《かが》むと、手を合わせて、しずかに念仏を唱えはじめた。笹児がすぐに袈裟《けさ》を脱いで、女の軀のうえにかけた。

「さてよ、刀がいる」

立ちあがって、ヒダリは笹児に苦無を手渡した。

「どないするつもりかの、ヒダリ――?」

「わしは城田寺《きだいじ》へもどって、剣を仕込む。おまえは衣布《いふく》を替えて、さきに谷へいっておれ」

「承知した――しかし、あすの子《ね》ノ下刻と云うておったが」

「うむ。故《ゆえ》に、さきに手をまわして、足もとを掬《すく》ってやろうとおもう」

ヒダリが秘策を打ち明けると、笹児はかたく頷《うなず》いた。

ふたりは、そこで別れた。

城田寺《きだいじ》に入ると、ヒダリは才良《さいら》衆を集めて、ことの次第を打ち明けた。

「わしらも加勢にいきまする」

といったのは、木左衛門である。農民の恰好《かっこう》であった。

「おぬしらの手は借りぬ。伊舎那天の相手は、わしと笹児で十分のことゆえ――それよりも、綿色《わたいろ》をかけた刀がいる。暗薬《あんやく》があれば、それもわしに呉《く》れ」

ヒダリのいう、綿色をかけた刀とは、火にかけた鉄がまだ熱いうちに、絹《きぬ》の布でこすり、刀身を黒く仕上げた忍び刀のことである。暗薬は、煙幕に用いる火薬だ。竹筒に火薬とヒハツの粉を詰めて、これを発火させて敵に投げつける。

「刀は、お任せ下され」

与之助が、猫のように目をほそめ、笑顔で応じた。たのむ、とヒダリがつづけて、

「万にひとつも、わしと笹児がこれに戻らぬようなことがあれば、伊賀から人を五十、よび寄せよ。伊舎那天なる忍びをこの国から追い出さねば、当来、伊賀の名を汚《けが》すことにもならん」

と立ちあがり、袈裟を脱ぎ捨てた。

「そうはさせぬ――」

すぐに伊賀袴《はかま》をはいて、茶染めの忍び装束に着替えた。

その夜、ヒダリは袖火《そでび》を用意した。

硝石《ショウセキ》と硫黄《イオウ》を灰に混ぜあわせ、錐《きり》で穴をあけておいた六寸ほどの竹筒に、いれる。

細引きで筒の口をかたく巻いて、これを袖の内にいれ、火をつけるのである。胴火《どうか》であった。この袖火は、常の火種《ひだね》としてつかう。

忍び刀と暗薬がそろったのは、翌日の夕暮れになってからである。ヒダリは刀の仕上がりぐあいをしらべたあと、刃に毒を塗《ぬ》った。才良衆にあとのことを頼むといい残して、おのれは乾《いぬい》（北西）の方角を目指して走った。

谷汲山《たにぐみやま》。

この山は大野《オオノ》という村を越えて大谷山、滝谷山、石山の連なるさらに北にあり、根尾川がほそくなった辺りの西がわにみえてくる。

ここにある寺を谷汲寺《たにぐみでら》（または華厳寺《けごんじ》）といい、寺伝によれば創始は延暦十七（七九八）年、大口大領なる人物が、京都から十一面観音像を持ちかえるところ、この地で仏像が急に重くなり、動けなくなったという。大領は、此処《ここ》こそが観音を祀《まつ》るところだと、豊然上人という修行者と供に寺を建立したらしい。近くの谷間から「油《あぶら》」が湧《わ》きだし、仏前の灯明には事欠かなかった。このことを聞いた醍醐《だいご》天皇《てんのう》が、谷汲山の山号を贈り、華厳寺と名付けたという。西国第三十三番満願霊場——が、この寺である。

辺りには、その「谷」が多い。

名が付いているものだけでも、下から法林寺谷、スボミ谷、長谷、明谷、猪ノ谷、宮谷、岐礼谷ときりがない。大地に刻まれた古い皺《しわ》のような、この幾筋もの谷のひとつに、ヒダリが向かっている。

すでに、空が暗い。

高科《たかしな》という小さな村落を抜けると、そこに目指す谷があった。周囲の山から染み出した清水が、足許《あしもと》を流れている。一丁も歩くと、水は涸《か》れて、足許は岩と石ばかりになった。春先までは、ここにも山の水が川になって流れていたのであろう。干涸《ひか》らびた魚の死骸が岩のうえで寝ており、石には乾いた水草がしがみついていた。

月が出て、谷は蒼《あお》ざめた。

ヒダリは伊舎那天に殺された女の口から聞いた「舟」をみつけていた。切り立った崖《がけ》の下で、舟は腹をみせて横たわっている。まるで巨大な魚の死骸のようにみえた。ここだ……とヒダリは、周囲の地面を目で探《さぐ》った。どこかに、笹児の印がみえる筈《はず》であった。

（あったわい。――）

ヒダリの目が、舟のわきを凝視した。地面に、ほそい竹筒が刺さっている。

（あとは）

伊舎那天、である。子ノ下刻をすぎているが、魔道の者はあらわれなかった。ヒダリは、示し合わせた舟のちかくで仁王立ちになったまま、仇《あた》を待ちつづけた。

しばらくすると、

舟の舳《へ》先《さき》から、三尺ほどの紐《ひも》のような影が垂《た》れた。ゆれて、地面に落ちた。

と――、

紐のような影は、ゆっくりと地を這《は》いはじめた。ヒダリの足許へと、向かっている。石の間を縫《ぬ》うように、気味悪く這いすすんでいた。

（これは不吉《ふきつ》な……）

みると、赤棟蛇《ヤマカガシ》であった。蛇が一匹、黒斑のある背に月の明かりを浴びながら、ヒダリのまえにやってきて、鎌首《かまくび》をもたげたのである。ちろちろと舌を出し、

「独《ひと》りできたか」

といった。まさか――と、ヒダリは谷を見まわした。幻術である。おそらくは伊舎那天なる忍びが、どこかに身を隠して声のみを発しているのだ。

「本《ほん》の姿をみせや」

ヒダリは苛《いら》立《だ》つようにいった。

「これが、わしの正体じゃよ」

蛇がまた口を利いた。そして息のぬけたような、下卑《げび》た笑い声をたてた。ヒダリは蛇の目を見据えたまま、腰から提げている刀の柄をにぎった。

刹那《せつな》、

抜かれた刀が蛇の首を断った。鎌首が、空に跳《は》ねた——と同時に、舟の上から人の影が飛びかかってきた。咄嗟《とっさ》に、ヒダリは刀を八相《はっそう》に構えて、相手が振りおろしてきた刃を受けとめた。火花が闇に散り、ちいさな影はまた飛びあがっていた。

(伊舎那天じゃな——)

とおもったとき、影の口から霧《きり》のようなものが噴きだした。避けることができなかった。油《あぶら》、——だ。ヒダリの全身が濡《ぬ》れた。

「まずいッ」

と腰に提《さ》げていた暗薬の竹筒をはずして、空に放った。それと同時であった。伊舎那天が胴火を投げた。どおっ、と爆発音がして、炎の花が夜闇《よやみ》に咲いた。途端《とたん》に目の前が、昼のように明るくなった。ヒダリの装束に火が絡《から》みついている。川は涸《か》れていた——あたりには一滴の清水も湧《わ》いていなかった。

ヒダリは奔《はし》った。体についた火を消そうとして、地に転がれば、間違いなく刀で刺し殺されていただろう。が、ヒダリは倒れなかった。助走をつけて跳ねあがると、凄《すさ》まじい疾《はや》さで身体を回転させた。中空で独楽《こま》のように回転しながら、さらに地を蹴《け》って、また回転をくり返した。すると身体に纏《まつ》わりついた火が、真っ白な煙を吐いて、掻き消えた。ヒダリは着地するや、刀に残っていた火を一払《ひとはら》いして、消した。衣布は、ぼろきれのように破れ、焦《こ》げついている。頭髪が焼けて、煙が立っていた。

「伊舎那天ッ」

と相手の名を叫んだ。

「応《おう》ッ」

頭上から声が降ってきた。また舟のうえから、ちいさな影が飛びかかってきた。ヒダリの黒い刀が、それを真っ二つにした。斬ったのは、藁束《わらたば》である。気づくや、ヒダリは刀の刃を寝かせて、うしろを振りかえった。同時に、閃光《せんこう》が目のまえを掠《かす》めた。地に這うような恰好で、体を低く構えている伊舎那天が、奇声を発しながら長刀を突き出してくる。手さばきが、素早い。まばたきの一つも、できなかった。喉もとを狙ってきたかとおもうと、心ノ臓、膝頭、股ぐらと、伊舎那天が剣を繰りだしてくる。さすがに剣術に長けた上野ノ左といえども、この連続する剣を躱《かわ》すことに精一杯になった。

(これは手強《てごわ》い——)

さらには伊舎那天の身の丈が、想像にも及ばぬほど、ちいさかった。四尺にも満たないであろうその体軀《たいく》を地に伏せていられると、忍び刀の長さでは到底《とうてい》、届きもしない。そのうえ、相手は蛇の舌のように、刀身の長い剣を間髪《かんはつ》入れずに突きあげてくるのだ――ヒダリは後退《あとずさ》った。一瞬の隙《すき》を盗んで、舟の縁《へり》を蹴ったかとおもうと、空高く跳《と》びあがった。伊舎那天の背後に降り立ち、

「笹児、起きやッ」

と叫んでいた。

同時に、

地面の中から、影が跳《は》ねおきた。伊舎那天は驚いて、ヒダリに向けていた貌《かお》をうしろへまわした。そこに別の影が立っていた。土砂を巻きあげながら、伊舎那天の背後にあらわれたその影は、笹児だった――さきに此処《ここ》へきていた。土を掘って潜《もぐ》り、じっと隠れていたのだ。ヒダリと示し合わせた通りに。

「馳走《ちそう》じゃ、くらえっ」

と笹児は地中で息をするために口にくわえていた竹の筒を投げ捨て、立ちあがりざまに、右手から六方手裏剣を放っていた。早技《はやわざ》であった。すでに空《あ》いた左手にも手裏剣をつかみ、これを八相《はっそう》に放った。二枚の手裏剣が、伊舎那天の背なかの肉に埋《う》もれ

た。

「ぎゃあ」

と叫んだときには、ヒダリが再び空《くう》に跳びあがって、刀を振り下ろしていた。黒い刃が、伊舎那天の頸《くび》の付け根を斬り落とした。毛のない首が地面に転がり、あたりの石が黒い血に染まった。

(おお)

ヒダリは驚いた。伊舎那天との異名をもつ男の落ちた首をみて、

「これは人か——?」

と息を呑んだ。

「恐ろしきことや……額《ひたい》に、眼があるぞ」

笹児はいって、口を閉ざした。貌の皺《しわ》は干《ほ》した梅のように千とあり、年齢は百歳をゆうに越えているようにみえた。梟《ふくろう》のようにまるい両目は黄いろく濁《にご》り、眉《まゆ》がない。右の耳から顎《あご》にかけて、焔硝《えんしょう》で焼けたような傷の跡があった。頭髪は抜け落ちて、男女の区別すらもつかなかった。そして——額に、目玉があった。

ヒダリが、刀の切っ先で額の目を突いた。数珠のような、白い石である。刀の切っ先が触れると、かたい音が鳴った。

「魔道《まどう》の目じゃな」

ヒダリはいうと、伊舎那天の胴体をみた。蜘蛛《くも》のように四肢《しし》をひらいて、地面に這い蹲《つくば》ったままである。子供の体ほどに小さかったが、筋骨がたくましい。そばに落ちている長刀をつかみあげると、一貫半はあろうかという重さだった。この刀をあれだけの速さで操《あやつ》るとは、歳がいくら若くても難しいだろう――ヒダリは、この忍者がどれほど老齢であったのかは知らない。しかし、それを考えると、いまさらながらに忍びの道の恐ろしさを知るおもいだった。

(忍びとは、果てはこのように人《ヒト》ではなくなるものか――)

背すじが凍《こお》った。

「ヒダリよ、火のなかをくぐったような恰好をしておるが、大事ないのか」

笹児の声に、ヒダリは我にかえった。

「うむ。さても危《あや》うかったが、酷《ひど》うはない」

笑うと、ヒダリは笹児を伴《ともな》って谷を出た。

ヒダリたちが城田寺《きだいじ》にいる伊賀衆のもとへともどったのは、明け方もちかくなった刻《ころ》だった。

朝になっても、陽《ひ》は射さなかった。

この日は、——空に雲がひろがり、風がよく吹き、昼になってからは雨も降りはじめた。人びとには、恵みの雨である。ヒダリたちもまた、雨の音をしずかに聴きながら、ゆっくりと眠りについた。

翌日から、ヒダリと笹児は美濃の伊賀者を護衛する役目を負い、伊賀の国に帰ったのは、その年の暮れになってからのことである。

関東風雲

時は流れて、
永禄《えいろく》五（一五六二）年になる。
この頃の関東の空には戦雲がおもく垂れこめ、戦々兢々《せんせんきょうきょう》とした日々がつづいていた。
先《ま》ず、
北条氏康《ほうじょううじやす》
という人物がこの関東にいる。
国は、相模《さがみ》である。
戦国の魁《さきがけ》、伊勢宗瑞《いせそうずい》（北条早雲）を祖父にもち、父は北条氏綱《うじつな》である――この父氏綱なる人は――先代伊勢宗瑞とともに相模を経略《けいりやく》し、小田原《おだわら》城を本城とすると、伊勢姓から北条姓に改めた。ここに小田原北条氏が誕生するのである。氏綱は先代の宗瑞から家督《かとく》を継承したのちに、武蔵《むさし》、下総《しもうさ》方面へと電撃的な侵攻をし、甲斐《かい》の武田信虎《のぶとら》（信玄の父）と、駿河《するが》の今川義元《いまがわよしもと》とも衝突《しょうとつ》した。さらには山内《やまのうち》、扇 谷《おうぎがやつ》の両上杉《うえすぎ》氏と戦いながら、北条氏の 礎《いしずえ》 を築くのである。

その子――北条氏康――が、これを引き継いでいる。

「宗瑞の血」

「小田原の城」

そして、「戦《いくさ》」をである。

氏康が父氏綱から家督を継承したのは、天文《てんぶん》十（一五四二）年七月のことであった。同月十七日に氏綱が死去して以降、氏康が父のあとにつづいて関東制圧をつづけている。

初陣《ういじん》は享禄三《きょうろくさん》（一五三〇）年六月の武蔵小沢原《おざわはら》での、扇 谷上杉朝興《おうぎがやつうえすぎともおき》との戦闘であったという。これ以降、父氏綱とともに、数多《あまた》の戦場へと出陣した。

たとえば――。

天文四（一五三五）年に武田信虎と甲斐山中《やまなか》で戦い、天文六年二月には駿河へと出陣して、富士川以東（河東《かとう》地域）を侵攻し、この地域を翌年までに占領している。さらには、同年十月の国府台《こうのだい》の合戦（第一次国府台合戦）では足利義明《あしかがよしあき》と里見《さとみ》義堯《よしたか》と戦い、これに圧勝した。

氏康《うじやす》はこうして、父とともに戦雲に覆《おお》われた関東の大地を駈《か》けまわりながら、戦功をかさねていくのである。

天文十五（一五四六）年四月二十日、北条氏康は関東制圧の緒戦《しよせん》をむかえる。史上に名高い、河越《かわごえ》合戦である（——後年になって語られるところによれば、北条氏康八千の兵に対し、敵は八万もの大軍兵であったという）。

北条氏の相手は、古河公方《こがくぼう》の足利晴氏《はるうじ》を擁《よう》した関東管領《かんとうかんれい》山内上杉憲政《のりまさ》と、扇谷上杉朝定《ともさだ》、この両上杉氏と連盟を結んだ今川義元《いまがわよしもと》であった。大連合軍を相手にしたこのときの戦いに、北条氏康は劣勢《れっせい》に立たされるのだが、巧みな戦術によって勝利をおさめている。扇谷上杉朝定は討ち死にし、ここに扇谷上杉氏は滅亡した。山内上杉憲政は、上野国《こうずけ》の平井へと敗走する。

その四年後。

——天文十九（一五五〇）年、北条氏康は上野国平井城に逃亡した山内上杉憲政を攻め、越後《えちご》に追い出してしまう。憲政がこのとき、越後に頼った漢があった。

長尾《ながお》景虎《かげとら》
という人物だ。のちの、上杉謙信である。

永禄三（一五六〇）年八月末、長尾景虎（上杉謙信）は山内上杉憲政を奉《ほう》じて立ちあがり、関東に進発した。このときの氏康《うじやす》は先代北条氏綱から引きつづいて関東管領として振る舞っているが、本来、この関東管領職《しき》の任命権は室町将軍にあり、正式なものではない。越後に敗走した憲政こそが正当な関東管領であった。

越山《えつざん》した景虎は、関東を席巻《せっけん》した。

その勢いたるは凄《すさ》まじく、北条氏の勢力圏は、またたく間に武蔵国中部まで後退し、翌年には本城のある小田原まで攻めこまれてしまうのである。景虎はすぐに退陣するものの、北条氏はこのときはじめて本拠地《ほんきょち》まで敵方の進軍を許したことで、大きな衝撃をうけていた。

強い。

景虎は北条氏を圧倒した。

ときに、北条氏の家督《かとく》は氏康から嫡子《ちゃくし》の氏政《うじまさ》に譲られている（――といっても、氏康は家督を譲《ゆず》ったあとも出馬をつづけていたが）。

さらに。

この永禄三年の五月には――駿河《するが》の今川義元が、討ち死にしていた。尾張《おわり》国で奇襲をうけたのである。場所は桶狭間《おけはざま》という地であった。今川義元のこの死は、戦国時代の

大きな転機ともなった。その義元を倒した人物は、斎藤道三の娘（濃姫《のうひめ》）を妻にした、
織田信長《おだのぶなが》
という男である。天文三年に尾張の織田信秀の嫡男《ちゃくなん》として生まれ、このときわずか二十六歳であった。
翌年（永禄四年）の閏《うるう》三月はじめ、長尾景虎は鎌倉へと移った。このとき景虎は、憲政《のりまさ》から名跡《めいせき》を継いで、関東管領山内上杉氏の当主となっている。景虎は、憲政の一字をうけ、
「上杉政虎《うえすぎまさとら》」
と名をあらため、ここに関東管領として働く北条氏と、同等の位置にある上杉政虎なる漢が誕生し、関東支配を争う戦いがつづけられるのである。
戦の火は、この関東の大地でもますます燃え盛《さか》り、天を黒く焦《こ》がした――戦国時代の発端が応仁の乱としても、このときはすでに焚《た》き火の底の灰となっており、激しく燃えあがる今の火のもとが、いずれの薪木《まきぎ》のものか探し出そうにも、火が火を生んでいるのでよくわからない。民衆にとっては、ただ天に噴きあがる炎の先を見あげて、火の粉がかからないようにするだけである。この激しい炎を消すとしても、すでにそれだけの「水」もなく、さらなる烈火によって戦国の火という火を呑みこみ、灰燼《かいじん》に

帰《き》するしかなかった。

永禄四年八月十四日――関東遠征を終えた上杉政虎は越後に帰国するが、またすぐに兵を率いて出陣していた。

政虎はおよそ一万三千の兵力をもって越後春日山城を出ると、信州《しんしゅう》川中島へと進軍した。

戦国時代の合戦でも名高い、「川中島の戦い」である。

事のおこりは、甲斐の武田晴信（信虎の子。信玄）が信濃《しなの》国を経略せんとし、豪族村上義清《むらかみよしきよ》を攻めたことにはじまる。武田氏に圧迫された義清は越後に救援をもとめ、これに応じた上杉政虎（このときは長尾景虎）が、出兵したのがはじまりである。これが天文二十二年のことであり、第一次の川中島の戦いであった。武田晴信と長尾景虎はこの戦いで勝敗を決することなく兵を引いた。

二年後の弘治《こうじ》元年七月に、再び晴信と景虎は、川中島附近をながれる犀川《さいがわ》をはさんで対陣する。これは三ヶ月間のにらみ合いのすえ、今川義元の仲裁《ちゅうさい》が入り、決戦には至《いた》らない。弘治三年八月になって、三度《みたび》対戦するが、このときも大規模な合戦にはならず、両軍とも引き上げていた。

そして、永禄四年の四回目の衝突である。

同年九月十日――ついに信州川中島（八幡原《はちまんぱら》）で、武田上杉の両氏が大激戦を展開するのである。両軍とも多数の死傷者を出し、武田方では晴信の弟信繁《のぶしげ》までもが、このときに戦死した。通常、合戦において総大将自《みずか》らが槍《やり》や刀を振ることはないのだが、政虎（謙信）は直接太刀打ちしたというから、激戦のほどが窺《うかが》い知れる。

八幡原は血に赤く染まった。

この戦いによる両軍の戦死者の数は、八千人余にのぼるという――激戦の末、武田方に挟撃《きょうげき》される形となった上杉政虎は虎口《ここう》を逃れて北走するが、晴信もまたこれを急《きゅう》追《つい》して勝ちを得るだけの戦力は残っていなかった。かくして、永禄四年の川中島の戦いは決着が付かぬまま、終決するのである。

政虎が帰国すると、北条氏康が勢いを盛り返しているとの一報がはいった。下総《しもうさ》の近衛《このえ》前久《さきひさ》という男からである。近衛前久という人物は、京都から政虎を頼ってきた前関白《かんぱく》であり、このとき下総の古河《こが》城には近衛前久をはじめ、前関東管領山内上杉憲政と、関東公方《くぼう》にかつぎだされた足利藤氏《あしかがふじうじ》らがいた。北条をおそれた前久《さきひさ》は、越後の政虎に関東遠征をもとめた。武田晴信と川中島に戦い、間もなくのことである。

十一月。

政虎は近衛前久の救援に応えた――この政虎（謙信）ほど私利私欲なくして戦をす

る人物もめずらしい。もっとも、他の戦国大名が私欲のためだけに戦を起こしているとはいいがたいが、上杉政虎ほどではない。政虎は他国の領土を伐《き》りとるために、自ら戦を仕掛ける人物ではなかった。戦いの多くが応援や、救援のための出陣である。まさに「義」の人であった。五年まえの弘治《こうじ》二年には比叡山延暦寺《ひえいざんえんりやくじ》にのぼって出家しようとさえし、以降、女色《によしよく》を断ち、肉食をせず、自らはつねに粗服をまとい、精進潔斎《しようじんけつさい》の生活をしている——越山《えつざん》し、再び関東へ出陣した政虎は、上野国廐橋《うまやばし》城に入城する。

はたしてこのとき、北条氏は武田氏と手を結んでいた。

今川義元は桶狭間で討たれている——戦雲の風が吹き荒れる関東の大地に立っていたのは、武田晴信と北条氏康氏政《うじまさ》の父子、そして上杉政虎であった。

その年の暮れ、政虎は将軍足利義輝《あしかがよしてる》の一字を賜《たまわ》り、「上杉輝虎《てるとら》」と名を改め、関東で年を越した。

そして、

——永禄五年になる。

風魔の群れ

関東の地に、葛西《かさい》城という城がある。

その場所は、下総《しもうさ》と武蔵《むさし》の国境という重要な地点に位置しており、百年の昔に太田《おおた》資長《すけなが》（道灌《どうかん》）が築いた江戸城から北東の方角にあった。

永禄五年の二月のことである。

——北条氏康《ほうじょううじやす》と氏政《うじまさ》の父子が、この葛西城を攻略しようとして失敗した。

折《おり》しも、前年の暮れに越後《えちご》から強敵上杉輝虎《うえすぎてるとら》（謙信）が兵を率いて越山《えつざん》し、この関東にきていた。

輝虎《てるとら》は、関東北部にいる。

年が明けると、輝虎は滞在していた上野《こうずけ》の国から、下野《しもつけ》と武蔵の国境にちかい佐野《さの》という地へ出馬しようとした——が、西上野に北条氏と手を結んでいた武田晴信（信玄）が攻め入ってきたために方向をかえて、安中《あんなか》城へむかった。輝虎は武田軍を安中で破ると、さらに二月にはいって、武蔵国境にちかい館林《たてばやし》城まで下りきて、同月十七日には攻略してしまった。

疾《はや》い。

上杉輝虎という男は、まさに疾風《しっぷう》か龍神《りゅうじん》のごとくに関東の地を駈《か》けぬけ、北条氏を牽制《けんせい》した。

「葛西《かさい》を落とすがためよ――」

といったのは、北条方の太田新六郎康資《おおたしんろくろうやすすけ》という男である。北条氏が葛西城攻略にしくじって、一ト月が経っていた。

河越《かわごえ》城の奥の一室のことである。

太田新六郎康資――この康資《やすすけ》の「康」の字は氏康から賜り、母は北条氏綱の娘、浄心院《じょうしんいん》である――は、家臣本田正勝《ほんだまさかつ》と膝《ひざ》をつきあわせていた。

「かの城を落とせば、江戸城へもどれるやもしれぬ」

「御意に」

正勝は一言いって、しずかに頭をさげた。主の康資は祖父道灌《どうかん》が築いた江戸城を出て、いまはこの河越城に居る。北条氏康の指示であった。それが気にくわない。

「乱波《ラッパ》どもを使《つこ》うて、葛西要害《ようがい》を乗っ取るがよいとも申される」

と云うや、身震いした。昼というのに、底冷えがする一日であった。家臣の正勝は、さきほどから目を細めては、じっと主人の野太い声を聞いている。ときどき鳴くような返事をするが、あとは黙りこんだ。眠たげな、狸《たぬき》のような貌《かお》をした男である。

「正勝。何ぞ、案ずることがあるか」

「さて、御本城様《ごほんじようさま》の仰せとあらば──」

仕方がない、といった。乱波をあつかいたくはないが、正勝は先代氏康に心服していた。正勝がいうこの「御本城様」とは、北条氏康のことであった。家督を子の氏政にゆずってから、御屋形様《おやかたさま》から御本城様と称されるようになっている。

「と申してかの乱波、風間《ふうま》のものどもは扱《あつか》い難し一族《やから》にて」

と正勝はつけくわえていった。おもうだけで、口のなかが苦《にが》くなる。正勝は城盗《しろと》りに下賤《げせん》の者を使うことを一考して、ひどい嫌悪感をのんだ。あれは武士にあらず、畜生どもである──できれば、武士の仕様によって城を落としたい。しかし、御本城様の命令ともあらば、仕方あるまい。

「正勝、存念《ぞんねん》あらば申すがよい」

康資《やすすけ》は正勝の顔に、心中の苦《にが》みをみてとった。

「風間《ふうま》のやから、賤《いや》しき者らゆえ──ただ、それまでに」

この風間とは、二百名からなる北条乱波《ラッパ》（忍び）たちの棟梁《とうりよう》の名である。

風魔

とも書く。

総じて「風魔一党」とよび、伊勢宗瑞（北条早雲）のころから、北条氏に仕えている忍びの衆のことである。相模の足柄《あしがら》下郡の風間《かざま》谷に棲《す》んでいた。代々、棟梁は小太郎の名をついで「風魔小太郎《ふうまこたろう》」という。北条氏が関東で繰りひろげた戦の陰には、いつもこの風魔小太郎率《ひき》いる、乱波たちがいた――山賊や海賊、夜討ちをはじめ、強盗をして物をぬすみ取れば、将兵を生け捕りにして斬り殺し、女小共《こども》もかまわず奪い、そこかしこに火を放つという――その仕業は決して武士にあらず、下賤《げせん》どころか非道そのものであった。まるで豺《やまいぬ》のような惨《むご》い一族なのである。何故かは知らないが、頭目（棟梁）の風魔小太郎は北条氏にだけはよく仕え、この管理者がいなければ、一族はただの悪党とかわらない。

「御褒美《ごほうび》――がある」

といって、康資は口を結んだ。

「いかほどの事に御座りましょう」

「知行《ちぎよう》は曲金、小松川東西、金《かな》町。くわえて、銭五百貫文《かんもん》――」

うむ、

　とうなって正勝は腕をくむと、それっきり黙りこんでしまった。風魔らが知行（領地）など、のぞむものか。となれば、五百貫文――それだけで、野盗《やとう》たちを働くように仕向けなければならない。

（難事じゃな）

　正勝はいっこうに返事をしなかった。

　悩んでいる。この男は風間谷の悪党たちの気質をよく知っている、ゆえに、おもい倦《あぐ》ねているのだ。武士の魂の一欠片《ひとかけら》すらもたない悪党たちが、扶持知行で動くはずがない。

（それは、御本城様もご承知おきのはずであろう）

なればこそ、この面倒な連絡の役目をわれに押しつけられておいでなさるのかもしれぬ。

（褒美か……）

　知行というのは、われへの「餌《え》」であると気づいた。風魔を以て、葛西要害を乗っ取れ――その言葉をなんども頭のなかで繰りかえしている。いくら悩んだところで、勘定は合わない。通常の兵とはちがい、乱波をつかう戦《いくさ》には誉《ほま》れもない。武功《ぶこう》もたたず、ただ賤《いや》しいばかりであった。そのうえ、二百匹の野良犬たちをまとめなくてはならないのだ。いつ嚙みつかれるか知れぬ連中のことである。

「たりませぬ」

からりと笑って、正勝が返事をした。

「それは儂《わし》とて承知じゃ。然《しか》らばこそ——御本城様も、そこ許《もと》に恃《たの》み参らせておられるのだ。いま上杉は北にある。背に葛西があっては、いかにも堪《たま》らぬ」

「褒美《ほうび》の銭を倍にしてくだされ」

「言上してはおく」

御本城様に、である。こんどは康資がだまりこんでしまい、正勝はただ頭をさげると、退室してしまった。

夜のうちに、風魔たちを訪ねた。

八王子の山のなかに、悪党たちは群《む》れていた。

切り倒した木を組み、筵《むしろ》をかけたばかりの山小屋が、川辺にいくつも建てられている。篝火《かがりび》が焚《た》かれ、酒と肉が臭《にお》った。

本田正勝は若党ふたりを連れて、この悪党の巣に馬を乗り入れた。

「たれじゃ」

身の丈六尺もある、大きな体軀をした鍾馗髯《しょうきひげ》をはやした男が、正勝に槍《やり》をむけてきた。名を嵐丸《あらしまる》という。黒革威《おどし》の腹巻（胴）を素肌に着《き》つけて、額に鉢金《はちがね》をまいていた。どこぞの戦場《いくさば》から盗んできたものであろう。

「顔をみよ」

といって、正勝は下馬した。嵐丸は、正勝か――とおもって、愛想笑いを浮かべると、ふらふらと御辞儀をした。酒に酔っている。

「棟梁《とうりょう》は？」

「へい、奥でごぜえやすが。案内《あない》仕りましょうか」

「よい――それよりその方《ほう》、この馬が盗まれぬよう、よく見張っておいてくれ。ちかくに盗人《とうじん》がおらぬとも限らぬ」

と皮肉を云いのこして、正勝はひとりで悪党たちの群れのなかに入っていった。

（けっ）

と嵐丸が唾《つば》を吐きすて、正勝の背を見送った。

いまさらではあるが――正勝は、このうす汚い悪人の巣窟《そうくつ》にやってきたことを後悔していた。馴《な》れる景色ではない。どの男も、豺《やまいぬ》のような餓《う》えた目をして、下卑《げび》た笑い声をあげている。近村から攫《さら》ってきた女と裸で戯《たわむ》れ、酒を食べ、猪《しし》や鹿の肉に喰らいつきながら、血を流して喧嘩をしている者まであった。まるで地獄絵図にある餓鬼《がき》の集団である——川辺には子供がひとり坐《すわ》りこんで、泣き声をあげていた。誰の子かは分からない。飢えのために、痩《や》せている。その隣には、肥《ふと》った女と片脚のない男がもつれあいながら、げらげらと笑っていた。小屋々のまえには、柵《さく》のかわりに槍が立てられ、槍の穂先には侍《さぶらい》の生首が突き刺さっていた。

「ここには畜生《ちくしょう》しかおらぬのか」

正勝はいいながら、汚物を避けるような足取りで、悪党たちの間をぬけた。奥に、とりわけ大きな小屋が建っている。奪い取ってきた鎧《よろい》や刀が、山のように積みあげられ、土嚢《どのう》が三方を囲んでいた。階段があった。数段のぼると板敷きがあり、小屋の出入り口が奥にある。そのまえには、火薬で頭が焼けただれた男が槍を抱《かか》えて坐りこみ、見張り番をしていた。片目は焼けつぶれ、残ったほうの目が、正勝を上目に睨みつけていた。

「捨吉《すてきち》、棟梁に用向きがある。伝えてくれ」

と正勝が声をかけると、真黒い火傷《やけど》の男——捨吉が腰をあげて、奥へと入っていく。正勝は、背後の悪党たちの笑い声とも悲鳴とも知れない騒がしい音を聴きなが

ら、寸刻を待った。捨吉が戻ってきて、

「どうぞ中へ――」

案内しようとして、指をさした。

「本田どの、その腰のものは預かりまする」

正勝は脇差しを鞘《さや》ぐるみ抜いて捨吉にわたすと、土足のまま奥へあがった。

「ご苦労のことにござる」

うす暗い中から、男の声が響いてきた。

燭台《しょくだい》のあかりが、闇をやわらかい柿いろに染めている。壁際に葛籠《つづら》が押しやられ、天井の梁《はり》からは太い縄がさがっていた。正勝はこの縄が、拷問《ごうもん》のための吊り縄であることを知っている。みて、吐き気がした。さらに目をやると――柱々には、誰のものとも知れない豪華な鎧《よろい》が、飾られている。なかでも一際立派な胴丸のうえに乗った兜《かぶと》の前立てには、金箔をはった月が飾られていた。燭台の火を映して、目にもまぶしいほどの黄金に輝いている。

部屋の奥に、

――床几《しょうぎ》に腰をかけた男の、黒い影があった。

両膝に手をおいて、上背を乗り出してきた。額《ひたい》がひろい男の顔が、闇に浮かびあがった。黄いろく汚れた歯をのぞかせて、わらっている。眉《まゆ》がなく、眼が死んだ魚の目玉のように生気がない。まるで闇のなかに浮かびあがった死人の首をみているようである。髷《まげ》を解いているので、髪はざんばらになっていた。

「また戦《いくさ》の事にてござろう」

この男こそ、風魔一党の頭目《とうもく》、風魔三代目小太郎であった。小太郎はしずかに手を差し出した。立ったままの正勝に、「坐れ」というのである。小太郎のそばには、瘦《や》せた若い男が脚を投げ出し、鹿革の敷物のうえに坐っていた。長い黒髪は女のように艶《つや》やかで、唇が桜いろである。名を小若《こわか》という。小太郎は男色《だんしょく》を好んだ。小若は、色のための側女《そばめ》である――小若が背のうしろに手をまわし、闇のなかに床几をつかむと、正勝のまえに置いた。

「聞こう」

と小太郎がいった。正勝は床几に腰をおろし、小太郎をまっすぐに見た。

「葛西城を落とす」

いうと、小太郎は竹を叩いたような、ひびく声で笑った。

「またあすこにござるか――葛西は以前にも攻めたとおもうが、盗ったり奪われたりと、いそがしいことでござりまするな」

「余計なことを申すな。春が過ぎぬうち、かならずやあの城を攻め落とす」

「して、われらの働きが見返りは――？」

「五百貫文。望めば、四郷村を与えられる」

「いや、われら一党、土を耕《たがや》すつもりは毛《け》ほどにもござらん。銭をあと二百貫文のせてくだされば、それでよい」

「承知した」

　正勝は過剰分の二百貫文は、自分で都合をつけようと考えた。かわりに褒美《ほうび》の知行をそっくり貰《もら》い受けて、かなえばもう一ヶ所知行を頂戴すれば、損はないとおもったのである。

「では十日後、江戸城で待っておる故――」

　正勝はいって、ちらとわきを見た。室の片隅に、もう一人男がいた。葛籠《つづら》のうえに腰をおろし、目を伏せている。総髪で、涼《すず》やかな横顔をしていた。正勝は男を一目見るなり、

（風魔ではないな……）

　とおもった。

　臭《にお》いが、

──しない。男は墨染衣を着て、雲水《うんすい》のような形《なり》をしているが、膝のうえには一口《ひとふり》の刀を置いている。手がゆっくりと、刀の柄にのった。まるで眠っている猫を撫《な》で起《お》こし、相手にけしかけようとでもいう手つきは、こちらの心中を警戒するような、挑発的でもある仕草《しぐさ》と見えた。尋常《じんじょう》の者ではない──正勝がそうおもった途端、男が伏せていた目をあげた。虎の目である。口もとには笑みを浮かべている。正勝は不思議と、この男の顔をみているうちに、天も地もなくなり、体が宙に浮くような錯覚を感じた。

「見覚えぬ貌《かお》じゃな」

そう声を出したことで、錯覚は解《と》けた。

「案ずることはござらん」

と小太郎が、室の片隅にいる総髪の男に顔をむけて、

「クリじゃ」

と紹介した──小太郎がいうクリとは、忍びの隠語《いんご》である。栗《くり》の毬《いが》と伊賀《いが》国をかけて「伊賀者」をクリと呼ぶのである。「毬剝《いがむ》けば栗（京から、伊賀を向くと九里にある）」という。正勝はそんなことは知らない。男の名をクリと勘違いした。

「クリとやら、いまのことは他言無用じゃぞ」

小太郎が笑った。つられて小若も嗤《わら》っていた。

「本田どの、ここに秘事はない。何ぞ知れたところで、そのころには葛西城も落ちてござるわ」

といって、小太郎がまた大声で笑った。正勝は苛立ったように腰をあげると、

「小太郎、十日後に待っておるぞ」

と外へ出た。小若が空《あ》いた床几を片付けようとして、小太郎が止めた。葛籠に坐っている男を見て、ここへ来いと手招いた。男はやってきて、床几に腰をかけると、風魔の棟梁と視線を同じくした。

「いまの御仁が、本田正勝というてな、さきほど話したもと江戸城主太田《おおた》新六郎康資《しんろくろうやすすけ》どのの家臣じゃ。その太田どのは、いま河越《かわごえ》城に詰めておらるる。河越はこの関東の地の真中ほどにあるゆえ、北に南にとよう目がとどくのじゃというてな。御本城様が左様に御配《くば》りになられた――」

と小太郎はさらに説明をつづけ、

「いまの本田というのは武家を粧《よそお》うておるが、川端の商人の出よ。まあ、気に合わぬことのあれども、銭をとどけてくれる。恩義を感じ入ることほどでもないが、争うこともない」

男はしずかに、小太郎の話に耳を傾けていた。表情はまったく変わらない。もし目のまえに剣の切っ先を突きつけられても、口もとの笑みひとつ消さないであろう。風魔小太郎は、この男を剛胆《ごうたん》の者とみていた。そこが、気に入っている。小太郎は饒舌《じょうぜつ》に話しをつづけながら、手をのばし、小若を膝のうえに抱き寄せた。

「まず——この関東におれば戦の尽《つ》きることは無きゆえに、わしらと居住まいを共にすれば、おまえも食うには困らぬであろう。存分に働け」

男は無言で、御辞儀をした。

「あすは川を下る。おまえも今宵は、外の者らと酒か女でも喰らうとよかろう」

小太郎はいって、男から視線を外した。出よ、との合図である。男は床几から腰をあげると、刀を腰に帯びて、外へむかった。

「待て」

と小太郎が呼び止めた。

「いまの事は他言無用のことぞ、段蔵。よいな」

はたしてこの男——伊賀を出奔《しゅっぽん》して流浪の身となった、段蔵であった。身の丈も五尺七寸と立派な体格に成長し、顔つきもかわっていた。

「承知してござる」

段蔵はそう返事をすると、外へ出た。

夜が更《ふ》けても、悪党たちは眠らない。酒に溺《おぼ》れ、肉欲に狂い、篝火《かがりび》のあかりに群がって、笑いつづけていた。まるで、夏の蛾《が》である。

段蔵は、溜《た》まり場の外れへ歩いていくと、飼い葉桶《おけ》のうえに腰をおろし、ただ悪党たちのさわぎを眺めていた。凍《い》てつくような夜気が骨にまで染みたが、忍びとして修験をつづけてきた段蔵には、何ほどのことはない。見上げると、冬空に星がつめたく輝いていた。

（ここが我が道の涯《はて》であろうか。——）

流浪人に身を窶《やつ》して、幾年が過ぎたであろうかと、自問した。

山伏のもとで山岳修験に六年を過ごしたのち、下山して伊賀名張《なばり》郡、夏見村の深山《ふかやま》重太郎《じゅうたろう》の下忍となった。まだ歳《とし》も二十を数えぬころのことである。平素は作男《あらしこ》として田畑に出てはたらきながら、天文二十二（一五五三）年から弘治元年までの三年間は、播磨《はりま》一国の地図をつくるよう命ぜられ、下忍仲間と出向き、月日を費《つい》やした。帰郷してから半年後、段蔵は姿をくらました。

京へ、遁《に》げた。

所謂《いわゆる》「抜《ぬ》け忍」となった。

段蔵は京に出ると、峯魁坊《ほうかいぼう》という坊主崩《くず》れの老人と出会い、『植瓜《しょくか》』という幻術のひとつを習った——西域幻伎《せいいきげんぎ》という、仙術である。種をまくと、あっという間に瓜《うり》の実がなって、これがさらに樹木に成長する、というものであった。段蔵はすっかり仙術に魅入られてしまった。書物のある宝庫に忍び入っては、古い文字を読み、川原に出るとさまざまな芸伎《げいぎ》を目で楽しみ、体に覚えた。『西京賦《せいけいふ》』にある都盧尋橦《とろじんとう》（竿《さお》に登って芸をする）、跳丸剣《ちょうがんけん》（剣を手玉にする芸）や画地成川《かくちせいせん》（目のまえに山河を出現させる）のような一種の催眠術のようなものまで身につけた。一日の終わりには坐禅をし、目が開くと、貪欲《どんよく》なまでに術の稽古に励《はげ》んだ。京に飢餓が蔓延《まんえん》したころ——峯魁坊が飢えで死んだ。段蔵はこの老人の死にぎわに、居住まいになっていた河原の筵《むしろ》の小屋へとたずね、

「豆が手にはいったわ。ゆでてやろう」

と小豆《あずき》の乗った笊《ざる》を手に、湯を沸《わ》かそうとしたところ、

「わしは食わぬでもよい。町へ出て、たれぞの口に運んでやれ」

峯魁坊が、かすれた声でいった。まるで雛《ひな》鳥のように皮と骨ばかりで、頭の毛も抜け落ちてなかった。小屋のなかには箸《はし》の一本もない。身に羽織っているのは、うす汚

れた衣の一枚だけである。

「茶器があったであろう」

と段蔵が訊いた。出逢ったときから、それだけをこの老人は大切に持っていた。

「呉《く》れてやったわさ」

「たれぞに――？」

「おとこじゃ。名は知らぬ」

といって、ほそい体を横たえた。

「我《わ》れを佚《いっ》するに老を以てし、我れを息《そく》するに死を以てす」

峯魁坊は、寝言のようにいった。荘子《そうじ》、の言葉である――天の神はわれらに楽を与えるがゆえに老境をもたらし、休ませるために死をもたらす、という意味であった。

何処《どこ》で知ったのか、この老人はやたらに唐土《とうど》（中国）の古い言葉を語り、段蔵に謎をかけることがあった。このときも、そうである。

「伊賀の人《おとこ》よ、山木《さんぼく》は自ら冦《あた》す、と云うわ。術も程々《ほどほど》にせいよ」

段蔵は鼻でわらった。この老人に、伊賀の忍びであると云った覚えがない。何故に知り得たか。わからない。

「有用《ゆうよう》でなければ、われは立ち枯れてしまうわ」

と段蔵は応えた。

「ふん。わしは休む――」

といったまま、峯魁坊なる老人は現世を去ってしまった。

段蔵は生きた。

雲水の形《なり》になって飛騨《ひだ》国へと流れ、再び山に入っていた。修験者となることによって、自我を殺そうというように、ただひたすらに修行をつづけた。

下界《げかい》したのは、永禄二年のことである。

相模国へむかった。あてはないが、気の向くままである。

相模もまた飢饉《ききん》状態に陥《おちい》って、長らく苦しんでいた。この頃、越後からは上杉輝虎が侵攻し、相模小田原城下では人手が不足している。

「雇《やと》おう」

といったのは、小田原城下にあった加藤彦右衛門《かとうひこうえもん》という商人である。北条氏康の家臣にして、北条氏の分国中の問屋を支配した商人頭であった。段蔵は、この加藤という男の下で数ヶ月を働いた。

ここで――、
湛光《たんこう》

という男に知り合った。筋骨たくましく、顔のかたちが草履《わらじ》に似ている。目が切れ長にほそく、頬《ほお》骨が瘤《こぶ》のようにふくらんでおり、いかにも荒くれ者といった顔立ちであった。

異名を「風車《ふうしや》」という。

相模の三崎《みさき》に棲《す》む、虚無僧《こむそう》である——この三崎という地は三浦半島の先端にあり、ここに三方を海に囲まれた新井城という山城があった。伊勢宗瑞がこれを攻め落とし、手に入れた。そのとき、新井城にあった三浦道寸《みうらどうすん》（義同《よしあつ》。扇《おうぎがやつ》谷上杉高救《たかひら》の子）は家臣ともども討ち死にし、残った者らは湾に投身したため、海一面が血の油に染まったことから、この辺りの湾を「油壷」と呼ぶようになったという。

ここに普化禅宗の寺があった。

湛光風車が棲《す》んでいる。

段蔵は主人の遣《つか》いで三崎に立ち寄り、湛光と知りあった。湛光は修験者だった。同時に、北条乱波でもある。

（かわった男があったものだ——）

と、段蔵はおもわずにいられない。

この湛光風車という男は、もとは上総《かずさ》小金にある一月寺《いちげつでら》の禅宗の僧であったという。主家の下知によって新井城に入城してからは、乱波の一頭目として働いていた。面白い男だと、わずかな刻《とき》を過ごしただけで、互いに感じ入っていた。段蔵は、この男に合うために、度々、三崎へ足を延ばすようになると、

「おう、加藤の処《ところ》の段蔵か——よう参った」

と湛光は、快《こころよ》く迎えてくれた。

「一日、示云《じにいわく》、治世《ちせい》の法は、上天子《かみてんし》より、下庶民《しもしよみん》に至《いた》るまで、各々皆《おのおのみな》、其《そ》の官《かん》に居《こ》する者、其の業を修《しゅう》す——、」

などと『正法眼蔵随聞記《しょうほうげんぞうずいもんき》』を語りだし、禅の心得をながながと説くのであった。段蔵はこの男の咄《はなし》を聞くことが苦にならなかった。解《げ》せぬとおもうこともあったのだが、話し方が随分と楽しく、刻《とき》がすぎるのも忘れて、寺に泊まることも一度や二度ではなかった。

ある日、

「わぬしに合わせたい漢《おとこ》がある」

と湛光にいわれ、段蔵は足柄《あしがら》下郡の風間《かざま》谷へと出向いた。このとき、風魔なる北条乱波の総大将と通じたのである。

湛光は、

「これを加藤の段蔵と申すもの——もとは伊賀の忍びじゃそうな。一廉《ひとかど》の人物にござれば」

と段蔵のことを紹介し、棟梁《とうりょう》の小太郎に引き合わせた。以来、段蔵は小田原城下から、この風間谷に移った。一方で、湛光とはその後も好誼《よしみ》を通じていたが、しばらくして、

「われは、上野《こうずけ》の長野《ながの》業政《なりまさ》どのの下《もと》に参じることと相成《あいな》り申した——箕輪《みのわ》城で働く由《よし》にて、わぬしもいずれ訪ねてくるがよかろう」

と湛光はいうと、相模を去っていった。

段蔵は風魔三代目小太郎が率いる乱波の群れに混じって、関東の大地を縦横無尽に駈けまわった。

「乱取りじゃ。出合えい」

と棟梁から声がかかると、段蔵は風魔の一族らとともに上杉氏の息のかかった村々へと出掛けた。

（これが人の所業《ま》か……）

放火や略奪を目のあたりにし、数々の人殺しにも立ち合った。

乱波という者どもは、犬畜生にも劣《おと》る外道だ。これが忍びの正体か——段蔵は地獄

のような光景のなかに立ち、はじめて寒気《さむけ》というものをおぼえた。
（人に非《あら》ず。――）
風魔、
がである。
この関東の忍びたちは村を襲っては、悪行の限りを尽くして野盗山賊の如《ごと》くに働いた。その働きとは、敵国の武将を挑発し、企《くわだ》てを攪乱《かくらん》せんとするがためのものであった。それにしても、仕業が惨《むご》かった。民家や田をことごとく焼きはらい、女小共《おんなこども》を連れ去れば、これの衣服を剝《は》ぎとって道具のようにあつかい、用がなくなれば捨てるか、斬り殺しにするのである。生きることに執着する女は、風魔の一族《やから》どもに泣きすがりながら取り入り、体を売って、どうにか命をつないだが――村の男どもはなぶり殺しにされたうえ、各村々の領主への見せしめのために木に吊《つる》され、首をとられて晒《さら》される者もあった。
あるとき、
村のひとつに敵方の忍びが紛《まぎ》れこんでいたことがある。風魔の党首の命をねらう、暗殺者であった――小太郎は、焼け落ちた一軒の農家の土間跡《あと》に床几《しょうぎ》をおいて、休んでいた。手下たちは、略奪に忙しい。小太郎の傍《かたわ》らには小若ひとりと、離れて段蔵が立っているだけである。と、小太郎の背後、焼けくずれた床板の下から、刀を手にした男が飛びだしてきた。刀の刃が空《くう》にきらめき、大悪党の背をいま突き刺さんとしたそのときだった。段蔵が男の背に、抜いた刀を叩《たた》きつけていた。

あっ、

と男は血飛沫《ちしぶき》をあげて地面にくずれ、すぐさま段蔵の剣が首をはねた。小太郎は床几から腰を浮かして、目をまるくした。

「加藤の――ようした」

感嘆《かんたん》していった。棟梁の命を既《すんで》のところで、守ったのである。小太郎はおおげさに声をあげながら、段蔵を力いっぱいに抱きしめた。これをみて、小若が嫉妬《しっと》していた。段蔵は内心、苦笑している。

(おれというのは滅《ほろ》んだらしい。どうやら、術に生かされておるわ)

と自分を笑った。小太郎を守ったわけではなかったのである。体が勝手に動いたのだ。男を斬った瞬間は自我というものは消え失せ、術だけが活《い》きて動作した。そして斬った、のである。

(儘《まま》に、捨ておけばよかった)

小太郎が死ねば、それはそれでよい。段蔵はおもった。非道を働く、悪党の者である。もっとも、本人たちには善悪というものの区別はない。かれらは起きれば行動し、眠れば行動しない、というだけのことであった。戦国大名という者らと変わりはない。そこに、大義名分を掲げるかどうかの問題である。といって、この乱波たちにも言い分はあった。所業の一切は御本城様の指示に拠《よ》る。して、この殺人や略奪のすべては敵国の大名に対する、方略《はかりごと》のひとつであるのだ。

(くだらぬ。——)

この世のことである。

段蔵は満天の星空をみあげながら、京で出逢った峯魁坊《ほうかいぼう》のことを思いかえしていた。かの老人が最期《いまわ》にいった詞《ことば》を声にだして、幾度となく繰りかえした。

——我を息《そく》するに死を以てす。

と段蔵は、深いため息をついた。

(神仏が呉《く》れるという休息《きゅうそく》は、いつおれのもとに訪れるというか)

死をおもった。そして、ここにはないとはっきり悟《さと》った。この乱波たちとともにあるのは、生の執着だ——それも欲望のみに起因する、薄汚れた「生」があるだけである。段蔵は篝火のまわりで騒いでいる、野犬さながらの悪党たちの姿を、冷《さ》めた目つきでじっとみつめた。

(これらの者を殺すのは造作《ぞうさ》もない)

井戸に毒を投じ、かれらの所業同様に火を放ち、寝ているところをひとつひとつ首を掻いてやれば事は済む。この人数をというわけにはいかないだろうが、棟梁小太郎《たやす》などは、かの一件以来、段蔵を信用しきっている。近づいて、その首をとるのは容易いことであった。

やるか、

とおもったことはこれまでに何度となくあったが、その度に、なぜか臆《おく》した。この者らと村へ出向いたとき、その騒乱とするなかで、あるいは小太郎の寝息をちかくに聞いたとき、とおい記憶のなかで男の声がするのである。

正心とは。

と問いかけてくる、そして、

「段蔵、おぼえたか——忍びの術は五徳《ごとく》の為のもの、他につかうことはない」

そうはっきり、声を聞くのであった。段蔵は、その声を心中にたずねて、悪党を相手といえども、人殺しをためらった。伊賀の忍び、である。我はそれ以外の何者でもない。義を重んじるがゆえに、あるいは神仏の如きにふるまい、人に誅《ちゅう》をくわえることなどできなかった。

人殺しをやるのは、忍びの術に拠《よ》るものでなければならない。

（それの他には、——ない）

段蔵が刀を抱いて、遠くに悪党たちをながめていると、紅葉した椛《もみじ》いろの袿《うちき》を羽織った女がひとり、ふらりと傍《そば》へやってきた。酔っている。この乱波たちが村を襲ったとき、連れてこられた女のひとりである。年若く、鼻がまるく、顎《あご》がほそい。

「おとこ、相手してくれようか」

女は段蔵のまえに立つと、着物のまえをはだけて、艶《なま》めかしい目をしていった。

「ほお、斬り合うか」

段蔵はしずかにいった。女は呆《ほう》けたような顔をして、馬が嘶《いなな》くような声でけたたましく嗤《わら》った。

「ひとりでは寂しかろう——わしを抱け」

女はそういって、段蔵に腕を伸ばしてきた。こんどは段蔵が笑った。

「おれを見ろ」

女の顔のまえに指をさして、

「首がない」

とさした指をゆっくりと、膝のうえにおろした。女は酔いも冷めるほどに驚いた。

目のまえにあった男の首が、その指の動きに合わせて地にごろりと落ちたのだ。女は目を剝《む》いた。いま見ているのは、首のない胴体が膝のうえに手をおいて、しずかに坐《すわ》っているという、異様なる有様《ありさま》であった。しかも、口をきいた。

「女、——ここじゃ」

と足もとから、笑い声があがった。地のうえに、段蔵の首が転がっている。女の驚嘆した顔を見あげて、楽しそうに笑っていた。

「ひっ」

と女は悲鳴をかみ殺した。腰を抜かし、その場に坐りこんでしまった。

(これは魔物の仕業にちがいない——)

そうおもうのも、無理はない。自分の足もとで、生首が喋《しゃべ》っているのだ。これこそは天狗の仕業である……女はこの奇怪な光景をまえにして身を慄《ふる》わせ、じわじわと小便《いばり》をもらした。

段蔵はつぎに、自分の落ちた首を手でつかみあげ、両肩の間に乗せた。

「相手になると申したな——?」

とまさに、魔物のような微笑を泛《うか》べた。女は声も出せず、自分の小便のうえを這《は》いながら、立ち去った。段蔵は鼻で息をつくと、

（さて、おれの行末《ゆくすえ》よ。——）

と膝を打って立ちあがった。

空の星をみた。星のひとつひとつが冷たく輝き、千万の群れをなすさまは、光の川のようにもみえる。天の道、である——と、星がひとつ、道をはずれて東の空へとながれ落ちた。流れ星が消えると、段蔵は物憂《ものう》げな顔をして歩きはじめた。悪党たちの騒ぎのなかにまぎれ、そして寝床のある筵《むしろ》の小屋へと入った。

神仏があるとすれば、この先の道はいずれにあるものかと、たずねてみたいとおもう——段蔵は腕を伸ばして、敷布《しきふ》のうえに身を横たえた——いや、すでにその問いかけに対する返事のひとつはあったのだ。

段蔵は寝床について、ひとり笑っていた。

（おれは答えを聞いておるではないか）

そうおもいながら、しずかに寝息をたてはじめ、深い眠りについた。

葛西城は落城した。

四月二十四日のことである。

この城盗りには太田新六郎康資《やすすけ》が指揮をとり、本田正勝が風魔を動かした。日中は本隊が攻撃をしかけ、城を取り囲んだ。夜になれば、乱波たちの出番である。手にした青竹を叩いて音を打ち鳴らし、大声をあげて攻め込むふうにみせかけ、葛西の城兵たちを眠らせない。風魔の男がひとりふたりと、陣中に忍び入っては火を放ち、「敵方が攻めてきたぞ」と大声に騒いだ。

「虚言《きよげん》」

である。この間、太田方の兵は食事をし、十分に眠り、軀《からだ》を休めている。一方で、葛西の城兵らは乱波たちの襲撃に目を覚まし、砦《とりで》のなかを右往左往《うおうさおう》しながら、出火の種を消してまわらなければならなかった。夜が明ければ、太田康資率いる正規の軍兵が攻めかけてくる。昼も夜もあったものではない。こうした事が何日もつづくと、さすがに兵らは疲労困憊《こんぱい》した。ある日の夜には、風魔がまいた流言によって同士討ちが起こった。疲れもここまで極まると、

敗《ま》くるやもしれぬ——。

とおもいはじめる。つぎの手として、太田康資と本田正勝が風魔たちに命じていることがあった。風魔の男を数人、敵方の家臣に通じさせて、甘言《かんげん》をいいふくめておいたのである。裏切りの糸を張りめぐらせておいて、足場が弱くなった柱をこのときとばかりに引き抜いていくのだ。この策謀は末端の足軽にまで、手が及んでいた。逃げ

みちをあけておいてやれ——と風魔たちには、命じてある。退《の》き口になる隙間《すきま》をつくってておくとよい、というのだ。昼夜を問わない敵の攻撃に、すでにつかれ果てていた足軽たちは、

「逃げるか」

とおもって、数人が夜陰《やいん》にまぎれて城を抜けはじめた。この隙間からひとりが逃げると、またひとりがこれに追随《ついずい》する。衣の糸がほつれるように、やがて城におおきな穴があいた。いよいよ城方の士気はさがり、ついに城は落ちた。風魔と共に行動していた段蔵も、これには感心した。

(ほお、城まで盗《と》るのか。——)

悪党もつかいよう、である。北条氏というのは、風魔どもにまさる悪人なのかもしれぬ。

「どうだ、段蔵——武士のみでは、斯様《かよう》にうまうまとはゆくまいぞ」

小太郎は段蔵の背を叩いて、豪快《ごうかい》に笑った。郎党ふたりを伴《ともな》うと、城方の兵らの死体を踏み越え、城門のまえで本田正勝をつかまえた。

「苦労であったわ」

正勝は小太郎ら風魔の働きに一言、労《ねぎら》いの言葉をかけた。小太郎はうやうやしく頭

をさげた。

「では約定通り、銭を頂戴《ちょうだい》致したい」

小太郎は城外でいうと、

「翌月、届けさせよう」

と正勝の口から直接、返事を聞いた。城には、入らない。風魔の者といえども、城中で兵に囲まれでもしたら、討《う》たれてしまう危険がある。小太郎は心底から、この本田という漢を信頼しているわけではなかった。

「ではまた合おう」

というと、不敵な笑い声を残して、一党二百余名を率いて風間谷へむかった。犬がまぎれている。

そうおもったのは、帰途、相模国境の矢宿坂あたりに入ったときであった。一族の本拠である風間谷まで、つけてくる気やも知れぬ——小太郎は進路を変えて、北上し、高幡《たかはた》の山へ入った。ここに、相模と武蔵をむすぶための中継地につかっていた、古い洞《ほら》がある。山間《やまあい》の深くにある枯《か》れ谷で、縦横《じゅうおう》に高い岩棚がならび、人目から隠れるのには恰好《かっこう》のよい場所であった。風魔一党がこの谷に到着したころ、西の空が夕闇に赤く染まりはじめていた。

「皆ども、馬をおりよ」

小太郎は手下《てじた》をそれぞれに配置し、宿の支度をさせた。闇が迫ったころ、郎党二百名が焚松《タキマツ》を手にして、棟梁のまわりに集まり、地面に坐りこんだ。

「褒美がある――」

と小太郎は話しを切り出すと、一族の葛西城攻略までの働きに対し労《ねぎら》った。やがて話しの筋は先代小太郎の功名を讃《たた》えるものとなり、北条氏の繁栄がいかにして成ったかにまでおよんだ。

「火をかかげよ」

小太郎の合図で、郎党たちは手にある焚松に火をともし、立ちあがって闇に火をかざした。あたりは風魔たちの火で、昼のように明るくなった。となりに立つ者の、あご鬚《ひげ》の一本までよく見える。一同が立ったのを見て、

「故郷今夜千里に思う。霜鬢明朝《そうびんみんちょうま》又た一年」

と小太郎は、先代頭目が好《この》んだという古詩の一片《いっぺん》を声にして詠《よ》んだ。すると、郎党の輪のうしろに立っていた捨吉が、生き残った片目をするどくさせて、背に負っている弓矢を手にかまえた。

「怨敵《おんてき》退散ッ」

と叫んだ。古詩が合図であった。大声に皆はうしろを振りかえり、黒こげにされた蜥蜴《とかげ》のような恐ろしい姿をした捨吉をみて、

「応《おう》」

と声をあげた。つぎの瞬間、一斉に地にしゃがみこんだ。立っているのは、三名の者と、捨吉、そして棟梁小太郎だけである。刹那、捨吉が弓弦をひいて、矢を放った。矢は闇を裂き、立っている男のひとりの額に突き刺さった。男は、ぎゃっと声をあげて地面に倒れた。

「犬がまぎれておったわい」

小太郎が、立っている男ふたりを睨みつけていった。これを、風魔の「立勝《たちすぐ》り居勝《いすぐ》り」という――示し合わせた合図によって、一同は立ったり坐ったりして、間者《かんじゃ》を選《よ》りだすのである。この符諜《ふちょう》を知らぬ敵方の者は、当然ながら、動作についていけない。ただ唖然《あぜん》として、その場に立ち尽くすばかりである。ばれたわ――立っている男ふたりは、背に汗をかいていた。殺される、とおもって肝を冷やした。

「いずれの男かッ」

地響くような声である。小太郎が怒鳴りつけた。風魔の者たちはすでに立ちあがって、ふたりの間者を取り囲んでいる。それぞれ刀や斧《おの》を手にもち、棟梁の合図でいっ

でも打ちかかる体勢をとっていた。段蔵は、片方の男の顔をじっとみていた。見覚えがある——おもって、なぜか自分まで汗をかいた。

「悪党ども、覚悟せや」

といって男のひとりが刀を抜いた。決死であった。抜刀するや、小太郎に飛びかかろうとした。その背を捨吉の放った矢が射抜いた。男は膝を崩したが、なおも襲いかかろうと刀を離さない。多勢に無勢であった。周囲ぐるりと風魔の手下たちに囲まれているのだ。おのれの刀が届くまえに、打ち殺されるだろう。そして、その姿をみたもうひとりの男も、覚悟をきめたようすに脇差しに手をかけた。

(無謀《むぼう》奴め。——)

と段蔵は音もなく駆けより、男の腕をつかんでひねりあげた。あっ、とおもったときには男は地面のうえに倒され、背なかに段蔵の膝が伸《の》しかかっていた。まったく動けなかった。

「加藤の、さすがに仕様が疾《はや》いわ」

小太郎がやってきた。郎党たちを押し退けながら、手には五尺はあろうかという大太刀をにぎっている。わらって、地に伏せている男の頸《くび》根を踏みつけた。刀を振りあげると、

「――お待ちあれ」

と段蔵が手をあげて、小太郎をとめた。

「この者がいずれの主に雇われたものか、知りとうござるわ。忍びなれば、何やとつかい道もござろう、成敗は後のほどに」

いうと、小太郎は振りあげていた刀をゆっくりとさげた。

「おう、そうか――」

手下をひとり呼びつけ、

「この者らを縄で縛《しば》り、奥へ連れてゆけ。仕置きは、あとでくれてやる」

と命じた。生捕《いけど》りとなった二人の男たちは、身体をかたく縄で縛られ、闇のなかへと引きずられていった。

「酒《ささ》じゃ――今宵はここで休む」

小太郎が大振りの刀を地面に突き刺し、一同は散開した。あとは、酒宴である。緊張の糸が切れたか、風魔の一族《やから》は満面の笑みであった。瞬《また》く間にあたりは騒がしくなった。岩場に筵《むしろ》を敷き、崩れた山小屋の廃材を集めて、焚き火にした。荷駄車から酒《さか》樽《だる》がおろされ、猪の肉や味噌を焼きはじめた。段蔵は膝についた土ほこりを払っている。ひとり考えていた。

この人数を相手にできるか、

——ということをである。そこへ捨吉がやってきて、段蔵の肩を叩いた。

「あとでわしと酒をのもうぞ」

いうと、捨吉は小太郎のあとを追って、洞に立て掛けられた古い丸太小屋へと走った。どうやら捨吉は、段蔵に感服しているようすである。いま一度振りかえると、段蔵にむかって、矢をにぎったままの手をふった。段蔵は苦々しく笑いながらも、手をあげてそれに応えた。あの男も、存外に単純な心なのかもしれないと、捨吉の背を見送りながら、段蔵はおもった。

しかし、

悪党には変わりない。段蔵は腰から刀を外すと、鞘《さや》から抜いて刀身をしらべた。綿《わた》色をした、小振りの直刀である。刃はきれいに砥《と》がれている。段蔵は刀を鞘《さや》におさめた。

(さて、どうしたものか——小介《こすけ》のやつめ、骨のおれることよ)

なぜか旧知の顔をみたことで懐《なつ》かしくおもい、可笑しくなった。人とはやはり、そういうものかも知れぬと、段蔵はおのれを嗤《わら》った。

伊賀が、懐かしかった。

段蔵、立つ

丑満《うしみつ》の刻になる。

さきほどまで大騒ぎしていた風魔の郎党たちも、酒に酔いつぶれ、今は、いびきをかいて寝ている。見張り番が十人ほど、手槍を抱えて、方々に坐《すわ》りこんでいた。篝火の明かりがよわくなった為に、闇が濃くなっていた。

段蔵は、起きている。

昼とかわらず、目は冴《さ》えていた――岩棚の間にある獄所《ごくしょ》のまえに立っている。ここに、捕らえられたふたりの間者が拘禁《こうきん》されているのだ。

岩の裂け目である。樫《かし》材で柵《さく》が組まれ、奥がない。以前は、近隣の村から捕らえてきた女小《こ》共《ども》、家畜などを閉じこめるために使っていたものである。番人がふたり、柵のまえに立っていた。髭面《ひげづら》をした大男の嵐丸と、五之介という若い郎党である。

「あらために参った」

段蔵は云って、酒のはいった竹筒を嵐丸にこそりと渡した。

「体が温《ぬく》もる」

夜は冷えるであろう、と段蔵は親身な表情をしてみせた。嵐丸は下卑《げび》た笑顔で、酒を受け取った。柵の向こうは真暗い。段蔵は目をほそめて、闇を見透《みす》かした。男の影がふたつ、寝転がっている。

「生きておるのか——？」

と段蔵が訊くと、嵐丸は髭《ひげ》に垂れた酒をぬぐって、うなずいた。竹筒を五之介にあずけ、

「わしと五之介とで、散々《さんざん》に打ちのめしてやりましたがの——」

生きている、と嵐丸はいった。

「中へ入る、これを預《あず》かれ」

段蔵は腰から刀をとって、嵐丸に渡した。五之介が柵を止めている杭《くい》を引き抜くと、段蔵を中に入れた。

「おい」

と暗がりに声をかけたが、返事はなかった。段蔵は闇のなかで膝をつき、手前の男の体に触れた。背に矢を射《い》られた男である。水けのある縄で、腕と足を背中がわに縛

りあげられていた。縄を水に濡らすのは、忍者に縄抜けをさせないためである。乾いた縄であれば、忍びの者は簡単に抜けてしまうのだ。

（これは惨《むご》い）

段蔵は、息を呑《の》んだ。男の顔は木や石で打たれて、ひどく腫《は》れあがっている。頭の骨も折れているであろう。全身が血まみれで、肌は蒼《あお》ざめていた。段蔵は男の口もとにそっと手をあてたが、息があたらなかった。

（死んでおるわ……）

念のために、首すじの動脈をさぐった。忍びの男が、息止めをして死に真似をすることくらいは容易《たやす》い。そうおもったのだが、脈はすでになかった。もう一人の体を闇のなかにさぐった。

腕に触れた。まだ体温が残っている。段蔵は、男の体をゆっくりと抱き起こしてやり、声をかけた。

「おい、小介。──まだ、汝《われ》の命は尽《つ》きておらぬぞ」

段蔵は男を腕に抱いて、あらためて顔をうかがった。この男──幼少のころ、伊賀の郷《さと》で修練を同じくし、唯《ただ》ひとり、蠟燭の火を吹き消した小介であった。あれから術に磨《みが》きをかけ、ひとりの忍びとして成人していたのである。しかし、いまこのときに目にする小介の姿には、旧知の面影《おもかげ》の欠片《かけら》すらもなかった。ひどく殴られている。顔はおおきな瘤《こぶ》そのもののように腫《は》れて、左目がかたまった血と肉とでふさがっていた。おそらく二度と、ものは見えまい。唇もふくれあがり、歯が折れていた。服装は武士である。月代《さかやき》を剃《そ》っていたが、髭のように毛が濃《こ》くなっている。

小介のあいた方の目は、呆然《ぼうぜん》としていた。

精気が尽きかけているのだ――無理もない。ここまで打ちのめされ、生きていることの方が、不思議であった。目が、段蔵の顔をじっとみていた。すると、何かを覚《さと》ったように目のなかの色が輝いた。小介は喉《のど》を鳴らしながら、何か声をだそうとしている。折れた歯のあいだから、舌がのぞいた。段蔵がうなずいて、

「おれさ」

といって微笑した。

「おお、お――おのれは、だ、だんぞうではあるまいか。これは懐《なつ》かしいわ」

鼻の骨が折れている。小介の声は、袋のなかから発せられたように酷《ひど》く、くぐもっていた。血のまじった唾《つば》を吐いて、あらためて段蔵の顔を視《み》た。

「死んだと、聞いた……」

小介はいって、笑顔を歪《ゆが》ませた。

「おれは生きておる。汝《われ》もじゃ、小介。風魔を狙っておったようだが——」

「おうさ、頭目《とうもく》の小太郎というやつめの寝首を掻《か》きにきた」

しかしながら、しくじった——といって、また微笑した。

「段蔵、わしを遁《に》がせ」

「走れるか——？」

無理であろう、と段蔵は返事を待たず、痛ましそうな目で小介をみつめている。歩くことさえ、難《むずか》しかろう。

「馬があれば、奔《はし》る」

小介は目をするどくして、段蔵を見返した。

「うむ」

段蔵がうなずいたとき、柵の外から五之介の声が聞こえてきた。

「大事はござらぬか、加藤どの」

「ああ、いま問事《といごと》をしておるところよ。邪魔だては無用ぞ」

「相分《あい》かった」

と五之介の声は消えた。段蔵が、にやりとした。五之介の声がゆれて聞こえたのである。

「小介よ、機《しお》をにがすでないぞ——その男どもに、毒を呉《く》れた」

酒のことである。毒をまぜておいた。あとしばらくもすると、外の二人は倒れてしまうだろう。段蔵は脚絆《きやはん》に隠していた小剣を抜いて、小介の身体を縛っている縄を切った。苦しかったのであろう。小介は縄を解《と》かれると、震えるように安堵《あんど》した息を吐いた。段蔵は腰に提《さ》げている吸い筒をあたえ、水と一緒に飢渇丸《きかつがん》をのませた。小介が咳き込みそうになるのを我慢しながら、水を口いっぱいに含《ふく》むと、飢渇丸をのどの奥へ流しこんだ。

「加藤と呼ばれておるのか……」

ひと息ついて、小介が訊いた。

「語りだせば、ながくなるわ——」

段蔵は微笑すると、外のようすを見るために、立ちあがった。案《あん》の定《じょう》、嵐丸は四肢《しし》を放り出して、地面に倒れていた。五之介が、その傍らで嘔吐《おうと》している。

「そのさまは如何《いか》とした。五之介、ここを開けよ。いま助けてやる」

段蔵の声を聞いて、五之介は柵の方へと這《は》いながら寄ってきた。のどが焼けて、声が出なかった。五之介は真っ青な顔でうめきながら、柵止めの杭を引きぬいた。段蔵は外へ出ると、嵐丸の遺骸《いがい》に歩みより、あずけていた刀を取り返した。振りかえり、刀を抜いた。

（ううっ――）

と五之介が泣いた。命乞《ご》いをするような目で、段蔵を見あげている。刹那《せつな》、段蔵の剣が五之介の頸《くび》を斬り落とした。刀の血を払うと、柵のなかへと戻って、小介を担《かつ》ぎあげた。

「陽が昇らぬうちに、ここを出るぞ」

獄所をはなれ、馬がつなぎとめられている場所へと走った。音はない。影を踏み、風魔のものたちの死角へと立ちまわりながら、小介を一頭の馬の背にのせた。

「手は利《き》くか」

と段蔵がたずねると、馬上で小介がうなずいた。手綱をかたく握りしめ、痛みをこらえながら上体をおこした。

「おのれは、どないする気や。段蔵――」

「構うな。それよりも、このまま馬を走らせ川を越えれば、矢宿坂《やしゆくさか》という地に出る。その向こうが街道になる。東海道だ。右手が西の方角だ、判《わか》るか」

「了解《りようげ》した……」

ゆけや、と段蔵は小介を背にのせた馬の尻を、刀の鞘《さや》でたたいた。刻《とき》がない。段蔵は馬一頭をのこして、他の馬は差縄《さしなわ》を切り、追い払った。と、そのときだった。背後から怨念《おんねん》のこもったような、悲鳴にも似た声が飛んできた。振りかえると、岩のうえに影が立っている――襦袢《じゅばん》を羽織った、生白い肌をしている小若が目を剝《む》いて、段蔵を指さしていた。

「見たぞ、加藤」

小若は長い髪をふりみだし、悪鬼の形相で段蔵を睨《にら》みつけながら、

「汝《われ》ァ、男を逃がしたなッ。云いつけてやる。棟梁《とうりよう》に知れたらば、ただでは済むまいぞ」

と怒りをにじませた声で、喚《わめ》きたてた。段蔵は刀の柄《つか》に手をかけた。途端、小若はひらりと身をひるがえし、岩のうえから飛びおりて駈《か》けだした。

（まずい）

おもうと同時に、段蔵も走り出していた。小若は犬に追われる猫のように、素早かった。つぎつぎと岩場を踏み越えながら、小太郎が寝ている小屋へとむかって疾駆《しつく》した。段蔵が追いついた。空《くう》に跳躍《ちようやく》すると同時に、刀を抜いていた。

「小若」

いうや黒い太刀が、小若の背を斬りつけた。

「ぎゃっ」

と声をあげて、小若は地面に倒れた。背中から血を流しながら、苦しみもがいて地のうえを転がりまわった。

「加藤が、逃がしたッ」

笛を吹きならすような、悲鳴だった。小若は地のうえでのたうちまわりながら、絶叫した。段蔵の名を繰《く》り返し叫び、仲間へ変事を知らせようとしているのだ。

「だまれっ」

と段蔵が舌打ちして、小若の喉もとを踏みつけて、声をとめた。ついで刀を胸に突き立てた。げへっ、と蛙のような声をあげたのを最期に、小若は動かなくなった。死にぎわは、しずかだった。段蔵は小若の胸から刀を引き抜いて、その場から立ち去ろうとした……が、すでに遅かった。

「何をしたッ」

見張り番をしていた風魔の者どもが、小若の声を聞いてかけつけたのだ。三人が、段蔵を取り囲もうとしている。さらに闇の奥から、五人の男たちが走ってくる。それぞれに手槍をにぎった猛者《もさ》どもだ。

「退《の》けい」

と段蔵は怒鳴りつけ、手前にいる男を袈裟懸《けさが》けに斬った。

(小介が街道を出るまでだ)

それまで、おれがこの者らの気を引きつけておかねばならぬ――段蔵は血のついた刀をにぎったまま、わきへ飛び退《ず》さると、

「うぬら、おれに手出しは無用のことぞ」

一言いって、そのまま逃げた。篝火を蹴倒し、闇のなかを獄所の方角へとむかって走った。小介と合うよりさき、用心のために手前の岩陰に木箱と、油のはいった樽《たる》をかくしておいた。箱はふたつである。ひとつには火薬を、もうひとつの箱には鉄菱《てつびし》をいれてあった。段蔵は岩陰に飛びこむと、木箱を引っぱりだして、刀の鞘で箱の上蓋《うわぶた》をたたき割った。火薬の箱のなかに鉄菱を入れ、油のはいった樽と一緒に担《かつ》ぎあげた。とそのとき、

「段蔵じゃ――加藤を捜せやッ」

風魔らの騒ぎたてる声が、うなる大風のように、谷じゅうにひびきわたった。

どうやら悪党どもがみな、目を覚ましたものらしい。男らの声は十人ほどから、いまや百とふくれあがっていた。段蔵を探している。自分の名が叫ばれる度に、段蔵は苦々しくわらった。

（おれの名は、この谷で呼ばれるほどのものでしかない）

それでいい、とおもった。これが天下に響いたとあれば、たまったものではない。これ以上の人数を敵にまわしては、逃げる場所にも苦労するであろう——段蔵は鉄菱をまぜた火薬をまき、地面に樽のなかの油をながしながら、のこした一頭の馬のほうへと向かっていた。

つい先程まで小若が立っていた岩場のあたりへ来たとき、

「いたぞ」

と声がした。闇のなかに手槍をかまえた男がふたり、仁王立ちになっていた。段蔵を見つけ、飢えた野犬の目でにらんでいる。段蔵は樽を投げ、木箱を空にして捨てると、刀をゆっくりと構えた。

「頭目の命《めい》じゃ。おとなしく首を差しだせ」

片方の男がいった。

「そうはいかぬ」

段蔵はいって、刀を八相にかまえた。ふたりの男が気合いの声をあげて、段蔵に飛びかかってきた。段蔵の刀が最初の槍を受け流したかとおもうと、すぐに体をひねりながら刀を下段にかまえ、振りあげて男の胴をはらった。刀は上段の位置である。そのまま、もうひとりの男の頭に振りおろした。男の頭が段蔵の刀で真っ二つに割れ、血が飛沫《しぶ》いた。ふたりを斬り捨てたとき、二十人もの風魔たちが走ってくる姿が目の端《はし》にみえた。怒鳴り声をあげていた。まるで獲物《えもの》に群がる野犬どもが、くるったように吠えているようすである。

段蔵は懐中から袖火《そでび》を取り出して、油をふくんだ地のうえに投げた。刹那、地面に火がたちあがり、火薬が爆《は》ぜて、闇を真っ赤に染《そ》めあげた。

「うわっ」

と男たちは声をあげて、足をとめた。地面から跳ねあがる火薬と、砕《くだ》けた小石のかけらに顔を打たれ、悲鳴をあげている者もあった。屈強《くっきょう》の者が数人、火のなかを走りぬけようとして足を踏みだしたが、すぐに鉄菱を踏みつけて「ぎゃあ」と声をあげながら、炎のなかに倒れた。火は男たちを呑みこみ、地表で焼き殺しにした。

ひとりとして、段蔵に近寄れなかった。地面に立つ火の幕を見透かしているだけである。焼け死んだ男たちの、焦《こ》げくさい肉が臭《にお》った。

「小若を殺したなッ」

小太郎がきた。炎の向こうで、怒りくるったように怒鳴っていた。手には、五尺の大太刀をにぎっている。傍らには、弓をもった捨吉が立っていた。その片目が、段蔵を恨《うら》めしそうに睨《にら》んでいる。裏切り者め――と捨吉は唾《つば》を吐いて、弓弦に矢をつがえた。段蔵を狙っていた。

「くらえ、加藤」

と捨吉が矢を射《い》放《はな》った。段蔵は飛んでくる矢を刀でかるがると叩き落とし、不敵な笑みをかえした。

「おのれ、死にさらせッ」

小太郎が大太刀を振りかざして、火のなかに飛びこんだ。焼け死んだ男たちの遺骸を踏みつけながら、炎のなかを走ってくる。捨吉がそのあとにつづいた。来る――段蔵は身構えた。

やあっ、
と火の幕をやぶって、小太郎が大きな刀を振りおろしてきた。段蔵はわきへ飛び退《の》いて、最初の太刀を躱《かわ》した。すぐさま二の太刀が段蔵を襲った。水平に振りぬかれ、段蔵の姿が消えた。

捨吉が、星が瞬《またた》く空にむけて矢を射放った――段蔵は、頭上高くに飛びあがっていた――矢を交わそうとして体勢を崩《くず》し、地に転がりおちた。

（まずいッ）

とおもったが立ちあがれない。小太郎の太刀が間髪《かんはつ》もなく、斬りつけてきた。段蔵は地面を転がりながら、小太郎の剣をよけた。つぎつぎと大太刀の刃が石を砕き、地に火花が散った。段蔵は地面に寝転がったままの姿勢で、隙《すき》をついて小太郎の膝裏を蹴った。あっ、と小太郎が腰を落とした。その瞬間、段蔵は地面をたたいて跳ねおきていた。捨吉が矢で狙っている——段蔵の顔のすぐまえに、鏃《やじり》があった。

段蔵は起きあがりざまに、捨吉の弓をたたき斬ると、心ノ臓を刀で突き刺した。一瞬のことであった。捨吉の胸から刀を引き抜くや、そのまま首をはねた。真っ黒い首が、血を噴《ふ》きながら地面を転がり、火のなかに入って白煙をあげた。

（かはっ）

と、捨吉の首が最期の息を吐いた。

段蔵は見なかった——小太郎が膝を崩しながらも、振り向きざまに段蔵めがけて太刀を振ってきたのだ。刀を立ててこれを受け止めると、激しくぶつかる金属の音が夜空に響いた。重い……と段蔵は、小太郎の太刀の尋常《じんじょう》ではない重みに、歯をくいしばっている。こうなれば、力くらべであった。小太郎は体の重さをも刀身にのせて、段蔵の刀を押した。ふたつの刀がこすれて火花を散らし、焦げた鉄が鼻に臭《にお》った。

（くそっ）

負ける——とおもったとき、段蔵は右足を引くや、刀を脇構えにもっていき、そのまま振りあげて小太郎の手首を斬り落とした。瞬《まばた》きする間もなかった。小太郎の手首が、大太刀をにぎったまま地面に落ちた。段蔵は小太郎の懐に飛びこみ、胸を刺しぬいていた。

「小太郎、死ねッ」

いうや、相手の胸に刺さっている刀を斜《なな》めに押しあげ、心ノ臓を引っ掻《か》くようにして抜きとった。小太郎は、この世のものとは思えぬほど恐ろしい苦悶《くもん》の声をあげながら、膝を崩して地面に倒れた。堰《せき》を切った川の水のように、小太郎の胴体から血が噴き出している。段蔵は血にぬれた刀を手に走った。馬の背に飛び乗ると、うしろを振りかえることもなく、遁《に》げた。

風魔たちは棟梁の死を目の当たりにして、一歩も動けなかった。いずれも啞然として、火のむこうに倒れている「風魔三代目小太郎」の亡骸《なきがら》をみつめているばかりであった。

それから、半刻。

東の空は朝日に青く染まり、雀《すずめ》が鳴きはじめている。

段蔵は一念に馬を走らせ、東海道へと駈け出たが、小介の姿はどこにも見つからなかった。うまく逃げたであろうか……坂のうえで手綱をひいて、馬を止めた。しばらく周囲をさがしまわったが、小介の姿はなかった。

「逃げおおせたな」

ならばよい、と段蔵は馬に水をのませると、農家に立ち寄って、銭をはらって秣《まぐさ》をわけてもらった。

(さて、おれのゆく先だ)

段蔵は快晴の空の下、馬をすすめた。

北へ向かうつもりだった。上野《こうずけ》国の箕輪《みのわ》城である。そこに、相模《さがみ》で知り合った湛光《たんこう》風車《ふうしゃ》が忍びを働いているはずだった。

訪ねてみるさ——段蔵は馬を駆って、関東北部へとむかった。

要害の城

とかく山が多い。

馬はつかれきって、足を出そうとしなくなった。武蔵《むさし》の大久野をすぎて、峠をふたつ越えた辺りである。

馬は捨てることにした。といっても、人馴《ひとな》れした馬を野放しにすることもできない。段蔵は馬を曳《ひ》きつつ、一里とわずかの距離を歩き、吾野《アガノ》というあたりまで進んだ。出くわした村人に、味噌わずかと米でよい、それとこの馬を交換してくれぬか——と申し出た。

「ようごぜえやす」

「草臥《くたび》れてはおるが、二晩と休ませてやれば力をもどす。よく働くやつだ」

馬のことである。黒鹿毛《くろかげ》であった。平頸《ひらくび》をなでてやり、ここまでの礼《れい》をいった。言葉が分かったのか、馬は鼻息をついて、前足で地面を掻《か》いた。返事のようである。

道を急いだ。

あるいて再び山にはいるころ、空が泣きはじめ、大粒《おおつぶ》の雨が降りだした。しばらく一位《イチイ》の大樹の下で雨宿りをしていたが、足もとが酷《ひど》くぬかるみはじめた。一丁もすすむと無人の小屋があったので、中にはいった。樵人《きこり》が待避場所につかっている小屋だろう。大鋸《おが》や突網、背負梯子など雑多な道具のほかにも、火鉢や鉄釜、乾いた藁《わら》の束がおいてあった。

段蔵は藁束を小屋の隅《すみ》にかさねて、ゆっくりと背をもたれた。骨という骨がきしんだ音をたてる。ここまでの道程《みちのり》に、休息はなかった。ただひたすら、駈《か》けつづけてきたのである。鋼《はがね》のようにおもくなった軀《からだ》を休めているうちに、ねむけが襲ってきた。泥沼に沈んでいくように、意識が遠のいてゆく。夢はみない――二刻《ふたこく》と深い眠りに落ちて、ふいに目が覚めた。

雨漏《あまも》りだ。

小屋の天井に染みこんだ雨水が雫《しずく》になって、ぽたりと落ちた。一滴が、段蔵の頬《ほお》をぬらした。外の雨音は、小石でも降っているのかと驚くほど、激しくなっている。

段蔵は小屋のなかに、桶《おけ》がひとつ転がっているのを見つけ、外へと持って出た。大雨である。川のように流れる雨に、土肌が削られている。あたりを囲う木の枝葉が雨に激しく打たれ、夜が白霞《しろかす》んで見えた。梅雨《つゆ》がちかいな——段蔵は桶の口を天にむけて、地面においた。雨水はすぐに桶を満《み》たした。

「ケモノの臭《にお》いがするわ」

段蔵の衣布《いふく》は風魔どもを斬った返り血で、黒ずんでいる。汚れがひどく、人目に血とは分からないまでも、汗とまじって厭《いや》なにおいがした。

(おれも、畜生と何ら変わらぬ……)

小屋にはいって衣を脱ぐと、桶にためた水で洗い、体の汗をぬぐった。桶の水はすぐに、絞られた血に赤く染まった。衣布を竹竿や柱にかけ、火鉢にのこっている炭をおこした。乾かしながら、浅く眠った。

それから、一刻。

空に蓋《ふた》をしたように、雨がとつぜんと止《や》んだ。

段蔵は墨染衣を着て雲水の形《なり》にもどると、刀をもって小屋を出た。まだ夜はあけていない。歩きはじめて、三里——武甲山《ぶこうさん》の西側をとおって、水かさが増した荒川《あらかわ》の上流を越えた。

空が明るくなっていた。

まるで先夜の雨が夢であったかとおもうほど、すっきりと晴れ渡っている。対岸に出ると、野上《のがみ》という村にはいった。段蔵は、さらに北上して神流川《カムナ》を渡り、めざす上野国《こうずけ》に到着した。

午《ひる》。

神流川ぞいに、道があった——武州《ぶしゅう》街道である——この道を西にむかえば、十石峠へと出る。そのさきが、信濃《しなの》国になる。段蔵は峠のてまえで、道を外れた。白井《しらい》というあたりから北に折れて、下仁田《しもにた》という土地へと出た。

（これは、まずい）

具足をつけて槍をかついだ雑兵たちが、いたる処に群れていた。まるで蟻の寝床に迷いこんだかのようである。胴に定紋があったが、どこの軍兵なのかは、段蔵には判《わか》らない。いずれにせよ段蔵にとって敵も味方もないのであるが、関所が設けられているとなれば、話しは別だ。怪しまれたら、面倒である。若輩の忍びが関所で正体を疑《うたが》われ、殺されたという話しも聴く。少なからず、雲水が刃物をもっているわけにはいかないだろう——段蔵は林に入り、刀を藪《やぶ》のなかに捨てると、木立の陰を走り、妙義《みょうぎ》山をのぼった。

このころ、西上野は武田《たけだ》晴信《はるのぶ》（信玄）の軍兵が侵攻をくりかえしている。関東経略の拠点をこの上野国にもとめているのだ。

段蔵は知らない。

晴信の長女――黄梅院《おうばいいん》が――天文《てんぶん》二十三年に北条氏康の嫡子氏政《うじまさ》に嫁《とつ》いで、両氏は同盟を結んでいた。

北条氏は武田氏と連合することで、越後の上杉輝虎《うえすぎてるとら》（謙信）の関東進出を阻止しようとしていた。とくに、このあたりは上野と信濃とが境を接している要地である。妙義《ぎ》山からみて、北におよそ二里の距離に榛名《はるな》山、さらに北東の方角に三里もいくと赤《あか》城山があった。この三つの山の裾野《すその》には利根《とね》川《がわ》につながる細流が、大地の葉脈のように幾筋もながれている。

この一帯に――多くの「城」が点在した。

主《おも》だった城だけでも国峯《くにみね》城、高田城、安中城、松井田城が妙義山の周辺にあり、さらに箕輪《みのわ》城、鷹留《たかとめ》城、倉賀野《くらがの》城、廏橋《うまやばし》城、その北に惣社《そうじゃ》城、白井城、岩櫃《いわびつ》城、沼田城とある。武田氏は、この城々を落として「越後の龍」の関東制圧の手を阻《はば》もうと考えているのだ。

が、しぶとい。

諸城のひとつ、箕輪城が落ちなかった。

城主は、長野《ながの》業正《なりまさ》（業政とも）である。関東管領であったころの山内上杉《やまのうちうえすぎ》氏のとき、すでに重臣の一人として名を知られている。この業正《なりまさ》は西上野地域の、有力な在地領主でもあった。城砦を数十と築いて、他勢力からの侵略をふせぐための防禦網《ぼうぎよもう》をつくりあげていた。戦国の猛虎《もうこ》、武田晴信にして、「業正がいるかぎり、上野を攻めとることができぬ」といったというから、その強さがうかがい知れよう。

弘治《こうじ》三年の四月から、武田晴信は嫡子義信《よしのぶ》にこの箕輪城を攻めさせたが、ついに敵《かな》わず兵を引きあげた。これ以後、幾度にもわたって箕輪城をめぐる攻防がくり返されるのだが、結局は武田側が長野業正に撃退されてしまった。

湛光風車《たんこうふうしゃ》は、この長野業正によばれて、箕輪城にはいっている。乱波として働き、風聞《ふうぶん》に伝え聴くところによれば、「乱波大将軍風車」などと呼ばれているらしい。

さて、

戦雲である。

前年の永禄四年――いよいよ武田信玄《しんげん》（晴信。永禄二年に出家し、法名を「信玄」と号す）が、西上野侵攻を本格的に着手した。妙義山北西にある碓氷峠《うすい》から上野国に侵入し、同年の十一月十九日に高田城と、小幡景貞《かげさだ》のいる国峯城を攻め落とした。さらに、高田城から西方に二里の距離を移動して、北条氏と合流すると、鳥川沿いの倉賀野城を包囲してしまった。倉賀野城はおもった以上に防備が堅固《けんご》で、落とすまでには至《いた》らない。信玄はここで一度、兵を引きあげるのだが、この西上野への出陣による武田氏の強さは、一帯の空気に緊張をもたらしたままであった。

永禄五年の年明《としあけ》早々、信玄はふたたび西上野の安中《あんなか》に侵攻した。この地より東の方角、三里の処には廏橋《うまやばし》城がある。利根川沿いに建っている。ここに、越後の龍こと上杉輝虎《てるとら》が入城していた。

信玄は北条氏と呼応し、上杉輝虎（謙信）を牽制《けんせい》する理由もあって、この安中に兵をすすめたのである。

佐野へ出馬しようとしていた上杉輝虎は、武田軍の襲来を聞きつけると方向をかえ、安中へむかってこれを撃退した。まさに龍の如し、である。上杉軍は疾《はや》かった。武田軍をやぶると、輝虎は東へむかった。

およそ六里の距離に、館林《たてばやし》城がある。北条氏と通じていた赤井《あかい》文六《ぶんろく》という男の居城だ。輝虎はこの館林城を攻め落とすと、足利長尾《あしかがながお》氏の景長《かげなが》という男に城をあずけ、自身はようやく佐野へとむかった。三月のはじめまで在陣したあと、廏橋城へと引きあげ、ひと月のうちに輝虎は越後へ帰国した。

その直中《ただなか》に、段蔵は上野国にはいった。

妙義山をのぼった段蔵は、北側へとまわって、滝が落ちる山間の川の畔《ほとり》に身をかくした。夜をまっている。闇に乗じて、いずれの城下にはいるつもりだった。ここからめざす箕輪城まで、距離はおよそ三里程度である。忍びの者が走れば、四半刻も経たぬうちに、着到することだろう。ただ、段蔵の頭のなかには、くわしい地理がはいっていない。上野の国へ来たのは、これがはじめてなのである。およその見当で、箕輪城の位置をつかんではいたが、ひとつ間違えれば、身の置き場がまるでちがってくる。ともすれば命さえ危《あや》うい、のである。

（どこも戦《いくさ》ばかりだな）

日が暮れた。

段蔵は夜陰《やいん》に乗じて、村へおりた。焼かれていた。「小屋落《こやおと》し」や「焼働《やきばたら》き」のために家々は打ち壊《こわ》され、田地は踏み荒らされたうえに、木材や石が投げいれられている。倒壊した家屋の残骸までもが田に放りこまれ、稲を育てる場所がなくなっていた。敵兵が、

「植田を捏《こ》ねた」

のである。

武田方では、「毛作をふる」ともいう。戦は兵士同士が槍を合わせ、城を落とすだけではない。田を捏ねる、あるいは苅田《かりた》（稲を苅《か》りとる行為）をすることで、敵地に

おける食糧の生産を妨害することも常であった。農民はもとより、領主にとっても田畑を荒らされるのは死活問題にかかわる。この一帯も合戦の慣例として、ひどく荒らされていた。

段蔵は川をこえて、月のあかりを避《さ》けるように影を走った。

しばらくも走ると、仄《ほの》かに白くひかるものが、前方の畦《あぜ》のうえに蹲っているのがみえた。段蔵は足をとめ、闇を見透かした。

「うしの骸《むくろ》か。――」

月のあかりをうけて、牛の骨が白くひかっているのだった。戦というものは、命あるものを滅ぼすだけの人の所業である。みると、牛のあばら骨の隙間には、五本の矢がはさまっている。兵らがこの牛を的《まと》にみたてて、殺したものであろう。

（人の仕様《しざま》よ）

仏が説く言葉など、戦場にはきこえていない。戦《いくさ》か――おれは、そのために生き長《なが》らえていられるのかも知れぬ。

段蔵は骨になった牛のそばに立って、月を仰《あお》ぎみた。

しずかな夜であった。夜空をみていると、この一帯で人が命を奪いあったとは到底おもえない。月があかるく、東の空をながれる雲の帯を銀いろにそめていた。段蔵はいまこのとき、諸行無常《しょぎょうむじょう》をみた。

万物は常に変化しつづけ、わずかの間もとどまらない——大地に戦の残り香を嗅《か》ぎながら、月の明かりのなかに立ち、おだやかに漂う雲をみていると、おのれの存在の如何に小さきことかとおもえてならなかった。とおく南の方角に目をむけると、篝火の灯が夜天にかがやき、点々とみえている。闇のなかに狐火のように浮かびあがり、まるで戦に滅《ほろ》んだ霊魂が、こちらをじっと見つめているようにもおもわれた。


山木《さんぼく》は自ら冦《あた》す。


段蔵はおもいだして、わらった。爺《じじい》め、おれを惑《まど》わせるわ——山の木々は、必要ゆえに伐《き》られ生を失う、という意味の言葉をいったものだ。荘子、である。

(おれは、何に生き急いでいるのであろうか?)

京で出合った男の最期《いまわ》の言葉が、謎かけになって心にのこっている。いまも、その答えは分からない。

段蔵は走った。

闇を駈《か》け、町にはいった。

倉賀野《くらがの》城の城下町である。段蔵は方角をまちがって走っている。箕輪城へは、榛名山をめざして北へむかうべきであるのだ。

兵はない。

城下には人影ひとつ、立っていなかった。おそらく町衆は敵襲に備えて、城上りでもしたのであろう。段蔵は、町はずれにある家に忍び入って、ここが何処なのか探ろうとした。裏庭に出たとき、人の臭いがした。段蔵は足音を消すと、猫のように影をすすみ、垣根の傍《そば》にはえているつつじの木の茂みに身を隠した。

土を掘りおこしている――具足を身につけた雑兵ふたりが、槍《やり》や鍬《くわ》を手にして庭を掘っていた。戦になると、避難民が庭さきに家財や衣服などを埋《う》めることがあった。鍋《なべ》に米をいれ、それを埋めることもある。雑兵らはそれと知って、庭の土を掘り返しているのだろう。ただの盗人である。

（二人か、――）

造作無《ぞうさな》いとおもって、段蔵は武器も持たずに茂みから出た。

「やおれッ」

と突然、声をかけた。雑兵たちは跳びあがるように驚いた。その瞬間に、ひとりをまっすぐに指さし、

「だまれ、動くな」

と怒鳴りつけると、儘《まま》に動けなくなった。段蔵の発声で、気が断たれてしまったのである。忍びの法に「遠当《とおあて》ノ術」というものがある。戸隠流《とがくし》においては、この気合術をつかって目潰《めつぶ》しもする。この戸隠流というのは——戸田真竜軒の口伝によるとい、そののち白雲流からわかれ、百地丹波によって伊賀甲賀の流派になった。以降、紀州藩名取流に伝わり、戸田氏に伝承するのである。

段蔵はこれを体得していた。

指をさしたまま、もうひとりの兵の目をじっと見据えた。男たちはまるで、蛇に睨《にら》まれた蛙である。段蔵の眼力に魂魄《こんぱく》が吸いこまれたかのように、声もたてず、案山子《かかし》のように突っ立っている。

「槍をおけ」

というと、兵らは手にしている槍と鍬《くわ》を庭のうえに捨てた。すでに二人は、段蔵の術中にあった。段蔵の声が、互いに槍で突き合え——といえば、そうしていたであろう。

「箕輪の城へむかう。指をさせ」

地の底からひびいてくるような声でいうと、ふたりはゆっくりと腕をあげて、北の方角を指《さ》し示した。

「足のさきをみよ」

ふたりは声の云うままに、自分の足もとをみた。ふと我にかえって顔をあげると、そこに段蔵の姿はなかった。幻の如く、消えた——ふたりの男は力がぬけたように、その場に坐《すわ》りこんだ。何があったのか、意識がもどるにつれていよいよ戸惑った。ただ、体がやたらと重かった。そのまま倒れ込むと、ふたりは寝息をたてて眠りこんでしまった。

段蔵は月光の下を駈けていた。

川沿いを風が吹くように奔《はし》りながら、ひたすらに北を目指した。

駆けること、二里。

——倉賀野の城下町を出てから、四半刻後には榛名《はるな》にはいっていた。

(ほお、この城が……)

と段蔵は、箕輪《みのわ》城をみた。

城の西側をながれる榛名《はるな》白川《しらかわ》が、大地を削《けず》りとって出来あがった「河岸段丘《かがんだんきゅう》」を利用して建てられた「城塞《じょうさい》」であった。南方には沼地があり——これを城の堀として——天然の地形をうまく使っていた。各曲輪《くるわ》は巨大な空堀《からぼり》に仕切られ、梯郭《ていかく》式に配されている。二《に》ノ丸《まる》の南側には巾《はば》二十八間もある、とてつもなく長い堀切が東西に切りこんであった。この城を攻め落とすことは易々《やすやす》とはいくまい——と、段蔵はひと目して感心した。

ここに数《かず》一五〇〇ほどの兵がつめている。いまも夜警の者らが、松明《たいまつ》を手に見張りをしていた。

(悪戯《いたずら》に門をたたくこともあるまい……)

夜の訪問は、何かと疑《うたが》われ易《やす》いものだ。要害《ようがい》の城といえども、忍び入ることは段蔵にとって簡単なことではあったが、知人を訪ねるのにそれもまずかろうと考えた。門があるのだから、たたけばよい。

(忍びの者は、とかく己の術をためしてみたくなるものだな)

段蔵は苦笑した。この城をみていると、忍び入ってみたくなるような衝動にかられる。まさに忍者の本能であろう。

段蔵は城下で休みながら、夜が明けるのを待った。

鳶

「いずれの乞食《こつじき》僧が参ったものかとおもうたぞ――」

ひびきのある太い声でいって、

「よう来た。うむ、懐かしゅうある」

と草履《ぞうり》のようなかたちをした無骨者《ぶこつもの》の顔に、満面笑みが拡《ひろ》がった。湛光風車《たんこうふうしゃ》は、おのれを頼って訪《たず》ねてきたという段蔵の肩を、何度もうれしげに叩いた。

湛光は袖《そで》なしの短衣（肩衣《かたぎぬ》）を着て、腰のあたりを縄で縛っている。拵《こしらえ》（刀装）が派手な大太刀を肩にかかえている姿は、いかにも、乱波《らっぱ》盗賊《とうぞく》の棟梁《とうりょう》といった風体であった。まさか普化《ふけ》宗の禅僧であったとはおもえない恰好《かっこう》である。

「加藤段蔵。よう、参ったぞ」

もう一度、段蔵の来着をよろこぶ言葉を口にしてから、坐《すわ》った。

段蔵は午後になって、箕輪城を訪れた。案内されたのは、二ノ丸のはずれにある小者小屋であった。ここに湛光風車の寝所《しんじょ》がある。本丸は北西方向の奥にみえ、土橋が架けられ、四囲は空堀《からぼり》と土塁《どるい》に囲われていた。箕輪城の城地は南北に長く、距離にしておよそ十丁（約一キロ）、東西に五丁ほどの広さである。

湛光が居住《いず》まいに使っている小屋には、数人の乱波とみえる男たちがいた。他の者らは、城外にある乱波小屋に住まっている。数は八十名はいる、と湛光が説明した。

頭目は、この湛光風車である。

「して、わぬしは風魔では如何であったか――？」

と訊いてきた。段蔵は旧知の男を逃がし、小太郎やその他数名を斬ったことを包み隠さずに話した。誤魔化したとして、乱波といえども相手は忍びの者である。いずれは、ばれる。

賭《か》けであった。

関東乱波の気質は、伊賀者とはまるで違う。当家《とうけ》、というものを大切にしていた。伊賀の忍びは、郷《さと》を大事におもう。そこに相違がある。風魔党は北条氏に仕えることで、おのれを誇《ほこ》り、狼藉《ろうぜき》を働いた。この湛光風車という男は、その風魔にいたのだが、いまは長野業正《ながのなりまさ》を当家と考え、仕えている。長野業正は上杉氏である。いわずと知れたことであるが、北条氏と上杉氏は敵対関係にあるのだ。風魔の一族からすれば、湛光は敵方についた「裏切り者」である。段蔵はそのことを深くよみとっていた。湛光が相模《さがみ》を去ったときを振りかえれば、場に居合わせたのは段蔵だけである。小太郎はもとより、他の風魔の者もいなかった。裏切り、という行為は湛光にとっても後ろめたいことであったに違いない。いずれにせよ、湛光が段蔵の経緯《いきさつ》をきいて怒ったとしても、ここでは斬れまいと踏んでいた。

「小太郎を斬ったか」

湛光は唸《うな》ると、腕を組んで黙りこんでしまった。

「如何《いか》にも」

段蔵は、相手の目を見ずに返事した。ただ、気《け》だけは視《み》ている。相手が動けば、即座に遁《に》げ出すつもりであった。ふたりは沈黙した。段蔵はただ、相手の返答を待ちつづけている。斬りかかってくるようなことがあれば、懐中にある棒手裏剣を放ち、外へ飛び出すのだ。

「おもしろい。──」

いうや湛光は、大口をあけて笑いはじめた。

「百人力とはこれ、わぬしという男の事よ。気にいったぞ」

と膝を打った。さすがに段蔵も、相手が笑ったことで胸を撫《な》でおろした。

「わしの下《もと》で働け。知行など望んだところで適《かな》いもせぬが、めしは食える。——しかし、わしまで斬ろうとおもうなよ」

頸《くび》の根もとを叩いて、からからと笑った。段蔵は、頭をさげた。

さっそくのこと、である。

湛光風車は段蔵の衣を着替えさせると、刀を用意した。段蔵は旅塵《りよじん》でよごれた髪を梳《す》いて束にまとめ、雲水の形《なり》を脱ぎすてると、上衣に濃い茶染めを着て、袴《はかま》も同色の裁衣《たつつけ》をはいた。帯はまるぐけにして、刀を腰にさした。

「城のそとへ出よう。案内《あない》する」

と湛光は段蔵を連れて、城外を歩いてまわった。これまで幾度となく押し寄せてきた武田軍の攻城戦の模様を説明しながら、そのとき乱波たちが伏せていた榛名《はるな》白川《しらかわ》の川岸へと案内した。仕寄《しよせ》道が掘ってあった。武田の兵が掘ったものである。そこへ湛光の手下たちが土をかけ、敵兵の遺骸や岩を投げ入れて埋め固めている。死臭がたっていた。

「この方角に高田城がある」

と湛光は、手にある青竹の杖《つえ》で、南西の方角をさした。この箕輪城との間に、松井田城と安中城があることを教え、くるりと杖を空でまわして南をさし、

「倉賀野《くらがの》城だ」

　というと、段蔵はうなずいた。知っている。その城下で盗人ふたりに出合い、術をかけたのである。さらに湛光は城の南へと歩いて、沼地のそばへ出た。

「さぞや攻め辛《づら》かろう」

　段蔵は、沼に落ち込んで死んでいく、敵兵の様子を想像しながら納得して云った。弘治三年の攻防戦のことである。箕輪城の兵は、千五百余だ。一方の、武田軍（信玄の嫡子、義信の指揮）は少なくとも倍の人数、あるいは数千という兵数で攻めたはずである。それで落とせなかったのだ。城のまわりを歩いて、いかにこの城が堅固《けんご》であるか分かった。

　小屋にもどって、今後の仕事を話しあった。武田氏と北条氏の進軍については、湛光の手下たちが出張《でば》っているので、連絡網は万全である。段蔵は周囲の地理をあらためて計り、近在の城の縄張りを調べておくことになった。昔に播磨《はりま》国で、同じようなことをしている。段蔵には、手間というほどのことではない。

「承知した」

　と返事をすると、計測のための道具を用意した。はやくも翌日からは城を出て、三里四方を歩きながら、地形を子細《しさい》にしらべてまわった。

夜も城外へ出た。闇のなかで土地勘をつけておくためである。段蔵のやり方には、湛光もおおいに喜んで、手下を数人つけて倶《とも》をさせた。ときには自らが段蔵と一緒になって、夜の西上野地域を走りまわり、夜目を鍛《きた》えた。

三月《みつき》と経ったころには、段蔵は箕輪城周辺の詳細な地図をつくり終えた。鍛冶屋を紹介してもらえるように申し入れると、作事小屋の男を紹介され、さっそく刀をつくらせた。直刀である。綿色をかけさせた。鞘《さや》も工夫をこらし、さきを尖《とが》らせ、下《さ》げ緒《お》にも一間半《けん》のながいものを付けさせた。手裏剣をはじめ、苦無《クナイ》、しころ、角手《かくて》、鉄毬《てつまり》などの忍び道具一切を用意した。用意が済んだころには、しずしずと雨が降りはじめた。

梅雨《つゆ》になる。

段蔵は川岸に立って、水量を計っている。雨がやむと、郭馬出《かくうまだし》の西側にある虎口《こぐち》まで歩いていき、地面のぬかるみ具合をしらべた。敵が攻めてくるのは、何も晴れの日ばかりとは限らない。降雨時の戦いを考えておく必要があるのだ。とくに、忍びの者は通常の兵士と一緒になって戦うことはあまりない。少数で、敵の隙をつき、欺《あざむ》いて攪乱《かくらん》させ、裏をかかなければならないのである。そのためには、この箕輪城のつくりと同様《どうよう》に、自然を利用する必要があった。段蔵は雨の日も、ひとり城のまわりを調べて歩き、さまざまな戦況を想定することに没頭《ぼっとう》した。

夕暮れになると、湛光とその手下数人で輪なりに坐って、酒を酌《く》み交わしながら久しぶりに禅問答で刻《とき》をすごした。

段蔵は真夜中になってから城を抜け出し、城の南側にある林の中にはいると、地面のかわき様をみていた。ふと足がとまった。一本の櫟《くぬぎ》の大樹のまえにたって、じっと幹《みき》をみつめた。

根もとの土から這い出してきた蟬《せみ》の幼虫が、櫟の幹につかまっている。蟬は今まさに、琥《こ》珀《はく》いろをした殻《から》をやぶろうとしていた。

（ほお。これは美しい……）

殻の背が割れて、白い翅《はね》が出てきた。蟬がおのれの体をもちあげながら、殻を抜け出ようと震えている。夜気にふれた翅が、黒く染まった。

夏。

武田信玄が再び、この西上野に侵攻するとの声がきこえてきたため、いずれの城も警戒の兵を配備した。やがて馬の蹄《ひづめ》が、西上野の大地をゆるがし、天に轟《とどろ》くような鬨《とき》の声があがった。

そして、九月——虎が、出てきた。

武田信玄は西上野侵攻を再開し、まず安中城を攻め落とした。さらに信玄は兵をすすめて、倉賀野城、箕輪城、惣社城へと迫《せま》った。大軍である。百足《むかで》の旗を背にさした騎馬武者が畦《あぜ》を走りまわり、武田菱《びし》の旗が西上野の大地にずらりと並んで、風にはためいた。

武田の兵はそれぞれの城下にはいって火を放つと、苅田《かりた》をつづけた。これから収穫という時期である。附近の田という田から稲《イネ》が消え失せた。

「まるで、蝗《イナゴ》じゃ。武田ばらめ」

湛光が不快そうにいい捨て、木俣《きまた》（曲輪）に乱波たちを集めた。

段蔵も城内から武田軍を目のまえにして、圧倒されている。風魔に属していたときに、葛西城の攻略を見てはいたが、これほどまでの大軍による戦というものは、はじめて目にする。城下に怒濤《どとう》の如く軍兵が押し寄せ、とおく林のまえには本陣の軍旗が波光のように煌《きら》めいていた。兵らが身につけている甲冑のこすれる音は、さながら潮騒《しおさい》のようになって一帯に響きわたっている。兵の動きのひとつひとつが、北条氏のものと比べても格段に速い。

（これが武田か）

段蔵は目を見張った。しかし、信玄はすぐに兵を信濃に引きあげてしまった。どういうわけがあったのか、分からない。

十一月になって、再び武田軍が西上野の大地を踏んだ。こんどは箕輪城周辺を過ぎて、南東の方角にある武蔵松山城《むさしまつやま》まで進軍し、これを攻囲《こうい》した。このとき、信玄は北条氏康《うじやす》と呼応している。上野と武蔵の境にある上杉方の諸城《しょじょう》を、武田と北条の両軍が合力《ごうりき》して攻めつづけた。

他方、

上杉輝虎は――越中の対応に走りまわっている。この越中では神保長職《じんぼながとも》の抵抗に遭《あ》い、七月に出陣してこれを破ったが、九月になって味方中が敗れるという事態がおこった。輝虎は再度、越中へむかった。講和によって、越後へ引きあげたのは十月十六日のことである。武蔵松山城の知らせを聞きつけ、ようやく関東へ出陣するのだが、十一月も下旬になってからのことであった。

段蔵たちもまた、この戦雲がつくりだした影のなかを飛びまわっていた。ときには夜討ちをかけ、武田方の兵を混乱させてまわり、睡魔《すいま》と戦わせた。命が危険にさらされることは一度や二度のことでなく、敵兵に追われれば林に逃げ込み、あるいは川に飛びこんで姿をくらましたことは数知れなかった。湛光の手下の多くも、この期間のうちに殺されている。

そして、年を越えた。

永禄六年になって、武蔵松山城は武田北条連合軍の攻撃にもち堪《こた》えることができずに、ついに落城した。

二月初旬のことである。

武田信玄はまた信濃へと引き上げていったが、

「警戒を怠《おこた》るな」

と大道寺信方《だいどうじのぶかた》から御達しがあった。湛光は本丸に呼び出され、ただひたすらに畏《かしこ》まっている。

この大道寺という男は、長野氏の家臣《おとな》である。箕輪は城の構えも堅固ならば、勇将たちが揃《そろ》って、さらに守りを固くしていた——上泉伊勢守秀綱《かみいずみいせのかみひでつな》（のち信綱）、白川満《しろかわみつ》勝《かつ》、大道寺信方、岸信保《きしのぶやす》らの「長野十六槍」とうたわれた家臣団たちである。秘中の秘のこと、箕輪城の城主である長野業正は、永禄四年中に病没していた。これを信玄は知らない。

もしや。

幾《いく》たびと箕輪を攻めるうちに、変事の一端は何となく嗅《か》ぎとってはいた。しかし、確証するまでには至らない。もし業正の死をたしかとすれば、ここぞとばかりに攻めこんでくるだろう。当然ながら、城中においても業正の死没の真相は、伏せられていた。城の主は、業正の嫡子業盛《なりもり》が嗣《つ》いでいる。業盛は、いまだ十七歳という青年であった。戦歴というものは、とても望めない。この若い当主を旗頭にして、家臣団の結束力だけが箕輪城を守り抜いていたのだ。

「武田の間者《かんじゃ》があれば、その場で討ち殺せ」

大道寺信方の声には、深刻ないろがある。城の警備を事細かく話し、湛光にも同意させた。

(何かあるな。——)

およその見当はついた。しかし、湛光は口にしない。本丸を出てすぐに手下たちを呼び集めると、六人一組ずつにわけて、昼夜を問わず城内を巡視させるという仕事につかせた。

「加藤よ、わぬしには別途の御用を恃《たの》まれてもらいたい」

段蔵には箕輪周辺の諸城に忍びこんで、動向をさぐってくれと云う。

「たれぞ付けるか」

と湛光が訊いた。

「いや、ひとりの方がはやい」

段蔵は刀をつかんで、立ちあがった。鉤縄《かぎなわ》を腰にさすと、城を出て、妙義山の麓にある高田城をめざした。

段蔵は夜陰に乗じて城や陣屋に侵入すると、兵馬の数から兵糧の内容にいたるまで、徹底して調べにかかった。この情報を持ちかえれば、あとは武士たちが戦略を練《ね》るのである。しかし、一日で得る情報はしれている。城兵が騒がしくなれば廏《うまや》にもぐりこんで息を潜《ひそ》め、あるいは本丸の屋敷の床下に隠れながらと、十日をかけてじっくりと敵情を調べつくした。

箕輪城にもどって、視察のほどを伝えると、国峯城、鉢形城、武蔵松山城へと足をのばし、敵の懐《ふところ》深くに潜りこんで、危険な仕事をつづけた。露見《ろけん》することがあれば、段蔵の命はない。

十月。

再び、武田が西上野に侵攻してきた。倉賀野城をはじめとする上杉方諸城を攻めている。段蔵は戦火の中を飛びまわった。戦には参加していない。ただ、情報という戦況を左右しかねない「肝《きも》」をつかんで、それを箕輪城へ届けることが役目である。

「わぬしは、まるで鳶《とび》のようであるな」

いったのは、湛光風車である。段蔵は忍びの術によって、西上野の空の下を自由に飛びまわり、気がついたときには箕輪城の曲輪に舞い降りている。さらにいえば、段蔵のまえでは塀というものは無いも等《ひと》しく、いずれの塀も軽々と飛び越え、あっという間に城のなかへと、鳶の如くに侵入してしまうというのである。

実際は、苦心した。

段蔵の術は、人のものでしかないのだ。敵兵に化けたあと、行軍にまぎれこんで城に入ることもあれば、城内に運びこまれる荷駄のなかで息を殺しながら、高鳴る心臓の音を消して、門をくぐることもある。ひどいときには、堀にたまった水草の下に潜りつづけ、二日をかけて守宮《ヤモリ》のように塀を越えたことなどもあった。人しれず、にである。であるからこそ、段蔵は神出鬼没とみえるのである。

また、段蔵は跳躍《ちょうやく》術に優《すぐ》れている――以前、湛光の手下たちと行動をともにしたとき、武田の兵に追われたことがあった。そのとき、段蔵は林のなかに追っ手を誘い込んで、木にのぼったかとおもうと、枝から枝へと飛び移りながら手裏剣を放ち、撃退したことがあった――以来、湛光の手下たちから「飛び加藤」という異名で呼ばれるようになっていた。湛光は手下から段蔵の異名を音《おん》できいて、「飛び」と「鳶《とび》」の解釈がつかなかったのであろう。また、このときにもなれば敵兵にも段蔵の仕業は知られるようになっている。あくまでも風聞《うわさ》の範疇《はんちゅう》をでないが。

「いずれの忍びの者か――」

近隣の城に自在に忍び入り、何かを盗んでいくというう わさがながれている。その者の名は「鳶《とび》加藤」である、といったのは武田方にいる透波《スッパ》(忍者)たちだ。ここでは、賤《いや》しいものという意味で、鳶と呼んでいた。それから間もなくして、段蔵は奇怪なことに出くわした。

「糸――」

であった。段蔵が小者小屋で眠っていたときのことである。ふと目を覚ますと、腕に抱いていた刀の柄《つか》に、一本の赤い糸がまいてあった。しかも五行《ごぎょう》結びにしてある。眠っている間に、何者かが忍びより、段蔵の刀の柄に印《しるし》を結んでいったのだ。何を云わんとしているのかは、分からない。ただ、針が落ちたかすかな音も聞き取れる段蔵が、眠っているとはいえ、気がつかなかったのである。背すじに汗がながれた。

(郷《さと》の者がまぎれている)

この箕輪城にである。名もしれず、顔も分からない伊賀の男が、おれを見張っているようだ――何故か。

(武田に雇《やと》われ、この箕輪に忍びこんだのかも知れぬ)

頸《くび》を叩いた。殺すつもりなら、寝首をかいたであろう。髪の毛のようにほそい糸を刀の柄に五行に結ぶよりも、殺すほうが楽である。が、生かされた。

「加藤よ、岩櫃《いわびつ》城に武田がはいった。ようすを探っておきたい」

湛光が、小屋の廊下をどかどかと踏みならしながらやってくると、坐《すわ》るなり、苦《にが》い顔をして云った。段蔵は背をただし、

「宜候《ようそろ》」

と返事をし、城を出て北へむかった。

疲れはほとんどなかった。むしろ、術を行使することにより、生きていることの実感を得るほうが、心も休まるというものである。

鳶が我妻《あがつま》（吾妻）川の岸辺に舞い降りたのは、夕暮れのころである。陽が傾《かたむ》き、東の空が鬱血《うっけつ》したような不気味ないろに染まっていた。

岩櫃《いわびつ》城は、――岩峯が屹立《きつりつ》した岩櫃山の中腹から尾根《おね》に沿って建てられた、丘城《おかじろ》である。南に我妻川の急流があり、天嶮《てんけん》なる岩櫃山の切り立った崖《がけ》を背にして、本丸から扇状《おうぎ》に二の丸、三の丸、天狗丸と主郭《しゅかく》が拡がっている。

難攻不落の城であった。

永禄四年の八月に、武田軍はこの城を攻めている。そのときは、岩櫃城の城主である斎藤憲広《さいとうのりひろ》が降伏したことによって、攻城戦は終決したかにおもわれた。しかし、の

ちに岩櫃勢が反撃に出て、武田はこの城を落とし損《そこ》ねてしまった。

永禄六年九月の中旬になって、武田信玄は岩櫃城に軍兵を送った。このときの指揮官には、武田に臣従《しんじゅう》する真田《さなだ》幸隆《ゆきたか》があたっている。

この、

「真田幸隆」

という人物は、東信濃の古族滋野《しげの》氏から分かれた海野《うんの》氏の一族で、甲斐の守護であった武田信虎《のぶとら》（信玄の父）が侵攻してきたときに戦って敗北し、西上野の地を流浪《るろう》している。信虎が嫡男晴信《はるのぶ》（信玄）に追われて失権すると、幸隆はあたらしく武田の主となった晴信に呼びもどされた。東信濃を攻略するための策として、武田は幸隆の力に目をつけたのである——これは、武田家の家臣板垣信方《いたがきのぶかた》が真田幸隆の力を見抜き、山本勘助が使者として出向いて招《まね》いたといわれている——以後、幸隆は武田の信州における大敵であった村上義清との戸石《といし》城での戦いにも、信濃先方《さきかた》衆として加わり、獅《し》子奮迅《しふんじん》のはたらきをしている。この戦いは、村上勢の大反撃をうけて「戸石崩《くず》れ」とまで呼ばれる晴信の苦《にが》い敗戦となるのだが、翌年には幸隆が真田一軍のみでこの戸石城を陥落《かんらく》させた。

知謀《ちぼう》の漢であった。

この真田幸隆の権謀術策が、真田一族に受け継がれていく――幸隆は真田昌幸《まさゆき》の父であり、さらには真田伊豆守信之《いずのかみのぶゆき》や、大坂の陣を戦った真田左衛門佐信繁《さえもんのすけのぶしげ》（幸村の本名）の祖父にあたる人物でもある。真田の家紋、旗印の「六連銭《むつれんせん》」は幸隆からあらためたもので、「不惜身命《ふしやくしんみょう》」の覚悟を意味した。

その六連銭の旗がみえた。

真田三千余騎が、岩櫃城に入城している。

落城していた。岩櫃城のいたる処から、煙りがあがっているのがみえた。火はすでに消えて、ない。終わったのだ――城は武田方に取られている。

（いまは、近寄れぬわ）

段蔵は身を隠して夜を待ったが、さすがに戦いのあとは警備も厳しく、城には近寄れなかった。数日は岩櫃山附近に潜伏し、何度となく侵入を試みたが、真田の兵に隙《すき》がみられず、なかなか紛《まぎ》れこむことができなかった。大将真田幸隆の気質が、下々の兵にまでゆき届いているようである。

（それだけではない。――）

真田には、独自で手飼いにしている忍び衆がいた。四阿山《あずまやさん》の白山大権現《はくさんだいごんげん》にて山岳修験の荒行《あらぎょう》を積んだ、忍びの者たちである。彼らが、見張っていた――真田忍者のことは、段蔵も知っている。おのれも四阿山で修行をした身である。真田忍衆は、伊賀甲賀の忍びに、勝《まさ》るとも劣《おと》らない忍者たちだった。

段蔵は城外で真田の荒子《あらしこ》をひとりつかまえると、着物をうばって、雑役に紛れこんだ。夕餉《ゆうげ》の炊《た》き出しのとき、それとなく城内に入ろうとしたが、数人の男の目が段蔵の姿をとらえて離さない。いずれも、武士の人体《にんてい》をした男たちである。忍びの者とは一見して分からないが、段蔵にはおなじ臭いがしてならなかった。

（真田の忍びだ。これは、まずい）

とおもったのは、相手が何も仕掛けてこないからである。この者らは、忍びが忍びの者を捕らえる機《き》を知っているのだ。いまは何も仕掛けず、懐の奥まで入りこんできたときこそ、逃げ口を塞《ふさ》ぎ、取籠《とりこ》めて殺してしまうのである。先《ま》ずいまなら、段蔵も逃げられる。しかしこれより先、一歩と踏み込めば、相手の術策深くに落ちてしまうだろう。

（出直すか――）

段蔵は夕餉を食らい、作業場へともどった。兵らの遺骸を捨てる仕事である。そこへ、男が近づいてきた。武士の形《なり》をしているが、四阿山《あずまやさん》の臭いがした。背が低く、体《たい》軀《く》のがっしりとした男で、まるで樽《たる》が歩いているといった風体である。鬢《びん》の毛が濃く、まるみのある人懐《ひとなつ》っこい顔つきだが、目が修験者特有の鋭い光りをおびていた。

男は、荒子の姿をした段蔵の傍らに立つと、

「あすは晴れようか――？」

と間の抜けたような声で、訊いてきた。

「だと、ええですなあ」

段蔵はみずみずしい笑顔で応えながら、鍬《くわ》を土に叩きこんで、死体を埋める穴を掘りつづけている。黙っていると、男はさらに話しかけてきた。

「このあたりは、山へ入れば栗《クリ》がひろえるそうじゃ」

「へえ、さようでございまするか……」

「うむ。しかし、取るにも暇《ひま》がない」

「ですわな――」

段蔵は鍬を振りつづけた。懐には棒手裏剣を二本、隠し持っているだけである。男は段蔵の右手に立った。仕掛ければ、相手はすぐさま段蔵の利《き》き腕を取って、斬り死にの覚悟で段蔵と仕合うつもりだろう。利き腕と知ったのは、段蔵がにぎっている鍬の持ち方をみたからである。

「クリはうまい。おまえは、どうじゃな？」

「あい。……んでも、栗というのはイガがございましょう、おらはあれでよく指を傷つけますもんで、あまり好きませぬ」

「そうか。わしもイガには気をつけておるが、如何《いかん》ともな。よし、まずまず——クリを取るのは、またの事にしよう」

といって、男は立ち去った。段蔵は舌打ちして、男の気配が遠ざかるのを待った。真田に、ばれておるわ——段蔵は鍬をおくと、作業場から消えた。

(何としても、忍びこむ)

段蔵は箕輪城にもどらなかった。岩櫃城に忍び入る、そうおもったのは湛光の恃《たの》みというばかりが、動機ではない。真田の忍び衆のなかを抜けて、真田幸隆という漢の顔をのぞいてやろうとおもったのである。

段蔵は日を過ごした。

十日。

岩櫃城にのこる戦火の爪痕《つめあと》が癒えないまでも、暗澹《あんたん》たる霞はとけた。ついに段蔵は忍び装束に着替えると、顔も頭巾《ずきん》布で覆い、影そのものになった。人のかたちをした影に、目だけが鋭く光っている。

段蔵は草陰で息を潜め、夜になれば城門のちかくまで這《は》い寄った。日々、その繰りかえしである。

さらに五日と過ぎたころ、警固の編み目に一瞬の綻《ほころ》びをみた。それまで楼門《ろうもん》に配された警備のための兵数は五人、いまはわずかに二人しかいない。段蔵は一帯に夕闇が迫りはじめると、門外の路傍《ろぼう》へと忍びより、伏せた。半刻ほど息を殺して、刀を胸に抱いたまま草のなかに潜んでいた。

空に、

——星が光った。みると、楼門の二階に立っていた門番二人が、交代の二人と入れ替わっている。

（いまが、機《しお》よ……）

段蔵は草の間から飛び出し、夕闇のなかを一陣の風のように駆けた。塀の際に忍び刀を立て掛けたかとおもうや、鍔《つば》を踏んで、あっという間に塀の内側へと飛び降りていた。動かない。気配を殺して、ゆっくりと手につかんでいる刀の下げ緒を引いた。外の刀が、塀をのぼり、ことりと内側へ落ちた。段蔵は刀をつかみ、楼門の二階をみた。門番は気づいていない様子である。段蔵は長い下げ緒を刀の鞘《さや》にまきつけると、ゆっくりと影のなかに立ちあがった。三の丸までのぼり、そこからは竪堀《たてぼり》のなかをすすんで、本丸へと向かった。

「殿が御呼びのことじゃ。奥の間へ参られたし」

声は、矢沢頼綱《やざわよりつな》という男のものである。

幸隆の五歳下になる次弟《じてい》であった。この頼綱という男の働き様も兄に似て、のちに沼田と岩櫃の城代をつとめるなど縦横無尽の活躍をする。真田の血であった。いまは兄幸隆の補佐役をつとめている。

頼綱が声をかけた相手は、幸隆の嫡子信綱《のぶつな》（源太左衛門尉《げんたさえもんのじょう》）であった。信綱は父の若きころに似て胸板が厚く、顔はにぎった拳のように厳《いか》めしい。さらに、ひろがった鼻翼《びよく》と、涼しげな目もとが父にそっくりであった。

「伯父上は如何《いかが》なさるや」

「同座致す、はよう参られよ」

いうと、頼綱は廊下を歩き去った。

床下では、一疋《いっぴき》の忍びが声を聴いていた。

段蔵である――昨夜のうちに本丸に建つこの館の床下にもぐりこむと、顔を伏せたまま、夜を明かした。蛇のようにゆっくりと這いながら、床つかの位置を調べ、部屋の数をかぞえていたときだ。

（評定《ひょうじょう》でも聴けるかもしれぬ）

段蔵は頭上に矢沢頼綱らの声をきいて、目を活き活きとかがやかせた。床を這いすすみながら、ぬき板を越え、壁の隙間に立った。縄に結び目をつくると、頭上に放りあげ、あっという間に天井裏へとのぼった。

「この岳山《たけやま》城である。沼田へ通ずるには、是《これ》を先ずもって落とさねばならぬ。さらにこの沼田城よ――」

真田幸隆が西上野の絵地図を拡げて、指揮棒をさしていた。鼻の下に髭をたくわえ、顎《あご》にも黒々とした髭を生やしている。低い声がよく響いた。傍らには矢沢頼綱が控え、ふたりをまえに坐《すわ》っているのは、幸隆の嫡子信綱《のぶつな》である。その隣りには、武藤《むとう》喜兵衛昌幸《きひょうえまさゆき》（幸隆の三男。のちの真田昌幸）がいる。

「一つ、岳山城を攻め落とす策がこと必定《ひつじょう》ならん。いかぞ頼綱、そこ許《もと》に何ぞ智略《ちりゃく》は立たぬか」

「岳山城は、池田佐渡守《さどのかみ》にござりまする――この岩櫃斎藤に同じくして、本人それを内応させるも手かと」

「うむ。――適《かな》うや」

幸隆は腕を組んで、思案した。この岩櫃城も内応者をつくりあげてから、城に油断がでた隙《すき》をついて一気に攻めかけ、落とした。

(内応か)

段蔵が聴いている。天井裏にいた——闇の中で息を潜め、寸刻まえから部屋に顔をそろえた四人の真田たちの話しを盗み聞きしていた。段蔵は闇のなかで、梁《はり》のうえに身を伏せると、天井板の隙間から下の様子をじっとうかがった。死角があった。隣《とな》りの間が、見えていない。そこにもうひとり、人の気配がしているのだが……。

(たれか。——)

背の高い男が、目を閉じて鎮座《ちんざ》している。頬《ほお》が削りとられたような細面で、月代《さかやき》がさらに顔を長くみせていた。段蔵には、この男の姿はみえていない。

名を、角田《つのだ》新右衛門《しんうえもん》といった。

真田忍者である。出自は上野国《こうずけ》で、武田晴信に仕えた上忍出浦対馬守盛清《いでうらつしまのかみもりきよ》の下で働いた。

盛清はこの角田新右衛門に命じて、箕輪城城主の斎藤憲広《さいとうのりひろ》の甥《おい》にあたる「弥三郎則実《のりざね》」のもとへ送りこみ、武田方の攻城のあいだ潜伏させていた。内応が成ると、新右衛門は箕輪城を抜けて、大竹に陣をはっていた幸隆のもとへ舞いもどった。城方の斎藤則実から真田に与《くみ》するとの書状をあずかっている。矢沢頼綱がこれを受け取り、幸隆と陣をともにしていた昌幸にも伝えられた。角田新右衛門は再び岩櫃城へ戻ると、総攻撃の合図に主殿に火を放ち、これを機に真田軍は一気に岩櫃城を攻め落としたのである。

真田の忍び衆は「忠信」あるいは「忠義」に一途の者たちであった。北条乱波とも、伊賀甲賀の忍びとも、また気質が異なっている。

目をあけた。

角田新右衛門はゆっくりと立ちあがると、濡れ縁へと出て、見張りをしている足軽のひとりから鑓《やり》を借りた。部屋にもどってくると、

「殿――、失礼仕《つかまつ》る」

いうと座の真中に立ち、いきなり鑓を天井に突きあげた。

一同は啞然《あぜん》とした。信綱が声をかけようとしたが、父の幸隆に制止されて、言葉を吞んだ。四人は部屋の隅へ移動し、新右衛門の鑓を凝視した。

「鼠《ねずみ》でもおるか」

幸隆がしずかに訊いた。新右衛門は鑓を構えなおし、用心深く天井を狙っている。

「さて。わが耳には、鼠の息とは聞こえませせぬ」

新右衛門はいうや、また鑓を突きあげ、天井に穴をあけた。

天井板を突き抜けた鑓の穂先が、屋根裏の闇を刺した。段蔵は梁《はり》のうえでじっとしたまま、動かなかった。

(真田め、さといな)

突きあげてくる鑓は、確実に段蔵を狙っている。その一突きが、右腕に触《さわ》った。引き抜いた鑓の先をみて、幸隆の目のいろが一変した。

血だ。

――新右衛門が穂先の血を指でぬぐい、天井を睨みつけた。

「人にござる」

と云うや、

「出合えいッ。盗賊ぞ、出合えやっ」

柱がゆれるほどの大音声である。昌幸が大声にいうと、信綱が幸隆の身をかばいながら、同じく声を荒げた。

「屋敷を堅めよッ。忍びがまぎれておる、逃がすなッ。出合えい、出合えいッ」

本丸が、大波にのまれたかのように騒然となった。

天井裏の段蔵は――下から声が沸きあがってくると同時に、梁のうえを駆けだしていた。

（まずいッ）

とおもったのは、新右衛門のほうである。音をたよっていたのだ。しかし、主人たちの声で、盗人《とうじん》の居場所がつかめなくなった。新右衛門は鐺を構えたまま、天井板を睨みつけた。先の場所には、すでに気配がない。いずれの方角へ走ったか――新右衛門は鐺を手に、部屋を飛び出した。


騒ぎは瞬《また》く間に、城内に広まった。

この岩櫃城につめていた真田忍者のひとり、横谷重太郎《よこたにじゅうたろう》が異変にいちはやく気づいて、二の丸へと駈けあがっていた。雑兵たちが群《む》れている。何事かと騒いでいるなかに、樽《たる》のような図体をした真田の忍びがいた。

「葦丸《あしまる》は何処ぞッ」

横谷重太郎が駈けてきて、大声をあげた。

「此処《ここ》に御座いまする」

と樽のような男が返答をした。重太郎は雑兵をかきわけながら、憤怒《ふんぬ》の形相で葦丸に近づき、

「忍びが本丸に出た」

「これは、また――」

「馬鹿めッ、うぬは何をしておったか！　虎口《こぐち》に人をやれ、捕らえるぞッ」

「必ずや！」

と慌てて、葦丸らは走った。

一方、

――段蔵は別の部屋の天井裏に出て、天井板を外し、音もなく座敷に飛びおりた。障子戸へ駆けよると、外のようすをうかがいながら、隙《すき》をみて庭へと飛びだした。まるで猫である。音ひとつたてずに庭を横切り、軽々と板塀を飛びこえた。が、本丸はすでに蜂の巣をつついたような騒ぎになり、真田の兵が押し寄せてきている。兵のひとりが、板塀を飛びこえる段蔵の姿をみた。

「盗賊だ、あすこに盗人がッ」

兵らは一斉に、段蔵の影をみた。弓を構え、狙いもつけずに矢を放った。段蔵は走った。矢が耳元を掠《かす》め飛び、足もとの地面に針のように突き立った。刀を抜く暇もない。段蔵はただ風になり、真田の兵が放つ矢の雨のなかを駆け抜け、一念に虎口をめざした。

「射《い》殺せ」

背で声がした。振り返らなかったが、聞き覚えのある声であった。以前、荒子に化けた段蔵に、近づいてきた男の声である。葦丸だ――野太い声で咆《ほ》えたてていた。

走るさきに、虎口の門がみえた。

（ちっ）

と段蔵は舌打ちをした。門のまえには真田兵がずらりと集まり、人垣《ひとがき》をつくっている。駆けむかってくる段蔵の姿をみるなり、組頭らしき男が抜刀して、まえに進みでた。そのうしろから鑓を構えた兵が二人、段蔵に穂先を突きむけて走ってくる。段蔵は止まらない。兵二人にまっすぐに駆けていき、突然、地面に滑りこんだ。

「あっ」

と兵がおもったのも束《つか》の間、地面に滑りこんだ段蔵は二人の鑓の下をくぐって、背後に抜け出ると、地から跳《は》ね起きた。起きあがりざまに鑓を一本奪《うば》いとり、抜刀している男の手首を叩きつけた。男は刀を落とし、あごを鑓の柄で打たれて卒倒《そっとう》した。段蔵はすでに身を翻《ひるがえ》し、啞然《あぜん》としている兵二人も鑓で打ち倒していた。

門をみた。

閉じられている。が――段蔵は鑓を手に、真田軍兵の人垣《ひとがき》にむかって、放たれた矢のように走った。

兵らが響動《どよめ》いた。

盗賊がたった一人、鑓を構えてむかって来るのである。段蔵はいよいよ足を速め、兵らの目と鼻のさきに迫ったかとおもった瞬間、手にある鑓を地面に突き刺した。刹《せつ》那《な》、段蔵の体は空に舞いあがっていた……鑓を支えにして、人垣の頭上を越えていく。兵らは、棒高跳びに頭のうえを飛び去る盗賊の姿を、唖然として見つめているばかりであった。空《くう》で、段蔵が鑓から手を離した。鑓は地に倒れ、段蔵の体だけが塀の向こうがわへと消えた。

「そこを退《の》けいッ」

横谷重太郎と葦丸が駆けてきた。兵らは慌《あわ》てて、門をあけようとした。間に合わない——おもうや二人の真田忍者は鳥のように地面から舞いあがり、一間《けん》はあろうかという虎口の塀を飛びこえた。凄《すさ》まじい跳躍力である。二人のあとを追って、角田新右衛門もやってきた。新右衛門は開かれた門から外へ飛び出し、

「城の警固をかためよ」

と云い残して、盗賊のあとを追った。

段蔵は木立のなかを走っている——岩櫃山を南西の方向に抜けようとしていた。山の麓《ふもと》には吾妻《あがつま》川が流れている。川を越えて、追っ手をまこうとおもったのだが、

（あっ）

と段蔵は足をとめた。道をあやまったか……目のまえに、地面がなかった。岩場がつづき、その向こうは空である。段蔵は崖のうえに立つと、足もとに渺茫《びょうぼう》とひろがる木々の梢を見渡した。

腰に鉤縄を提《さ》げているが、縄の長さはまるで足りそうにもない。振り返ったとき、すでに退くこともできないと知った。

真田の忍びたちが、追いついたのだ。

角田新右衛門、横谷重太郎、そして葦丸――三人の真田忍者が、盗賊加藤段蔵を捕らえようと身構えている。いずれも真田忍び衆、屈指《くつし》の漢《おとこ》らである。段蔵は逃げ場を失した。狼の目をした真田忍者たちが、崖のうえに立つおのれを狙っている。段蔵は真っ正面に三人を視《み》た。とても刃向かって、勝てる相手には見えない。

角田新右衛門が抜刀し、上段に構えた。他の二人も、つぎつぎと刀を抜いた。三本の刃が、ぎらりと光り、

「覚悟なし候《そうら》え」

新右衛門の足が岩場を踏みつつ、崖のはしに立つ段蔵に躙《にじ》り寄った。意外にも、頭巾に覆われた盗賊の顔からのぞく目は、不敵にわらっている……段蔵は腰に提《さ》げている鉤縄を手にすると、ゆっくりと後退《あとずさ》りしながら、崖のきわに立った。新右衛門ら真

田忍者にくるりと背を向けると、次の瞬間、岩場を蹴って空《くう》に飛びあがった。

「あっ」

と横谷重太郎が崖の縁《ふち》に駆けより、段蔵の姿をみた。断崖絶壁を飛び降りる賊の影が、みるみる小さくなっていく。葦丸、新右衛門も崖のうえに立って、落下していく段蔵の影をみた。

「無謀奴《むぼうやつ》。――これでは、命もあるまい」

新右衛門は刀を鞘におさめ、

「たれぞ下へ向かわせ、しらべさせよ」

と引き下がった。


衝撃が、――凄《すさ》まじい。

枝々が骨を打ち、木の幹が胸を打って息がつまった。

段蔵の軀《からだ》は樹の枝々にぶつかりながら、なおも落下しつづけている……落ちながら、手にある鉤《かぎ》を枝に引っかけたが、止まらない。別の枝で背を打ち、体がおおきく跳ねあがった。そこでまた枝に打たれ、落ちた。段蔵の手は、鉤《かぎ》のさきに巻かれた縄を必死につかんでいる。

止まった。

はらり、はらり、と地面に縄のさきが垂れた。段蔵が縄につかまりながら、するすると滑《すべ》りおりてくる。体中が痛んだが、怪我《けが》はない。忍びの修練によって、段蔵の体は高所から飛びおりる猫のように軽い――骨を自在に外すこともできる。おかげで、落下の衝撃も最小限に食い止められた。段蔵は、つと地面に降り立つと、体に纏《まつ》わりついている折れた小枝や、とげとげしい杉の葉をはらい落とした。

頸《くび》に、冷たい感触があった。鑓《やり》の穂先が触れている。

段蔵は縄を巻き上げようとしていた手を止めた。

(――)

「動くな」

段蔵に鑓を突きつけている男がいった。袖のない衣を着た、杣《そま》である。さらに木陰から斧《おの》を手にした、別の男があらわれた。その背後には、刀をにぎった大男が立っている。段蔵は囲まれている。

(まさか、真田が……)

先回りした真田衆かと、そのあまりの手配の疾《はや》さに心中で驚いていると、

「上の騒ぎは、おまえの仕業か――？」

と鑓を手にしている男が訊いた。

段蔵は応《こた》えなかった。それでなくとも、頭巾で口がふさがっている。ただ目だけをゆっくりと相手に向けた。

「この辺りに現《あらわ》る鳶《とび》とは、おぬしが事か」

（何者か。――）

段蔵がおもったとき、刀を手にしている大男が名を呼んだ。

「加藤段蔵、その頭巾を取れや」

返事はしない。段蔵は相手の声を無視して、縄をまきあげた。まきあげながら、鉤《かぎ》を手にした瞬間に襲ってやろうと考えている。それを察したか、首筋にある鑓の穂先が、ぐいと押しつけられた。

「下手《へた》なことはするなや。その首に風穴《ふうけつ》が出来《でけ》るでな、段蔵よ」

斧を手にしている男が、木陰から出てきた。段蔵の手をつかみあげて鉤縄を奪い、腰に差した忍び刀を抜き取った。

「案ずるな。わしらは伊賀衆じゃ」

といって背後の男が、鑓を下げた。鼻が尖《とが》り、狢《むじな》のような顔つきである。

「杉六《すぎろく》、と申すわ」

と名をかたり、下柘植《しもつげ》の出身だとつづけた。斧を握っている無精髭《ぶしようひげ》の男は、名を太《た》介《すけ》といった。もうひとりの大男も、同村の源七という伊賀者であった。

段蔵は頭巾をとって、顔を露《あら》わにした――林の奥で、布を引き裂くような、甲高《かんだか》い雉《きじ》の声があがった――警戒した段蔵の目が、三人の顔をみている。われを安心させるために、この杉六という男は、自分たちもまた伊賀者であるといった。おれが「伊賀を出た忍び」と知っているということであろうか。

(何者だろう……)

段蔵はいまだ声を出さず、目に警戒のいろを濃くして、三人の形《なり》を見つめた。杉六が鑓を立てて、段蔵の肩をたたくと、

「ついて来《き》や。わしらの頭目に案内するでよ」

いって段蔵を囲み、林の奥へと進んだ。

東へ歩くこと二里――雁《かり》ヶ沢川のながれる松谷《マツヤ》という村奥へと、段蔵は連れていかれた。

別離

もとは民家だったのであろう。

案内をされた小屋には囲炉裏があり、土間には竈《くど》（かまど）があった。段蔵は客座《きやくざ》に坐《すわ》らされ、じっと囲炉裏のなかの灰をながめながら刻《とき》をやり過ごした。

会話はない。

戸の外には、夜闇が迫っていた。

杉六という男は、奥で何やら書きごとをしている。いずれの地か、地図を仕上げているのであろう。竹籤《たけひご》と筆を手にして、道の縮尺を紙のうえで計《はか》っているようすであった。太介と名乗る下柘植の忍びは、一度、囲炉裏のまえに坐っている段蔵のもとへやって来た。茶の代わりに、うこぎの葉を煮出した湯を段蔵にすすめ、竹串《たけくし》にさした肴《さかな》を灰のうえにならべ立てていったが、あとは小屋の外に出たきり、ずっと薪《まき》を割っている。木を割る鉈《なた》の音が、静寂の夜に響いていた。

大男の源七は、手裏剣や刀などの忍び道具を手入れしている。もうひとり、老忍《ろうにん》がいた。鹿之介《かのすけ》という伊賀者で、歳は七十にもなろうかという男だ。禿《は》げあがった頭にのこる銀髪を結って髻《もとどり》にし、浅葱《あさぎ》の袖細《そでぼそ》を着ている。土間に筵《むしろ》を敷いて坐ったまま、膝《ひざ》のあいだにはさんだ丸太を鑿《のみ》で彫っていた。仏像をつくっているらしい。

段蔵は、ただ坐っていた。

しばらくすると、小屋のそとから聞こえていた薪割りの音が止《や》んだ。間があって、戸が開いた。男がひとり中に入ってくる。太介ではない。顎《あご》がたくましく、抜け目のない大きな眼《まなこ》が客座に坐っている段蔵を視《み》た。

「おお、久しいの。段蔵――」

歳を重ねても、声はかわらない。懐かしい声であった。

「笹児《ささじ》どの」

段蔵は云って、頭を深々とさげた。笹児は杣の恰好《かっこう》をして、手に忍び刀をにぎっていた。遠目にも、貌《かお》に増えた皺《しわ》がわかった。髪にも、銀毛《ぎんもう》がまざっている――笹児は土間にいる鹿之介に刀をあずけると、

「おのれは何ぞ、この辺りで鳶《とび》とよばれとるようじゃな。段蔵よ、二十年ぶりになるかの……」

わらじを脱いであがりこむと、囲炉裏のまえに坐った。横座である。家長の席だった。

「わしが今、ここらを纏《まと》めておる」

その言葉に、段蔵はまた深々と頭をさげて、敬意を示した。太介が小屋にはいってきて、湯呑みに白湯を注《そそ》いだ。それを笹児のもとへ運んだが、要《い》らぬと手で払われた。

「小介と合《お》うたか」

笹児は、段蔵を見ずに訊《たず》ねた。

「合い申した。あれは、無事のことに御座いましょうや？」

「死によったわい――」

と笹児は、長いため息をついて、囲炉裏に並んでいる肴を指で小突いた。段蔵は言葉を失っている。

（小介は……）

死んだのか。段蔵はなぜか、虚《むな》しくなった。思い出されるのは、風魔のもとで再会を果たしたときの小介の姿ではなく、不思議と、幼年のころの姿であった。あのころの種で、生き残ったのは己ひとりになってしまった。段蔵はおもうとため息をつきそうになったが、笹児の手前、我慢をした。

「小介は国の土に埋《う》められたよって、案ずるな。死に際《ぎわ》によ、おまえに礼を一言いうておったらしい。わしは聞かぬが、まあそういう事や。ようしてくれた」

段蔵は返事もできなかった。

「ところで段蔵よ、——おのれが今の住処《すみか》は、長野業正《なりまさ》のもとやと聴くが。ほんまかい」

声に厳《きび》しさがあった。段蔵は畏《かしこ》まっている。

「左様《さよう》に御座いまする」

「邪魔じゃ」

笹児の一言のあと、小屋のなかは沈黙した。杉六たちは手を休め、しずかに段蔵をみている。ただ鹿之介だけが、鑿《のみ》で木を彫りつづけていた。木屑《きくず》を吹く、ふうっという息の音が背にきこえた。

「余所《よそ》へ移れや。わしらが雇われておるのは武田じゃ。箕輪の城は敵方になるよって、おまえがこの辺りで悪さをすると、わしらの手が煩《わずら》うわ。おなじ伊賀者、討ち合うこともなかろう。どないじゃや——？」

「尤《もっと》ものことに御座いまする」

心からの返事であった。笹児は、段蔵の言葉に膝を打った。

「おし。聞き分けが早《はよ》うてええ。源七、酒もって来いや」

源七はいわれて、土間の奥にある樽《たる》をあけ、酒をひさごへと移した。

「ところで、段蔵よ金剛山《こごせ》から幻術秘伝の教えを覚え盗って、逃げたそうやないか。何故や」

答えられない。段蔵は笹児の下でただひたすらに、畏まったままである。

「その後のことよ。おのれは相州乱波《そうしゆう》のとこへ隠れたと聞くわ——理由《わけ》を云え」

笹児の目が、するどく段蔵を睨《にら》みつけている。片《かた》や段蔵は、少童のようになって、笹児の叱《しか》りの言葉をおとなしく聞いているばかりであった。

「阿呆《あほう》しくさって——」

あきれていた。

「国の掟《しきもく》を忘れたはずもあるまい。この阿呆め、晒《さら》し首にされたいか。何年も、風魔のもとで何をしとったんじゃい」

「修行を積みおりました……」

「人殺しの修行をか」

「…………」

段蔵は言葉もなかった。ただ頭をさげて、許しの言葉を待っている子供そのものである。段蔵は今このときほど、わが身に流れる血のいろが、伊賀に染まっているとおもえたことはなかった。伊賀の掟《おきて》の数々をおもいだすと、気が滅入るほどに畏《おそ》れられる――反《かえ》り忠《ちゅう》なる者は、上忍の命《めい》により死の制裁を受け、その首は郷に晒《さら》される。この制裁の執行は、おなじ下忍がおこなった。仲間に殺されることほど、無情なものはない。殺した側もまた、そこで掟の厳しさをあらためて知るのである。国を抜けた段蔵は、晒し首にされてもおかしくはなかった。

「風魔の後はいずれにおったか」

笹児のもとへ、源七が酒を運んできた。

「今が主《あるじ》に買われ、この上野《こうずけ》へ」

段蔵がいうと同時に、笹児が怒鳴りつけた。あまりの声の大きさに、傍らにいた源七が肩をすくめた。

「阿呆がッ。――伊賀の男はよ、終生《しゅうせい》のあるじは国と知れるわ。それすらも忘れたかッ」

段蔵は頭を垂《た》れて、謝った。

「同郷の誼《よしみ》ということにしといてくれよう。ここでおまえに会《お》うたことは、忘れてやる。ええか、小介からの礼じゃとおもえ。おのれは、よくもただの呆《ほう》けになり下がりおったものや——段蔵、明日には消え失せやい。でなくば、わしらでおまえを片付けなならん」

「承知致した——」

「邪儀《じゃぎ》ではあるまいな。箕輪の城にも、伊賀者の三人が潜《もぐ》っておる。おまえを刺すほどのことは、楽にやりよるぞ」

段蔵は、刀の柄に結いつけられた「糸」のことを思い出した。あれは警告であったのだろう。そして「刺し殺すは造作無し」と、段蔵に告げていたのだ。

「……それによ、この上野は二年ともたぬ。相手は武田じゃ。いま世の大名連中では、信玄入道には歯がたたぬわい。いずれにせよ、おまえがこれに残って儲《もう》けることなぞ、ひとつも無い」

いうと笹児は、段蔵の湯呑みを取りあげ、中身を囲炉裏のうえに流した。空《あ》いた湯呑みを段蔵の手にかえし、ひさごの酒を注いでやった。

「呑《の》め」

といって自分も酒を一口した。声から厳しさが消えている。

「段蔵よ、正心《しょうしん》を忘れるな。わしらは死ぬまで、正心のみが恃《たの》みじゃぞ」

段蔵の心に風が吹き抜けた。伊賀のにおいがする、遠い記憶のなかを吹く風であった。春に吹くように温かくもあり、冬に吹くときのように冷たくもあった。

正心——

段蔵は久しぶりに聞いたその言葉に、心が染みた。

「鹿《か》ノ爺《じい》。うぬらも、あがって酒を呑めや」

笹児はいって、段蔵の姿をみた。泥田を這い進んできた犬のように、うす汚れていた。

「杉六よ、これに何ぞ着物を呉《く》れてやれ。旅《く》の支度じゃ、あたらしいのを出してやれよ。それと刀を返してやれや」

いわれて太介が、段蔵の刀を持ってきた。段蔵が懐中に隠しもっていた棒手裏剣、鉤縄もある。段蔵は会釈をして、刀を受け取った。杉六が奥にある葛籠《つづら》をおろし、旅装束を一式、引っぱり出している。

「笹児、これでええかの——？」

広げてみせると、

「もっと繕《つくろ》いのええ衣があるやろ、それを着せてやらんかい」

「分かった、笹児」

杉六は恐縮して、別の葛籠をおろした。

「痛み入りまする」

段蔵が低声《こごえ》で、笹児に礼をいった。

「気にすな」

と笹児は酒を呑み干して、

「わしも国を出て、六年になる――」

ため息まじりの声をもらした。段蔵はあらためて笹児の姿を目にして、歳月の流れというものを感じている。笹児の背には、忍びの「命運」というようなものが、背負わされているふうにみえた。それが目にみえるわけではない。ただ、背負ったものの重み故《ゆえ》か、肩のあたりに痛ましさが垣間《かいま》見えるのである。忍びの道を貫《つらぬ》く伊賀者、特有の気配であった。笹児は、空いた湯呑みに酒を注《そそ》ぎながら、

「毎年、この頃になると稲の出来が、気掛かりでならんわい」

とまた酒に口をつけるのであった。

段蔵は黙って、笹児をみていた。かける言葉は、おもい浮かばない。それでいいのだとおもった。おなじ酒を呑み、それぞれが郷のことをただ想うだけで、気持ちというものは通じるものだ。言葉は必要なかった。

二刻《ふたとき》あまりを過ごした。

段蔵は黒絹の旅装束に着替えると、もらった笠を被り、腰に刀を差して、小屋を出た。

別れの言葉はなかった。

ただ謝意を示す会釈《えしやく》をすれば、笹児の方は「応《おう》」と声をかけるだけである。忍びとは、そういうものだ。いずれの者にして、常に忍者とは「死と共にある男」たちなのであるのだから——死にゆく者に、挨拶《あいさつ》の言葉などあろうはずもない。

段蔵は夜風にまぎれて、山をおりた。

川に沿って、隣国の信濃へと独《ひと》りむかった。何処へ行くとの見当はない。ただ、ひたすらに歩きつづけた。

夜天の月は、明るかった。

月は雲の帯に呑まれ、また現れては銀いろに美しくかがやきはじめる。段蔵が歩けば、月もついてくる。立ち止まれば、月もまたそこにじっと止まって動かない。段蔵は峠のうえで足を止めると、しばらく月を眺めていた。

(気がつけば、またや流浪《るろう》の身よ——)

空の月を眺めながら、行く末を考えてみた。箕輪城に帰ることはない。といって伊賀へも戻れぬ。国へ戻れば、仕置きが待っているのだ。郷の伊賀者に知れたら、おれは殺されるだろう――道を踏みはずしたか。国を逃げ出してからというもの、あてもなく流離《さすら》うばかりの日々である。

段蔵は帯の内側に手を差しこんだ。そこに、御守り袋をはさんでいる。ずっと持っていた。安井十郎左衛門の家に住まっていたころ、十郎左衛門のつまからこれを受け取った。われを捨てた女のものらしい。

もしや、捨て子とならず、その女のもとで暮らしておれば、おれの道は如何なるものであったか。段蔵は御守り袋を手に握り、ふと考えた。望む可《べ》くも非《あら》ずと、分かってはいた。しかし、おもう。おれは、ただの人としてこの戦国の日々を過ごしていたであろうかと。忍びなどという道を知らずして、たれぞ女をつまに貰《もら》い、子を育て、安らかな一生をおくっていたか。

(なるまい。――)

この世を渡った日々をおもえば、段蔵は心中に、安らぎの地などは何処にもないという考えを強くもつようになっていた。いまごろ、風魔のような盗賊どもに殺されたか、それとも戦場に借りだされて、敵の錆槍《さびやり》に突かれて命を落としていたかもしれないだろうと、おもう。

（考えても仕方のないことだ）

段蔵は、また帯の内側に御守り袋をもどした。たった一つの可能性――おれには他の道があったかという考えも、一緒に帯の下に仕舞いこんだ。腰の刀をゆすって位置を落ち着かせると、夜空を見あげた。

月は、いまも明るい。

峠には、段蔵ただひとりの影が立っている。他に誰もいない。

（さて、また京へ入るか。――）

何か見当があるわけではなかったが、賑《にぎ》わいのなかに立つと、世というものが見えてくるものだ。道の当てがつくだろう、とおもった。

段蔵は月を見ながら、西を目指して歩き出した。

信濃を越えて美濃《みの》、近江《おうみ》を経《へ》て、そして目指す山城《やましろ》国へと入った――段蔵が京の町に着いたのは、嵐山の紅葉も落ち着いた、十一月の末《すえ》のことであった。

翌月《あくる》の永禄《えいろく》六年十二月――。

西上野にある箕輪城は、再び武田軍の侵攻を受けている。このときも箕輪城は陥落《かんらく》せずに、持ち堪《こた》えた。箕輪城が武田の手に落ちるのは、三年後の永禄九年閏《うるう》八月のことである。このときになって、武田方は長野業正の死を確信し、同年六月ごろから箕輪城攻撃の準備をすすめ、大軍をもって総攻撃を仕掛けた。

一方の、箕輪城の兵数は千五百と少ない。

若田原《わかたわら》、

という地があった。

箕輪城の南方一里半の距離に位置し、ここに武田軍の本陣がある。箕輪衆は若田原に出撃すると、本陣を突こうと攻撃を仕掛けたが、大軍武田勢のまえにことごとく撃破されてしまった。上泉伊勢守信綱《かみいずみいせのかみのぶつな》ら「長野十六槍」の猛将らも獅子奮迅《ししふんじん》の戦いをみせるが、ついに箕輪衆の兵数は数百と減り、箕輪城主の長野業盛《なりもり》（業正の嫡子）は城に戻ると、辞世《じせい》の歌を詠んで、自害《じがい》し果てた。これに追随《ついずい》するように、城兵らもつぎつぎと刺しちがえて、武田方に降《くだ》ることをその最期まで頑《かたく》なに拒《こば》んだ。

乱波《らつぱ》の棟梁《とうりよう》であった湛光風車は、しぶとく落ち延びる。

湛光は、長野氏の滅亡後は主人もなく、上野領内を荒らしまわる盗賊にと身を窶《やつ》した。風車率いる悪党たちは、民家に押し入っては米や家財を奪い取り、妻子まで略奪したという。この仕業は相州乱波、風魔の血統そのものといってもよい。このときすでに湛光風車は普化禅宗の一介の僧としてではなく、「乱波大将軍風車」として生きていた。この盗賊の者どもは真田信之《さなだのぶゆき》の手の者に捕らわれたのち、ついには処刑される。

一方――である。

段蔵は、西上野の長野氏の運命や、その後の湛光風車の盗賊働きのことなどは知らない。やはり、骨は伊賀者である。段蔵は笹児らに追われるように西上野を出てからの日々、湛光も箕輪城のことも、風魔のことすら心になかった。

京にいる。

永禄六年の暮れのことであった。

段蔵は寒空の下、鴨川の河原に出て芸を披露していた。他にも、筵《むしろ》を敷いたうえに貝殻をならべている膏薬《こうやく》売りや、小唄をうたいながら小切子《こきりこ》の竹をふっている放下《ほうか》師《し》、滑稽《こっけい》な舞いを踊っている女三人に、居合抜きをみせる者等が人を呼びあつめて、銭を稼《かせ》いでいた。

空には、塵《ちり》ほどの雪が舞っている……。

京という土地は夏は蒸《む》して暑く、冬は凍《い》てつくばかりに寒い。この日は骨が震えるような気温であったが、京の人々の賑《にぎ》わいは、冬の寒さも忘れさせた。

段蔵は、銭が要《い》る。

持ち合わせた銭は、京に入るまでの関所々々につかい、あとは宿賃の支払いのためにほとんど残っていない。段蔵は河原で芸を売って鐚銭《びたせん》をあつめ、京を去るつもりでいた。おのれが考えたほどには、京都に見るべきものはなかった。この町には——失《しっ》墜《つい》した権威の残骸《ざんがい》が死霊となって、先時代に築かれた平安楽土の都の面影のなかを彷徨《さまよ》い、あるいはその片隅《かたすみ》に隠れ棲《す》んでいるだけのことであった。

もとより、段蔵は権力などというものに興《きょう》はない。ともすれば、嫌悪感さえ抱《いだ》いている。さらにいえば、この京の賑わいというものは、そもそも商人たちの活況が根元にあって、決して五徳心が人々に活力を与えているわけではなかった。

（おれは、好《す》かぬ）

段蔵は命を賭《と》しても、五徳に拠《よ》った生きざまを求めている。それが戦場《いくさば》に落ちていれば、拾《ひろ》いにいく。なぜならば、その五徳こそが段蔵にとっての命なのである。

おのれには——先ず、関所の通行賃になる銭をあつめ、この京を出ることだ——そう云い聞かせてある。この町に拠らば、術はただの芸として、道楽の道具となり果ててしまうだろう。それは、ならない。

「よう、ご覧《ろう》じや」

と段蔵は河原に立って襷《たすき》をかけると、人を手招《てまね》いて、口上をはじめた。腰には大太刀を一本差している。

段蔵のすぐ目のまえには、五尺ほどの長さのある、竹竿《たけざお》が立てられていた。四角に板を組んで竿を立て、しめなわを張って紙垂《かみしで》を付けている。竿《さお》のさきには、笹の束が縄で結《ゆ》いつけられて、まるで柄のながいほうきを逆さに立てているふうにもみえた。

水を張った半切桶《おけ》がひとつ、おいてある。

桶のそばには、茶碗がいくつも重ねて地面にふせてあった。

「さあさ、これなるは、とおく天竺《てんじく》から持ちかえられしもの也《なり》て、霊験《れいげん》あらたかなる笹《ささ》にて候《そら》い――」

段蔵のまわりには、見物人が二十とあつまっていた。それぞれ好奇心をあらわにした目つきをして、段蔵の口上を耳に聴きながら、竿のうえで葉をひろげている笹を不思議そうに見つめている。

もとは、龍神の髭《ひげ》であったという。

天界から降りてきた龍神の髭が、とある山の岩陰に一本落ちて、土に根を張った。それが、この笹になったらしい。大和興福寺の僧が、天竺から持ち帰ってきたものを分けてもらったのだというが、すべて――段蔵の嘘《うそ》である。見物人らも、嘘とは分かっていながら、段蔵の口上を夢中になって聴いていた。

(そんなことがあるものか)

とおもいつつも、段蔵の声には不思議な響《とよ》みがあって、耳に心地よい。心がすっかり奪われてしまっている。

「ではつぎに、この桶《おけ》をご覧じや――」

といって段蔵のつま先が、こつりと桶のふちを蹴った。なかの水が波打った。見物人たちは、段蔵の言葉のままに桶に目を落としている。桶底の板が、水に透《す》けて見えた。水がゆらいでいるほかは、桶のなかには何もない。

「なかには水をいれてある」

段蔵は――証拠を見せる、と云いながら刀の柄に手をかけた――この笹が、如何にも不思議な由縁にあるという証《あか》しをこれから見せる。腰の刀を抜きざまに、竿《さお》の天辺に束《たば》ねてある笹の葉を一枚斬った。ひらりと舞いあがった葉を、

「やっ」

と気合いの声をあげて、空《くう》で真っ二つにした。あまりに見事な太刀筋に、見物していた者たちも息を呑んだ。中空にあった一枚の笹の葉が、二枚に割《さ》けて桶に張った水のうえに舞いおりるや、波紋を幾重にもひろげた。

つぎの瞬間、

「おおっ」

と見物人が一斉にどよめいた。水のうえに乗った笹の葉は、美しい銀の色に煌《きら》めいたかとおもうと、尾《お》を跳ねたのである。誰しもが、おのれの目を疑った。ふたつに割《さ》けた笹の葉は、いまや二匹の稚魚《ちぎょ》となって、桶の水のなかを泳いでいる。

さらに一颯《いっさつ》、段蔵の刀が笹の葉を斬り捨てると、葉は桶のなかの水のうえに舞い落ち、たちまち銀いろの光が散らばった——五枚の笹の葉は——いまや魚となって、桶の水のなかで輪を描くように泳ぎだした。

「これなるは、天竺の魚《いお》に御座い。またとは手に入るもので御座らぬぞや。さあさ、拝《おが》んで行かれや、買《こ》うて行かれや」

段蔵は刀を鞘《さや》に納め、桶のまえで腰をかがめた。見物人たちも、段蔵とおなじように腰を落とし、桶のなかを泳いでいる魚を不思議そうに見つめている。

「買《こ》うた、買うたわ。いくらや？」

見物人のなかのひとりが、夢中になって声をあげた。段蔵は桶の横に置いてある茶碗をひとつ手に取ると、

「この御椀に入れて、持ち帰られるがよい。一尾六文《もん》にておゆずり致そう。この魚を

あすの暁方《あかつきがた》、たいらげて下されや。かならずや、おのしが魂《みたま》は極楽浄土へゆけまする」

と囁《ささや》くようにして、男にいった。

「おお、それは真実《まこと》のことかいな」

男はいそいで袂《たもと》から銭を取り出すと、段蔵の掌《て》にのせ、代わりに稚魚を一匹受けとった。あっという間に、五匹の「天竺の魚」は売れた。

「この笹がこと、枯れはせずとも、いまに無《の》うなりまするぞや――」

段蔵はいって、竹竿のうえから笹束をおろすと、そのまま桶のなかに浸《つ》けて、右に左にと水をかきまわすように振った。すると、笹の葉がはらはらと抜け落ち、桶のなかにあふれた。途端に、葉の一枚一枚が銀いろの魚に変化《へんげ》する。

(幻戯《めくらまし》だ――)

と見破った若い男がいた。先刻から見物人たちの輪の外にひとり立って、桶のまえにいる段蔵のすがたを凝《じ》っと眺めている。歳《とし》は、まだ二十《はたち》になって間もないようすである。額《ひたい》がひろく、眉《まゆ》が濃い。左右の目のおおきさが異なり、鼻がつぶれたように小さかった。火男《ひょっとこ》のような貌《かお》である。風体は町人のようであったが、それにしては腰つきが力強くみえ、いまにも刀を抜き放ちそうな気配である。もっとも、腰に太刀は帯びていない。

（見事なものよ）

と男は、段蔵の術にかかった見物人たちの顔を見た――懐から銭を取り出せば、われさきにと、桶《おけ》のなかで泳いでいる魚を買おうと列をなして並んでいる。ただの、魚である。段蔵が昨夜のうちに、川の上流へ出向いて捕《と》ってきた。それを桶のなかに放っているだけのことなのだが、術にかかった人々には区別もない。なるほど、どの見物人も膝から力がぬけているようすである。夢うつつ、なのであろう。段蔵の術中に落ちた者は、いずれも目がとおくを見つめたまま、呆《ほう》けたような顔つきをしていた。六文で買った椀《わん》を鳥のひなでも抱くように、そっと掌にのせている。ひとり、またひとりと帰っていく姿が、まるで墓へと向かう死霊の姿であった。

日が暮れるころには、桶に放つ魚も切れた。

道具の笹も、一枚と葉がのこっていない。代わりに、銭が増えた。さて、そろそろゆくか――と、段蔵は桶の水を足もとに流して空《から》にすると、竿を倒し、夕闇に染まる河原から立ち去ろうとした。

「待たれよ、加藤どの」

先ほどから衆目の輪の外で見物していた若い男が、段蔵に近寄ってきた。あたりに人はない。一言声をかけると、嬉々《きき》とした笑みを浮かべて、段蔵を見つめた。

（たれか）

段蔵は男を見た。

（知らぬ顔だ……が、おれを加藤とよぶ）

人体《にんてい》に覚えはないが、加藤という名を知るのは相州《そうしゅう》以来に知った関東の人物に限られる。風魔か、それとも北条氏にかかわりがある者か。あるいは、そのいずれの敵方の人物やも知れぬ。

「飛び加藤どの。――見覚えぬか」

と男は寄ってくる。

「捨吉《すてきち》の子よ。我は、雉丸《きじまる》と申す」

と聞いて、段蔵の目のいろが変わった。思い出したのは、火傷を負った黒い蜥蜴《とかげ》のような容姿をした捨吉の、斬り刎《は》ねられて炎のなかへ転がる首と、悪人の面相ばかりである。子があったのか――段蔵は相手を見据えたまま、腰の刀のうえに左肘《ひだりひじ》をのせた。

「遥々《はるばる》相州から、この京に何ぞ用か」

「町に用などないわ――加藤どのよ、おぬしに合いにきたのさ。棟梁《とうりょう》から言い付けられた故にな」

雉丸は、鴉《からす》のように不吉な声で笑い、

「棟梁というわ、おぬしが斬った男ではない。風魔四代目小太郎さまのことじゃ。知ったか、飛び加藤。跡目は嗣《つ》がれたのじゃ。ゆえに風魔一党未《いま》だ滅びず、北条どのに仕えておるぞ。フフフ……尤《もっと》も、おぬしに斬り殺された先代の怨《うら》みが事よ、たれも忘れてはおらぬわ――いやさ、わしの父《てて》こそ、おぬしが事を地獄から憎んでおろうことよ」

語気がつよかった。雉丸こそ、段蔵を怨《うら》みにおもっているらしい。怒りに満ちた左の目をほそめ、右目を剝《む》いて段蔵を睨《にら》みつけていた。段蔵は、平然としている。雉丸と距離をとって、

「して、おまえの武器《えもの》はいずれにあろう。先ず、おまえがひとりでかかっても、おれには勝てぬぞ。それとも――同輩《ドウハイ》を伏せたか？」

と相手の腰に刀がないようすを見て、懐中に投擲《とうてき》の刃《は》でも隠してあるのだろうと勘ぐっていた。あるいは、仲間がどこかに隠れているのかもしれないと。

「ひとりで参った。関東の地へ舞いもどらぬよう、見張りおけというだけのことであるからな。つまらぬ役目よ」

怨みがましい目が、段蔵を見た。

（これは煩《うるさ》いことになったわ——）

と段蔵は蜥蜴の子に背を向け、立ち去ろうとした。

「やおれ、待たれや。正体をみせたのは他でもないわ」

雉丸は段蔵を追って、河原を歩いた。橋のたもとまで来たとき、まえに廻《まわ》りこんで足をとめさせ、愛想のよい笑顔をみせた。段蔵は刀の柄《つか》をにぎっていた。

「斬られるかッ」

と段蔵が睨みつければ、

「待たれや、待たれい。先刻のこと、加藤どの術をこの目にも、とくと拝見いたした。天竺の魚《いお》、いやさ見事なものにござった。して、わしにも何ぞ、かの術のようなものをひとつ授《さず》けてくれまいかと思うてな——否何《いやなに》、仕合うつもりなどござらんのだ。先代を斃《たお》した漢じゃ。おぬしが申されるとおり、わしには勝ち目がない」

まるで別人の態度である。

（はて、読めぬな。……）

相手は何を目論《もくろ》んでいるものか。隙をあたえておいて、寝首でも掻《か》こうというつもりなのか、それとも他に目的があるのか。わからない。ひとりで来たというのは、嘘ではないらしい。段蔵は気を張りつめたが、辺りに殺意のようなものが潜んでいる気配はしなかった。

（幼いか――）

子供である。風魔といえども、この男には群れをなして暮らしている者故《ゆえ》の甘えがあるのだ。そもそも悪人とは、そういう者たちである。芯《しん》があるようで、まるでない。ただ欲望のみが心を動かしている。この男にしても、子供や少女の如く、気が移ろいやすい質《たち》なのであろう。いよいよ、煩《わずら》わしいことだ。段蔵はこの場で、斬って捨ててやろうかともおもったが、元来は無用の殺生を好まない男である。

「然候《さんぞろう》」

「術をとな」

と雉丸は応えて、相手の顔を懇願《こんがん》するように見つめた。

「如何にござろう。ひとつと術を授《さず》かれば、おぬしの見張りも止《や》むる。蠅《はえ》を払うようなものじゃぞ。術のひとつとは、如何にも安《やす》かろうさ」

「かもしれぬな――」

と段蔵は、不満げに息をついた。

「ついて参れ」

段蔵は捨吉の血を継いだ男を連れて、小路へと入り、立ちくずれた築地塀《ついじ》に沿って歩きながら、一軒の武家屋敷のまえで立ち止まった。屋敷といっても、形はない。敷地を囲う透塀《すき》はやぶれ、連子《れんじ》は歯が欠けたようになっていた。みえる庭も鬱蒼《うっそう》と草がはえ、まるでぬけ落ちた女の髪のように蔦《つた》やかずらが母屋《おもや》にからみついている。住人はなかった。この京を捨て、地方《ちほう》をたよって旅立ったものであろう。敷地のなかは夜の闇が一段と濃く、どこからともなく、押しつぶされたような猫の声が不気味に聞こえてくる。

「来《こ》よ」

と段蔵が屋敷の庭に入りこむと、つづいて雉丸が恐る恐ると塀の裂け目から中へと足を踏みいれた。

「案ずるな、斬るつもりはない」

刀を置いて、段蔵は母屋の蔭《かげ》に立った。夜空には満天の星が冷たくまばたき、下弦《かげん》の月が刃物のように鋭く光っている。雉丸は白い息を吐きながら、手を揉《も》んでいた。凍るように、寒かった。この破れ屋敷は、とくに冷える。敷地の何処にも、温もりというものがなかった。

「よいか」

と段蔵が云うと、

「応《おう》」

と雉丸が返事をした。段蔵はおのれの左手の無名指《くすりゆび》と大指《おやゆび》を合わせ、右手は拳のように軽くにぎりながら、頭指《ひとさしゆび》を大指の腹のしたに丸めこんだ。

月天印《がってんいん》
である。雉丸も見様見真似《みようみまね》に、印契《いんげい》を結んだ。

「オン・センダラヤ・ソワカ」

段蔵が真言を唱えれば、雉丸もそれにならう。

「おれの目を見よ」

見た——段蔵の瞳《ひとみ》の奥には、さらに濃い闇がひろがっている。まさに闇そのものであった。やがて、とおくから声が聞こえてきた。

(月天を見よ)

段蔵の声である。が、何を見よというのか。

(これが、金剛界曼荼羅《こんごうかいまんだら》の月天の姿さ——)

左手のうえに、月輪《がちりん》がのっていた。

満月、である。

たちどころに段蔵の顔が、丸みをおびはじめた。涼《すず》やかな目が、半ば閉じかけている。額には白毫《ビャクゴウ》があらわれ、星のように美しくかがやいていた。雛丸は唖《あ》然《ぜん》としながらも、刻々と変化してゆく加藤段蔵の姿を、食い入るような目つきで見つめていた。段蔵――いや、いまや月天の――右拳は腰にあてられ、黒々とした髪の毛が両肩のうえに垂れていた。水に濡《ぬ》れたように、艶《つや》やかな毛並みである。そして、肉がふくらみながら、やわらかい白肌《しろはだ》と変わった。肌をさらした上半身には、透けた衣が幾重《いくえ》にも巻きついている。目を落とせば、はたして、この月天は三羽の鵞鳥《がちょう》のうえに坐《すわ》っているではないか。

（おお、これは何と有難《ありがた》き御姿にあろうか）

雛丸は心中で手を合わせていた。月天が微笑みを見せれば、雛丸も満面の笑顔で応じた。神仏の姿をまえにして、おのれの身体は宙に浮いているようである。頭のなかは光りに溢《あふ》れ、いつしか頰《ほお》に涙がこぼれていた。気絶している――段蔵は雛丸の軀《からだ》を抱《かか》えあげ、地に横たえると、腕や手首、脚の関節を外した。これでしばらくは、動けまい。

（おまえは、此処《ここ》で凍《こご》えておれ）

段蔵は術を授《さず》けるどころか、相手にかけた。あっという間のことで、雛丸は気づかなかった。いまは夢のなかを彷徨《さまよ》い、月天の幻覚と笑い合っているのであろう。地に寝かされた雉丸の顔は安らかにして、口を閉じ、口もとにはかすかな笑みを浮かべている。段蔵は先程まで顔のまえに掲《かか》げて見せていた護符紙を、雉丸の懐中に差し入れると、音もたてずにゆっくりと立ちあがった——その紙には——月天の墨絵が描かれている。雉丸はこの一葉の絵を見て、生々しい錯覚をおこしていたのである。そして段蔵の呪文こそが、あたかも墨絵の仏がそこにいるように見せたのだった。

「阿呆め。——」

段蔵は屋敷を出ると、夜空の月を仰《あお》ぎながら、ひとり小路をもどった。

夜を歩き通し、そして京を去った。

失路の涯《はて》

翌日、——加藤段蔵は河内国《かわち》にいた。

京を南下し、淀川《よど》を越えて河内国交野《かたの》の国見山の麓《ふもと》まで出ると、そこからさらに南へと下《くだ》って大和川の近辺で脚《あし》を休めた。

(生国らしい)

この「河内」のことである。

御守り袋のなかに大切に畳《たた》んで入れてある紙きれには、「天文三、生国かわち、だんぞう」とあった。いまやその墨《すみ》の文字もかすれて読みづらく、古くなった紙のいろのなかに消え入りそうである。ただ、段蔵の心のなかでは、いつまでも色褪《あ》せることはない。この三語は、唯一《ゆいいつ》の命の絆《きずな》であった。

さて、

河内国へ来た。

東は、大和の国になる。

さらにその東隣に位置するのが、いまは懐かしき伊賀の国であった。その伊賀から、これほど近い国でありながら、段蔵は一度として河内という国を訪れたことがない。ましてや記憶にあろうはずもなく、景色は何処もはじめて目にするものばかりであった。

何故、この地を訪れたものか。

段蔵自身が、理由《わけ》は漠然《ばくぜん》としていて判《わか》らない。出生の地を踏みたかったのか、それとも母が存命のことならば、一度なりと会ってみたいと思ったからか――いずれにせよ、段蔵は再びこの国に来ることはあるまいと、考えている。京に流れついたとき、雑踏のなかに立ちながら、過去との決別を思いたった。

但《た》だ去りて復《ま》た問うこと莫《なか》れ
　白雲は尽《つ》くる時なからん
と、唐詞《とうし》にいう。

おれは二度と昔の日々にはもどれまい……人は途次《とじ》、立ち止まることはあったとしても、うしろ向きに何処までも歩いて行けるものではないのだ。

段蔵はこの戦国の世にして、忍びの道に足を踏み入れてからすでに、半生以上を生きぬいてきた。まさに空を飛ぶ鳥のように、羽ばたきつづけ、地に足をつけることがなかったのである。流浪《るろう》するばかりが、段蔵の生涯であった――もしや生まれた郷に家があり、そこで母らと共に暮らしていけるのだとすれば、おれは飛ぶことはやめるであろう――これまで道の行く先々で、おのれの命を危険にさらし、数多《あまた》の死を目にしてきた。

ときには、自らが人の命を奪うことさえあった。何者から生まれたかも定かでない男が、人を殺《あや》めるのだ。それに何の意味があったのであろうか。少なくとも、生まれたその日にもどることが適《かな》うのであれば、おれは何かしら「命」の意味を覚《さと》ることができるやもしれぬ――天涯孤独の身ゆえの苦心であった。自身《おのれ》は何処から来て、何処へ向かおうとしているのか。謎めいた疑念が、いつまでも心から消え去らない。

「はて、存じませぬな」

と男は答えた。段蔵は国分川沿いにある村まで足をのばし、数十年前にも遡《さかのぼ》って、天文三年のころに「神隠し」のようなことが近辺で無かったかと、村人にたずねてまわっている。いずれの返事も、素っ気がない。数十年前とは、あまりにも古い話であった。それに子供が攫《さら》われる、あるいは売り買いされ、ときには間引きのために殺されるということなどは珍しくもなかった。段蔵は気づいていないのだ。おのれが忍びの者であるという事こそが特異なことであり、文字に明るいことがすべてに災いしているのだということを——自己を問うてみたところで、この世に答えなどあるはずもなかった。

段蔵は正月も河内に留《とど》まり、執拗《しつよう》なまでに出生の手がかりを探して歩いた。ひと月を過ごし、さらに翌月もおのれの真の姿を追い求めながら、国中をたずねてまわっている。方々を巡るうちに、唯一の記憶が鮮明によみがえった。

雪、だ。

いまも暗黒の空から雪が降ってきて、景色を白く染めあげていた。段蔵は峠の途中で足を止めたまま、しばらく天を仰《あお》いで、雪をながめている。

(この一片《ひとひら》に、おれの始まりがある)

千万《せんばん》の雪のかけらが地に舞い降り、降り積もっていく。あすになれば陽に照らされ、溶《と》け出すものもあろう。水となって流れ、土に吸われ木々の枝葉にひろがり、あるいは川へそそぎこんで、果ては大海へと流れつく。

(おれも雪のひとひらよ——)

　空から舞い落ちてくる雪のかけらを掌《てのひら》に受け止め、水滴となる様を凝《じ》っと見つめた。どれだけ歩いたことか。行く先々に自分《おのれ》を問うて返事は無し、ただ過去の闇のなかを彷徨っているだけのことである。日が過《た》つにつれて、はたして自分は人の子であろうか、とさえ疑った。

　冬の日に、雪が大地に降り積もり、森羅万象の声を押しつつむが如く――段蔵の心もまた、疑念のなかに閉ざされていった。

　やがて雪は消え、晴嵐《せいらん》をみるころ、

「赤坂」

という石川郡の村落に、段蔵は足を踏み入れていた。

　永禄《えいろく》七年の、春先のことであった。

　辺りの木々は新芽をふき、緑がもえるように目に美しく映《は》えた。歩く畦《あぜ》道には春風に舞う花びらのように蝶が踊り、土筆《つくづくし》が土のなかから頭をもたげている。段蔵は旅汚れた黒衣をまとい、まるでひとり冬に取り残された亡霊のような虚《うつ》ろな足取りで、村外れの杉林のなかを歩いていた。

　身も心も、憔悴《しょうすい》しきっている。

　この河内へ何をもとめて来たかということすら、すでに忘れはじめていた。径《みち》をのぼれば、田野《でんや》がひろがっている。段蔵は近くの倒木に腰をおろした。吸い筒の口をきって水をのみ、笠の下から村の様子をしばらくと眺めていた。

人があった。

野良衣を着た男が、田の土に鍬《くわ》をおろしている。そばを流れる小川には若い女が腰をおろして、籠《かご》のなかから衣布《いふく》を引っぱりだしていた。洗濯をはじめた。子供がふたり、女の傍《そば》を走りまわっている。男児と少女である。となりの田には、ふたりの男とその家族があった。何処《どこ》をむいても、長閑《のどか》な景色ばかりが目に映る。田の端には、老《お》いた女が土を穿《ほじく》りながら、土筆を笊《ざる》のうえにあつめている。

（伊賀か……）

この河内を巡《めぐ》って思い出されたのは、伊賀の郷で暮らした日々のことである。はたしておれは、伊賀へもどりたい一念で、この国を彷徨《さまよ》っていたのではあるまいか。生国が、故郷とは限らない。

（だが――）

伊賀には「掟」という高い塀があり、いくら術達者の段蔵といえども、その塀を越えることは適わなかった。

と、東の畦《あぜ》を――牛を引いた男が歩いてくる。牛の背に柴木を積んで、傍《かたわ》らに少童

をひとり連れていた。男は立ち止まると、

「婆《ばば》や、さきに家《うち》へ帰っとるでよ」

「ほいや」

と土筆をとっていた女が返事をしながら、腰を叩いて体を起こした。

「松吉は、よ？」

老いた女の呼び声に、川辺にいる男が鍬《くわ》をやすめた。まだしばらく田の土を掘りおこしてから、家に帰るという。いずれも、この女の息子であろう。小川のあたりで遊んでいる子供らは、その孫ということになろうか——段蔵は遠目にこの光景を眺めながら、この穏《おだ》やかな世界のすべては白日の夢ではあるまいかと、自身の目を疑った。あまりにも、平和なのである。おのれの欲心が、この情景を見せているのではあるまいか……そうおもったとき、

「ええ日和《ひより》ですなァ」

と牛を引いた男が、段蔵の近くを歩き過ぎていった。

「あ」

段蔵は息をのんだ。目が覚《さ》めるほどに、驚いた。いま垣間《かいま》見た男の顔が、おのれに似ていたのだ。一重《ひとえ》の目もと、そして鼻のつくり——額がひろく、顎《あご》のふくらみ方が

そっくりであった。まさかとおもったとき、牛の尻についていく男児が、こちらを振りかえった。

（目の迷いか……）

幼少の、自分を見ていた。その少童は訝《いぶか》しげにこちらを見つめていたが、父に遅れまいとして、牛のあとを追って駆け去った。すでに段蔵の目は、老いた女の方へとむけられている。

凝視、した。

――老女は畦端に腰をおろして、まだ土筆を探している。草を避《よ》け、手で土を掘り、一本また一本とつみとった土筆の茎を笊《ざる》にのせていた。うすくなった銀髪を束《たば》ね、袖《そで》からのびている両腕は、枯れ木の枝のように細かった。顔はよく見えない。段蔵は立ちあがり、二歩と進んだところで動けなくなった。母かもしれぬという希望と、おれを捨てた人だという憎悪が、胸を締めつけている。

（逢《あ》うか。いや……）

悩んだ。顔を合わせて、何と声をかければよいものか。おれの母であるか、と訊くのか。

（……わからない）

いつしか段蔵は、闇のなかに雪を見ていた。それは遥《はる》かな記憶の奥底にある、漆黒の世界に降っている――夜空から舞い落ちてくる雪の欠片――そして、母の腕に抱かれている温もりがあった。

闇が、寒かった。

雪を踏む、足音が聞こえてくる……熱い息が、顔にかかっていたのを覚えている。見ればそこに、母の顔があった。哀《かな》しげな目が、腕のなかのおれをじっと見つめていた。泣いている。

（何故《なぜ》だろう）

段蔵は、また闇のなかの雪をみた。天から舞うように降ってくる、美しい白い羽のような一片の雪を――頬《ほお》に触れて、水滴となった雪の雫《しずく》を母の指がぬぐいとった。とそのとき、段蔵の足もとに、竹でつくった蜻蛉《とんぼ》が落ちてきた。

「…………」

段蔵は記憶の闇から視線をそらし、地面をみた。蜻蛉を拾《ひろ》おうとして屈《かが》みこんだところへ、男児がかけよって来た。年のころは、五つにもなろうか。目がまるまるとして、髪の毛を頭の天辺で結っている。畏《おそ》れるような目が、段蔵を見つめていた。つい先頃まで、川辺で洗濯をしている女のもとで遊んでいた童子である。

「お侍さま、それおらんだ。返してくりょ」

段蔵は竹蜻蛉《たけとんぼ》の軸をつまんで、男児のまえに差し出した。子はゆっくりと手をのばし、蜻蛉の翼をつかんだ。同時に、段蔵の指から軸がはなれた。男児は遊具を取りもどしたが、まだ畏《おそ》れをのこした目をしている。

「返したぞ」

と段蔵が云うと、男児は背をまっすぐにのばし、御辞儀をした。

「名はよ――？」

と訊いた。

「だんぞう」

男児は答えると、慌てて走りさった。段蔵はしばらく立ちあがれなかった。自身とおなじ名を耳に聴いたのだ。幻聴ではなかった――だんぞう、そう名乗った男児はまた小川の岸辺にもどると、少女と一緒になって遊びはじめている。伊賀の段蔵は、竹蜻蛉を拾ったときとおなじく、屈《かが》みこんだままであった。その視線は無意識のうちに、土筆をとっている老婆の方へとむいている。いまの子の名は、もしや生き別れになった子の名を付けたものではあるまいか。ふと、そんな考えが頭をよぎった。

（それとも、これは夢のことであろうか）

あるいは自身が、幻術にかかったのかもしれないと、おもえてならなかった。段蔵は目眩《めまい》を覚えながら、路傍に立ちあがった。その曇《くも》ったような目に、一瞬の決意が泛《うか》びあがった。老女に声をかけようと足を踏み出したそのとき、

「かかや、帰るべな」

と息子らしき男が鍬《くわ》をかついで田からあがり、老いた女の腕をとった。母は子の腕にすがり、痛々しそうに体を起こしている。その姿を目にして、段蔵はまたもや足を踏み出せなくなった。情という、親子のつながりを垣間見た——段蔵にとって——これまで一度として、目にしたことのない人の姿であった。何と清らかな姿であろうか、と段蔵は圧倒された。常人には些細《ささい》な行動であるとしても、段蔵の半生を考えれば無理もない。利を無くして人をいたわる、——そういうものには一度として触れたことがなかったのだ。段蔵は、拳《こぶし》をにぎった。

（会えぬ……）

躊躇《ためら》っている。

われこそは、そこ許《もと》に捨てられた子であると名乗り出て、いまさら母のあの腕を取れるものか——静かな水面《みなも》に手を触れるように、この足を一歩と踏み出せば、かならずや水は騒ぎたて、要らぬ波紋をひろげるばかりであろう。

（触《さわ》ってはならぬ）

と意識の奥底から声を聴いた。おれは人の道を忍ぶ者となったのだ。故《ゆえ》に、命をつなぎとめられている。この目眩の正体こそは、忍びの道から外れようとしたが故に起こった、心中の歪《ひず》みから生じた波紋ではあるまいか。水と油は、決して交わらぬものだ。おれがもしや目のまえに拡がる、この平和な光景に足を踏み入れたとすれば、あるいは一言名を名乗り出《い》でもすれば、母の人としてのこころは砕《くだ》けてしまうかも知れない。

おれと――目のまえにあるこの世界とも――水と油と、おなじことである。

この世には、決して暴《あば》いてはならないものがあるのだ。おれにおなじく、向こうもこちら側の世界へと、決して足を踏み入れてはならない。

段蔵はいま、世の明暗の境ともいうべき場所に立っているのだと、はじめて気がついた。おれは人を殺している。風魔という盗賊と共に、村を襲ったこともある。血に汚れたこの手で、いまさら母の腕を取ることなど出来ようはずもあるまい。

（おれの一生よ）

段蔵は確かめなかった。この瞬間、絡《から》まる糸のようであった気の迷いは解《ほつ》れ、冬の日の凍《こお》った川のような心もすでに溶けはじめている。ここに出逢った人物が、母であるかどうかなど、すでに確かめる必要もなかった。母であったとしたら、何とするつもりか——段蔵は背をむけると、静かに村を去った。

心は軽い。

段蔵の口許《くちもと》には、笑みさえ零《こぼ》れている。可笑しくてならなかったのだ。生国を彷徨い、そこで見つけたのが真実の故郷である。

(帰ろう)

そうおもった自分《おのれ》のことが、たまらなく可笑しかった。帰ろうとおもった場所は、この世の闇であった。

闇こそが、おのれの生国であるとはじめて覚《さと》ったのだ。

段蔵は、大声で嗤《わら》った。まるで、殻《から》をやぶって羽をひろげた蝉《せみ》が夏を知らせるように、けたたましい声で笑っていた。笑い声と共にいま、亡霊のように精気が失せていた段蔵の顔は血色を帯びて、輝きはじめている。目は以前のように虎の眼光さながらに鋭く光り、足取りも力強いものにかわっていた。

「おれは路《みち》を失《しっ》していたな」

遠き上野国の山小屋で、懐かしき伊賀忍者の笹児と遭《あ》ったことによって、心中に歪《ひず》みが生じていたのだ。段蔵の心には、いまだ生え替わらぬ乳歯《にゅうし》が一本と残っていたのであろう。それがようやく抜けおちた。京は五条の橋の下で、乞食僧の峯魁坊《ほうかいぼう》が、酒に酔いながら云った言葉が思い出される。

　　孤生《こせい》は感《かん》を為《な》し易く
　　　失路《しつろ》宜《よろ》しき所少なし

まさに——、

(孤独の身の上のおそろしさよ)

しかし段蔵は、いまこのとき伊賀の声を胸に聴き、それを頼りとしていた。

「正心」

である。己の心を拠《よ》るは、五徳にあり。

(五徳とは？)

忠、勇、謀、功、信を云うて、忍びが五徳と心得るがよい——。

「心得たぞ」

段蔵はいまになって、師の云わんとすることを知ったような気がした。人とはそういうものかも知れぬ。愚《おろ》かなものだ。教えを確かにすることなく道を往き、おのれの身が滅ぶまで教えの大切さに気づかない。

（文字さえや、刃に心を置きたるの形あり――）

まさにそれこそが、忍びの本質であった。

段蔵はまっすぐに竹内峠を越えると、夜更《ふ》けには、隣国の大和国へと足を踏み入れていた。二度と河内にむかうことはないだろう。そこに戦乱が興《おこ》らぬ限りは、段蔵のような男の止まり木はないのである。

段蔵を生み落としたのは、人の母ではなく戦国という時代であった。忍びのほかに道はない。

段蔵は大和国で、刀を砥《と》いだ。

天　恕

永禄《えいろく》七（一五六四）年の九月になる。

正親町《おおぎまち》天皇が、尾張に人を遣わした。禁裏の御倉職をつとめていた立入宗継《たてりむねつぐ》という男をである。その相手とは、

「織田信長」

であった。

天皇が使者として遣わした立入宗継は、この年、信長に対して御料所の回復を命じている。信長という男の声望《せいぼう》は、いまや中央にまで届いていた。ここに戦国の覇王が、いよいよ頭角をあらわにしたものであった。以降、戦国という時代はこの漢《おとこ》とともに動きだすのである。

織田信長は——去月八月には、隣国美濃の鵜沼《うぬま》城と猿啄《さるばみ》城を落城させていた。

義父にあたる斎藤道三が、子の義龍《よしたつ》に殺されたのが弘治《こうじ》二（一五五六）年の四月二

十日のことである。以来、信長は道三の遺言状によってあたえられた「大義名分」というものを振りかざして、美濃国に侵攻している。信長が今川義元を桶狭間《おけはざま》で討ったのは、この四年まえのことであった。

他方、駿府《すんぷ》の今川氏のもとで幼少のころより人質として忍従《にんじゅう》の日々を送っていた松《まつ》平元康《だいらもとやす》は、義元が桶狭間で討たれると、今川家の家督を継いだ義元の嫡子氏真《うじざね》と断交し、永禄四年の暮れまでに西三河の制圧を成功させている。これは元康の祖父、松平清康《きよやす》が築いた勢力圏を奪還したことになり、翌《あくる》永禄五年には織田信長と同盟を結んだ。世にいう「清洲《きよす》同盟」である。

前年（永禄六年）には、今川義元の偏諱《へんき》である「元」の字を返上し、元康はここに松平家康《いえやす》と名乗っていた。

この頃すでに、信長の配下には木下藤吉郎なる男が仕えている。のちの天下人、豊臣秀吉である。そして永禄七年の二月、美濃で内乱が起こった。首謀は、安藤守就《あんどうもりなり》という漢である。この守就という人物は、稲葉《いなば》良道《よしみち》（一鉄）、氏家直元《うじいえなおもと》らと共に「美濃三人衆」と称された斎藤道三の有力な重臣のひとりであった。美濃斎藤氏は道三の嫡子義龍が永禄四年に没し、その子龍興《たつおき》が家督を継いでいる。龍興は祖父の代から斎藤家に仕えている美濃三人衆を遠ざけ、一部の家臣だけを寵愛《ちょうあい》すれば、古い家臣《おとな》たちからの諫言《かんげん》などには耳も貸さない。いま美濃の足もとには、信長という漢が焚《た》きつけた火がまわっているというのにである。

安藤守就《もりなり》は叛乱《はんらん》をおこして、娘婿《むすめむこ》の竹中重治《たけなかしげはる》（諱は重虎《しげとら》。通称を竹中半兵衛という）と共に稲葉山城を占拠《せんきょ》した。若き主君に対する、戒《いまし》めであった。守就《もりなり》らの稲葉山城の占領《せんりょう》は一時にして終わり、斎藤龍興《たつおき》は城を奪回《だっかい》するのだが、これを信長が見逃すはずはなかった。

信長は、それまで美濃を攻略しようとして西方からの侵入を謀《はか》っていたが、この安藤守就の内乱に乗じて、東美濃からの侵攻へと戦略を切り替えていく。これまで居城としていた清須《きよす》城から、美濃により近い小牧《こまき》城へと移った。このため、斎藤氏の勢力は西美濃に限られるようになり、やがて信長の力のまえに圧倒されるようになるのである。

一方で、この頃の家康は足もとについた火を消すことに翻弄《ほんろう》している。西三河《みかわ》の一《いっ》向宗徒《こうしゅうと》が家康に敵対し、武力蜂起《ぶりょくほうき》したのである。永禄七年正月には本證寺《ほんしょうじ》をはじめ、勝鬘寺《しょうまんじ》、本宗寺《ほんしゅうじ》の一揆《いっき》勢が連合して家康の居る岡崎城を攻め、激戦となった。このとき家康も出馬している。二月晦日《みそか》になって、ようやく三河の一向一揆を平定すると、家康は一向宗を禁止し、これを解体した。わずか二十二歳のときであった。

加藤段蔵が信濃に入ったのは、この時期である。段蔵は変わらず、流浪をつづけている。

甲信《こうしん》の二国を手中にする武田信玄は、戦国の巨星として世に威勢を振るいつつあった――その信玄にとって織田信長など敵ではなく、唯一、越軍率いる越後の龍がこと上杉輝虎（謙信）こそが天敵ともいうべき存在であった。その上杉輝虎は、この永禄七年も疾風の如く天《あめ》の下を駈けまわり、正月早々には常陸《ひたち》の小田氏治《おだうじはる》を攻め、二月に佐野へ侵攻して城を押し破れば、翌月七日には和田城で交戦した。この和田城は武田によって増強がなされ、ついに落城はしなかったが、輝虎の一連の猛攻には誰しもが軍神「毘沙門天《びしやもんてん》」をみるおもいであった。

五月になって、将軍足利義輝《あしかがよしてる》が上杉輝虎に対し「和睦《わぼく》せよ」と命じているが、輝虎の打倒《だとう》武田の心は変わらない。同月十三日には、柏崎《かしわざき》の飯塚八幡宮《いいづかはちまんぐう》にて五檀護摩《ごだんごま》を執《と》り行い、自国の豊饒《ほうじよう》を祈願させると共に、仇敵《きゆうてき》である武田信玄を滅ぼすとも祈らせていた。六月になって、信濃出馬を宣言した。和睦など、有り得ない。輝虎はどうあっても、信玄入道《にゆうどう》を攻め滅ぼすつもりであった。弥彦神社などに願文を納めると、武田信玄の不当を訴え、七月末にはいよいよ信濃へ出馬し、翌八月の三日には犀川《さいがわ》を越えて、川中島へと着陣した。

輝虎と武田信玄は、この川中島におよそ二月《ふたつき》と陣を張ったが決戦には至らず、この龍虎の睨み合いは完結する——世にいう「川中島合戦（第五次）」の最期であり、上杉輝虎と武田信玄の決着はついぞ適わず、幕をおろすのである。

この年の暮れには、織田信長が武田信玄を共通の敵として、上杉輝虎に近づいていた。輝虎と信長の間は急速に懇意《こんい》となって、輝虎は信長の息子を養子に迎えたいとさえ申し入れするほどであったが、これは成立しなかった。

時代はまさにいま、「戦乱」という卵から孵化《ふか》を遂《と》げたばかりである。さらには幼虫から蛹《さなぎ》へと変態をくり返しながら、ひとつの生き物のように脱皮《だっぴ》せんとしていた。刻々と変化しつづける「戦国」という時代にあって、伊賀の忍び加藤段蔵は群れをはぐれた狼となり、独《ひと》り歩き流れ、越後の国境を踏んだのであった。

この時代が如何なる生き物と成ろうものか——蝶《ちょう》か、それとも毒蛾《どくが》か——もっと別の生物として、この戦国という殻を破り出てくるのかも知れない。それがまたあらたなる戦乱を巻き起こすのであろう。段蔵は主だった戦国大名たちの城下をわたり歩きながら、戦乱の世というものの儚《はかな》さを覚えるのだった。

飛騨の奥地では善立寺《ぜんりゅうじ》に逗留《とうりゅう》し、

「円成《えんじょう》」

という名の僧と懇意《こんい》になった。もとは、江間輝盛《えまてるもり》という飛騨の大名の弟であるという。戦国時代の常《つね》のことであるが、家督は長男が嗣《つ》ぐ。次男以下は出家させるなどして、内紛の芽をつんでおくのである。円成もまた、戦国の世にならい、出家させられた身であった。

段蔵は読経をして三月《みつき》を過ごし、心を安らかにしてから円成と別れると、常陸《ひたち》の国へとむかった。筑波山にのぼって修験に身をやつし、そしていまこの越後の国境へと流れてきたのである――これに至《いた》る行程に、およそ三百日を費《つい》やしていた。段蔵の顔つきに、以前のような翳《かげ》りはない。ことさらに目は鋭くなり、黒い瞳は常と緊迫したいろに輝いて、用心深さが絶えなかった。まるで山猫の顔つきである。

頭上に雷鳴《らいめい》をきいた。

見あげれば、空は墨《すみ》を流したような厚い雨雲におおわれ、ときどき蒼《あお》い光りの亀裂《きれつ》が天を切り裂いていた。段蔵はふと、足を止めた。

風が吹いている。

なま温かい風がむせび泣くような音をたてながら、段蔵のそばを吹き抜け、径《みち》の両端に群生する葦《あし》の葉を撫《な》でまわしていた。

「八木沢《やぎさわ》」

という名の地であった。

上野《こうずけ》との国境にある三国峠を北へ四里と進み、清津《きよつ》渓谷《けいこく》沿いに二居《ふたい》峠を越えたさき、温泉がわき出る山間《やまあい》の沢《さわ》である。近くを、上杉軍が関東侵攻のためにつかってい る、ほそい軍道《ぐんどう》が南北にむかって敷かれていた。

ひと気のない、寂しげな土地だ。

ただ、やたらと鴉《からす》が群れており、血が臭っている。

(死がにおう……)

ここに立っていると、現世《うつしよ》と黄泉《よみ》の境目に立っているという気にさえなってくる。町の喧騒《けんそう》などというものはおよそ、この地には無縁であった。耳に聴くのは鴉の下卑《げび》た声と、気味悪く笑う女の声のような風の音、雲間に鳴る雷鳴だけである。

そして己の、息の音。

段蔵は、一本の立ち枯れた大樹を見上げていた——枝に、男がぶらさがっている。首に縄をかけて、肉が乾いて骨と皮ばかりになった胴体には、破《やぶ》れた野良衣を纏《まと》っていた。頭を垂れている。鴉どもに啄《ついば》まれて穴だけとなった空虚な目が、自分の足もとを見つめていた。何も履《は》いていない。ときおり強く吹きよせる風に揺すぶられると、男の骸《むくろ》が宙で肩をゆすった。まるで、洗い干《ほ》した衣布《いふく》をここにかけたまま忘れてしまったかのようだ――人の魂魄《こんぱく》だけが抜け出て、肉はこの枯れた大樹の枝に脱ぎ捨てたのである――枝から下がったこの男は、よほど軽いのであろう。風に吹かれて、まだ肩を揺すっている。首の縄がぎしぎしと音を立てていた。

（殺されたか。――）

死体の胸もとには、槍《やり》で突いたような穴があった。ふと周囲を見回すと、草陰のいたるところに、人の死体が転がっている。まるで、夏を過ぎたころに次々と死んでいく蟬たちの、屍《しかばね》でもみるような光景であった。

（男か、それとも女であろうか……）

その区別すらもつかない遺骸が、草のなかに倒れこんでいた。背には、餓鬼がうずくまっている――一羽の鴉が黒い翼をたたんで、死体の背の肉を嘴《くちばし》でつついている。死体の手には、刃の錆びた鎌《かま》がにぎられているが、草を刈っていたようには、おもえない。何者かを追い払おうとして、鎌を武器に手にとったものであろう。

段蔵は死体のなかを歩いた。

まるで小さな戦でも、起きたのであろうか。いや――これまで目にした戦とは、ようすが明らかにちがっていた。一方的である。それに、どの死体も農民とみえ、武士の形《なり》をしたものはひとつとなかった。しばらく歩くと、村落に出た。

人はいない。

ここにあるものといえば、人の遺骸、そして死肉に群がる黒い鳥たちだけである。棟々は焼かれ、形を成して建っている家などひとつもなかった。

段蔵は井戸をのぞいてみた。足もとから小石を拾《ひろ》いあげて井戸に落とすと、乾いた音が跳ねあがってきた。

「涸《か》れておるな」

と、どこからか唄《うた》が聞こえてくる。

風にまぎれて、抑揚《よくよう》のない哀《かな》しげな唄声が段蔵の耳にとどいた。井戸を離れ、唄のもとを探そうとした。常人ならば聴き洩《も》らそうかというほど、ほそい唄声である。段蔵は一度、立ち止まった。気を集中させれば、この風のなかにあって、針一本が落ちる音さえも聴き取ることができるのだ。方角がわかった——倒壊した家のそばを抜け、道にあがった。草むらを抜けると、いよいよ唄声は近くなった。女の声である。境涯の薄幸《はっこう》を嘆《なげ》いているような、寂《さび》しげな声。

ねんねんころり、ねんねんころり
はて、子守り唄であろうか。段蔵は草のなかにあってなお音を殺し、滑るような足場をかるがると降りていった。

厩《うまや》がある。

色のぬけた芒《すすき》が周囲に群がり、杉の樹が一本立っていた。厩のまえには、隠れるようにして、ひとりの女が坐《すわ》りこんでいる。段蔵の足がむかった。近くに視《み》ると、女の黒い髪は地面に垂れるほど長く、血に汚れた白い着物をつけて、被衣《かつぎ》のようなものを羽織っている。腕に稚児《ややこ》を抱いて、舟に揺られるように身をゆすっていた。唄っている。寝付いた子に、語りかけるような囁《ささや》きである。

(これは何と哀《あわ》れなる親子であろうか——)

段蔵は腰に提《さ》げている吸い筒をとって、女に近づいた。飢《う》えを凌《しの》いだ末に、盗賊に襲われた悲惨なる村の生き残りである。よくぞ、命のあったものだ。段蔵は女の傍《かたわ》らに立ち、吸い筒をつかんだ手を差し出した。女は段蔵に気づいて、顔をあげた。頬の肉は削げ落ちて、涙すら涸れた目が痛々しく、段蔵を凝視していた。

「案ずるな、この水をやれ」

女は顔を引きつらせた。笑ったのであろうが、段蔵には分からなかった。

「あ……」

と口を開いた。段蔵から吸い筒を取ると、何度も体をゆすって礼をいった。女は吸い筒を我が子の口にあてた。水がぼたぼたと地にこぼれている。段蔵は慌てて女の手をとり、うまい具合に吸い筒の水を赤子の口にあてようとした。

（うっ）

と段蔵は、吸い筒を傾けていた手を止めた。女が抱いている稚児は、すでに死体であった。口はあいていたが、息をしていない。段蔵は驚いておもわず、女から二三歩と離れさがった。女はまだ唄いながら、腕のなかの我が子に水をあたえようとしている……段蔵は呆然《ぼうぜん》と、目のまえの親子を見つめていた。

「正気など、遠《とお》に失《しっ》しているわい」

突然、背後から声がした。

段蔵は腰の刀をつかみ、振り返った。はたしてそこに立っていたのは、雲水《うんすい》であった。顎《あご》に白い髭を垂らし、袈裟《けさ》を着て、丸編み笠をかぶっている。顔の真中におおきな鼻があり、まるまると開いた黄いろい目玉が段蔵をみて笑っていた。

「これが全て、野盗が仕業《しわざ》のことよ――」

と失望のため息をつきながら、坊主は段蔵のそばへ近寄ってきた。

「村々を襲い、米や麦を奪いおる。それだけにとどまらず、人の命まで盗って喰《く》らいおるから、始末におけぬわ」

段蔵は刀の柄から、そっと手を放した。坊主はなおも、独り言のように喋《しゃべ》りつづけている。

「まことに地獄の沙汰《さた》よ。戦に乱れる世にありと申せども、これが人の仕業じゃと観《み》るは、信じるに難しかろう。餓鬼や畜生の類とて、これまで惨《むご》たらしい所行《しょぎょう》は出来まいて。もとより——人の世が事に、正気などは有りもせぬこと、と申した仁《もの》もあるがの」

段蔵は聴いていなかった。坊主の傍らを通り抜けると、草むらを上って、道へもどった。

「何処《いずこ》へ、向かいなさるや」

坊主の声が追ってきた。段蔵は道に立って、方角をたしかめている。北方へむかえば、塩沢に出る。逆に南に道を辿《たど》れば、上野国三坂《みさか》である。そこからさらに、十三里と下れば榛名《はるな》山へ出る。箕輪城にもどるつもりはないが——と、坊主が草むらから這いあがってきて、背をのばした。笠をとると、愛想のよい笑顔が段蔵を見た。まるで茶飲み話しの相手に、孫をつかまえたというような顔つきである。

(煩《うるさ》いことよ)

段蔵は坊主から顔をそむけ、道の先を見た——北に向かうか——この道の果てには、未だ見ぬ漢が居る。その人物をして「毘沙門天」だと人はいう。

「この先に、雨露をしのぐによい荒屋《あばらや》をみかけましてな……」

坊主はまだ、舌がまわっていた。

「どうですな。この空を視《み》たところ、今宵《こよい》にも雨の様子……この坊主が荒屋に案内いたしまする故、御武家さまも足休めに、わしと共に参られませぬかな——？」

段蔵は空を見あげた。墨《すみ》に塗られたように空一面が薄暗く、さらにあたらしい墨汁が流されたように雲が滲《にじ》みだしていた。雲の流れが、はやかった。風が吹きつけ、坊主の袈裟を叩《はた》いている。

「とてものこと、馳走《ちそう》と申すほどの支度は致しかねるがの、粟《あわ》の一杯も用意致しまするぞ。温《ぬく》もっていきなされや」

段蔵はこの坊主の止まらぬ舌に、呆《あき》れたように息をついた。返事はしない。と坊主は突然に笑い出し、

「いやさ、この辺りには説教をしたくとも、巡り合うは死人《しびと》ばかりでしてな。ほとけに聞かせる説教ほど、無意味なものはござらぬて。御仁がわしの説教に付き合《お》うてくだされば、坊主の気も休まろうと云うもの何《なん》じゃが……」

段蔵は返答をしかねていた。話し好きのする男らしい。この坊主のことである。坊主の舌に、一晩と付き合わされることをおもえば、返答に困るのも当然であった。と

いって、別段に急ぐ用事があるわけでもない。

「よかろう」

と一言、段蔵は返事をした。坊主は満面の笑みを浮かべると、

「ついて来られよ」

と道を外れて、西方へ歩き出した。煩《わずら》わしいことになったものだと、段蔵は苦々しい笑みを浮かべて、坊主のあとをついて歩いた。

遠い空に、雷鳴が湧《わ》いている……


坊主のいった通りであった。

案内《あない》された家屋は荒れ果てて、処々の床板が抜け落ち、床下から雑草が生えのびている。ほこり臭く、土間には蜘蛛が巣を張っていた。柱がゆがんでいた。見あげれば天井の小屋ばりまでもが、継ぎ目のところで外れかかっている。

段蔵は囲炉裏の火のまえで、静かに坐っていた。左膝《ひだりひざ》の側には、刀を置いている。相手が坊主といえども、用心に越したことはない。

その坊主、である。

段蔵と向かい合って坐り、囲炉裏においた鍋《なべ》のなかの栗をかきまぜている。栗から湯気がたち、鍋を吊している自在鉤《じざいかぎ》に纏《まつ》わりつきながら、天井へのぼっていく。坊主のまわった舌は、止まらない。絶える間もなく段蔵に話しかけながら、縁の欠けた茶碗に栗を装《よそ》って、差し出してきた。

「遠慮はご無用ぞ」

と坊主はもうひとつの椀に栗を注ぎ、おのれも口にした。段蔵は喉《のど》に流しこむように栗を口にし、二杯を食した。坊主も鍋を空にして、箸《はし》を置いた。話しが尽きたものか、しばらく黙っているかとおもうと、段蔵の傍らにある刀を凝《じ》っと視《み》ている。

「ほお。変わった刀をお持ちじゃの」

興味ぶかそうな目をしていた。段蔵の刀には、反《そ》りがなかった。いまの時代、直刀《ちよくとう》とは珍《めずら》しい。

「武士では御座らんな――？」

云われて、段蔵はそっと箸を置いた。

「つぎに、人相手相でもみるつもりか。御坊《ごぼう》、名は何と申される」

目は合わさなかった。

「天恕《てんじよ》と申してな――天は天界、恕《じよ》は情けと、許すの意をさし申す」

「面白い。出逢った坊主は、天の恕《ゆる》しを名乗るとは。それとも、貴僧《きそう》が天を許したものか」

天恕は高らかと笑って、

「こなたが名は――？」

「名は無い。貴僧が好きに呼ばれよ」

「ほほう……武士に無く、名も無いと申されるか。さにして、往《ゆ》くあても無し。まるで、浮かばれぬ霊魂《みたま》のような御仁じゃの。何処地《いずち》から参られたや」

段蔵は口の端についた粟を指で払いながら、

「さてな。方々を巡《めぐ》っておる身の事にて、返答をしかねる。近くは、常陸《ひたち》は筑波山に居《お》った――遡《さかのぼ》れば、上野箕輪《こうずけみのわ》の城にも身をよせていたものであるが、これは仔細《しさい》あって離れたわ」

「箕輪城とな」

「左様。ところで御坊こそ、この辺りの寺の者か」

「いやいや、われにして日本じゅうを歩いておる、たかが雲水《うんすい》。われが学ぶは経文に非《あら》ず。東西の国々をみてまわり、生きた人に道を学ぶ。それこそは、わしが求む仏道というものじゃ」

「ふん——それで、巡《めぐ》った地に、何か面白いものでも観てきたか」

身を乗り出した天怨の顔は、明るく輝いている。嬉々《きき》として、

「おお、観て参ったぞ。甲斐にあっては、大きゅう虎を拝見致した。是《これ》が越後には龍がおるわな。尾張に立ち寄らば、いずれ龍虎《りゅうこ》に勝《まさ》るとも劣《おと》らぬ、阿修羅《あしゅら》のような漢《おとこ》が棲《す》まっておったわい」

「織田が事か」

「左様《さよう》」

「貴僧、ただの坊主ではあるまい」

段蔵の目が、天怨の顔を鋭く見抜いている。天怨は笑顔も崩さず、さらには大声で笑いはじめた。天井に積もった埃《ほこり》が、降って来そうである。段蔵は苦々しい笑みを口許に泛《うか》べ、

「まあ、よいわ——して、大名連中の何が、面白いと申されよう」

「それよ。尾張上総介《かずさのすけ》（信長）は、甲斐の虎をおそれ、天下《てんが》を取ろうにも動けぬ。虎はこれ、その背を龍に睨《にら》まれ、これもまたや天には手が届かぬ——どうじゃな、面白かろう。前を向けば背を突かれる。背を突いた相手は、さらにその背を突かれようというものよ。これでは、たれも動けぬ石仏じゃ」

「……………」

「この百年の乱世、終わらせるには一人が天下を治むるが事、必定《ひつじょう》。しかし、是に適う者は、未だおらぬと見ゆる。しいては、民衆の苦しみもまた変わらず、いつぞ尽きるやと知れぬわな」

「苦しみか――」

段蔵はつぶやいて、黙りこんだ。天怒の目が、段蔵の表情によぎった心のいろを読んでいる。一瞬ではあったが、段蔵の顔が翳《かげ》った。何故か――ふいと心のいろが変わり、段蔵の目に好奇が宿った。

「信長は武田入道に睨《にら》まれ、武田は越後上杉に背を睨まれておると申したが――その上杉が天下取りを阻《はば》む者はたれじゃな？」

「うむ。越後上杉輝虎という御仁はな、戦の心得がほかの大名とは、ちと違うておる。信義《しんぎ》、仁愛《じんあい》のことに篤《あつ》くして、道義《どうぎ》の心が利欲に勝《まさ》っておろうというものよ。この血《ち》腥《なまぐさ》い乱世において、恬淡虚無《てんたんこむ》が心をつらぬくは真がこと 遖《あつぱれ》じゃ。さよう、――天下を治むる者には、必ずやこの心は必定ならん。しかしというて、今の輝虎という男には、是《これ》が道義の心が邪魔となり、その目は天下取りには向けられておらぬ。信心過ぎて、天下を見過ごす――というものじゃ」

「してや尚《なお》、虎には睨みの利く漢か……会《お》うてみたいな」

聴いて、天恕の口許が笑みに弛《ゆる》んだ。相手の心中に欲を視《み》た。欲すなわち、隙《すき》となる。天恕はしたり顔をして、

「鳥は木を択《えら》べども、木は鳥を択べず——と申すわ。わしが視たるに、おぬしには止まり木が要《い》るようじゃて」

「かもしれぬ」

「人というものは、辞世に従《したご》うて、世を渡ることも知らねばならぬぞ。ある古典《ほんもん》にはな——我れをして、介然《かいぜん》として知有《ちあ》らしめば、大道《だいどう》を行くに、唯《た》だ施《ななめ》なるを是れ畏《おそ》れん——とある」

「…………」

「大道は甚《はなは》だ夷《たい》らかなるも、而《しか》も民は径《こみち》を好む——とな」

「ふん、老子《ろうし》か」

段蔵は鼻で笑って、天恕の古典引用の言葉を一蹴《いっしゅう》にした。天恕は、にやりとした。目のまえにいる男が、老子を知っているのである。ただの武士ではなかったと、おのれの直感を確信した。恐らく、この者は……と段蔵が、天恕の引用を引き継ぐように、口をひらいた。

「続くが肝要ぞ——朝《ちょう》は甚《はなは》だ除《きよ》められ、田《でん》は甚だ蕪《あ》れ、倉《くら》は甚だ虚《むな》しきに、文綵《ぶんさい》を服し、利剣《りけん》を帯び、飲食に厭《あ》き、財貨は余り有り。是れを盗《とう》の夸《おご》りと謂《い》う。盗の夸り、道に非《あら》ざる哉《かな》……」

天怨が老子から引用した部分は——大きな道は歩き易《やす》いというのに、人は近道の小道を行こうとするものである、というような事であった。人の道というものは心を真っ直ぐにして行けば済むものを卑《いや》しき智恵などを使って、脇道にそれることこそ恐れられるというのである。段蔵がつづけて云った部分になれば、——宮廷は綺麗に清《きよ》められているが、田を見ればひどく荒れており、倉《くら》は空になっている。それというのに、美しい服装をして、名剣と呼ばれるものを腰に提《さ》げ、飽きるほどに飲食し、有り余るほどの財貨を持っている奴がいる。そういう者を盗人の贅沢《ぜいたく》と呼ぶのだ。そのような贅沢というのは、人の道に外れたことである——と、愚かな欲心者たちを戒める言葉ともなる。

天怨は感心していた。引用の言葉にではない。段蔵が、老子を学んでいるということにである。

「なるほど、真田の忍びか、あるいは北条乱波《らっぱ》の者かと思うたが——さに非《あら》ず、学びたるを知るは、伊賀甲賀の男であったか」

天怨は、段蔵が武士になく、忍者であると見抜いていた。こと伊賀者というのは、忍びの法をただなる偸盗術《ちゅうとうじゅつ》から、忍び兵法にまで高めた者たちである。心を戒《いまし》めるため、山岳修験を学び、文字に明るくして、文学を知る。ただ者の事ではない。

段蔵は言葉を失している。

この天怨なる正体の知れない坊主に、あらためて警戒心を覚えていた。

（忍びを知っている。――）

話し好きな坊主を装っているが、その実、相手を術中に引き入れたものであろう。油断ならぬ相手であった。

その天怨は微笑したまま、段蔵の声を待っている。まるで術比べに勝利を覚えたとでも云うような、手柄顔《てがらがお》であった。段蔵の表情のなかに、焦《あせ》りを視ようとしていた。わずかな焦《あせ》りでもあれば、相手の心をねじ伏せることも容易になろう。が、段蔵の顔から、表情というものが消えた。目ばかりが、妖異に輝いている――まるで目の奥底に引き込まれるような、黒い光であった。

「雨、降らん」

と段蔵が一言いうと、屋根を叩く雨音が聞こえてきた。降雨の音はしだいに大きくなり――戸の外からは地表に飛沫《しぶ》く雨音が、小豆《あずき》でも降っているのではないかとおもわせるほど、激しく聞こえてきた。

「ほほう、幻戯《めくらまし》の法か。それとも、ただ云い当てての事かな」

雨の降り出す事を、段蔵がいち早く察知して言葉にしたものか、それとも神通力によって雨を降らせたものか、天怨には判《わか》らない。しかし、いずれにしても驚嘆させられた。段蔵は表情を和《やわ》らげて、相手を視ている。その口許の笑みには、皮肉が含まれていた。

「まだぞ、御坊。其《そ》れ、此処《ここ》に雷をひとつ落として進ぜよう――」

と段蔵の手が、印契《いんげい》を象《かたど》った。左の掌《てのひら》を上にして大指《だいし》、中指《ちゅうし》を曲げ合わせ、残る指を揃え、右の掌を前に開いて、大指を内がわに折り、頭指《とうし》は第二関節から折り曲げている。火天《かてん》印契の形であった。

「オン・アギャナエイ・ソワカ」

と真言を呟《つぶや》いた。天怨は段蔵の目に吸いつけられている。

「三つ。――われが数えあげれば、御坊の目も眩《くら》むばかりの稲妻がこれへ落ちる。一つ……二つ……三つ」

利那《せつな》、凄《すさ》まじい光りの槍《やり》が天井を貫《つらぬ》き落ちて、囲炉裏のうえの鍋を打った。轟音《ごうおん》がひろがり、柱が揺《ゆ》れていた。天怨は吠える虎のように口をあけると、大声で笑いはじめた。腹の底から、楽しんでいるようだ。

「見事よ、伊賀の男――」

雷はなかった。段蔵の術が、幻をみせただけのことである。外の雨音が、心地よく耳に響いている。

「面白いやつじゃ。其《そ》れが術法を活かさぬ手はないぞ」

天怨は喉《のど》を撫《な》でられた猫のように目を細め、囲炉裏越しに坐《すわ》る男の表情ひとつひとつを選《よ》るように眺めている。膝《ひざ》を叩《たた》いた。

「如何《いかが》じゃの。先刻目にした女のことよ。死んだ稚児《ややこ》を腕に抱いた女の姿を、よう思い返してみなさるとよい――あれがこそ、今の世の姿というもの。百年が戦乱の末に生まれきたるは戦の子ばかり。これが平均《へいぎん》をもたらすなどとは、そも無理な話しじゃて。京に上《のぼ》れば、さらにも酷《ひど》きを観《み》たるわ」

「飢《う》えか」

「うむ。腹の空きたる餓《う》えばかりでのうてな……乱世の治まるを知らずば、なお酷い事になろう。おぬしが法も、世に仕えるものと考えてみられよ。幽鬼《ゆうき》が如く、現世を彷徨《さまよ》うてみても、何も得ず、ましてや誰《たれ》ぞに与える物と持ち得まい――いずれの大名に仕え、其《そ》れが術を全うしてみなされ。必ずとや、次の道は拓《ひら》ける」

「かもしれぬな。が、忍びの教えは、ちと違《ちご》うてな」

「勇名、功名を求めずの戒《いまし》めを申されるか――？」

と天怨は問《と》うた。段蔵は表情を曇《くも》らせ、

「人の運命《さだめ》と申すは変えられぬ。――こと忍者《しのび》に至っては、幼少のころに、芯《しん》まで其《そ》れに染められるものだ。熱い鋼《はがね》を打ち、刀を作るに似ておってな。無法《むほう》な力をかければ、折れる。それだけだ」

その声音《こわね》はまるで墓碑《ぼひ》を読むが如くに暗く、記憶の底から語りかけてくるようであった。

「待たれや、待たれ。そうと決めつけるも早かろう」

「…………」

「この坊主の話しに、耳を貸すつもりは御座るかな――？」

「先《ま》ずは正直を申されよ」

段蔵の目が、相手の睛《ひとみ》を射抜いた。何と鋭い眼であろうか――天怨は言葉を失った。雨の音が、静寂《しじま》によく響いていた。

「貴僧が旅をなされておるは、仏道のためではござるまい」

「はて、何を申されたいか」

「とぼけるぞ、天怨どの。会《お》うたときから、血が臭《にお》うてござるわ」

天怨の顔から、笑顔が消えた。

「――して、人のひとりも殺しておろう筈《はず》じゃ。方々国を巡り間者《かんじゃ》を育て、盗み殺しを働くに留《とど》まらず、一揆煽動《せんどう》を働く忍びが事よ。貴僧の正体と申すわ、渡《わた》り衆とみた。如何に」

この天怨、段蔵が言い当てた通りの男――はたして「渡り透波《スッパ》」であった。

「成る程、鼻も利いてか。しかし、われが殺生《せっしょう》もまた、民衆が為《ため》よ」

「笑止《しょうし》。殺生に、理由は知らぬわ」

天怨は言葉をのんだ。色を失ったその目が、段蔵のわきにある刀をちらと視《み》た。この男の刀技は計り知れない――が、仕合って適《かな》う相手ではないと覚《さと》ってもいる。段蔵の幻術の見事さ、であった。おそらく伊賀者の内、あれだけの術を適《かな》うとなれば、剣の腕も悪くはあるまい。

（まるで隙《すき》のない男よ）

二人は押し黙ったまま、相手の出方《でかた》を待っていた。

段蔵が相手の正体を見破ったのは、忍び特有の嗅覚《きゅうかく》のおかげである。剣の達人こそが、優れた兵法者《ひょうほう》と構《かま》い合ったときに知る、察気《さっき》のようなものであった。ただ、本の名は知れず、「渡り衆」とだけしか分からない。当然である。しかし——天怨と名乗る、この男こそ——伊賀は百地丹波の屋敷から秘術書を盗みだし、忍者籐七郎を殺したうえ、その下忍であった銀兵衛の左手の指を落とし、笹児を幻術にかけて遁《に》げ去った、赤兵衛こそが実の正体であったのだ。あるいは「東夭坊《とうようぼう》」と云ったほうが段蔵には少なからずも、馴染《なじ》みがあろうか——天文三年の冬のある日、河内石川の廃寺で、捨てられた赤子であった段蔵を拾いあげたのが、この男なのである。天怨も、その赤子がいま目の前にしている男だとはまるで知らない。奇異なる縁の事であった。これこそは、神のみぞ知る所業であり、人の道にあってはこれを不思議の事としかみないであろう。人が歩く道程《みちのり》というものは、果たしておもうよりも狭《せま》く、そして短いものなのだ。

段蔵が突如として、笑い声をあげた。

「気を休められるがよかろう——それがしは、国の伊賀衆に追われる天涯孤独の身の上。貴僧が正体、渡《ワタリ》と知り得たところで、斬って命を盗る理由は、露《つゆ》ほどにも持ち合わせてはござらん」

「ほほお。すると、そこ許《もと》は抜《ぬ》け忍《にん》か。それとも、反《そ》りか」

天怨がいう「反り」とは、反り忍（裏切り者）の事である。段蔵の顔に、わずかな怒気がみえた。

「知れたこと。それより貴僧は、我が法術に何をさせようというのか。密通か、暗殺か――」

「いずれにあらぬ」

「これはまた、笑止な……渡は人のこころを拐《かどわ》かし、逆賊の道を通じたるが事、務めと知る。いずれの者に恃《たの》まれたものかは知らぬが――およそ、尾張の織田を封じるが策を、手配《てくば》ろうとしておるのであろう。御坊、如何《いか》にや？」

「さすれば、耳を貸すか」

「いや」

と段蔵は、皮肉な笑みを口許に泛《うか》べた。

「であろうな……」

「しかし、貴僧の言葉に目が開《あ》いたわ。仕官《しかん》もよい」

快活な口調であった。段蔵は刀を手にして座を立つと、

「馳走《ちそう》であったぞ、礼を申す。御坊とは、いずれ合う事もあろう――説教の残りは、そのときにでも頂戴《ちようだい》する」

御免《ごめん》、といって段蔵は戸へむかった。

「もう行きなさるか。まだ雨もやまぬぞ」

天恕の声を背に聴いた。

「うむ——夜明けには、ここを離れたい」

「いず方に参るつもりじゃ？」

「龍が見たい。かなえば、仕官する」

段蔵が戸に手をかけたが、天恕は名残惜《なごりお》しそうに話しかけてきた。

「それそこの簑《みの》でも、着てゆかれよ」

「不要の事」

がらりと戸をあけると、果たして外の空気は乾いていた。雨など、一滴も降っていない。すべて、段蔵の術であった——天恕は雷の幻戯こそ暴《あば》きはしたが、しばらく耳に聴いていた雨音がまさかのこと、段蔵の術による幻聴だとはついぞ暴けなかったのである。

(何と、おそろしい術を使うものじゃ)

天恕は囲炉裏のまえに坐ったまま、開いた戸の外を唖《あ》然とした目で視《み》ていた。涼しげな夜風が吹いている。空の雨雲は、すっかり消えていた。段蔵は美しい月の光の下に立ち、天恕を振りかえった。

「御坊、用心召されよ。上野《こうずけ》の道々には、渡の衆を敵と覚える、伊賀の者らが伏せておる——貴僧の懐刀など、伊賀者を相手には何の役にも立つまいて。その首を刎《は》ねられぬよう、しかと用心召さるることだ」

段蔵は云うと、月の光りの外に足を踏みだし、闇のなかへと消え去った。天恕はしばらく、開いた戸の向こうを観《み》ていた。

「小癪《こしゃく》に障《さわ》る、小僧じゃわい」

云ったとき、背後の闇から影が四つ現れた。

天恕におなじく、出家姿の坊主たちである——この四人は先刻から物影に潜んで、おのれが気配を闇に殺し、天恕と段蔵の声を聴いていた。段蔵が言い残した「懐刀」とは、この四人のことである。渡り透波は、まさに渡り鳥のように群《む》れて動《うご》く。段蔵は天恕のことを渡《わたり》と察知《さっち》したとき、すでにこの四人の気配に気づいていた。

この者ら、

「四鬼《しき》」

という。渡り衆の鬼ども——金鬼《きんき》、風鬼《ふうき》、水鬼《すいき》、隠刑《おんぎょう》（形）鬼《き》であった。その古《むかし》、忍者の祖のひとりとして知られる「藤原千方《ふじわらのちかた》」が操《あやつ》ったという、四人の鬼（「藤原千方ノ四鬼《よんき》」）どもと、おなじ名乗りであった。「太平記」の巻十六「日本朝敵《てうてき》の事」にあるこの四鬼、「古今和歌集序聞書三流抄《ききがきさんりゆうしよう》」のなかにもあらわれる。

彼《かの》千方ハ四人ノ鬼ヲ使フ。所謂《いはゆる》、風鬼・水鬼・金鬼・一鬼（隠刑鬼）ト云《いふ》。此《この》鬼ドモ箭刀《やかたな》ヲ恐レズ。

と云い、さらに

風鬼ハ風ト成テ敵ノ陣《じん》ヲ吹破《ふきやぶ》リ、水鬼ハ水ト成テ敵ヲ流シ失《うしな》フ。金鬼ハ身ヲ金ニシテ箭《や》モ刀モタタズ。一鬼ハ数千騎ガ前ニ立テ勢ヲ立隠《たてかく》シ、各カクノ如《ごと》ク徳アリ。

――とある。

まさに、鬼そのものであった。

はたして、この四人の男どもも――まさか藤原千方に仕えていたものではあるまいが――いずれも形《なり》こそは坊主であったが、人相はまさに「化生《ばけもの》」であった。

金鬼《きんき》の面には、額《ひたい》から右頬《みぎほお》にかけて刀傷が肉を抉《えぐ》っており、水鬼《すいき》は身の丈が六尺、蒼白《あおじろ》い顔をして、目が死んだ魚のように虚《うつ》ろである。剝《む》きだした歯は、棘々《とげとげ》しかった。風鬼《ふうき》は岩のような厳《いか》めしい風貌《ふうぼう》で、髭をはやした顎《あご》には鏃《やじり》の刺さった跡が三つあり、そこだけが醜《みにく》く禿《は》げている。隠刑鬼《おんぎょうき》は眉細く、切れ長の目をした美男子であったが、亡者のように影が蒼《あお》い。まるで、土の下から這い出してきた死人を見るようである。

この四疋《よんひき》の鬼たちは、天怨の傍《かたわ》らに立って、開いた戸の外を凝《じ》っと睨《にら》んでいた。いずれの目にも、飢えた獣にも似た殺意が泛《うか》んでいる。金鬼が腰を折って、囲炉裏のまえに坐《すわ》っている天怨の耳元に言葉をかけた。

「道人《どうじん》。あれを追いまするか――」

「いや。放っておくもよい……いずれ越後の手に付く事とあらば、あの者は密通に使える」

云った天怨の睛《ひとみ》には、四鬼さえも凍りつくような殺意が満ちている。いまの男を殺すべきであったか――などという考えが、心中に渦巻《うずま》いていた。殺人をおもうなど、しばらくなかったことだ。

本能である。さきほどまで相手にしていた無名の男の軀《からだ》に伊賀を臭《にお》い、古傷がひらいたかのように、忘れていた闘争心というものが頭をもたげたものであろう。

(伊賀めが……)

天怨は鬼どもを坐らせ、酒の支度をさせた。渡り透波に身をやつして数十年が経っている。天恕こと赤兵衛は、いまやすっかり伊賀の臭いは抜け落ちて、鞘《さや》を失った抜き身の刀のような男となっていた。国の意思では働かず、我が術だけを恃《たの》みとし、戦国の世を渡っているのである。それこそが忍びの道である、と赤兵衛はおもっていた。一方で、

（いまの男よ）

我が術を誇《ほこ》る赤兵衛でさえ、段蔵の幻術には惑わされたのだ。われが畏《おそ》れるべきは、伊賀なのかもしれぬ——赤兵衛は酒を口にすると、とおい記憶に心を浸《ひた》しはじめた。百地丹波の屋敷から秘術の書を奪った日のことが、まるで昨日の事のように思い出される。上忍に飼われた犬畜生のような日々の記憶は、酒の味までも苦くした。

その翌日、天恕たち渡り透波は信濃へとむかった。ときに永禄七年、九月末《すえ》のことであった。

一方、

——加藤段蔵は、越後春日山の城下に近寄っていた。

龍の懐

ふるくは鉢《はち》ヶ峯《みね》とも呼ばれていた。

春日山

――のことである。

ちかくを関川が流れ、この河口に直江津《なおえつ》がある。日本海に面したこの直江浦《うら》は古くから要港として栄え、海岸沿いに西へ一里足らずの地には、上杉輝虎（謙信）が円通寺《じ》跡に再興した五智国分寺《ごちこくぶんじ》が建っている。関川流域にひろがる平野を「高田平野」といい、この地こそは日本有数の米処《こめどころ》であった。

この高田平野に鉢を伏せたような独立峰が、春日山である。この山の起伏をなぞるようにして、城が建っている。

春日山城

という。

越後の龍がこと、上杉輝虎の居城である。天然の要害にして巨大なる塞《とりで》であった。段々状に曲輪《くるわ》が設《もう》けられ、山頂部分には三の丸、二の丸、そして本丸と連《つら》なっている。輝虎存命中に、この城は一度として攻められたことはない。

山の麓、東南の方角に町が拓《ひら》けていた。

肥《ふと》い松の木が枝をひろげる辻《つじ》があり、かどに男が立っていた。旅汚れた墨染衣を着て、襷《たすけ》をかけ、腰に一本の直刀を差している。総髪にして、眼光が虎のように鋭く、口許には笑みがこぼれている。

この者、——加藤段蔵である。

十数人と集まった人々をまえにして、音吐《おんと》朗々《ろうろう》と口上をのべていた。

「これなるは、常陸《ひたち》の霊峰《れいほう》筑波の男体山《いざなぎのやま》から授《さず》かりし、天界の剣《つるぎ》にてめずらかなるは天羽々斬《あまのはばきり》とも申し候えや、さあ観《み》ざれ、聴《き》かざれ——」

と両刃造《づくり》の剣を衆目のまえにかざしながら、手で刃の面を叩くと、耳に冷たい音が響いた。見物人たちのいずれもが、段蔵の目と、このめずらしい形をした剣の刃を交互に見比べながら、これから始まる芸を未《いま》か未かと心待ちにしている様子である。

と——。

段蔵が、剣を空《くう》に放った。

両刃の剣は、日差しに輝きながら頭上を舞い、二間《けん》とあがり、さらに天をついたあと逆さになって、切っ先を段蔵にむけながら、真っ直ぐに落ちてきた。

「あっ」

と見物人らが息を呑んだ。垂直に落下してくる剣の先が、段蔵の額《ひたい》のまえでぴたりと止まったのだ。段蔵のひとさし指が、剣を受け止めていた……指の腹に、鋭い切っ先が乗っている。段蔵は指のうえに剣を立てたまま、胸の高さまでゆっくりとおろした。剣は倒れない。段蔵のあいた手が剣の柄を握り、受け止めた指が衆目のまえに晒《さら》された。

血の一滴も出ていなかった。

見物人は手を打って、喜んだ。さらにこの幻伎師《げんぎし》は、両刃の剣を高々と持ちあげると、刃の先をおのれの口へとむけた。そのまま口をひらいて、剣の刃を垂直に落としはじめた。衆目は一斉に、「何をされるや」と肝《きも》を冷やし、固唾《かたず》を呑んで見守っている。剣の切っ先が段蔵の歯にあたり、音が鳴った――まさかとおもいきや、段蔵は剣を呑みこみ、ついには柄を摑《つか》んでいた手首までもが、口の中にはいった。段蔵が口から手を抜くと、つい今《いま》し方《がた》まで摑んでいた剣は、すでにない。腹のなかに、落としてしまったのである。段蔵は胸を叩いて、舌を出した。

「かの剣のゆくさきを知りたければ、明朝、我が糞《くそ》のなかを探されたい」

見物している女たちは顰面《しかめつら》をしていたが、男たちは手を叩いて笑いながら、松の木の根もとに置いてある笊《ざる》のなかに鳥目《ちょうもく》を投げ入れ、あるいは米をいれた竹筒や野菜を置いて、見物料をはらった。中には段蔵の傍らに立って、仏前のように手を合わせて拝《おが》む者すらある。このうわさはすぐに、城下に広まった。

あすこの辻に、また出たらしい——。

と三日後、人だかりのする辻に、また幻伎師段蔵があらわれた。

段蔵は、辻かどに建っている屋敷の築地《ついじ》塀《べい》のまえへ、牛を一頭引いてきている。衆目はいずれも、仙人を観るような目つきであった。段蔵は衆目の望みに応えるかのように、威風堂々たる足運びをする。ただ、着衣はうす汚い。それがまた、見物人たちの目には、魂《みたま》の清さ故《ゆえ》の事であろうとも映るのだ。人のうわさや、想像力というものは恐ろしい。この数日にわたる段蔵の芸によって、衆目はすっかり術中にあった。そしていま、段蔵が引いてきた牛さえもが、天界から連れてこられた御神体とさえ見えるのであった。ただの牛である。が、煌《きら》びやかな大総《おおぶさ》が付けられ、角《つの》に垂《しで》がさがると、霊験灼《あらた》かとおもえてくるから不思議なものだ。

集まった人の数は、倍と膨《ふく》れて、なかには武士の姿も混じっている。うわさのひろがりは城下に留《とど》まらず、春日山にも届いたものらしい。

「さて――」

と段蔵は牛を引いて、背を叩いた。

「いまから、この牛を一呑《ひとの》みに致す。先ずは、これへ」

五歩とまえに進み出ると、手にしている青竹で地をこつこつと三度叩き、見物人たちの視線をあつめてから、地面に弧《こ》を描いた。

段蔵の声は抑揚《よくよう》をつけながら、長々と真言《しんごん》を唱えている。人々は、その声を唄のように聴いていた。香りがした。甘く、眠気をさそうような芳香《ほうこう》である。段蔵が場中《ばなか》に引き入れた牛の背の裏がわに、香炉がさがっている。衆目には、見えていない。香炉から漂《ただよ》う煙りは、見物人たちを白日の夢のなかへと誘《いざな》う香りであった。

「それへ、立たれよ」

段蔵の声に誘われ、見物人たちは地面に描かれた弧線まで進み出ると、爪先《つまさき》をそろえて線上に立った。

「われを見よ」

見た。衆目が、黒衣の男の姿にあつまった。すると段蔵は、牛のまわりを一度、そして二度とまわってから、牛の尻のまえで立ち止まった。牛の尾を手にとって、顎《あご》の高さまで持ちあげる。と、口に入れた。つぎに段蔵は、尻尾を口にくわえたまま、牛の後脚《うしろあし》に手をかけ、右脚を呑みこんだ。人々はただ呆然《ぼうぜん》として、段蔵が見せるこの奇怪な所業を眺めている。何と、奇特《きどく》な事であろうか——いまや段蔵は牛の尻を口のなかに吸いこみ、下腹を持ちあげて、背を呑んだ。

とそのとき、

「あれや、お侍。唯今《ただいま》牛を呑みたると見えしは、背に乗り侍《はべ》っておるだけじゃ」

声が降ってきた。

松の木のうえからである……その声に、衆目が目を覚ました。はたして声の云う通りであった。幻師《げんし》は手に黒布をつかんで、牛の背に跨《またが》っているばかりである。これは、何とした事であろうか。見物人たちは、夢から醒《さ》めたような顔をして、牛の背に乗っている段蔵を眺めていた。

段蔵は牛の背から降りて、声がした方角に視線を向けた。松の高枝に、男が腰をかけている。にやにやと薄笑《うすわら》いを顔に泛《うか》べて、こちらを見下ろしていた。覚えのある顔である。額がやけに広く、鼻がつぶれたように小さかった。眉《まゆ》は濃く、片目ばかりが大きい。まるで火男《ひょっとこ》のような面であった。

ちつ、

と段蔵は舌を打った。思いもよらぬ邪魔が入ったものだ。

（煩《うるさ》いやつめ――）

松の枝に坐《すわ》っていた男は、京の夜に凍《こご》え死んではいなかったのである。どこから追ってきたものかは分からない。それよりも段蔵は、術に水を差されたことに腹を立てていた。男を睨《にら》みつけた。松のうえにいる男は、風魔捨吉《すてきち》の子――雉丸《きじまる》であった。

「ただの術じゃ。盗人の術じゃ」

と高みから、雉丸が声を荒げて、牛の傍らに立っている段蔵を罵《ののし》った。無理もない。段蔵に騙《だま》された。京の冬の夜に放りだされた上に、凍死するところであったのだ。

ぺっ、

――と唾《つば》を吐いた。唾が段蔵の着衣にかかったのを見て、満足そうに笑った。

「降りて来《こ》よ」

段蔵は怒気を露《あら》わにして、雉丸を叱《しか》りつけた。

「否《いや》な事じゃ。わしは、二度も騙されぬわい」

段蔵は声に背を向けた。

術が解《と》けて、ただ唖然とこちらを見ている人々のまえに立ち、

「詫《わ》ぶる事の待たれたい。いまひとつ――」

と段蔵はおのれの懐中から、小さな黒い種を取り出した。天道虫《てんとうむし》ほどの、小さな種である。片手にある竹筒で地面に穴をあけると、その種をおいて埋めた。次に両手を結んで、水天《すいてん》印を象《かたど》った。

「オン・バロダヤ・ソワカ」

と真言を唱えはじめると、種を埋めたあたりの地面から、淡《あわ》い緑いろをした芽がふいた。見物人たちは、突然のことに「あっ」と息を吞みこんだ。段蔵はさらに懐から扇《おうぎ》を取り出し、地面から頭をもたげた植物の芽を仰《あお》いだ――と、芽は二葉をひらき、見る間に蔓《つる》がのびあがって、天辺に蕾《つぼみ》がふくらんだ。蕾はさらに膨張し、割《さ》けて、鮮やかな夕顔の花が咲く。

「おおっ――」

場が、どよめいた。水けもない地面から、突如として夕顔の芽が吹き、あっという間に花を咲かせたのである。さらに夕顔の蔓《つる》が、またひとつ膨《ふく》よかな蕾《つぼみ》をつけた。刹《せつ》那《な》、段蔵が腰の刀をつかみ、抜刀した。

「えいっ」

と掛け声を放ち、その蕾を切り落とした。それと同時であった――聴衆の目のまえに、ぼたりと人の「首」が落ちた。

段蔵は刀の血を払い、鞘におさめた。一連の動作に続くかのように、松の木のうえから、首のない雉丸の胴体が血をふきながら落ちてきた。衆目は、地面にころがっている生首《なまくび》を、食い入るように見つめている。切り落とされた雉丸の首は、苦悶《くもん》に醜く口を歪《ゆが》めている……気がつけば、牛一頭と段蔵の姿が消えていた。夕顔の花も、どこにも見当たらない。

辻には、人の生首とその胴体が、ころがっているだけである。

まさに、白日夢であった。

ただ一人の男が――段蔵のあとを追っている――上杉氏家臣にして御馬廻年寄分《おうままわりとしよりぶん》の衆《しゅう》である山吉豊守《やまよしとよもり》の家に仕えた、新田権左衛門《あらたごんさうえもん》という男である。槍術《そうじゅつ》の達者であった。が、いまは槍《やり》を持たず、脇差しを腰に帯びているだけだ。権左右衛門は町外れで段蔵に追いつき、背後から声をかけた。

「やおれ、待たれい」

段蔵の足が止まった。牛も脚を休め、口から涎《よだれ》を垂らして地をぬらしている。権左右衛門は十歩と距離をおいて立ち、脇差しをつかんでゆすった。

「われは新田権左右衛門と申す」

慇懃《いんぎん》に名を語って、目で一礼した。

「いまの仕様《しざま》は何とされよう」

「はて、夕顔の花が事に御座りましょうか。それとも、牛を呑み損じたことを詫《わ》ぶれよと申されまするのか」

「ちがう、首じゃ。おぬし人を斬ったであろう」

「と、見受けられましたるや――？」

「ぬっ」

権左右衛門は言葉をつまらせた。見たのは、この幻師が夕顔の蕾を切ったまでであった。あとに生首が落ちてきた。段蔵は静かに御辞儀をすると、

「あれは北条乱波の者に御座る」

と一言を添《そ》えた。

「なにッ」

「風魔の手の者と申し、名を雉丸と称す一族《やから》に御座りますれば――」

「斬った、というのじゃな」

段蔵はうなずいた。

「してや、そこ許《もと》に話しがある」

と権左右衛門は、うわさについて話し出した。近頃《ちかごろ》、この春日山城下に出没し、数日と幻術を披露している事、そして何よりも「鳶《とび》加藤」こそが貴公《きこう》の名乗りであろうと訊《たず》ねた。段蔵が考えていたよりも、うわさは真実をついて、この男の耳に入っていたものらしい。権左右衛門は、さらに術を別の場所でも披露して欲しいと云った。

「はて、それはいずれにて仕《つかまつ》らば、宜《よろ》しきかな」

「本城。――春日山城よ」

段蔵は畏れ多いと云わないまでも、深々と頭を下げた。

(掛かったわ)

段蔵の謀術であった。派手な芸を町辻に見せれば、必ずや城のうえから声を誘い出せると踏んでいたのだ。的中した。段蔵が快《こころよ》き事と返答をすると、権左右衛門は力強く唸《うな》ってから、登城するまでの当面を、宿には我が主の山吉《やまよし》屋敷をつかわれたいと申し出た。段蔵は、

「それは有り難きことにて」

と礼をいうと、牛を曳《ひ》いて歩き出した。

「やおれ、何処へ向かわれようか――？」

権左右衛門の声が、慌《あわ》てた。

段蔵は牛を返してくる、という。この牛は、農夫から借りたものだ。ただの農耕牛であった。返したあとに屋敷へ参ると約束してから、段蔵は町を出て行った。

日が暮れかけている。

観れば西方、春日山は夕陽に血を浴びたが如く、赤く染まっていた。


十日後《のち》の、ことである。

加藤段蔵は、ついに登城した。

春日山城において、上杉輝虎と謁見する運びとなったのだ。朝霧の抜けきらぬ山麓《さんろく》まで、歩いた。

段蔵は、山吉豊守《やまよしとよもり》とその家人の新田権左右衛門、香取弥平太《かとりやへいた》の三人に連れられている。まるで、罪人の護送のようである。山吉豊守を先導にして、段蔵が背につづき、権左右衛門と香取弥平太が両脇をかためている。いずれも、太刀を帯びている。

大手門をくぐった。

段蔵は上杉輝虎居城の敷地に足を踏み入れると、先《ま》ず、深く息をした。さすがに、気が張りつめている。ここで仕損じれば、後がないであろう。この門よりさき、いずれにみる顔も龍の家臣どもである。主君《しゅくん》の声一つで命をとられる危険性が、段蔵には絶えず付き纏《まと》うのである。空気さえもが、肌を刺すほどに冷たい。朝というばかりが、この空気を凍らせているものではないだろう。山頂にある本丸から、城主の気《け》のようなものが流れ漂《ただよ》いながら、降《お》りてきているのだ。

山吉豊守が、段蔵の腰の辺《あた》りを指さした。

「その柄物《えもの》は、此処《ここ》で預かりおく」

と段蔵は、腰から忍び刀を鞘《さや》ぐるみに抜くと、傍らに立っている権左右衛門の手にわたした。さらに香取弥平太が、表情のない狐面《きつねづら》を近づけてきた。段蔵の着衣をさぐり、襟《えり》もとをつかんで裏返しにした。忍びは常に、身体のどこかに武器を隠し持っているものだ。香取はその事をよく知っている。この上杉氏にも、「軒猿《のきざる》」という衆があった。用心深く、小賢《こざか》しい者たちだ。

はたして段蔵の上衣の襟の裏にも、隠し袋があった。案の定、筆型をした棒手裏剣が収まっている。これを抜き取った。袖《そで》の内側には息討器《そくとうき》（目潰し）が入っている。脚絆《きやはん》にも棒手裏剣が二本と隠され、いずれも取りあげた。山吉豊守は、つぎつぎと出て来る忍びの武器の一つ一つを、あきれた顔でみていた。すべて門番にわたすと、

「門を出れば、かえせ」

と権左右衛門が口添《くちぞ》えをした。

（この門を出られるならばな。――）

段蔵は裸も同然であった。武器はあとわずかに、己自身が残されたばかりである。それだけで、この上杉の兵《つわもの》たちと渡り合えるはずもない。段蔵のような異相者《いそう》が、門をくぐって登城するのは、決死の覚悟が要《い》る。

一行は大手門から、さらに但馬《たじま》谷と呼ばれる谷筋を登り、幾重《いくえ》にもかさなる柵《さく》を通り抜けて、朝霧《あさぎり》の漂うなかを本丸へと向かった。

通されたのは、取次《とりつぎ》の間《ま》である。段蔵たちは半刻を待って、いよいよ対面の間へと案内された。

山吉豊守が上座にむかって座中央に坐り、その背後に加藤段蔵、さらに背後左右と分かれて新田権左右衛門、香取弥平太の両名が、この幻師が遁《に》げぬようにと退路を防ぐように坐っている。

下座《しもざ》には、輝虎直臣《じきしん》の吉江喜四郎資堅《すけかた》が坐って、憮然《ぶぜん》と座中の段蔵を観ていた。この吉江資堅という男、もとは近江国の出身であり、輝虎に召し出されて越後へきた人物である。

と、――上段ノ間に小姓二人があがりこみ、茵《しとね》を敷いた。

茵の横には刀が置かれる。未《いま》だ上段の席は空であった。しばらくすると、廊下側から直江大和守景綱《なおえやまとのかみかげつな》があらわれた。体軀しっかりとして、鬢《びん》の毛が長く、いかにも猛将といった面構えをした漢《おとこ》である。奉公職としては、本庄実乃《ほんじょうさねより》、河田豊前守長親《かわだぶぜんのかみながちか》（資堅に同じく、近江出身）と共に、越後上杉氏の行政において機構中枢《きこうちゅうすう》を担《にな》っている人物である。

その景綱と一緒に、児小姓《こごしょう》が入ってきた。飾りのある大振りの太刀を抱えて、慇懃《いんぎん》に上段ノ間にあがり、太刀持ちとして奥に坐った。景綱は下座に腰をおろし、

「御屋形《おやかた》様、御目通《おめどお》りにあらせられる」

と柱も響くような声で云うと、床に拳をつけ、上段ノ間にむかって頭を下げた。他の者らも、景綱にならって頭を伏せた。足音がした。衣ずれする音が、上段ノ間にあがった。誰も見ない。ただ床板に目を落とし、肩に気配を畏れるばかりである。

上段ノ間に敷かれた茵《しとね》のうえに——音が、坐った。

先ず景綱が頭をあげ、吉江資堅、山吉豊守とつづいて、段蔵以外の者がしずかに面《おもて》をあげた。

「その男か？」

と上段ノ間から、声が降ってきた。山吉豊守は顎《あご》を引いて、

「左様に御座りまする……」

応えると、一同は座中で頭を下げたままの「異相者」を注視した。

「箕輪《みのわ》の長野業正《ながのなりまさ》のもとに居ったと聞く」

声を耳にして、段蔵はさらに頭を下《さ》げた。太く響きながら、透《す》きりと通った声の持ち主であった。

「孫次郎（山吉豊守）よ、腕はたしかか——？」

「はッ。見受けましたる処、名人と申してよいかと」

「ふん……名乗りを『鳶加藤』なぞと申すそうじゃの。直答《じきとう》許す、本《ほん》の名を申せ」

段蔵は未だ顔を伏せたまま、

「加藤段蔵と申しまする」

と静かに応えた。すると、下座にある直江景綱が、

「頭《かしら》をあげて応えよ」

と強い語気で云った。段蔵は折っていた腕を伸ばし、ゆっくりと頭を持ちあげた。

はたしてそこには、龍の姿があった——数珠《じゅず》を片手に握り、法衣《ほうえ》を着た男が上段ノ間に坐《すわ》っている。法衣のうえには金襴《きんらん》の袈裟《けさ》をかけ、頭には黒い行者烏帽子《えぼし》をかぶっていた。福与《ふくよ》かな頰《ほお》をして、無精髭を生やしている。目はきれ長にして鋭く、黒い睛《ひとみ》はまさに龍であった。段蔵は、おもわず目を伏せた。

（この男が……）

越後の龍、上杉輝虎であった。関東に侵攻する北条軍を相手に疾風の如く戦い、川中島においては武田信玄と五度に渡って戦った北の軍神、越後の毘沙門天《びしゃもんてん》である。

人の風聞《うわさ》とは、如何に曖昧《あいまい》としたものであろうか。段蔵も、聞き伝えによって想像していた上杉輝虎という男を、猛々《たけだけ》しい大男にして、背に火を負い、あるいは大和興福寺の南円堂《なんえんどう》に観るような四天王像さながらに厳《いか》めしい顔をしたものだと思っていたのだ。が、いま目前にある男は、背は五尺余りの涼《すず》やかなる「人」であった。実際というものは、ときに人の想像に及ばない——しかし、段蔵は外見にも増して、この上杉輝虎なる男から発せられる内なる気迫に、目も向けられなかった。

目に見ずとも、上段ノ間に坐る男の全身から漂う気配《けはい》が、段蔵を圧倒している。異様なまでに熱い気を発する漢であった。これが大名であろうか——段蔵は、別の匂いを感じとっていた。これまで各地と巡ったさきで出合った「山岳修験者」にも勝るとも劣らぬ気力が、この男の坐る辺りから出ているのだ。さらには、護摩《ごま》が強くにおっている。

（ただならぬ男よ）

段蔵は黙した。と——、先刻から下座にいる吉江資堅が、口をひらいた。

「その方、術者とな」

「如何にも」

段蔵が吉江の目をみて、簡潔に応えた。吉江はつづけて、

「いずれに学ぶか」

と訊ねた。

「忍びが兵法は伊賀流にて。のちに山岳修験《さんがくしゆげん》で呪術に通じ、飯道山伏《はんどうやまぶし》が下で魔性に交わりては幻術を覚《さと》りたるのち、天狗道《てんぐどう》を修め、都盧尋橦《とろじんとう》、衝狭《しようきよう》、燕濯《えんてき》、僊倡戯《せんしようぎ》などの幻伎仙術《げんぎせんじゆつ》をこれに会得しておりまする」

「ほう、地獄を巡ったが如く申し様じゃの」

とそのとき、上段ノ間にある輝虎が身を傾《かたむ》け、声を投げてきた。

「呑牛《どんぎゆう》と称す、奇異なる術をつかうと聴いたが、それも外道《げどう》の法か」

針でちくりと刺すような、痛みのある言葉であった。外道という——確かに、そうかもしれぬ。段蔵は顔を明るくし、

「畏《おそ》れながら」

と返事をした。輝虎の龍のような黒い睛が、段蔵を真っ直ぐに視ている。

「どの様な術ぞ」

「牛を一頭、その尻から呑みまする――」

「牛を呑むか」

輝虎が、笑った。高らかな笑い声である。場に張りつめていた緊張の糸が、この輝虎の笑い声で切れた。

「それも幻戯《めくらまし》になるか」

「左様に」

「面白い――それで、我が城下で何をしておった」

いよいよ核心をついてきた。段蔵を視る目つきが、砂のなかの金を選《よ》るように鋭くなっている。段蔵はわずかに頭を下げると、

「願わくばの事、御屋形様の下《もと》において、我が術なるを御役立て戴きとう御座りますれば――」

「仕官に参ったと申すのじゃな」

「無躾乍《ぶしつけなが》ら」

「その方の術、我が武略《ぶりやく》に何ぞ適うのであろうな。牛を呑んでみせようとも、戦には何ほどの役にも立つまいぞ」

「申しあげますれば、我が術の本《もと》なるは、そこにはござりませぬ。いずれの国や城、

陣屋《じんや》にも自在に忍び入る、それが為の業《わざ》と申し上げましょう」

「ほう、云うわ――」

輝虎は左手に握っている数珠《じゅず》の珠《たま》を親指で弾《はじ》きながら、

「鳶加藤とやら、試《ため》しに今夜、直江大和守《なおえやまとのかみ》が屋敷に忍び入ってみせよ。さにしてや、帳台《ちょうだい》に立て置きたる長刀《なぎなた》を盗《と》ってみせい」

「御意」

と段蔵は頭を下げた。

「大和守、よいか」

「はッ。承りて候《そろ》」

と直江大和守景綱は返事をし、頭をさげた。輝虎の口許が笑っていた。

「鳶加藤とやら、よいか――是《これ》に仕損じたれば、大和守の家の者に、その羽をもぎ取られるものと心に留《と》めおくがよい」

段蔵は畏《かしこ》まりながら、直江大和守景綱の方にも会釈をした。龍が鼻息をついた。

「長刀を盗らば、明日《あす》ここへ持って参れ。そのほうを召し抱えるかどうか決めるは、その後の事ぞ」

「御意に」

段蔵の返事を聴きながら、輝虎は座を立った。

「豊守、明日またこの者を介添《かいぞ》えて参れ」

輝虎は一言し、上段ノ間を降りると、一同は平伏して君主の去るのを待った。段蔵は床板を凝視している。夢馳《は》せるようなその目が、遠くを見ていた。今宵、直江屋敷にいる自分《おのれ》の姿を思いうかべながら、にやりと笑った。

(造作《ぞうさ》もないわ)

すでに頭のなかでは、忍びの手立てが組みあがっている——問題は、如何《いか》に人を殺さずして、長刀を盗るかだ。

鳶参上

月がのぼった。

すでに直江《なおえ》大和守《やまとのかみ》景綱《かげつな》の屋敷には、屈強な男どもが顔をそろえ、見張りには抜かりがなかった。

屋敷の塀沿いに篝《かがり》が一間ごとに置かれ、つぎつぎと火が投じられていく——夜空に浮かんだ月の明かりが、屋敷の屋根を明るく照らし、さらに庭の隅々で篝火《かがりび》が燃え白《しら》み、闇を追い払った。これでは如何《いか》に名のある賊《ぞく》といえども、影を踏んで、こそこそと屋敷に入ることは適《かな》わない。

狗《いぬ》もいた。

名を村雨《むらさめ》という。

「逸物《いちもつ》である」

といわれた。この村雨なる狗のことである——あるとき、大和守が鹿狩りに出掛けた先で、気性の荒い猪《いのしし》と出くわした。両肩は瘤《こぶ》のようにふくれあがり、逆さまに牙をつきあげ、立てば身の丈が六尺はあろうかという大猪であった。村雨は、これに果《か》敢《かん》に挑んで喰らいつき、喉笛を噛みちぎった。大和守は難を逃れた。

ただでさえ、忍びの天敵は犬だといわれる。さにして、この村雨を裏庭に放しておけば、曲者《くせもの》が忍び入ったとしても、鋭く吠えたて、さらに人を噛み殺してしまうなどは造作《ぞうさ》のない事であった。

いずれの盗賊が現れようとも、目当ての長刀には指一本触れることは適うまい、いや——門をくぐることさえ出来まいよと、見張りの男たちはどれも得意げな笑顔で語りあっている。いずれも己の武勇を誇るようなきらいがあった。しかしそれも、盗人が外から来たとすれば、の話である。

段蔵は、すでに敷地のなかにいた。

未ノ下刻（午後二時半）、直江大和守の屋敷に応援の侍たちが寄せたとき、これに紛《まぎ》れこんだ。男らと一緒になって篝《かがり》を並べ、賊の進路を調べてまわった。段蔵にすれば、取りも直さず逃げ口の調べがついたことになる。あとは刻《とき》を待って、如何《いか》に長刀を奪うかであった。

夕暮れにもなれば、段蔵は見張り番の者らと一緒になって、支度された夕餉《ゆうげ》を食らい、談笑に興《きよう》じた。

「さても曲者《くせもの》、如何なる名人とも知らぬが、われの前に現れたらば、この手で引き捕《と》らえてくれようわ」

顎髭《あごひげ》を逆立てた男が、得意満面になって話すのを傍らで聴きながら、

「いやいや、このわしが貴公より先手に参って、その名人とやらを捕らえまする」

などと段蔵は愛想良くわらって、応えた。

(阿呆め。――)

陽も沈み、段蔵は納戸《なんど》に身を隠した。こちらこそは用意に抜かりがなかった。細引《ほそび》き縄《なわ》を用意し、撒《ま》き菱《びし》と目潰《めつぶ》しの粉、忍び刀と、さらには女中《おんな》に妖《ば》けるための着物をそろえ、村雨に食わせるために薬を仕込んだ団子《だんご》まで用意した。そして、すり替えるための模擬《もぎ》刀である。偽《にせ》の長刀は、屋敷に入るときから、堂々と担いできた。まさか、すり替えるためのものとは、誰も思わない――段蔵は納戸の天井板をあげると、屋根裏にひらりと舞いあがって、闇のなかに溶けた。

屋根裏にあがった段蔵は、音もなく梁《はり》のうえを這《は》い進み、柱を数えながら屋敷の間取りを調べ、目当ての長刀がおいてあるという大和守の帳台《ちようだい》(主人が寝室につかう室)のうえから、下の様子を窺《うかが》った。

すでに男たちが見張りに付いている。

この屈強の者ふたりは、鳴尾嘉兵衛《なるおかへえ》と高島玄馬《たかしまげんば》という剣の達者である。段蔵の目にも、他の見張り役とは心備えがちがうと知れた。厚い肩をいからせ、背をまっすぐに伸ばして坐《すわ》っている。膝横《ひざ》にはそれぞれ、刀を置いていた。無言である。

(これはちと、偽引《おび》く手も考えねばなるまいな)

段蔵は納戸へともどり、床下に潜《もぐ》って静かに夜を待った。

半刻《はんこく》と経《た》ったころ、篝《かがり》に火が焚《た》かれたらしく、木ぎれがぱちぱちと爆《は》ぜる音が、外から聞こえてきた。

すでに戌《いぬ》ノ刻であった。

月明かりを心強き味方として、番兵らは大声を掛け合っている。どの顔も、快闊《かいかつ》としていた。門の東につづく土塀のまえには、熊のような大男が立っている。顔の下半分は黒い髭《ひげ》に覆《おお》われ、身の丈が六尺ちかくもあった。胴巻きを付け、刺股《さすまた》を担《かつ》いでいる。仁王立ちになったまま、塀のうえを見上げながらと、

「曲者《くせもの》は、未《ま》だかっ」

と吠えるように、太い声を放った——この男が担いでいる「刺股」というのは、捕《ほ》獲具《かくぐ》である。長柄《ながえ》の先に二股《ふたまた》になった鋼《はがね》が付いており、その根もとには鉄の棘《とげ》が並ん

でいる。この部分で頸《くび》や腕、脚などを突いて捻《ひね》りあげ、相手を捕らえるのである。一見して、地獄の鬼の道具のようであった。さらには、棘を植《う》えただけの長柄を肩にのせている者もいる——これは「狼牙棒《ろうげぼう》」と呼ぶ刺股と同じ捕獲具であり——相手の着衣に鉄の棘を絡《から》みつかせて、取り押さえるものである。誰ひとりとして、手が空《あ》いている者はない。捕獲具を持たない番兵は、手槍を担ぎ、あるいはおのれの刀だけを恃《たの》みにして、賊を捕らえて手柄《てがら》を立てようと目を血走らせていた。

一方で、手燭《てしょく》をかかげた女中《おんな》たちが廊下を渡りながら、柱々に燈火《とうか》を入れ、屋敷のなかを明るくしていく。

門の処には三葉柏紋の幔幕《まんまく》が張られ、三人の男たちが詰《つ》めていた。屋敷のどこもが、今宵《こよい》の警戒に万全《ばんぜん》であった。別間で控えている直江大和守景綱《かげつな》も、自ら襷《たすき》をかけて庭に降り、見張りに立つ男たちを見舞った。

「どうじゃ、大事はないか」

とやって来て、景綱は門の付近を警護している男たちと肩をならべると、外の闇を凝《じ》っと眺めた。二基と立てられた篝火の向こうは、地が失せたかとおもうほどの深い闇が迫《せま》っている。人影は見なかった。

「曲者にして、これなる人数《にんじゅ》を見ては、易々《やすやす》と御屋敷には近寄れますまい」

男が云った。景綱は「うむ」と頷《うなず》いて、満足げな笑みを残し、屋敷にあがった。帳台である。そこに長刀があるのだ——景綱は部屋を訪れると、

「わしじゃ、入るぞ」

と障子戸を引き開けた。鳴尾と高島の二人が、静座している。その背後に長刀が見えていた。御屋形様から「景」の字を賜《たまわ》った永禄二年、この長刀も併《あわ》せて頂戴したものだ。景綱にとっては、家宝の長刀であった。見張り役の二人は主人の顔をひと目すると、慇懃《いんぎん》に御辞儀をした。

「賊は見ぬな——？」

と一言、景綱が声をかけた。

「はッ。その鳶とかぬかす曲者が目当て、未《いま》だ是《これ》へ——大事無きことに御座いまする故、ここは安堵《あんど》くだされ」

鳴尾が、背後に立て掛けてある長刀をちらと目にした。朱いろに銀の糸を巻いた長柄が五尺三寸とあり、二尺刃弘一寸四分の小反刃《こそりば》である。

「もしや近づこう者のあらば、これにて捕らえ、我らが手でなますにしてくれましょうぞ」

高島が明るく云って、三人は大笑いした。

「わしの寝所《しんじょ》にもなる故、あまり血で汚してくれるなよ」

と景綱は笑いながら、

「ここはそちらに恃《たの》んだ」

廊下へ出て、障子戸を閉めた。

(うむ、いずれも抜かりのうやっておる)

景綱はまた門前へと出向き、番兵らと一緒になって、いまや遅しと盗人の来着を待った。

一刻、——が過ぎた。

屋敷にいる誰しもが「盗人は来ないのではないか」と、うわさしあっている。刻《とき》ばかりがすぎて、盗人が向かってくる気配がまるでない。

「怖《お》じ気《け》づいたのであろうよ」

といって、いまだ見ぬ相手を散々《さんざん》にからかった。

さらに一刻と夜は深まり、真夜中になった。

漆黒《しっこく》の空から降《ふ》ってくる月明かりが翳《かげ》った……西から流れてきた雲の帯が月を包み、闇を深くしたのだ。

としても、——直江屋敷は十分過ぎるほどの篝火が灯《とも》され、庭は隅々まで明るく、屋敷内も同じく柱々の油皿の火が闇を寄せつけなかった。女中がこまめに油を足している。このまま朝を迎えるのだろうか。

「御茶をお召しあがり下さいまし」

と声がした。鳴尾と高島が見張る、部屋のまえである――障子戸の向こうに、女の影が畏《かしこ》まっていた。高島は女の声を不審《いぶかし》くおもい、返答もせずに障子に浮かぶ影を視《み》ている。女の影は、返事を待っていた。と、沈黙を堪《こら》えきれず、

「冷《さ》めませぬうちに――」

「今はよい。其処《そこ》に置いて、そちは下がれ」

鳴尾が厳《きび》しく云うと、女の影は障子戸のなかで深々と頭をさげ、立ちあがった。そのまま、衣ずれの音を立てながら廊下を歩き去った。今度は西面の障子窓である。廊下をやって来る、あらたな女の影があった。その影の手のうえには、明かりが乗っている。手燭でも持っているのであろうが、それが障子に映《うつ》ると、まるで狐火《きつねび》のように妖《あや》しく輝いた。女の影は摺《す》り足に急いで、鳴尾たちが守備する部屋の角を曲がり、正面に見る障子戸の前を往《ゆ》き過ぎた。

「お」

と思わず、高島が唸《うな》った。

また、――である。

障子窓にあらたな女の影が浮かび、衣ずれの音を引きずりながら、廊下を渡ってくるのだ。角を折れると、そのまま正面の障子戸に影を映し、往き去った。

「やや」

と今度は鳴尾も身構《みがま》えた。障子窓にまた女中の影が浮かびあがり、角を曲がった処で――消えた。

「…………」

影は、正面の障子戸には来なかった。廊下は折れている。

「庭に落ちたか……」

と高島が呟《つぶや》いた。左様な筈《はず》はあるまい――人が落ちたような音は、聴かなかったのである。が、廊下は曲がらなければ先はない。

「これは訝《いぶか》しや」

鳴尾は刀を手につかんで、すくと立ちあがった。戸の前まで歩いてゆき、障子を引き開けた。庭に、月明かりが拡《ひろ》がっている。空にあった雲は月を吐き出し、風に吹かれて東へと流されていた。庭の苔《こけ》が、ほのかに蒼《あお》くかがやいている。高島もおのれの刀を手に、立ちあがった。鳴尾の肩越しに、蒼い庭を見た。

「女は――」

と声をかけた、そのときであった。天井の板が一枚外れ、黒い穴が覗《のぞ》いた。刹那《せつな》、長刀《なぎなた》を担《かつ》いだ黒い塊が、屋根裏から音もなく降りてきた。

（いまが機《しお》よ）

はたして影の正体は、加藤段蔵であった――段蔵は、天井裏から垂《た》らした細引《ほそび》きの縄《なわ》を伝って、一匹の蜘蛛《くも》のように部屋に降り立った。足音はない。頭巾布で顔を覆《おお》っているために、目だけが闇に浮かんでいる。

まさに、一瞬の出来事であった。

段蔵は手にある長刀と、そこに立て掛けてある大和守の長刀とをすり替えると、手に入れた長刀に細引きを結いつけて、おのれはまた天井裏に飛びあがった。

「――女は、どのような様《さま》か？」

と高島が云って、庭に目を向けた途端《とたん》のことである。段蔵はすでに屋根裏にあって、長刀を結びつけた細引きをひきあげていた。大和守の長刀が、天井の穴に吸い込まれるようにして消えた。

「何、姿かたちも見当たらぬ。うむ――まるで、幽霊じゃ」

鳴尾は廊下に置いてある盆を取りあげ、最初に女中が運んできた茶を部屋のなかに

運んだ。湯呑みを高島にひとつ手渡し、

「女の影はみた」

と自身もまた茶を啜《すす》った。

「うむ、相違《そうい》ない。わしもこの目にしかと見た」

高島はそう返事をして、長刀をちらと見た。すり替えられたとは、夢にも思っていない。まばたき一《ひと》つほどの間《ま》なのだ。二人は段蔵が置いていった偽《にせ》の長刀のまえに坐りこんで、見張りを続けた。

天井裏、

——である。目当ての長刀を手に入れた段蔵は、天井裏の梁《はり》のうえを鼠《ねずみ》のように這いながら、屋敷の裏庭に面した廊下の屋根の上へと出て、はらりと降りた。

(まずい)

人が来た。

段蔵は後ろ手に障子戸を開けると、部屋に足を入れた。と中に入り、音をたてずに戸を閉めた。段蔵はすぐに長刀を床のうえに寝かせ、自身も腹這いになった。息を殺した。廊下を歩く足音が、こちらへと近づいて来る……手槍を持った男の影が、障子戸に映った。そのまま、歩き過ぎた。まさか盗人が、この部屋に隠れていようとはおもわない。そも盗賊が屋敷に侵入しているとさえ、誰もおもっていないのである。

段蔵はふと、部屋の奥から聞こえてくる寝息に気がついた。見ると、童がひとりで眠っている。年は十一を数える――景綱の妻が養女にしている、小菊《こきく》という童女《わらしめ》である――段蔵には、まるで気づいていない。夢心地のようすに、しずかな寝息をたてていた。すでに夜も深く、丑満《うしみつ》の刻を過ぎている。この童女は心安らかにして、夢の深淵《しんえん》を彷徨《さまよ》っていることであろう。

（連れていこう）

段蔵は長刀を盗ったばかりでは飽《あ》きたらず、この童女を屋敷の外へ連れ出そうと考えた。

（さも驚く事であろう）

春日山の頂上にいる漢《おとこ》の事である。

段蔵が輝虎から命ぜられていたのは、「直江大和守の長刀をとれ」という一事《いちじ》であった。が、人を攫《さら》ってみせれば、なおのこと驚かれるに違いないと考えた。他の忍び者――特には上杉方が抱えている、軒猿などという忍者――と、我とではその格のちがいを見せつける上でも、この童女を連れ去るのは得策であるとでもおもったものであろうか。この「気転《きてん》」というものは、ときに慎重さに欠けるものである。慎重を要《よう》するときに深慮《しんりよ》を欠くと、ややもすれば本意に無い結果を招くものである。

ともあれ、屋敷から抜け出さなければならない。が、この裏庭には邪魔ものがあった。

（村雨《むらさめ》――）

である。段蔵は障子戸に拳《こぶし》がとおる程度の隙間《すきま》をあけると、顔を寄せ、裏庭の様子を覗《のぞ》いた。よく見ると、塀の際《きわ》で動いている、影がひとつある。葉が赤く色づいた椛《もみじ》の木の根もとを嗅《か》ぎまわりながら、土を掘り返していた。

まぎれもなく、狗《いぬ》であった。

段蔵は懐中から団子《だんご》を取り出すと、庭へひとつ投げた。村雨は落ちた団子の音に跳《は》ねあがると、背を怒らせて身構えた。匂いを嗅《か》いでいる。団子に近づき、食った。毒はない。段蔵は、さらに刻《とき》をおいて、団子を庭に投げ入れた。くり返すこと三度、村雨が団子を欲《ほっ》しているとみるや、段蔵は毒入りのものを村雨の鼻さきに投げた。尻尾を振ってよろこび、何の警戒もしなかった。馴《な》れである。これを、
遇犬術《ぐうけんじゅつ》
――という。

村雨は、段蔵の術にかかってしまった。団子に飛びつくと、そのまま食らいついた。村雨は満足げに地に坐《すわ》りこむと、しばらく前足を舐《な》めていたが、突然に乾咳《からせき》をは

じめた――段蔵は村雨のこの様子を目にすると、すぐさま部屋の奥へともどった。眠っている童女を抱き起こして背負い、盗った長刀を手に摑むと、廊下へと飛び出していた。

段蔵は庭へ降り立ち、地に倒れている村雨の傍《そば》を駈《か》け抜けると、風のように塀《へい》のうえに舞いあがった。小菊を背負ったままである。

凄《すさ》まじい跳躍力であった――段蔵は塀を飛び越え――敷地の外に出ると、ひたすらに闇を走った。しかも背にある童女が目を覚まさぬようにと、上体を揺らさない。足だけで、走った。

かくして、飛び加藤は直江大和守の屋敷から長刀を見事《みごと》盗み出し、童女までも易々《やすやす》と攫《さら》ったのである。

「盗みを遂《と》げたるばかりか、屋敷の狗《いぬ》を殺し、直江が養女まで攫うと申すかッ」

鐘を打つような激しい声でそう云ったのは、春日山城の実城《みじょう》に居る、上杉輝虎である。

まさに、激昂《げっこう》であった。

脱出

「殺せ」

と輝虎は一言いって、茵《しとね》のうえに腰をおろした。左手に握った数珠《じゆず》の珠《たま》を、苛々《いらいら》とさぐっている。

「長刀《なぎなた》を盗《と》ってみせよとは申したが、童女《わらしめ》まで盗れとは申さぬぞ――」

下座には上杉家一門衆、山本寺《さんぼんじ》定長《さだなが》の顔がある。この漢は、輝虎がまだ長尾《ながお》景虎《かげとら》と名乗っていたころから軍功《ぐんこう》があり、弘治《こうじ》元年の川中島の戦いにおいては、敵将武田晴信（信玄）の本陣をついた。もうひとり輝虎側近の、吉江喜四郎資堅《すけかた》が座に着いている。輝虎の激昂は、この資堅に向けられたものだ。

「狗《いぬ》を殺せとも命じておらぬ」

輝虎の声の調子が落ち着いた。が、眼光は変わらず、刺すように鋭い。

「御意《ぎよい》」

資堅は低頭したまま、輝虎の声を頭の天辺に聴いた。忍びを殺せと申されるおつもりか――難事也《なり》、とは云えない。数珠をさぐる音が、舌打ちのように聞こえている。

「定長よ、そのほう、かの者を如何にするや」

「はッ」

と山本寺定長は声をつまらせた。申し様がなかった。定長は、鳶（飛び）加藤なる男と顔をあわせていない。聴けば、かなりの術達者ではあるようだが――と輝虎が返事を待たず、独《ひと》り言《ごと》のように話しはじめた。

「敵を滅ぼすには重宝《ちょうほう》の者ながら、もしこれが敵に内通せば、ゆゆしき大事じゃ。それが者、心ゆるして召《め》し抱《かか》えおく者に非《あら》ず。ただ狼を飼《こ》うては、災いを招《まね》くと云うものよ――いそぎ、討ち殺せ」

「御意に」

定長は静かに頭をさげた。輝虎の言い分は、尤《もつと》もの事である。智恵が狗《いぬ》ならば良いが、狼ともなれば危険なうえに、扱い方が格段に難《むずか》しくなる。手を嚙まれる事くらいは、覚悟しなければならないだろう。また定長は、それほどの男を殺すのは惜《お》しいともおもったが、所詮《しょせん》は忍びの者である。いかに名人とは雖《いえど》も、

「下賤《げせん》の者にして武士に非《あら》ず」

──ということではないか。

煮《に》ようが焼《や》こうが、いずれにしても食えぬ者たちなのだ。さにして主《あるじ》の輝虎は「義」を重んじる大名である。下賤の忍びは、

（義を知らぬ……）

そもそも「義」というものが何であるかすらも分かるまい。

「手配《てくば》りを付けよ。定長、如何にいたすや？」

輝虎が問《と》うた。その声の響きには、芯《しん》が通っていた。

──おそらく、御屋形様は手配の考えもすでに付いておられるであろうはずだ。

定長は、始末の方法というより、主人の腹のなかにある考えをさぐって、それを言葉にした。

「用意が酒《ささ》、これに毒を盛りまするが宜《よろ》しかろうと……」

「うむ」

輝虎は顎《あご》を引くと、力づよく頷《うなず》いた。がさらに、思案し続けている。果たして毒だけに恃《たの》み、それほどの名人を殺せるものだろうかと、疑念がわいた。目を閉じた。禅者のように、静かな顔つきである。輝虎は、自身の心から消えない疑問に、応えようとしている。

と、輝虎の目があいた。数珠の玉を親指で弾きながら、なおも案じてはいるが。

「いや、毒だけでは足らぬやも知れぬ——資堅よ、腕の立つ者を招《しょう》じおけ」

云われて、側近の吉江資堅が「御意——」と返事をした。さらに定長が、身を傾けながら、低声《こごえ》で口添《くちぞ》えをする。

「——吉江（資堅）、柿崎《かきざき》がおろう」

と定長が挙《あ》げた男の名に、輝虎の睛《ひとみ》に泛《うか》んでいた迷いのいろが消えた。

「和泉守《いずみのかみ》か。それはよい、すぐに呼んで参れ」

「はッ」

資堅は返事をすると、定長の方にも慇懃《いんぎん》に頭をさげた。成る程《ほど》、名案である。この柿崎和泉守景家《かきざきいずみのかみかげいえ》なる人物は——輝虎の宿将として活躍し、永禄《えいろく》初年以来、上杉氏の内《ない》政《せい》に関《かか》わっている。春日山城留守居《るすい》に任ぜられたほど、信用にも厚かった。さらに永禄三年には、輝虎の関東出陣にも従《したが》っており、小田原北条攻めに活躍するのである。内政を務《つと》める人物というよりも、勇猛果敢《ゆうもうかかん》なる武人《ぶじん》といったほうが相応《ふさわ》しい漢であろう。とくに永禄四年の川中島の戦いにおいては、この第四次という大激戦にあって先《せん》陣《じん》をつとめ、朝霧の深い八幡原《はちまんぱら》のなかを突撃し、武田氏の本営に攻めかかったほどの猛将《もうしょう》である。一同がよし、と唸《うな》ったのも当然のことであった。

「それと知られぬ様に致せよ」

輝虎が、座を立つ資堅《すけかた》に声をかけた。

「軒猿《のきざる》の類《たぐい》は、目鼻がよう利《き》くと申す故にな――」

「はッ」

資堅が退室すると、数珠を弾《はじ》く輝虎の指がとまった。

「皮肉じゃの。過《す》ぎたるは、及《およ》ばざるに似たりと申すものよ……」

独り言《ごと》のようである。山本寺定長には、返答をする隙《すき》が窺《うかが》えない。輝虎の表情は暗く、重々しいものであった。定長とて、神妙《しんみょう》な顔をするばかりである。

「定長、遁《に》がすでないぞ。かの者は必ず、殺せ」

まるで、自身に云い聞かせているようであった。躊躇《ためら》いがあるのだろう。輝虎は長い息を吐きながら、数珠を固く握りしめていた。もとより、不必要な殺生《せっしょう》を好まぬ人物である。

「御意に」

と定長は返事をするほかに、応えられない。御屋形様はまた、いずれと知らぬ境地へと心を追われておられるのだ――そう察すれば尚《なお》の事、ただ静かに座を立つだけである。定長は頭をさげてから、音もなく退室した。

同日、

午後のことである——底冷えのする、一日であった。

「御屋形様にお目通り願いし、これに参上仕《つかまつ》った」

と山吉豊守《とよもり》は鳶《とび》加藤を連れて登城すると、早速に、実城《みじよう》にある対面ノ間へと通された。

豊守は神妙なまでの面持ちをして、下座に畏《かしこ》まっている。傍《かたわ》らには大和守の長刀《なぎなた》を置き、その後ろには段蔵が控《ひか》えていた。先日に同じく、段蔵は大手門でほこりを叩かれ、武器になるものは何ひとつ身に帯びていない。

同席者は四人である。

山本寺定長《さんぼんじさだなが》と吉江資堅《よしえすけかた》、段蔵に長刀を奪われた直江大和守景綱と、そしてもうひとり——口のまわりに苔《こけ》のような髭をはやし、顔の真中に鷲鼻《わしばな》をのせた男の顔があった。頸《くび》が太く、肉付きのよい体軀《たいく》をしている。男は藍《あい》に染めた直垂《ひたたれ》を着て、傍らには武太刀《ぶたち》を一口《ひとふり》、置いていた。

（たれか。……）

段蔵は、男に不気味なものを覚えていた。目は見ない。相手も同じであった。座に着くまえに鳶加藤を一瞥《いちべつ》したが、以降は一度も姿を見ようとはしない。殺気立った男だ——と段蔵は、相手の気配を苛々《いらいら》と受け取っていた。この漢こそが、

「柿崎和泉守景家《かきざきいずみのかみかげいえ》」

であった。段蔵は知らない。これなる人物の武功《ぶこう》も、名乗りさえも、知り得なかった。

(迂闊《うかつ》であったわ)

この春日山城下で幻伎《げんぎ》を披露し、仕官の糸口を手繰《たぐ》るために名を売りながらも、越後の国の調べはおよそと付けている。しかし、いずれとも知らず内に、輝虎という人物の風評《ふうひょう》を耳にするにしたがい、ますますとその人柄に心を奪われ、他に目が向かなかったのだ。子細《しさい》に及べば、輝虎は「酒の肴《さかな》に梅干《うめぼし》を好まれる」とまで、調べを付けたものであったが——臣下《しんか》の者らの顔と形《なり》を視《み》なかった。仕官して後のことでよかろうと、侮《あなど》っていたのである。また、それほどに主人輝虎の評判宜《よろ》しく、印象が強いものであったのだ。

段蔵にとって、この乱世の世に「義」を重んじる漢というものは珍《めずら》かなるものであり、強烈にして、羨望《せんぼう》の的《まと》とも見えれば、上杉輝虎の他は目に霞《かす》んでしまっていたのかもしれない。もっとも、輝虎の股肱《ここう》たる臣《しん》が、直江大和守景綱と知っている。この

他にも色部《いろべ》氏、柿崎《かきざき》氏、安田《やすだ》氏、鮎川《あゆかわ》氏などの家名と出自のおよそは調べを付けておいた。

が、足りなかったのである。

段蔵は、この男の素性《すじょう》をいまになって知りたくおもった。

(慢心《まんしん》したるわ)

自身のことを、そうと罵《ののし》った。事を急《せ》いて、足を使うことを忘れていたと、心中で舌打ちをした。忍びの術の根幹《こんかん》は「下調べ」である。事前に調査をし、物事の表裏を知って、隙を探し出しておくのである。そこを、突く。故に、いずれにおいても相手を欺《あざむ》くことに適《かな》おうというものだ。術が派手になれば、そのことを忘れる。こと幻術は、おのれを仙人のように「錯覚」させる毒であった。術者が術に溺《おぼ》れる——伊賀の郷《さと》で、秘術なるものを上忍が隠しているのは何も保身のためではない。この危険性を知り尽くし、上忍こそが「正心」の本であるからなのだ。

段蔵は苛立《いらだ》った。

柿崎景家という漢の存在に、そして自身の不手際を悔《く》やんでいる。いまさらながら、龍の懐深くにいることを畏《おそ》れていた。

そのままに、四半刻が経った。

段蔵の心中いかなるものとも知れず、誰もが黙《もく》したままに、主《あるじ》を待っていた。

やがて、廊下の奥から鑢《やすり》をかけるような、衣ずれの音が聞こえてきた。太刀を抱えた児小姓《こごしよう》が一同のまえにあらわれ、上段ノ間にあがって奥に控《ひか》えた。

つづいて、城主が姿を見せた――輝虎は相変わらず、僧のような恰好《かつこう》をしている。左手に数珠を握りしめ、全身から煙を放つように、香を薫《かお》らせていた。毘沙門堂で、祈禱《きとう》でもしていたのであろう。輝虎は上段ノ間にあがると、姿勢を正して茵《しとね》のうえに坐《すわ》った。これに一同は、かたまった身体を折って平伏した。

「その方、命じた長刀《なぎなた》を見事、直江の屋敷から奪《と》ったとな――?」

と輝虎の声が、場中に通った。

「はッ」

段蔵は畏まって、深々と頭をさげた。山吉豊守が長刀を手にし、

「証《あか》しをこれに」

と云ってから、膝《ひざ》を躙《にじ》らせて前に出た。山本寺定長が腰をあげた。長刀を豊守の手から受け取ると、輝虎のまえに差し出した。

「うむ、相違《そうい》ないわ」

輝虎は長刀の柄をつかむと、偽《にせ》ものではないかと目を凝《こ》らしたが、自身《おのれ》が以前、大

和守に授《さず》けたものと同じである。大和守景綱に向かって、

「大和守、調《しら》ぶるがよい」

と長刀を差しだした。景綱は膝を立て、ゆっくりと歩をすすめた。調べるまでもない。先刻、屋敷で騒いだ通りのことである——長刀は盗られなかったと、帳台で笑い合ったのも束《つか》の間、

「賊めは臆《おく》しよったわい」

「やや、殿——お待ちあれ、この長刀の刃には見覚えがございませぬ」

と夜を徹して見張りをしていた鳴尾嘉兵衛の顔が、きゅうに青ざめた。よくと見れば、刃は二尺に満たず、反《そ》り具合も違っている。柄に巻いた糸も銀ではなく、白糸であった。夜であったから、区別がつかなかったものか。裏庭では村雨の遺骸が見つかり、騒動はそれに終わらず、養女の小菊の姿も見当たらないとあって、大和守の屋敷は蜂《はち》の巣を突いたような騒ぎとなった。半刻《はんとき》が経って、山吉豊守の屋敷から遣《つか》いがやって来た。小菊を連れていた。これには安堵したが、さすがの大和守景綱も、膝から力が抜けるようなおもいであった。どこから洩《も》れたか——段蔵自身が、撒《ま》いたものかも知れない——この噂は早速、城内に知れ渡った。

ともあれ、

大和守景綱は、神妙な面持ちで、君主の手から長刀を受け取った。これで、二度目という事にもなるか。柄をしかと握ると、

「たしかで御座る」

と苦笑した。その言葉と同時に、輝虎が段蔵のほうへ、明るい顔を向けた。見たところ、輝虎の笑みには裏があるようにおもわれる。それが何か——段蔵は、自身の耳を疑った。すぐに気を落ち着かせ、一層と耳を澄《す》ました。

「その方に盃《さかずき》をとらす。杯盤《はいばん》の用意を致せ」

輝虎のその声も、段蔵の耳には届かない。別の音を聴こうとしている……鼓動《こどう》だ……血を送り出す、心臓の音である。我のものではない。段蔵は数をかぞえようと、全身でその音を聴いている。

(一つ……)

上段ノ間の左側である——其処《そこ》の壁板を凝視した。

「景綱、そこ許《もと》も此度《こたび》ばかりはしてやられたな」

輝虎が、わらった。

「言葉もござりませぬ」

云って、大和守景綱が顔を苦々しく歪《ゆが》めている。

（二つ……）

山吉豊守の横顔が見えた。豊守は、右方に坐っている山本寺定長にちらと目を向けて、かすかに頷《うなず》いた。山本寺もそれに応えて、目を一度と伏せた。あまりにも小さな動きであった。常人なれば、まばたきする間に見逃していただろうが、段蔵の目はその合図をしかと捉《とら》えていた。

（三つある――）

音の数である。この場にみえる顔のほかに、心臓を鳴らす者が別に三人あるはずだった。段蔵の精神力のすべてが、輝虎の左方にある壁の向こうに傾《かたむ》けられ、なかの闇を見透《みす》かそうとしている。

「見事じゃ。鳶加藤とやら――」

大和守景綱が誉《ほ》めた。昨夜の盗みの事であろう。段蔵に愛想の良い顔を向けながら、感心したように自分の顎《あご》を撫《な》でている。段蔵はただ頭をさげた。口許に笑みを零《こぼ》そうとしたが、歪《ゆが》んだ。

「如何にして、盗ったか――？」

と景綱は訊く。段蔵はぎこちない笑顔を残しながら、

「術を明かすことは致しませせぬ故、これまでにて御許《おゆる》しが事を」

鄭重《ていちょう》に御辞儀をした。輝虎がこの返答を耳にして、大声でわらった。

「成る程、慎重あってこそ忍びの本《もと》じゃの。それもよかろう」

「ひたすら畏《おそ》れ入りまする……」

段蔵は輝虎の言葉にみじかく返答し、なおも頭を低くした。頭をさげながらも、目は輝虎臣下の者らの傍《そば》にある、刀の一口々々《ひとふりひとふり》を盗み視ていた。刀を持たないのは、段蔵ただ一人である。

「景綱どの——聴きしにおよぶは、盗《と》られたるは長刀ばかりになく、小菊《こきく》様までも、その者に掠《かす》め盗られたそうにござるな」

山本寺定長が身を乗り出さんばかりに、大和守景綱にたずねた。

「うむ。こればかりは、さすがに参り申した」

苦々しく笑う景綱の顔を見て、輝虎が一言口を挟《はさ》んだ。

「嫁《よめ》入りまえに、早速とられたか——?」

「これは手痛《ていと》うござる」

景綱は膝を叩いて、いかにも悔《くや》しそうに顔を歪めた。一同が、どっと笑った。段蔵は渋面《しぶづら》に笑みを重ねたが、心ここに非ずといったふうである。笑えない——輝虎の左方にある壁の中が、気に掛かっていた。

(隠れている)

気配《けはい》は三つある――壁はただの壁でなく――その向こうに男らを控《ひか》えさせて置くための「武者隠《むしやがく》し」がある。何か合図があれば、壁板が持ちあがり、中にいる男たちが飛び出してくるのだ。輝虎を護衛する為にである。それだけではない。おそらくは、主人の合図を待っているに違いない。五人か十人か――段蔵はまさに、敵の懐の中にあった。どうでもよいことである。いまや段蔵は、遁《に》げる手立てを必死になって探っていた。それと気づかれないよう、愛想笑いをしているが、目はわらっていない。

「さにして、小菊は如何に致した？」

輝虎が訊《たず》ねると、段蔵のまえに坐る山吉豊守が膝を躙《にじ》らせた。

「私どもめの方から、大和守どのの御屋敷までお送りした次第にござりまする。大和守どの、此度《こたび》のことは何とも……」

そこで言葉が途切《とぎ》れた。豊守は、両の拳を床について、深々と頭をさげている。段蔵の保護者も同じであるのだ。責任の一端は、われにあろう。推挙《すいきょ》した男が、養女を連れ去ったともなれば、豊守にして不届《ふとど》き千万の事である。

「よいよい――」

景綱は豊守の心中を察して、明るく振るまってみせた。

「これも御屋形様の余興《よきよう》が事である。わしも楽しませて貰《もろ》うたまでの事よ」

が、今朝の慌てざまはなかった。今にも鎧《よろい》を着込んで太刀を帯び、一合《ひと》戦交えようかという乱れぶりであったのだ。これが余興でなければ、果たして兵らを百と集めて山吉豊守の居住まいに駆け込んでいたかもしれない。

とそこへ、六人の小姓の者たちが酒宴の用意を運んできた。それぞれの前に膳《ぜん》を置くと、つづく女中《おんな》たちが盃に酒を注いでいく。膳のうえには錫子《すず》(銚子《ちようし》、徳利《とつくり》)と、漆《うるし》を塗った朱いろの盃《さかずき》が乗せられていた。一目する限りでは、祝《いわ》い膳である。臣下の者らには酒の肴《さかな》に棒《ぼう》だらと醬漬《ひしおづけ》の茄子《なす》を、輝虎の膳には梅干しが用意されていた。

「そこ許《もと》、遠慮《えんりよの》無う頂けよ」

山本寺定長が、段蔵の畏《かしこ》まっている姿を眺めながら笑顔でいった。段蔵に声はなかった。御辞儀で応《こた》えた丁度《ちようど》そのとき、部屋を出る小姓のひとりが、吉江と目をあわせて瞬《まばた》きをした。段蔵は見逃さなかった。何かの合図か――この場において目配《めくば》せなどとは、不穏《ふおん》の事である。さすがに段蔵も、背に汗をかきはじめている。

(殺されるか……)

その一事をおもったとき、段蔵のなかで何かが弾《はじ》けた。越後上杉氏に仕官するという夢が、一瞬にして瓦解《がかい》した。段蔵は刀を持たない。まさかの事、大手門まで取りに戻るわけにもいかないだろう。恃《たの》みとなるのは、自身《おのれ》だけであった。

（――毒《どく》が臭うわ）

盃のなかの、酒からである。輝虎が何か祝言をのべたようだが、段蔵の耳には入ってこなかった。まるで水中に深く沈んだように、おのれの息づかいの音だけが、頭のなかに響いて聞こえている。

「…………」

段蔵はもう一度――鼻で――深い息を吸った。やはり、盃に満々《なみなみ》と注がれた酒の中から「死」が香《かお》った。

上目で盗み見ると、輝虎が盃の酒を口にしている処である。ほかの者らも、盃に口をつけていた。

段蔵は呑まない。

目のまえにある盃――そのなかで濁《にご》る酒の面《つら》を――静かに見つめているばかりである。段蔵の全身は総毛《そうけ》立《だ》ち、腹の奥底から爆《は》ぜる火の如くに、怒りがこみあげてくる。膝のうえで握っている拳も、かすかに震えていた。遠い日のことが、いま段蔵の脳裏に鮮明なる光景となって浮かびあがってくる――洞窟《どうくつ》で試験を受け、納屋に入った日のことだ。用意された粥《かゆ》のなかに毒を嗅《か》ぎとった——猪助と五郎太は毒を口にし、無惨《むざん》にも斬られたが、段蔵は口にしなかった。

六兵衛から刀を奪って、遁《に》げた……雪のなかを走った……生きよう——ただその一念を抱いて、夜の闇を走りつづけた。

まだ幼かった日、決して忘れ得ぬあの夜の記憶だ……おかしなものだ。まだおれは、あの夜にいて、十郎左衛門と六兵衛のふたりに捕《と》らわれんと、雪のなかを夢中に走っているようだ。おれという男の人生はあの日から何もかわらない。逃げるだけの日々のような気がする。存外《ぞんがい》、人生とはそのようなものかもしれない。籠《かご》から逃げ出した鳥が果てしなく空を飛翔《ひしょう》しようとも、決して空の外へは出られない。その行動さえ、飛ぶか翼を休めるかのいずれしか選《えら》べないのである。同じくして、おれはこれまで多くの国を訪れ、覚えた術も数知れない。しかし、何もかわっていないのだ。あの夜から抜け出せず、今またこうして毒を盛られた盃を目のまえにしているではないか。しかも、いまは逃げ出す窓さえもない。

「………………」

段蔵の睛《ひとみ》に、激しい怒りのいろが泛《うか》んだ。

(たばかりおったな、輝虎め——)

憎悪する心の火が、段蔵を現実という世界に引きもどした。

「これまでに」

と一言すると、上段ノ間にある輝虎の姿を射抜くように見つめた。段蔵の顔から表情が消えている。ただ目を怒らせ、まばたきすらしない。

「ご趣向《しゆこう》のほど、相分かり申した。ただ、これでは納得がいきませぬ」

云うと、柿崎景家が憮然《ぶぜん》として声を発した。

「貴公、御屋形様の御前、無礼であるぞ。何を申したいか」

段蔵の目が、じろりと景家を見た。

「あの隠し戸の奥に、心ノ臓が三つ、音をたてるのが聞こえまするが、それを何と申されるおつもりであるや――」

あっ、と景家は口をつぐんだ。秘策が露見《ろけん》したのである。段蔵の言葉通り、三人の侍たちが刀を手にしたまま、武者隠しの間で身構えているのだ。合図があればすぐにも壁から飛び出し、この異相者を斬り殺す手筈《てはず》であったが、知れたとあらば奇襲も何もあったものではない。景家は返事をしなかった。いや――言葉を失したのである。山本寺やほかの者たちまで、段蔵の言葉に驚かされ、固唾《かたず》を呑んでいた。

(仕損《しそん》じたか……)

段蔵のつぎの行動が読めなかった。ただ輝虎ひとりが、感心したような目で段蔵を見ている。段蔵は景家から、目を離さなかった。

「伊賀者は云うに及ばず、この鳶《とび》にして同じことと深慮《しんりょ》なされたし。我が盃に注《そそ》がれたるこれが柳《やなぎ》（酒）に毒が沈んでおる事など、直《す》ぐに、嗅ぎわけまするぞ——さてや、返答は如何に」

「…………」

豪勇としれた景家といえども、返事に困りはてた。斬れようか——と、山吉豊守が床の上に寝かせてあるおのれの刀の柄に、そろりと指をかけた。

「お待ちあれ、山吉どの」

段蔵が吐き捨てるように、一言した。

「ひとつ、今生《こんじょう》が別れに、面白きこととしてみせ奉《たてまつ》りたい」

段蔵の目に、決意のようなものが窺《うかが》える。死を覚悟したものか——大和守景綱が、落ち着きはらった様子で、声をかけた。

「異《い》な事を申すの……」

閉口した柿崎景家は、疑いぶかい目で段蔵を見ている。段蔵の目の端にも、その姿は見えている。自身《おのれ》の表情はかわらない。輝虎に真っ直ぐと目をむけたまま、

「何卒《なにとぞ》――」

と慇懃《いんぎん》に頭をさげた。

「慰《なぐさ》みのためにも、我が芸をここに披露《ひろう》するを、御許し戴きとうございまする」

「見せてみよ」

輝虎は、臣下の者たちとは違った。段蔵という男を癖者《クセモノ》にして不吉なる者とはみているが、忍びを下賤《げせん》なる者とはおもっていない。主君の返答に、ほかの者たちが戸惑ったほどである。この君主は区別こそつけるが、差別はなかった。

「ではこれに、空《あ》いた銚子《ちょうし》をひとつ」

段蔵がそう申し出ると、山本寺定長が廊下に声を投げた。間もなく、空《から》の銚子を持った小姓が入ってきた。段蔵はその銚子を受けとると、逆さまにして中に酒が入っていないことを証《あか》した。

「空《から》にござる」

と念を押してから、それぞれに確かめるようにと、先ず山吉豊守に空の銚子を手渡した。豊守は片目を銚子の口に当てるようにして、中をのぞいた。真っ暗である。銚子を振ったが、音もしない。

「如何にも」

と、つぎに大和守景綱に手渡され、景綱も同じようにして錫子に酒が入っていない事を確かめると、柿崎景家に手渡した。錫子は景家の手から、吉江資堅へと渡り、山本寺定長、そして輝虎もこれを確かめ、また段蔵の手にもどってきた。

「オン・アニチ・マリシエイ・ソワカ……」

段蔵が、囁《ささや》くような声で真言を唱えた。錫子の首をつかむと、額の高さに持ちあげて、さらに何事かを呟《つぶや》いている。一同は声を聴きとろうと耳を澄《す》まし、術を見逃すまいと目を凝《こ》らしていた。

段蔵が顔のまえで錫子を振った。

「聞こえまするや――？」

云って、一同の気を呼び集めた。何が聞こえるというのか、分からない……と、段蔵はまた真言をつぶやき、錫子を振った。輝虎たちは一心に、段蔵の手にある錫子を視《み》ている。

ことり。

――と音がした。錫子の中で、何かがぶつかったのだ。中は空《から》のはずである。段蔵はいま一度、この音が聞こえるかと訊ねたが、一同に返事はなかった。誰の耳にもしっかりと、聞こえている。

が、

（錫子のなかは空ではなかったか。——）

疑念が心を満たし、返事をするゆとりがない。段蔵がさらに錫子を振ると、蚊の羽音のように微《かす》かなる、唄声《うたごえ》がした。錫子の中からである。糸のように細い女の唄声が、はるか遠く、深い闇の底から聞こえてくる。

「ご覧《ろう》じよ」

段蔵が錫子の口を床のうえに傾《かたむ》けた。

「あ」

と驚いて、山本寺定長は腰を浮かし、段蔵の近くにいる山吉豊守は身をのけぞらせた。錫子の中から黒い影が転がり出て、人の形になったのだ。女である——艶《あで》やかな着物をきて、綾藺《あやい》笠《かさ》をかぶっていた。わずか三寸《さんずん》ばかりの小さな女性《にょしょう》が床に立ち、唄っている姿は奇妙不思議と、輝虎も目をまるくした。さらに段蔵が錫子の底を叩くと、中からつぎつぎと侏儒《こびと》が出てきて、かぞえあげれば二十もの不思議なる小さき人影が、舞いを踊り、春の鳥のように唄いながら、床のうえで輪をつくっている。桜の枝を手にしている者もあれば、籠《かご》を抱えて花びらをまいている者もあった。

（これは見事な……）

大和守景綱は、床のうえに現れたわずか三寸という女性たちの唄を聴き、拍子《ひょうし》にあわせて手を叩きながら喜んでいた。いよいよ唄は盛りあがり、女たちは楽しげに笑いながら、舞いを踊りつづけた。ちりのような桜の花びらが空《くう》に撒《ま》かれ、香りまで匂ってくる。まさに春の夢をみるようである。一同は夢中であった――小《ちい》さき踊り子のひとりが足を滑《すべ》らせて転げると、ほかの女性たちが笑った。それを観ている景綱たちも、笑っていた。この奇怪な光景をまえにしても、心はまるで恐れず、むしろ輪に入って踊りに加わりたくなるように、心ばかりが陽気《ようき》に踊っていた。やがて、女が一人また一人と錫子の中に入って行くと、ついに最後の一人も錫子の中へと消えた。ただ唄声だけが細く聞こえ、それもやがて聞こえなくなった。

「やや、これは楽しき哉《かな》――」

と大和守景綱が手を叩き、ほかの者も大いに湧《わ》いた。ただ一人、君主輝虎だけが眉《み》間《けん》にしわを寄せ、床のうえに倒された錫子を視《み》ている。撒《ま》かれたちりのような花びらも何も、夢がさめたように消え失せた。臣下の者らが、上段ノ間にある輝虎に顔をむけると、その睛《ひとみ》に戸惑いがあった。御屋形様もまた、あまりにも「珍《めずら》かなるもの」を視た故のことか――と君主の視線にあわせて、一同も床のうえに倒れている錫子に目をむけた。

「遁《に》がすな」

輝虎の一言で、一同がやっと我にかえった。床のうえには、錫子が一本転がっているだけである――消えていた。加藤段蔵の姿は、何処《どこ》にもなかった。

段蔵は錫子に消えた幻の女性たちの唄声とともに、自身の姿をもかき消してしまったのだ。

これこそは、幻戯《めくらまし》であった。

加藤段蔵は、おのれを殺さんとする者たちの目を幻に霞《かす》ませ、その隙《すき》を突いて逃げ失せたのである。一同は再び唖然《あぜん》とし、君主輝虎の声に返事をすることさえ忘れている。輝虎が膝《ひざ》を立てた。茵《しとね》から腰をあげると、仁王立ちになって床のうえに転がる錫子を睨《にら》みつけた。

「追えやッ」

との声に一同も慌てて立ちあがり、

「出合えいッ。鳶加藤を追って、斬り捨てにせよ！」

山本寺定長が、若々しい犬のように喚《わめ》きたてた。柿崎景家はすでに室を飛び出し、段蔵を追っている。輝虎は床のうえに転がっている錫子のまえに立ち、つまさきでこつりと蹴《け》った。

(妖《ば》けものの所業よ——)

幻術なるものをはじめて目《ま》の当たりにした輝虎は、この「人の心を拐《かどわ》かす」ものに対して、憎悪にも似た怒りの感情を覚えた。

悪、——である。

幻術とは所詮《しょせん》、外道《げどう》の法であって、この世に役立てる事などひとつもない。人の世に必要なものは、義という心ばかりであると信じている。そもそも輝虎が崇拝《すうはい》する毘沙門天(あるいは多聞天《たもんてん》)とは、悪人や怨敵《おんてき》を降伏《ごうぶく》させる武神であった。輝虎は毘沙門天にならい、何よりも「悪」を嫌《きら》う。

「これは、焼き滅ぼしにせよ」

と錫子を蹴った。

傍《かたわ》らに立つ大和守景綱に命じてから、輝虎は静かに室を出ていった。のこった景綱は、棘《とげ》だらけの栗でも拾うように錫子をつまんでそっと持ちあげ、小姓を呼んで捨てさせた。

「馬を曳《ひ》けッ」

柿崎景家は怒鳴りながら本丸を飛び出し、加藤段蔵の跡を追った。吉江資堅と山吉豊守のふたりも、そのあとに続いた――城道《じょうどう》を千貫門《せんかんもん》の方角に走ると、騒ぎが聞こえてくる。すでに春日山城の城内はどこも、合戦をまえにしたような騒ぎぶりであった。

「何事ぞ」

景家が大声に訊くと、

「賊《ぞく》と思わしき者にござりまする……あれに」

と兵が指さしたさきは、愛宕谷《あたごだに》である。塀際に群がる雑人《ぞうにん》らが弓矢を構え、それぞれが谷底にむかって矢を射放《いはな》っていた。景家たちも塀の処へと駆けより、谷を見下ろした。

山の土肌に煙がたっているのが、見えた――人が砂塵《さじん》にまかれながら、落ちるような勢いで山の斜面を滑《すべ》りおりている。

（あれか……）

はたして、加藤段蔵であった。まさに飛んでいた――城兵らが放つ矢を尻目に、段蔵は体から真白い土煙《つちけむり》をまきあげながら、谷底を目掛けて投げられた槍《やり》の如く降《お》りていく。まるで低空を飛翔《ひしょう》する、鳥であった。景家が、逃げる段蔵の姿を目にして、地響くような声で咆《ほ》えた。

「よこせッ」

と城兵のひとりから弓を奪い取ると、自《みずか》らが塀ぎわに立って弓弦《ゆみづる》を引いた。弓幹がふたつに折れそうなほど弦を胸に引きつけ、次の瞬間、気迫の声とともに一矢《いっし》を射放《いはな》った。景家が放った矢は落雷さながらに空気を切り裂き、谷底に向かって落下したが、鏃《やじり》は山肌を削ったばかりである。ここからでは、どうにも当たらない。

「追い手はたれぞあるか」

傍《かたわ》らにいる山吉豊守が、兵らに訊いた。

「はッ。鳴尾嘉兵衛さまが既《すで》に城をおりて、賊を追われておりまする」

と応《こた》えがあったとき、馬が曳《ひ》かれてきた。景家がすぐさま馬の背に飛び乗り、門から走り出た。

「そちらも参れッ」

吉江資堅も馬の背にあり、兵らに声をかけると、煙をまきあげながら門を飛び出していった。

一方、段蔵である。

段蔵は――土肌を削《けず》りおとしながら、愛宕谷の谷底へと落ちてきた。降下した勢いのままに灌木《かんぼく》の茂みのなかへと転がりこむと、方角も分からずに跳《は》ね起きた。まわりは雑木が立ち並び、奥の方から川の音が聞こえてくる。

走った。

段蔵は林のなかを駆けぬけ、川を目指した。川辺《かわべ》に出れば、何とかなる――とおもったそのとき、耳もとを矢が掠《かす》め飛んだ。

（ちっ）

と舌打ちして、段蔵は地面のうえに伏せた。同時に、矢が頭上を越えて木の幹に突き刺さった。一矢《いっし》、さらに一矢と飛んできた。

（早いな……）

上杉兵のことである。段蔵が塀を飛び越えて、山の斜面を滑《すべ》りおりている間に、すでに谷底へ先回りした一団がいるのだ。さすがは関東を席捲《せっけん》した、輝虎の兵《つわもの》たちの事である。段蔵はこの場にあって、なおも輝虎に感心している。仕官を願い出ただけの価値はあった――と、矢が止《や》んだ一瞬の隙を突いて、段蔵は体を起こして走り出した。木の陰に飛び込み、さらに草の影を踏んで、追っ手をまこうとした。兵らは横から前からと、続々《ぞくぞく》とあらわれる。まるで近くに巣でもあるのか、兵たちは燻《いぶ》し出された蜂《はち》のように向かってきた。

（これは、堪《たま》らぬ）

段蔵は林の中を逃げまわるうちに、方角を見失い、死の淵《ふち》へと追い込まれていることを覚《さと》った。わずかにでも足を踏み違えば、命はない。まるで、嵐の直中《ただなか》にいるようであった。矢雨が降り、横合いから槍が突き出してくる。

「あ」

と目のまえの茂みから雑兵があらわれ、走ってきた段蔵と正面にぶつかった。段蔵は咄嗟《とっさ》に抱きつくと、相手の腰から刀を抜き盗っていた。と同時に、背後から別の兵が槍を繰りだしてくる。段蔵は奪い取った刀で背後の槍を叩き割り、兵を斬った。

そのままに駆け抜けた。

血に塗れた刀を手に矢雨をかいくぐり、木立を縫《ぬ》いながら、段蔵は駈けに駈けて水流の源を目指した。

（川がちかい――）

とその耳に、水の流れるかすかな音が届いた。方角を取り戻したか……一縷《いちる》の望みが見えたそのとき、脇から槍の柄が横ざまに飛んできて、段蔵の胸を打った。

うつ、
と段蔵は不意に胸を強打され、息を詰まらせながら地面のうえに仰向《あおむ》けざまに倒れ

た。手から離れた刀を慌《あわ》てて拾いあげると、

「その首、貰《もろ》うたぞッ」

鋼《はがね》を打つような大声が響いた。

段蔵は刀を顔のまえで八相に構えると、声のするほうに素早く向き直り、猫のように身を低くして攻撃に備《そな》えた……十歩さきに、六尺の長槍を手にした鳴尾嘉兵衛が、憤然《ふんぜん》と立っていた。大和守屋敷で見張りをする中、長刀を段蔵に奪われて、面目《めんぼく》を潰《つぶ》された男のことである。さすがに目は燃えるような殺気で熾《おこ》っていた。

（ただでは済まさぬぞ……）

武士としてのおのれの誉《ほま》れを汚《けが》した敵《かたき》をいま目のまえにして、嘉兵衛は気の荒い猪のように興奮しきっていた。

「おとなしゅうせやッ」

と槍を高々《たかだか》と霞《かすみ》上段《じょうだん》に構え、段蔵を見おろしている。段蔵は動かなかった。口を閉ざし、ただ嘉兵衛の目を射抜くように見つめている。最初の一撃《いちげき》は交わせよう、しかし次の手が分からぬ——とおもったそのとき、嘉兵衛の槍が段蔵の脳天を打ち砕《くだ》こうと振りおろされた。段蔵は低い姿勢のまま、右へと跳《は》ねた。次の瞬間、嘉兵衛の槍が大振りに旋回《せんかい》して、段蔵の足を掬《すく》った。段蔵は踊りあがって、刀を横に払った。嘉

兵衛の胸もとを刀の切っ先が掠《かす》めるが、届かない。嘉兵衛はさらに、槍を頭上で旋回させると、勢いをつけて石突《いしづき》の形に振りおろした。段蔵はすぐさま体のまえで刀を立てると、左肘で刀の棟《むね》を押さえつけながら、振りおろされる嘉兵衛の鉾先《ほこさき》を受け止めた。火花が散って、焦《こ》げた鉄の臭いが鼻をついた。

嘉兵衛の槍は止まらなかった——槍におのれの体重を乗せて段蔵を押さえこむかとおもえば、さっと身を引いて鉾先を頭上高くにあげ、左手を柄《え》から放し、片腕だけで槍を振り回した。一度、二度と、段蔵の顔のまえを銀色の冷たい光りを放つ鉾先《ほこさき》が掠《かす》めすぎた。

「ええいっ」

と嘉兵衛は両手で槍を握《にぎ》って、気迫の声をあげた。段蔵の胸を狙って槍を突き出した。段蔵は咄嗟《とつさ》に地に転がり、槍の下に潜《もぐ》りこんでいる。同時に刀で槍の柄を押しあげ、相手の懐《ふところ》を蹴《け》りつけた。嘉兵衛がよろめいた瞬間、段蔵の刀が槍の柄をさらに撥《は》ねあげ、真っ二つにした。

「おのれッ、小癪《こしやく》な」

嘉兵衛は先端を失った槍の柄を投げ捨てると同時に、腰から刀を抜いていた。それよりさきに、段蔵が地面から跳ねおきて、刀を斬りつけた。まるで牙を剝《む》いた狼のように、素早い身のこなし様である。嘉兵衛の刀が、間一髪のところで段蔵の刀を払った。段蔵は身をひるがえすと、さらに地を蹴って、空《くう》に高く飛びあがっている。嘉兵衛の刀が段蔵を狙って、虚《むな》しく宙《ちゅう》を掻《か》いた。段蔵は嘉兵衛の背後に降り立ち、すぐさま突きを入れたが、これも躱《かわ》された。

（これは歯が立たぬ……）

段蔵は嘉兵衛の腕を認めて、焦《あせ》りはじめた。このまま足止めされたら、他の兵らに囲まれてしまうことだろう。

（長引けば、おれは負《ま》ける）

と――目の端《はし》に、落ちている槍の穂先が見えた。

段蔵は刀を上段にかまえると、足を躙《にじ》らせながら、相手に気づかれぬように落ちている槍へと近づいた。嘉兵衛は正眼《せいがん》に刀をかまえて、段蔵との距離を縮《ちぢ》めてくる。段蔵のつまさきが、落ちている槍に触れた。と同時に、上段にある刀をわずかに持ちあげた。段蔵が仕掛けて来るとみた嘉兵衛は、右足を浮かせて、そのまま一気に飛び込んだ。

「やあッ」

刹那《せつな》、段蔵の足が落ちている槍を蹴りあげ、嘉兵衛の胸もとに飛ばした。あ、と嘉兵衛が槍に目を奪われ、避《よ》けようと身体を傾《かたむ》けたそのとき、段蔵の頭上にあった刀が振りおろされた。

投げた——段蔵は刀を振りおろすようにして相手に投げつけると、自身は脇へ飛び退《の》いていた。投げられた刀は風を巻《ま》きながら、嘉兵衛の胸に突き刺さった。嘉兵衛は地のうえに肩から倒れ、胸に刺さった刀を苦しそうに引き抜くと、なおも立ちあがろうと顔を起こした。まるで産《う》み落とされたばかりの牛の仔《こ》を見るようである。右手に段蔵が投げた刀をつかんで放さず、足に力を入れ、腕を立てながらと、全身を小刻《こき》みに震わせていた。傷口からは、燃え盛《さか》る火のように、赤い血が噴きだしている。段蔵は折れた槍を拾いあげ、嘉兵衛に止《とど》めを刺そうと歩みよった。

「…………」

嘉兵衛の目が、段蔵を睨《にら》みつけている——目の奥の闘争心は、まるで消えていなかった。さらに激しく、武士の意地というものが逆巻《さかま》いてさえいた。段蔵は踏みとどまった。いま目のまえに、生と死の葛藤《かっとう》を見ている。死の淵《ふち》にあって尚《なお》、死を遠ざけようとする、武士の誉《ほま》れというものを見た気がした。

(おれには適《かな》わぬ……)

と遠くから、馬の嘶《いなな》きが聞こえてきた。こちらへ向かってくる——地を蹴る蹄《ひづめ》の響きが、足許《あしもと》につたわってきた。段蔵は槍を捨て、地に倒れている男に目礼《もくれい》すると、馬が立てる音から逃げるように逆方向へと走り出した。

嘉兵衛は力を失《しっ》して、吊《つ》り糸が切れたように仰向《あおむ》けざまに倒れた。

「おお……これは、大和守どのの処の嘉兵衛か――」

云ったのは、駆けつけた柿崎景家であった。

馬上から、地に倒れている鳴尾嘉兵衛の骸《むくろ》を見つめて、怒りに声を震わせていた。

そこへ、景家のあとを追ってきた雑兵ら二十人ばかりが、走り寄せてきた。それぞれ槍を担《かつ》ぎ、あるいは抜き身の刀を手にしている。

「捜せ、捜せいッ。賊は未だ近くにいようぞ、捕《と》らえたらば斬り捨てにせよ」

景家が怒鳴ると、兵らは林のなかをぐるりと見渡し、四方に散った。景家も馬首を返して、林の奥へと消えた。

夕刻、

春日山城を発した早馬《はやうま》が関所々々に輝虎の下知《げじ》を布《ふ》れ、街道から賊が逃亡せぬように封《ふう》じこんだ。

酉《とり》ノ刻（午後六時）――。

さらに夜になって、松明《たいまつ》の火が二百ばかりともされ、愛宕《あたご》谷から御館川に沿って、上杉の兵らが段蔵の姿を探し歩いた。夜の闇に浮かぶ松明の火は、まるで蛍火のように行列をなして、御館川からさらに関川の岸に並んだ。兵らは暗い川をのぞき、茂みをかきわけ、城下の家々の床下まで見てまわった。

賊は見つからない。

翌日も捜索はつづけられたが、ついに鳶（飛び）加藤は捕《つか》まらなかった。まさに煙のように姿をかき消したのである。あとにのこったのは、人々のうわさ咄《ばなし》だけである

——段蔵がみせた幻伎がいかなるものであったか、その奇妙不思議なる所業が町の辻《つじ》々で囁《ささや》かれた。さらには、追われたその日に春日山の麓《ふもと》から天に昇り雲間に消えたのを見たという声もあり、また、上杉氏が抱える某《なにがし》という軒猿に捕《と》らわれて殺された、いや対馬《つしま》谷の沼のなかで鯰《なまず》と化けていまも生きているなどという、根も葉もない咄がひろまった。その年の晦日《みそか》が迫るころには、うわさという段蔵の火種が残していった煙も薄《うす》らぎ、そして消えた。

とび加藤。

その行方《ゆくえ》を聞くのは、——後日のことである。

時鳥

翌《あくる》、永禄八年のことである。

京で血がながれた。

五月十九日。

第十三代将軍の足利義輝《あしかがよしてる》が京都二条室町《にじょうむろまち》にあった御所《ごしょ》で殺害されたのである。義輝には突然のことであったろう。邸を一万二千の軍勢に囲まれ、自身も薙刀《なぎなた》をとって侵入してくる敵と戦い、さらに刀を十数本と畳《たたみ》に突き立て、刃こぼれするとつぎの刀を畳から引き抜いては、侵入者数名を斬り殺した。義輝には上泉信綱《かみいずみのぶつな》から兵法を伝授された腕があった。この上泉という人物は、上野箕輪《こうずけみのわ》城にあった長野業正《ながのなりまさ》のもとで「長野十六槍」と称された者のひとり、伊勢守秀綱《いせのかみひでつな》のことである。さらに義輝は、剣豪の塚原卜伝《つかはらぼくでん》からも指南《しなん》を受けている。

奮戦した――が、義輝は頭や顔に傷を受け、ついに倒れたところを滅多刺しにされ、三十年という短い生涯を閉じた。義輝近習《きんじゅ》の者も二百人あまりが共に殺され、あるいは自刃《じじん》している。

この将軍殺害の首謀者《しゅぼう》は三好《みよし》三人衆として世に知れる、三好長逸《ながゆき》、三好政康《まさやす》、石成《いわなり》友通《ともみち》たちであった（この三好政康が、のちに創作される真田十勇士の三好青海入道《せいかいにゅうどう》の模範となった人物である）。

そしてもう一人、三好氏の家老に、

松永弾正《まつながだんじょう》　少弼久秀《しょうひつひさひで》

という人物がある。

もとは三好長慶《ながよし》の右筆《ゆうひつ》であったが、長慶の死後は三好三人衆と共に三好家を我がものと扱《あつか》うようになっていた。伊勢宗瑞《いせそうずい》（北条早雲）や斎藤道三とならんで、

「戦国の梟雄《きょうゆう》」

といわれる漢《おとこ》である――後年のことになるが、この松永久秀こそが将軍殺害に直接手をかけたとする観《かん》がある。これは江戸中期に成立した、湯浅常山の逸話《いつわ》集「常山紀談《じょうざんきだん》」による印象が強い。その記述によれば、織田信長が家康に松永久秀を引き合わせたとき、

「この老翁《ろうおう》（松永弾正久秀）は世人《よのひと》の成《な》し難《がた》きこと三つ成したる者なり――」

と松永久秀が行《おこな》った「三悪《さんあく》」について、信長が話したという。

「ひとつは将軍《しようぐん》（義輝）を弑《しい》し奉り、また己が主君の三好を殺し、南都の大仏殿を焚《や》きたる松永と申す者なり」

と東照宮（家康）に松永久秀という人物を紹介したと云うのである。実際は、将軍義輝を滅《ほろ》ぼそうと京都二条御所を攻め囲んだ一万二千の軍勢を指揮したのは、久秀ではなく、子（嫡男《ちやくなん》）の久道《ひさみち》である。自らは出陣していない。しかもこの殺害は三好一族の仇敵《きゆうてき》を討つための目的もあり、天下を乗っ取ろうというよりも主家《しゆけ》の「仇討《あだう》ち」の臭《にお》いが濃《こ》かった。讐《あだ》とは何か――将軍義輝が永禄五年に三好実休《じつきゆう》（長慶の弟、義《よし》賢《かた》）を討《う》て、と畠山右衛門高政《はたけやまうえもんたかまさ》らに命じていたのである。同年三月五日、実休は畠山高政と一戦交《まじ》えて、討ち死にした。これにより以後、畠山氏は下火《したび》にあった勢威《せいい》を取りもどし、一方で京畿一円と四国のおよそ半分を支配していた三好一族の力に、翳《かげ》りがみえはじめるのである。

将軍義輝を弑《しい》し奉り――

十代将軍義稙《よしたね》の子義維《よしつな》（足利義冬）を代わりの将軍に据《す》えおくことで、三好氏は天下の勢威を回復しようと謀《はか》った。結局、この謀略《ぼうりやく》の黒い種が花を咲かせることはなく、また、松永久秀と三好三人衆は対立することになる。

いずれにせよ、将軍が殺されるという大事が、この年の五月に起きた。この事件は戦国時代に大きな地殻変動《ちかくへんどう》をもたらすことになる――ここで足利義昭《あしかがよしあき》（義秋）が、歴史の表舞台へと急浮上してくるのだ。

義昭は、二条御所で殺された義輝の次弟であり、幼くして奈良の興福寺一乗院で仏門に入り、門跡《もんぜき》となっていた。このころは覚慶《かくけい》と称している。弟があった。末弟の、鹿苑院殿周暠《ろくおんいんでんしゅうこう》である。

殺された。

松永久秀の番衆で、平田和泉守《ひらたいずみのかみ》という男に誘殺されたのである。とうぜん、義昭の身にも危機が迫ってくる。三好松永にとって、義輝と血を同じくした者は邪魔であったが、これの命をとって興福寺を敵にすることは避《さ》けたい。三好松永らは義昭を興福寺に幽閉《ゆうへい》し、監視下においた。この興福寺一乗院から覚慶（義昭）を脱出させたのが、細川藤孝《ほそかわふじたか》と一色藤長《いっしきふじなが》である。

義昭は、甲賀へ逃げた。

甲賀江和田に、和田惟政《わだこれまさ》という男がある。二条御所で殺害された将軍義輝に仕えていた甲賀の土豪で、義昭はこの甲賀江和田の館に身を隠したのち、同国野洲《やす》郡矢島に居を移し、さらに琵琶湖《びわこ》をわたって若狭《わかさ》国の武田義統《よしずみ》をたよった。将軍家本来の居場所である京は、三好松永たちが勢威《せいい》を振るい、とても入ることは適《かな》わない。義昭はさらに若狭隣国の越前朝倉義景《あさくらよしかげ》の誘《さそ》いをうけて、敦賀《つるが》の金ヶ崎に身を移した。その後、朝倉氏の本拠地でもある一乗谷に入った。ここで、

明智光秀《あけちみつひで》

という人物と出会うことになる。

もとは美濃の斎藤道三に仕え、弘治二（一五五六）年に道三と子の義龍《よしたつ》とがあらそった際には、道三方に与《くみ》した。そののち、この光秀は美濃を追われるように母方の若《わか》狭《さ》武田氏をたより、越前の朝倉氏の下に仕えている。

義昭は京の悪党どもを退治してくれと、越前朝倉氏や越後の上杉輝虎に上洛《じょうらく》を促《うなが》すのだが、朝倉氏は腰が重くなかなか立ちあがろうとせず、越後の上杉輝虎は関東の蠅《はえ》を追い払うことで忙しい。そこでもうひとり、桶狭間《おけはざま》で今川義元を討った新興《しんこう》大名の織田信長という漢を恃《たの》むことになる。この信長への連絡をつけるのが、明智光秀であった。信長は疾《はや》かった。信長にしてこの義昭という人物は、天下取りのおおきな足掛かりでもあるのだ。いわば、

「傀儡《かいらい》」

である。

将軍家の血を継ぐ義昭を奉《ほう》じて、京に織田の旗を樹《た》てることができようというものだ。これを機にして、信長が天下に布石《ふせき》を打つのである。

永禄八年における、第十三代将軍足利義輝の謀殺《ぼうさつ》――それは、将軍を殺害するという前代未聞の弑虐《しぎゃく》という悪行のはたらきにとどまらず、後の戦国の世の顔を変えるほど、大きな事件だったのである。

義輝の最期は自刃によるものであったともいう。その際、愛姫の片袖に書き残したという辞世をのこしている。

五月雨《さみだれ》は露《つゆ》か涙か不如帰《ほととぎす》
　我が名をあげよ雲の上まで

さぞや無念であったろう。この義輝の名を届ける時鳥《ほととぎす》（不如帰）の声をきいたのは、果たして何者であったか。室町幕府第十五代将軍となる次弟の足利義昭か、それとも戦国の覇王織田信長であったろうか――少なくとも、義輝の死は各地にきこえていた。

近くは、伊賀国にも届いていた。

暗夜剣

あぜの端《はた》にはえている卯木《うつぎ》が、真っ白い花を咲かせた。

永禄《えいろく》八（一五六五）年の、初夏のことである。

伊賀の大地を吹き抜ける風が、草を撫《な》でつけ、久米川の水面《みなも》に白いさざなみを刻《きざ》んだ。土手のうえには、野梅の老木が立っている。苦しげに折れまがった太い枝のうえには、一羽のホトトギスが羽を休め、空にむかって啼《な》いていた。

橋を駆けてくる子供がある。

名を田之介《たのすけ》といった。年のころはまだ四つ、髪の毛を頭のうえで結び、まるい目を大きくして、脇目《わきめ》もふらずに走っている。径《みち》を十丁と駆けて、青々とした美しい竹が生えそろう林を抜けた。

家があった。

戸口のまえに老いた男が坐《すわ》りこんで、わらじを編《あ》んでいる。田之介が駆けつける

と、手を休めて、

「おうおう、またえらく急《せ》いて。どうしたや、田ノ坊《ぼう》――？」

ヒダリは云って、立ちあがった。田之介はヒダリのまえで、直立した。子供なりの礼儀であろう。両手の指をしっかりと伸ばし、腿《もも》の横にそろえた。何かを云おうとして、大きく息をしたが、言葉が出てこない。

「何じゃ、わしに用であろう」

ヒダリが柔和な顔で云った。

「落ちついて息をせい」

「うん……」

「母《かか》のつかいかよ――？」

「そや……」

思い出したようだ。

「左《ヒダリ》じいにな、つかいをたのまれて来《き》てん――あのな、百地《ももち》のおやしきでな、左じいを呼んでこうて云《い》われてな、そんでな、あとお母《かあ》もな、左じいに梅の実《み》漬けたあるの、もろうて来いて云われてん」

ヒダリは頭を掻《か》いて、わらった。子供の話しというものは、なかなか要領を得るのが難しい。

「百地の屋敷に来いと云うか――？」

「うん」

「あと、田ノ坊の母《かか》が、漬けた梅の実がいるのじゃな？」

「うん」

「そうか、わかった。では、ここで待っておれ」

　とヒダリは家に入り、土間に置いてある大瓶《おおがめ》のなかから梅の実を選《よ》って、ちいさな瓶《かめ》にうつした。言付《ことづ》けを伝えおわった田之介は、すでに別のものに気移りしている。戸口にしゃがみこんで、ヒダリが編んだ草履《わらじ》の山をじっと眺めていた。不思議だった。藁草《わらぐさ》をたばねると、それが履《は》き物になるのだ。田之介には仕方が、わからない。複雑な編み目である。興味津々と目を輝かせて草履を見ていると、家のなかからヒダリが小さな瓶を抱えて出てきた。

「これ全部《みな》、ヒダリじいが作ったんけ――？」

　田之介は戸口に坐りこんだまま、草履を指さした。

「おうじゃ。田ノ坊も、いつか覚えるがええぞ」

「わらじ、云うんじゃな」

「そうじゃ」

「おらにも教えてくれっか？」

ヒダリは明るく笑って、

「ひまがあったら、教えてやるわい。それ、母《かか》の云うた梅の実じゃ。持てるか」

と瓶《かめ》を田之介の腕に抱かせた。田之介は、自分の頭の大きさほどもある瓶を胸に抱えると、ヒダリに礼を云ってから、よろよろと行きかけた。

「田ノ坊、それでお屋敷は何処で云い遣《つか》ったよ——？」

百地氏の屋敷はひとつではない。

「ほおしろ」

であった。田之介は云うと振り返ることもなく、こんどは瓶を届けることに一念している。まるで足が悪い犬のように身体をゆらしながら、ぎこちなく走った。やがて姿が見えなくなり、ヒダリは草履を片付けて、着替えのために家に入った。

頭目《とうもく》からの呼び出しである。

（はて、珍《めずら》かなことや）

美濃国で伊舎那天《いしゃなてん》という妖《ば》けものを斃《たお》して以来、ずいぶんと時も経《た》っていた——かの異形の忍びを殺害したあと、ヒダリは才良衆《さいらしゅう》の護衛をしながら美濃にのこった。笹児も一緒である。伊賀に帰参して以降は、また笹児らを連れて三河《みかわ》、遠江《とおとうみ》、駿河《するが》の東国《とうごく》三国をまわって、服部《はっとり》氏の下で忍びを働き、天文《てんぶん》十七年には再び美濃に入って、上杉の忍びと小競《こぜ》り合いをして追い出した。天文二十二年の四月、織田信長なる人物を見た。濃尾国境にある聖徳寺において、斎藤道三とその娘婿である信長との会見が開かれるところを道の脇で土下座に加わり、拝見したものである。ヒダリは弘治《こうじ》、永《えい》禄《ろく》と年号があらたまったころには、備前《びぜん》国へとわたっている。三年まえに帰国したが、それからは忍び仕事はしていない。甲斐へ向かう仕事があったが、笹児に手配《てくば》りをさせ、自身は国にのこった。

（老《お》いたわ――）

ヒダリは健脚《けんきゃく》の人であったが、天文十七年に上杉の軒猿《のきざる》（忍者）たちと刀を交えたとき、三人を相手にしてこれを斬り殺すも、脚の筋を斬られてしまった。怪我が治ってからも、走るのがつらい。若さにたよって奔《はし》りまわるような忍び仕事は、まずできなかった。猫の額《ひたい》ほどの持ち田ではあるが、農作業で日々の生計をたて、わらじや笠を編《あ》んでは、京に出向いたときに道々で売って銭にしている。百地の御屋敷からも、遠国《おんごく》へわたるような仕事は来なくなっていた。いまや老齢に片足を踏み込んだヒダリを気づかってのことであろう。以前のように、京から若狭《わかさ》へと抜けて、情報を収集する役目だけがのこされている。直命《じきめい》を聞くことはなくなり、ずいぶんと頭目とも合っていない。

珍しいことだ。

百地の御屋敷から声がかかるというのは、余程のことである。ヒダリは土埃《つちぼこり》で汚れた野良着をぬいで、身体の塵《ちり》を落とした。腹が痩《や》せていた。肉は衰《おとろ》え、皮もくすみはじめている。人の寿命というものを越えて生きた。五十をすぎて未だ命があることに、自身驚かざるを得ない。忍びの術に生かされたものだ。あとは、肉が自然と滅びるのを待つだけである。

(そう思うたが……)

虫の知らせか、ヒダリはまた自身の体内に、忍びの本能というものが頭をもたげていることを感じていた。直命がある、そうおもうと身がひきしまった。

着替えが終わると、床下に仕舞《しま》っていた刀を取りだして、帯に差した。

「頭目が、お待ちでござる」

高山《こうやま》ノ太郎次郎《たろうじろう》という男が、伊賀喰代の百地屋敷に来ていた。この男、ヒダリにおなじく下忍ながら、十一人の忍びの名人と称されるひとりでもある。高山《こうやま》は神妙な面持ちで、ヒダリを迎え入れた。

「お久しゅうございまする」

「小僧を使いによこすとはの」

ヒダリは苦々しく云った。なるほど下忍のいずれかが報《しら》せにきたのであれば、何か大事のことであろう。子供の使いは「福」を報せるという古い習《なら》わしがあった。しかし、隠居も同然のヒダリに福の使いをよこすとは、含《ふく》みがあるとしか思えなかった。

「頭目のさしずのことにござらば……」

おれには分からない――と高山は返答しつつも、慇懃《いんぎん》に御辞儀をした。この「左《ヒダリ》」という異名で呼ばれる男をまえにしては、いかに名人の高山といえども頭があがらない。

忍びたちの間で、「上野ノ左」ほど畏《おそ》れられた男はなかった。心中のほど窺《うかが》い知れず、術鋭く、とくに暗殺に長《た》けていると云われる忍びである。いつも柔和な顔をしている小男ではあったが、その外見とは裏腹に、ひとたび命《めい》を受けると鬼となった。慈《じ》悲《ひ》の欠片《かけら》すらも捨て、親や子をも殺す男だとのうわさもある――ただ、高山が神妙になっている理由は、それればかりでは無さそうである。屋敷にあがったのはヒダリだけで、先に案内の者は一人もいなかった。

（秘中の事のようじゃな……）

直感がした。

ヒダリは小綺麗《こぎれい》な黒絹の衣を着て、敷居のまえで平伏した。しばらくすると、奥の部屋の引き戸があいて、影のなかに人の形が浮かびあがった。上忍《じょうにん》の百地丹波である。ヒダリより歳は若いが、背にかかる総髪には白髪《しらが》がまじっている。面長《おもなが》であった。目は鷹《たか》のように鋭く、筋のとおった鼻、頰《ほお》はこけて、肌が浅黒い。葦毛《あしげ》の馬でも見るような美しい碧《あお》いろの直垂《ひたたれ》を着て、朱の柄《つか》をした小太刀を帯に差していた。

「ヒダリ、久《ひさ》しゅうある——」

上忍百地は傍《そば》へは来ない。部屋の奥に敷いてある茵《しとね》のうえに坐り、薄暗い中から下忍に声をかける。ヒダリは忍びの名人といえども、下人《げにん》であった。しぜん、距離を置いた。といっても、庭先にまわして地に坐らせるようなことはしない。下賤《げせん》の扱いをするのは、大名たちだけである。

「遠出《とおで》をしてくれ」

ヒダリは顔をあげた。

「何処《どこ》ぞへ」

と訊《き》いた。

（やはりか……）

遠出という言葉をつかうとは、ただならぬ――ヒダリは頭目の声を待った。

「京じゃ」

と一言して、百地丹波は腕を組んだ。いくら伊賀国といえ、忍びにとって京が遠いとは云わない。古くからの忍びたちの間だけで使われた、「死地《しち》へ赴《おもむ》け」という隠語《いんご》であった。久しぶりに耳にする古い言葉に、ヒダリは背に汗をかいた。頭目百地丹波は黙《もく》したまま、何やら考えているようすであったが、ヒダリに上忍の心中は読めなかった。

さすがのヒダリも、覚悟がない。

死ねと云われて、気楽な心でいられるはずもなかった。京に何があるのか――将軍義輝が三好松永に殺されたことは、ヒダリも知っている。いま無法地帯となった京へ行くのは、何とも気が退《ひ》けた。

「一昨日《おととい》、法花《ほっけ》ノ与藤次《よとうじ》が丹後よりもどった――」

久しく聴かなかった名であった。得てして、虫の知らせを持ち込むのは、遠い記憶の片隅で眠っているような人物である。

「与藤次が帰郷の途次《とじ》がこと、京に立ち寄ったおりに男を観たと申す――暗夜《あんや》軒《けん》じゃ」

百地丹波は云うと、敷居の外《そと》がわで畏《かしこ》まっている老忍、上野ノ左を真っ直ぐに見つめた。

「ほお」

ヒダリが唸《うな》って、ふたりは黙りこんでしまった。暗夜軒とは、もと「闇夜剣《あんやけん》」といわれる暗殺剣のことを云った。太刀筋が見えない秘剣のことで、法体《ほったい》の者が使ったとされる。この事から、人をさすとき雅号《がごう》の「軒《けん》」の字をあてて「暗夜軒」と称した。この異名をもつ男の正体は、はたして忍びの者であった。

こと伊賀者には深い縁故《ゆかり》があるらしく、ときに各地に散った伊賀者の間でもうわさとしてあらわれ、出合った者は暗夜軒の後を追ってこれを討とうとしたが、逆に討ち殺された。幻術の達者でもあるという。

「賃銀は取らす。京へ出向いて、刺して来よ」

百地丹波の言葉に、ヒダリは苦笑した。

「これはまた……この老忍《としより》に、えろうきつい務めを仰せつかり下さる」

しらしらと、わらった。ヒダリも暗夜軒のことは、よく知っている。十年もまえの事であれば、勝算は立ったであろう。しかし、老いた身の上で、術の達者と仕合うことは憚《はばか》られた。

「たしかな事である――」

と百地はつづけて、

「しかし、この機を逸《いっ》しては、いつぞ仕留められるか分からぬというもの。いままでは廃《すた》れ途絶《とだ》えたる、呪術《じゅじゅつ》や幻術の類に通じたれば、あれが法者《ほうじゃ》を討てるのは、おぬしの歳のころの者しかおらぬと覚える」

「…………」

「始末をつけて来い」

云われて、ヒダリは当惑した。

「しかしながら――それがしが下人《げにん》、いまは信濃に潜《もぐ》ってござりまする故に」

ヒダリは身ひとつである。国に残ると決めたときに、手持ちの下忍は笹児にあずけた。伊賀の忍びは一人で行動するかのように思われがちだが、二人忍び（双忍《そうにん》）、三人忍びと、ときには五人で組みをつくる。これがあたかも、一人で行われたように錯覚させるのが伊賀の術の凄味《すごみ》である。当然ながら、忍びの術に未熟《みじゅく》な者があると、一方の足を引っぱることになるから、壱人忍び（独忍《どくにん》）を善《よ》しとした。ただ、いまのヒダリでは独忍は適《かな》わない。

「笹児《ささじ》は、十日の内に帰参する」

察したのであろう。百地丹波が暗がりのなかで声を発した。

「ほう、では」

「西上野《こうずけ》は、武田が手に落ちた。伊賀の衆らは、すでに任ぜられた務めを解《と》かれておる。これが帰参すれば、笹児とあと一人、若い下忍をその方に付けられよう。それにて足らぬか――？」

「充分にござりまする。では、先に京へ出向きますれば、笹児に言付《ことづ》けのことを」

「うむ」

「杉六《すぎろく》あたりを一人連れて、五条の橋に訪ねよと御申しつけ下され」

「了解《りようげ》した。では、恃《たの》むぞヒダリ」

「あい」

「必ずや、あれを討て」

と懐から銭袋を取り出し、ヒダリのまえに投げおいた。

「それは支度につかうがよい」

ヒダリが平伏すると、百地丹波が衣ずれの音もたてずに立ちあがって、

「重宝《ちようほう》じゃ、ヒダリ。老忍《としより》というが、手練《てだ》れたおぬしが郷《さと》に居《お》るので助かる」

「もったいない……」

「帰って来い」

と一言のこして、百地は戸の奥の暗がりのなかへと消えた。ヒダリは十をかぞえて顔をあげると、ため息をつきながら、膝《ひざ》のまえに投げ出された銭をとった。

(やるしか有《あ》るまい)

上忍百地丹波からの、直命である。銭袋を懐中におさめると、ヒダリは喰代の屋敷を出て、家路を急いだ。


手裏剣を砥《と》いだ。

さらにヒダリは雷汞《らいこう》(火薬。雷酸水銀)を調合して、握《にぎ》り鉄砲《てっぽう》につかう起爆剤を用意した。

この握り鉄砲は五寸ばかりの鉄筒に、把手《たばて》が付いており、これを握ると火薬が発火し、鉄球が飛び出すという武器である。飛距離はない。相手に命中させることも難しいのだが、ヒダリは飛び道具の類を入念に用意していた。出来るだけ、敵と接近して戦うことを避《さ》けようという考えである。万力鎖《まんりきぐさり》もあった。両端に分銅があり、巻けば手のなかに隠せるほどの鉄鎖で、これは投げてつかう。相手の顔にぶつけたり、足に絡《から》めて倒すのである。

最後に、——忍び刀を丹念に砥ぎあげた。

ヒダリが恃《たの》むのは、やはりこの一口《ひとふり》であろう。これまで多くの人の命を斬ってきた。そしてまた、斬らねばならない。

（いや、斬られにゆくのかもしれぬな……）

分からない。刀に重みを感じるほど、老いている。肉が衰《おとろ》えはじめたいまは、おのれさえもが敵であった。老体に鞭《むち》をうって、人を殺しに行く。何のためであろうか。

（忍びの道とは、何と惨《むご》いものや）

ヒダリはおもう——前途《ぜんと》ある若い忍びの芽《め》をつかって始末に向かわせるよりも、老いては立ち枯れるのを待つ老忍《ろうにん》をつかうほうが理にかなっているのだと。もしものこと、老忍をさしむけてしくじったとしても、使い古した道具ともいえる「忍び」の処分もできようというものだ。将来のある若い忍びを使うのは、その後の事でよい。上忍の理屈《りくつ》であり、忍者という者の道理《どうり》であった。老いて尚《なお》、この道の虚《むな》しさが心をしめつける。ヒダリは人殺しの道具を整えながら、静かな息をついた。

旅支度をおえて、家をあとにした。

夜になって、ヒダリは近江国の草津へと出た——これまで右馬介《うますけ》という男から京などの情報を仕入れていたものだが、右馬介は永禄五年の三月に死んでいる。伴太郎左《ばんたろうざ》衛門《えもん》率いる甲賀者八十人のひとりとして松平元康《もとやす》（家康）のもとに派遣され、鵜殿長《うどのなが》照《てる》の守城である西郡《にしごおりじよう》城攻めに加わって落命した。この右馬介の子に、次郎丸という甲賀武士があった。

ヒダリは次郎丸を近江草津に訪ねると、京の状勢のあらましを訊《き》いた。

翌日の夕刻、京の地を踏んだ。

粟田口《あわたぐち》から入って尊勝院《そんしょういん》の境内のはずれにある、楡《にれ》の枯れ木の根もとに五色米《ごしきまい》をまいておいた――この五色米というものは、米に染料《せんりょう》で色をつけたもので青や赤、黄いろや紫、黒のいろが付いている。一種の標《しるし》である。

ヒダリは粟田口へもどると、南へ下って鍛冶池《かじいけ》の畔《あぜ》で夜を待った。

「来ておやるか――？」

と、声がした。空には、鎌《かま》の刃のような月が出ている。降るような星群が夜空にまたたき、池の辺《べ》では気色《きしょく》の悪い声で蛙《かわず》が鳴いていた。

「ここじゃ」

群生する葦《あし》をかきわけて、ヒダリが姿をあらわした。

「ヒダリ、ひとりでおやるかいな」

商人の形《なり》をした倉《くら》ノ次《じ》であった。ねずみのような顔に、年輪のような皺《しわ》が張りついている。ヒダリとおなじく歳をかさね、髪も白くなっていた。乞食《こつじき》はやめている。いまは西洞院《にしのとういん》附近の店《たな》に出て、遊女を相手に白粉《おしろい》や水引、香具油などを売っていた。ヒダリは眉間《みけん》に皺をよせて、

「おなご臭《くそ》うなったの、倉ノ次よ――」

と云われて、倉ノ次は自分の袖《そで》のにおいを嗅《か》いだ。

「うへっ。これは紅《べに》くさい」

「乞食の臭いよりはええぞや。さて、この京で長居をせな成《な》らん。何処《どこ》ぞに宿を見つけてくれぬか。三人じゃ。それに……人を探しておる」

「それが本の用向きにござりまするな」

「うむ」

「たれでござりましょうや――？」

「暗夜軒よ」

その名を聴いて、倉ノ次は猫に睨《にら》まれたねずみのように身を凍《こお》りつかせた。

「この京に……」

来ているのか、と訊《たず》ねた。

「阿呆《あほう》め。おまえはこの京におって、目も開いておらぬのか。今宵からわしも捜すゆ

え、早速《さそく》に手配《くば》りをつけよ」

　ヒダリに怒鳴られて、倉ノ次は背筋に寒気を覚えた。身をすくめて自身の失態を詫《わ》びると、まさに水に追われるねずみのように、慌《あわ》てて京の町へ舞いもどった。

　ヒダリは祇園《ぎおん》から大路を抜けて、鴨川《かもがわ》をわたった。

　さらに四条をすすんで、五月に焼け落ちたという二条御所の跡を観に行った。京は応仁の乱以来の、不穏《ふおん》な空気のなかに晒《さら》されている。未《いま》だに路傍には飢《う》えて痩せおとろえた人々が坐《すわ》りこみ、欠けた椀《わん》をおいて物乞《ものご》いしている姿も少なくない。崩れた築《つい》地塀《じ》のすき間から、空き屋敷をのぞけば庭先に死骸《しがい》が転がっているという有様だ。餓死したか、それとも暴漢に襲われたものかは分からない。鴉が屍肉《しにく》をついばみ、人の骸《むくろ》を骨にしていた。

（将軍さえも殺される世のことよ……）

　ヒダリは二条御所の近くに立って、笠の下から様子をうかがった。暗くてよく分からないが、焼け地からはまだ木炭が臭《にお》ってくる。

　翌日からは倉ノ次が用意した宿に泊まり、雲水に妖《ば》けて京の町を歩いてまわった。乞食に銭を配り歩き、暗夜軒の形《なり》を教えて、情報をかきあつめた。倉ノ次も町衆《ちょうしゅう》から話をあつめてはヒダリのもとへ持ち帰り、糸を縒《よ》るようにして不明の男の輪郭《りんかく》を浮きあがらせようと懸命に働いている。

(夜が蒸《む》し暑うなったわ……)

京の町に夏がせまっている。

昼の日差しは目にもまぶしく、地に落ちる影が濃くなってきた。木々から蟬の声が染み出し、夕暮れになると鴨川の辺りには蚊柱が立った。——暗夜軒の居場所は一向につかめず、日だけが過ぎていった。ヒダリは焦《あせ》っている。獲物が京を離れたら最後、つぎはいつぞ見つけられるか分からない。

綾小路《あやのこうじ》から五条へと差しかかったとき、

「そこの坊さん、ちと待たれやし」

とヒダリに声をかける者があった。

「おそいわい——」

云って振り返ると、人の往来《おうらい》する路のなかに、懐《なつ》かしき笹児の顔があった。背後には、狢《むじな》のような顔をした男をひとり連れている。下忍の杉六だ。ふたりとも武士《もののふ》の姿をして、腰に太刀を帯びていた。

「昨夕に郷を出たんじゃ、堪忍《かんにん》してくれやい」

と云った顔がほころんでいた。ヒダリとの再会を喜んでいるふうである。笹児は未だ、このヒダリという男の下忍であるという、長年の意気地が抜けきれていなかった。伊賀の忍びの名人、上野ノ左の一番弟子であると同時に、片腕であると自負しているのだ。ヒダリも双忍の事となれば、この笹児以外と組むことはない。唯一の下忍として、絶対的な信用があった。現《げん》にあり、このときもヒダリが京へ来いと呼び寄せた男は笹児なのである。笹児にとっては誉《ほま》れのことであった。

「まあ良え、ついて来い」

笹児と杉六はヒダリと連れ立って、倉ノ次が手配した下京四条小結《こゆい》町の小宿《こやど》二階で荷を解《ほど》くと、旅籠《はたご》を食いながら、京でのつとめを詳しく聴いた。

「姿はまだ見ぬが――」

とヒダリはこの京に来てから、暗夜軒を捜し歩いていることを話した。部屋の隅《すみ》には倉ノ次の顔がある。申し訳なさそうな顔をして、ねずみのように小さくなって坐《すわ》っていた。笹児が目をむけ、

「倉ノ次どの、心あたりはござらんのか？」

と訊《き》くと、倉ノ次は白髪《しらが》頭をかいて頷《うなず》いた。失態をせめるような、笹児の視線が痛かった。ヒダリは咳払《せきばら》いして、

「笹児よ――今宵は休むがええ。あすは杉六を連れて九条《くじょう》を廻ってくれ」

と頭陀袋《ずだ》の中から、銭と握り鉄砲を取りだした。

「費用《ついえ》のこともあろう。この銭をつかえ――手雷火《てらいか》（握り鉄砲）も用心にもっておくがええ」

笹児は握り鉄砲を大事に受けとると、杉六に銭をあずけた。

「ヒダリは、どないするのや」

「わしは、倉ノ次とまた祇園《ぎおん》をたずねる。あとは西洞院《とういん》をさがしてくれよう。あれをこの京から出してはならぬ。よいか、笹児……ここで必ず討つ」

「承知した。では下京《しもぎょう》は、まかせてくれ」

と湯漬《ゆづ》けをかき食らって、箸《はし》を休めた。ヒダリは神妙な面持ちであった。この京に来て二十日《はつか》も過《た》つが、いまだに暗夜軒の影を踏めないのだ。相手はすでに、ヒダリたちのことに気づいているかもしれない……荒廃した京の町で、まさに忍びたちが影踏みをしている。先に相手の背後をとり、影を踏んだ方が勝つのだ。

「よいか、杉六――笹児よりまえに出るなや。かの男の幻戯《めくらまし》にかかれば、命をとられるでな。笹児よ、おまえも無用に仕合《しお》うてはならぬぞ」

「心得た」

ふたりは返事をすると、あすからのつとめに備えて床に伏せた。ヒダリと倉ノ次は忍び装束に着替えると、刀をとって、昼間の熱気が蒸しかえった京の夜へと舞いもどった。

空には星がなかった。

月も雲に呑《の》まれ、路地は墨《すみ》でも掃《は》いたような濃い闇に包まれている。すでに真夜中である。日中はやかましかった蟬《せみ》たちも、すでに眠っている。ヒダリたちは闇のなかを泳ぐように歩いた。茹《う》だるような京の夜気が息苦しい。二人は堀川《ほりかわ》に沿って北へとのぼり、姿なき暗夜軒の影をもとめて、京の町を捜《さが》しまわった。

(暗夜軒が、この京に来ている――)

法花ノ与藤次の目は確かであろう。頭目の百地丹波が断言したほどなのだ。しかしである――与藤次を疑うわけではなかったが、ここまで姿が見えないとなれば、さすがにヒダリも疑心した。

(はて、見誤《あやま》うたのではあるまいか)

ヒダリは、めずらしく汗をかいた。

雲ノ寺のある辻《つじ》に出たところで、倉ノ次と別れ、自身は東にむかって油小路《あぶらこうじ》をこえた。さらに進むと、真如堂をかこむ白い塀が、闇のなかで笑っている歯のように、浮かびあがって見えてくる。ヒダリは辻をふたつ過ぎて、北へと足をむけた。

花乃御所

——という、室町幕府三代将軍足利義満《あしかがよしみつ》の邸宅跡があった。室町殿《むろまちどの》、あるいは室町第《てい》とも呼ばれていたが、公卿《くぎょう》たちが義満に贈《おく》った花木《かぼく》が庭園に咲き競《きそ》い、そのあまりにも見事な美しさから「花乃御所《はなのごしょ》」と称されている。足利幕府をして後年「室町幕府」という呼び名になったのは、この御所が室町にあったことが由来している。

この御所は東西に一町、南北に二町という広さであった——応仁の乱のころ、近隣の土倉《どそう》や酒屋が西軍によって放火されると、この室町殿も火にのまれて全焼した。再建されたのは三年後の文明《ぶんめい》十一（一四七九）年のことである。寝殿が造られたが、翌年にはまた焼かれ、いつしか御所の焼け跡には傷口にたかる蛆《うじ》のように、夜盗たちが集まるようになった。その後は京の庶民の家屋が建ち並び、先の五月に没した第十三代将軍義輝《よしてる》が、永禄二年に勘解由小路《かでのこうじ》に二条御所を築いてからは、この室町殿は廃址《はいし》となっている。

ヒダリは「花乃御所」の塀に忍び刀を立て掛けると、鍔《つば》に片足のつま先を乗せた。残った足で地を蹴《け》れば、あっという間に一間半《いっけんはん》はあろうかという高い塀のうえに乗りあがっている。まるで一匹の黒猫であった。ヒダリは塀のうえで身を伏せると、下げ緒《お》を巻きあげて刀を手中《しゅちゅう》にした。老体といえども、生まれついての伊賀者である。これ程度の塀を越えるくらいは何のことはなかった。

ヒダリの影が塀の中へと落ちて、闇のなかに音もなく立った。

用心ぶかいその目が、御所の敷地の西に面する庭のなかに、背の高い黒松の木を見つけた。ヒダリは影を踏んで松の根もとまで走った。黒松をのぼった——幹《みき》に指をかけたまま、近くの枝に飛びあがり、さらにうえの枝にと跳《と》びあがって、天辺《てっぺん》付近の枝まで辿《たど》りつくと、ゆっくりと腰をおろした。

眼下に御所の中門が見えた。台盤所《だいばんどころ》と御湯殿《おゆどの》は焼け落ちたままで、黒々とした柱が数本、暗い地面から突きだしている。中門に目をむけると、焚松《タキマツ》の火が三つ見えた。見廻《みまわ》りらしき男が三人、門のまえに立っている。視線を返すと、室町通に面した四足門のまえにも、男たちが見張りに立っていた。夜盗を警戒してのことであろう。

（はずれたか……）

直感があったのだ。この廃址こそは、暗夜軒の隠れ家に絶好の場所とおもったのだが——ヒダリの考えは、尽《ことごと》く裏切られた。

（広すぎる……）

京の町が、である。

伊賀の郷《さと》とはまるで様相が違っていた——この京は民家が建ち並び、神社仏閣が随所にあって、そのうえ商人たちの店が軒を連ねている。京の町衆ばかりか、他国から行商人が押し寄せ、さらに三好氏の軍兵が流れこんでいた。忍びの者であれば、この中に紛《まぎ》れこむなどは造作《ぞうさ》もないことである。片《かた》や、これを捜すとなれば、燃えた書物の文字を読むよりも難しくなる。

ヒダリは枝のうえから、京の町並みを凝《じ》っと眺めた。まるで梟《ふくろう》である——小柄《こがら》なこの男の目だけが闇のなかに爛々《らんらん》と輝き、全身は忍び装束を着込んでいるため、闇に溶けるように真っ黒であった。

と、夜空に灯《ひ》がともった。

黒松の枝にとまった梟の男が、顎《あご》をあげて夜空を見あげた。

雲の帯が嵐山の方角に流され、不気味な月があらわれていた。鬱血《うつけつ》したような色をしている。郷ではこういう月を「不浄《ふじょう》の月」と呼んで、見れば凶事があると恐れられていた。ヒダリにしても——凶事の月に恐れこそしなかったが——赤く滲《にじ》んだ月を睛《ひとみ》に映すと、不吉の予兆《よちょう》かと覚《さと》った。

（たれぞ、死ぬようじゃな）

自身のことかも知れない。いや……暗夜軒こそ、斬られる運命《さだめ》にあろう。これこそは吉兆なりと、ヒダリは月を鋭く見つめかえした。入京してから、すでに二十日目の夜のことである。

京の夜が、蒸《む》し暑くなってきた。

鳶は啼く

そのころ段蔵は、信濃国にいた。

安曇野《あずみの》をこえてさらに南下し、諏訪湖《すわこ》のちかくまで来ている。越後の国境を越えることは存外に楽であった。

付け髭《ひげ》をし、背をまるめて足を引きずりながら歩いた――誰も気づかない。段蔵はまったくの別人に見えた。年齢すらも、一見して十《とお》は老いて見える。衣は脱ぎ捨て、農家の軒《のき》さきに干《ほ》してあったものを盗んで着た。魚籠《びく》を提《さ》げて、商売をするために国を越えるふうを装《よそお》い、手形は関所《せきしょ》のまえに並んでいる男の懐中から掏摸《すり》をして手に入れた。関料の三文《さんもん》は持っている。それだけで充分であったが、段蔵はさらにと、魚籠のなかに川でとった魚を入れて、すこし腐《くさ》らせておいた。魚の臭《にお》いが、関所で目を光らせている番士らの鼻をそむけさせ、気までもそらした。詰問《きつもん》もなく、段蔵は関所を抜けた。知れば容易《たやす》い行為も、相手の隙をついて成し遂《と》げるのが、忍びの法というものであろう。

段蔵は信濃から出ず、京にも上《のぼ》らない。

信濃にしばらく潜伏して、この国から「武田氏」というものを見てまわった。こんどは家臣の一人々々までを調べあげ、準備を怠《おこた》らなかった。餌《えさ》を目のまえにしてなお、物陰《ものかげ》から用心深く窺《うかが》っている狼である。

武田信玄
という大名に、仕官するつもりだ。

甲斐の「虎《とら》」である。

すでに天下に知れたことでもあるが、越後上杉輝虎とは敵対の関係にある大名であった。この男の膝《ひざ》もとに入れば、万に一つ、上杉方の忍びの者（軒猿）たちが段蔵を仕留《しと》めようと追ってきたところで、手出しは辛《つら》くなろう。たかが忍びの者、虎穴《こけつ》に手をいれようという馬鹿《ばか》もあるまい。そして何よりも——信玄は、忍びの者を扱うのがうまいという。

武田信玄の下《もと》には、自ら抱えている三ツ者があり、富田郷左衛門《とみたごうざえもん》という男がこれを統率《とうそつ》した。数は二百余り。さらに「歩き巫女《みこ》」なる者まで使っている。

口寄せ、

というものを用いる。死口、生口、荒神という三法をつかって、人心《じんしん》につけいるのだ。この巫女たちは、各地をまわって国々の情報をあつめるため、ときに旅先にあっては女郎として客をとった。男から銭をとって体を与え、口がゆるんだところで、敵情を聞き出すのである。いわゆる「くの一」という者たちであり——この女忍者というものは——刀を振りまわしたりはしない。あくまでも、情報収集と人心攪乱《かくらん》が仕事であった。およそ年の暮れから三月あたりまでは国に在し、春先になると各地へ散った。

この他に、武田は伊賀者まで買ってきた。越後の上杉とはちがって、京に旗をたてようという大名なのだ。忍びを各地にまいておいて、さまざまな情報を得ようというのは当然である。少なからずも、武田信玄なる男は忍者に有用性をもとめる武将であり、「義」をもとめるようなことはあるまい。

八月。

狼は国境をこえた——甲斐に、

円成《えんじよう》

という名の坊主を見つけたのである。

段蔵が流浪《るろう》の日々に身をやつしていたころ、飛騨の国で立ちよった善立寺《ぜんりゆうじ》で出会った僧である。もとは江間輝盛《えまてるもり》という、飛騨の大名の弟であった。円成は、前年の永禄《えいろく》七年に人質として、飛騨からこの甲州（甲斐）の地に送られてきた。人質といっても誘拐《ゆうかい》されたわけではなく、甲斐武田氏に帰属臣従《きぞくしんじゅう》を誓うことを知らしめるために、あずけられたものである。この円成、後年《のち》に還俗《げんぞく》して、武田氏の下で足軽大将衆騎馬三騎足軽十人持となり、名も江間右馬丞《えまうまのじょう》とあらためる。天正八（一五八〇）年には遠江《とおとうみ》の高天神城攻めに従軍し、戦死する。

「これは、なつかしや」

円成も段蔵を覚えていた。歳のころは段蔵とかわらない。剃髪《ていはつ》しているために凜々《りり》しい眉《まゆ》の毛が、いっそうと濃くみえる。

「加藤どの――いずかたにおられたか」

「方々《ほうぼう》」

段蔵は常陸《ひたち》の筑波山をまわったあとに、越後上杉輝虎に拝謁《はいえつ》したことの次第をのべた。円成はまるで子供のように目を輝かせて、段蔵の話しに聴き入った。うらやましい限りである。何の束縛《そくばく》もなく各地をめぐって、見たきものを見て、知りたきことを知るのだ。出家したとは云え、自ずからが望んだことではなく、さらに云えば円成の身は自由ではない。

「そこで、円成どのには恃《たの》みたきことがござって参った」

段蔵は神妙である。

「ほお。この質《しち》なる身上《しんしょう》に、何を恃まれると申されるや」

武田に奉公したき故に、智恵をかしてくれまいか——段蔵の申し出に、円成は腕を組んでしばらく考えこんだ。段蔵は返事を待った。

「ようござる」

円成は快諾《かいだく》したものの、

「これにてしばらく——」

段蔵には数日と我のもとで逗留するがよろしかろう、と勧《すす》めるのだった。いま武田家は、不穏《ふおん》な空気のなかにある。

騒動が、もちあがっていた。

この永禄八年、信玄重臣《じゅうしん》の飯富兵部少輔虎昌《おぶひょうぶしょうゆうとらまさ》らが、密《ひそ》かに武田義信《よしのぶ》（信玄の嫡子）を擁立《ようりつ》して謀叛《むほん》を起こそうとくわだてたのである。この嫡男義信は天文二十一（一五五二）年に甲相駿《こうそうすん》三国同盟の証《あか》しの一環として、今川義元の娘である嶺松院《れいしょういん》を正室にむかえている。いわゆる「政略結婚」であった。義信はこの妻を寵愛《ちょうあい》した。そして、八年後の永禄三年である——今川義元が桶狭間において織田信長に討たれると、信玄は今川氏との同盟を破棄《はき》してしまった。上杉輝虎の介入《かいにゅう》によって遅々《ちち》として進まなかった北進《ほくしん》政策を切り替え、駿河《するが》をはじめとする東海地方に鉾先《ほこさき》を向けはじめたのである。

これに反対したのが、義信であった。

妻の実家を攻めるというのだから、当然ともいえよう。武田父子が対立を深めると、さきの飯富虎昌をはじめ、穴山信邦《あなやまのぶくに》、長坂源五郎《ながさかげんごろう》、曾禰《そね》周防守《すおうのかみ》ら信玄重臣たちが義信に味方し、武田の家臣団が二分するような大事件がこの永禄八年におこっていたのである。

主君（信玄）を謀殺《ぼうさつ》せん――。

と飯富虎昌の邸で謀議がはかられたところを、飯富三郎兵衛尉《おぶさぶろうひょうえのじょう》（この年に、山県昌景《やまがたまさかげ》と名を改める）に露見した。

とうぜんではあるが、円成はもとより段蔵にしても、この義信叛逆《はんぎゃく》のことは何もわからない。が、よそ者には「空気」というものに対して敏感《びんかん》なところがある。何か不穏《ふおん》なことが起きているというくらい、円成にも知れた。伊賀の嗅覚《きゅうかく》をもつ段蔵にしても、ただならぬ気《け》というものは嗅《か》ぎとれる。と同時に、いまが武田家につけ入る隙だともおもっていた。この乱世にこそ忍びが隆盛《りゅうせい》を極めたように、気の乱れに乗じるのは忍者の常である。

八月も末《すえ》になる。

段蔵は円成のもとで従事にいそしみ、日々を過ごしていた。寺の裏にある櫟《くぬぎ》の木のあたりで鳴いていた蟬の声も、数が少なくなったころである。

「そこ許《もと》が、加藤とか申す忍びか」

突然、使者はやってきた。武士然とした風体《ふうてい》で、鬢《びん》の毛に白髪がまじっている。歳は五十をすぎているだろう。目尻に皺《しわ》が多く、目すらも皺のひとつかとおもうほどに細い。名を富田郷左衛門といった。武田に飼われている三ツ者（忍者）衆を束《たば》ねている男である。

「ああ、馬場美濃守どのの……」

と段蔵は云いかけた。

馬場美濃守信春《ばばみののかみのぶはる》とは、先代信虎のころから武田氏に仕《つか》える、重鎮《じゆうちん》である。数多《あまた》の合戦に参加したが、ただ一度として擦《す》り傷も負わなかったという、歴戦の猛者《もさ》であった。その馬場美濃守の下で三ツ者衆を捌《さば》いていたのが、この富田郷左衛門である。

「おうさ。すこしは賢《さと》いようじゃな」

品定めするような目が、段蔵の全身を睨《ね》めまわしていた。

「術はいずれをつかうか」

「所望《しよもう》のことあらば、何なりと」

いよいよ我が名は、奥に届いたか——信玄の居る躑躅《つつじ》ヶ崎《さき》館に、である。この富田郷左衛門という男は、おそらく主人馬場美濃守から、段蔵の姿を見て来《こ》よとでも申しつけられたのであろう。段蔵の顔は明るかった。ふと視線が、庭さきにある椛《もみじ》の木にむけられた。枝のうえに二羽の山雀《ヤマガラ》がとまっている。頭と喉《のど》が黒く、尾羽が灰青色をした、ちいさな鳥だ。

「あの鳥どもを、見やれ」

右手の人差し指に中指を乗せて、山雀をさした。すると、山雀は金切り声をあげて騒ぎはじめた。喧嘩《けんか》である。枝のうえで羽を逆立て、相手の胴を嘴《くちばし》で突き合った。

「右の鳥《やつ》めを落とす」

と、——山雀を指し示している段蔵の手が、虚空《こくう》に何やら文字を書いたかとおもうと、視界の右端にあった山雀が声を消した。三つと数える間があった。

(おお)

富田郷左衛門は目を剝《む》いた。枝のうえにあった二羽の山雀《ヤマガラ》の片方が、地面のうえに落ちたのだ。

(死んでいる)

折しも、武田の家中では、家臣団が二分されるような騒動が持ちあがろうとしている。この男はそれを知っているのであろうか。枝のうえで争《あらそ》う山雀の、片方が落ちた――はっきりと覚《さと》ったわけではなかったが、たったいま目にした光景に武田の家が重なって映り、富田郷左衛門の心中は穏やかではなくなった。

(いまのが術か――)

と富田は段蔵を真っ直ぐに視《み》た。小鳥とはいえども、指ひとつで、ものの命を盗る

男である。これほどまでの業《わざ》に合ったことはない。さすがに背筋が寒くなった。

「そこ許《もと》がつかうというのは、人を殺すが法であるか」

「さて。それも所望あってのことと、思《おぼ》し召《め》し下さりまするよう」

段蔵は目を伏せて、不敵な笑みを口許《くちもと》に泛《うか》べている。

「ふむ」

と唸《うな》ったきり、富田郷左衛門は口をつぐんだ。計りかねている様子であった。円成

が運ばせた茶を呑みながら、段蔵からその出生《でしょう》や越後で上杉輝虎を間近に視たという

咄《はなし》を聞き出したあとは、何も云わずに帰った。

秋が深くなってきた。

見ると、庭さきの椛《もみじ》の葉が赤く火照《ほて》っている。

夕暮れになれば、蜻蛉《とんぼ》を見かけるようにもなり、勝沼の宿《しゅく》まで足を延ばせば葡萄《ぶどう》が甘く香った。甲斐には果物がよく実《みの》る。葡萄のほかにも桃《もも》や林檎《りんご》、梨《なし》などの育ちがいい。柿と栗の味もよく「甲州八珍果《はっちんか》」といわれる。

さらにいえば、葡萄は遠く安息国《あんそくこく》（波斯《ペルシア》）から伝わったものだという。

「面白《おもしろ》い――」

と段蔵は葡萄を一粒つまんで、口に入れた。

段蔵が体得している奇戯《きぎ》とおなじである。幻術もまた、前漢武帝のころに、はるか西域の安息国からの使者が黎軒《レイケン》の幻術師を献上したことから伝わったといわれている。安息国の幻術は段蔵のなかでいまや大いに稔《みの》り、葡萄はこの甲斐で秋風に吹かれながら、熟《じゅく》している。段蔵はおのれの中に、何やら荘厳《そうごん》なる歴史の交錯のようなものを感じていた。

段蔵は葡萄一房《ひとふさ》をたいらげてから、天目山《てんもくざん》まで足を延ばし、山中の紅葉を目に楽しんだ。

秋晴れの空はすがすがしく、心まで澄《す》みわたるようである。

段蔵は坐禅《ざぜん》をするわけでもなく、はじめてこのとき心中に安《やす》らぎというものを感じるのだった——天を仰《あお》げば、秋の風に身のほこりも落とされるおもいである——草むらに寝転がると、腕を枕《まくら》に、果てしなく広がる蒼《あお》い空を眺めつづけた。

（おれはこの空の下にうまれ、そして生涯《しょうがい》、この空の下から出ることはない）

そうおもうと、乱世を駈けまわるこの身が、馬鹿らしくもある。所詮《しょせん》は鳥とおなじく、この空の下から飛び出すことは出来ないのだ。人もまた地に芽をふき、葉をひろげ、陽と水によって花を咲かせ、種を落とすばかりの一生である。あるいは花はなくとも、木々のように地に根を張って、天に枝葉をひろげるものか。いずれにしても、草木とかわらない。いつぞと知れずとも、地からうまれたものは、天を仰《あお》いで地に還《かえ》るだけのことであった。

それにしても、音沙汰《おとさた》がない。

富田郷左衛門が段蔵を訪ねてから、すでに一ト月が経《た》とうとしていた。円成にようすを訊《き》いたところで、

「いまは待つが肝要《かんよう》にござる」

と人の良い笑顔で、うやむやにされた。

そして、

九月も過ぎようかという日のことであった。

前日まで大風が吹き荒れ、山々から飛ばされてきた小枝《こえだ》が、路のいたる処に落ちている。その中を男たちが訪ねてきた。ひとりは——五尺にも満たない痩身《そうしん》の小男で、口の端《はし》に髭をはやし、頬《ほお》骨が高い。浅葱《あさぎ》いろに茶の縞《しま》が入った虎のような素襖《すおう》を着て、腰には大小の太刀を佩《は》いている。歳は三十半《なか》ば、名を飯富三郎兵衛尉《おぶさぶろうひょうえのじょう》という。義信らの叛逆《はんぎゃく》を未然《みぜん》に防ぎとめた、張本人であった。

この漢《おとこ》が——紛《まぎ》れもなく武田信玄の家臣のなかでも秀《ひい》でた人物であり——飯富源四郎《おぶげんしろう》と名乗っていたそのころには、すでに「源四郎の赴《おもむ》く処に敵なし」と評《ひょう》された傑物《けつぶつ》である。武田の信州伊那《いな》攻めのときに初陣《ういじん》し、神之峰《じんのみね》城一番乗りという功名《こうみょう》をたてた。この永禄八年には、甲斐武田譜代《ふだい》の名家であった山県《やまがた》の姓を継いで「山県昌景《まさかげ》」と名をあらため、後年に信玄のあとを継いだ勝頼《かつより》にも仕え、武田の猛進の将として世に名を知らしめるのである。

「加藤と申す者は、これにまだ在《おわ》すや」

雷のように、よく響く声であった。倶《とも》のふたりは、家人であるらしい。飯富三郎兵衛尉は円成を呼びつけると、逗留している客の姿を見分《けんぶん》しに参ったと伝えた。

段蔵は奥の部屋で、この三郎兵衛尉と顔を合わせた。

「では、奉公を申し出るために参ったというのじゃな――？」

「左様にございまする」

段蔵は顎《あご》をひいて、軽く頭をさげた。

「二心《ふたごころ》はあるまいの」

「おそれげもないことを申される。さすれば、斬り捨てにされましょう」

「うむ。命を惜《お》しめ。ところで、加藤とやら――何ぞ術のひとつでも、これに披露してみせい」

「では」

と返事はしたものの、段蔵は何をすればよいか迷った。最初に訪れた富田郷左衛門には「死」を見せた。その反対のものを見せてやろう、とおもいたって庭のうえに降りた。

「これに、参られたし」

三郎兵衛尉たちを、庭の側へと手招いた。同席していた円成も、興味津々という顔で濡《ぬ》れ縁に立っている。かねてから段蔵が話している「幻伎《げんぎ》」なるものを、実際に目にしたことがないのだ。

「円成どの、そこの竿《さお》を取ってくださらぬか」

軒下に、竹竿がたてかけてある。円成はその一本を手にして、段蔵のほうへと投げた。段蔵は竹竿を地に刺し立て、懐中から、ちいさく畳《たた》んだ布きれを取り出した。布きれの端を指でつまみ、ひらくと葡萄《ぶどう》の実が一《ひと》つあらわれた。口にいれた。舌を出すと、種だけが乗っている。

「葡萄じゃな」

三郎兵衛尉が怪訝《けげん》な顔つきをして云うと、段蔵はこくりと頷《うなず》いて、舌のうえの種をつまみあげた。

「とくと見やれ」

竿の根もとに種を埋めると、手は智拳印《ちけんいん》を結び、

「オン・バザラ・ダト・バン」

と真言を唱えた。言わずもがな、地から芽がふき、蔓《つる》がまるで蛇のように蠢《うごめ》きながら竿に絡みついて、上へ上へと這いのぼりはじめた。途中、葉が開いて、白い穂花が咲いた。

「ほう、これは見事な――」

円成が息をのんだ。三郎兵衛尉も目は虚《うつ》ろながら、驚きは隠せない。いまや段蔵が出現させた葡萄《ぶどう》の蔓《つる》は木と育ち、葉を茂らせ、暗い紫いろをした実《み》までさげていた。

段蔵は葡萄を一房《ひとふさ》もぎとって、三郎兵衛尉に届けた。

「これなるを生花《せいか》ノ術と申す」

と三郎兵衛尉に葡萄を口にするよう勧めた。確認のために、三郎兵衛尉は一粒をつまんで、口に入れた。口内に甘酸っぱい味がひろがっていく。

「うむ」

と三郎兵衛尉は他の者らにも葡萄を手渡し、賞味させた。円成も口にした。まぎれもなく葡萄の味覚《みかく》であった――ふと見ると、段蔵のうしろに立っているのは竹竿一本だけである。

「おお、夢のようじゃわ」

円成が驚いて声をもらした。たったいま目にした葡萄の木は、何処にも見当たらない。が、口のなかには、まだ葡萄の甘さが残っているのだ。まさに不思議であった。

三郎兵衛尉にしても、

(狐狸《こり》に化かされたのではあるまいか……)

と怪訝な顔つきで、庭に突き立てられた一本の竹竿を見つめている。

「…………」

竿《さお》の傍らには深々と頭をさげている、加藤段蔵の姿があるばかりであった。

──そして。

待ち侘《わ》びた「その日」が、来た。

躑躅《つつじ》ヶ崎館から、加藤段蔵の謁見《えっけん》が許されたとの御達しが、円成に下ったのである。この日の空は、まるで段蔵の心を映したかのように晴れやかであった。

巳《み》ノ刻。

段蔵は朝餉《あさげ》をとったあと、長らく滞在していた部屋にひとり立ち、床ノ間に飾られた一幅《いっぷく》の掛け軸の画をながめていた。円成がととのえた小綺麗《こぎれい》な衣に着替えさせられ、髪も洗って結い直し、髭《ひげ》も剃《そ》ってある。すでに武田家に仕える某《なにがし》という武士を名乗っても、おかしくはない風体であった。ただ帯に差してある刀だけが、忍びの者という片鱗《へんりん》をのこしている。

（はて。気づかなかった……）

段蔵の目は画を凝視して、離れない。掛け軸に描かれているのは四天王の一尊「持《じ》国天《こくてん》」の画である。左手に剣をにぎり、右の掌《て》のうえには宝塔《ほうとう》をのせていた。段蔵が知っているのは「多聞天《たもんてん》」がこの宝塔を持っている姿なのだが、気づいたのはそのことではない。掛け軸のなかの持国天は、台座のうえに立っていると見えていた──

が、あらためて目にすると台座ではなく、うずくまった子供のようなものを踏みつけているのだ。踏まれているものは苦悶《くもん》に顔をゆがめ、恐れるような眼差《まなざ》しで持国天の顔を仰《あお》ぎ観ていた。

「加藤どの——」

と声がした。部屋に円成が入ってきたのである。

「支度《したく》がととのいましたらば、躑躅ヶ崎までご足労《そくろう》願えまするか」

段蔵に返事はなかった。魂を奪われたように、掛け軸の画に魅入《みい》っている。

「円成どの。これに踏まれておるのは、何でござろうか——？」

円成は段蔵の肩越しに、画を視《み》た。円成にしても、躑躅ヶ崎館に出向くというのは、よほどの大事とおもっているのであろう。あたらしい直綴《じきとつ》に着替え、普段の絡子《らくす》も木綿の五条袈裟《ごじょうけさ》に替えている。

「ああ……、邪鬼《じゃき》のことを申されるのでございましょう」

「鬼の子にござるか」

「左様なところですな」

段蔵は、画のなかで持国天に踏まれている「鬼の子」の悲痛に歪《ゆが》められた貌《かお》から、目が離せなかった。持国天の足の下から這い出せば、左手の剣で斬り殺されるということを知っているような目つきをしている。踏みつけられ、動くこともできず、懇願《こんがん》するかのように口を半ば開《ひら》いていた。これほど哀《あわ》れなる姿を見たことがない。段蔵はなぜか、邪鬼の姿におのれの生涯を見るような気がして、胸がつまった。

（おれの霊魂にして、生まれたときからこの様に踏まれ、悲鳴をあげているだけなのかもしれぬ……）

それも昨日までのことだ。武田に仕官すれば、おれの境涯《きょうがい》というつまらぬものも、かならずや変わるだろう――と、円成がしびれを切らして、咳払いをし、段蔵に催促《さいそく》をした。

「加藤どの。参られようぞ」

段蔵の耳に、その言葉は届かない。ましてや、逸《はや》るような円成の心中が通じるはずもなかった。

「恐ろしい姿じゃな――」

段蔵がつぶやいた。持国天のことか、それとも足許《あしもと》の邪鬼をさして云ったものか。おそらく段蔵は、その両方に恐ろしさを感じているのであろう。絶対的な力と、それに踏まれる者――それこそはまさに、この乱世の構図であった――が、円成にとっては、そのような事はどうでもいい。躑躅ヶ崎館に上がるよう申し渡された刻限が、いまや近づいているのだ。

「さあさ、お急ぎあれ」

夢想するような段蔵の睛《ひとみ》が、正気に還《かえ》った。円成の顔をみて、ようやく事を急《せ》いているると知った。


段蔵たちが躑躅《つつじ》ヶ崎《さき》館へと向かったのは、午《ひる》まえのことである。

府中《ふちゅう》の町を歩いて、十丁もない。

段蔵は秋晴れの空の下を歩きながら、陽に香る草花のにおいを嗅《か》ぎ、躑躅ヶ崎館の影を正面に視《み》た。甲斐の虎と称される、武田信玄の居館である。城ではない。そこが段蔵の不思議におもうところなのだが、信玄の考えでは、人こそが石垣であり、また城なのだともいう。それほどに武田の臣下を誇りにおもい、あるいはそうでなければ戦国乱世を戦え抜けぬと考えているのだ。城を建てたところで、いつかは落とされるものである。人こそは——あるいは人と人との結束こそが——何ものにも勝《まさ》り、敵を防ぐ唯一の「城」となり得る。

うまく云ったものである。信玄という男はその実、生涯の大部分を家臣の結束のために心労している。この館から移ることもなく、または大増築して城の形をとらなかったのは、裏返して考えてみれば、束《たば》ねづらい臣下を団結させてこそ、最大の守備策がとれるということを自他《じた》ともに認識させつつ、決して自国へ敵を入れないよう心構えさせるためではなかったか。

(かの箕輪《みのわ》の城や、春日山とも違っている)

段蔵は円成のあとについて、堀の端《はた》を歩きながら、そうおもった。

「客人《まれびと》を案内《あない》つかまつった、罷《まか》り通る——」

円成が大手門に立つ番兵に声をかけ、門をくぐろうとした。ところが、すぐに制止された。不手際《ふてぎわ》であるらしい。円成はいちいち事情を説明し、背に連れ立つ段蔵の素性をも説明したが、一向に要領を得ない。番兵は確認するので、しばらくこれに待たれよと、円成すら足止めする始末であった。

「あの者は、虚《うつ》けかっ」

と円成は不機嫌そうに顔を歪《ゆが》めたが、段蔵は気にもしていない。忍《しの》ぶ耐《た》えるは、忍者の本質でもある。その辺りが、大名家にうまれた円成とは違っている。

「これは円成どの……」

門の向こうから声がした。見ると、まだ二十歳《はたち》そこそこの若侍が歩いてくる。

「おお、金丸どのではあるまいか」

円成の顔が晴れた。

やってきた男は、金丸平八郎《かなまるへいはちろう》という若侍である。父は筑前守虎義《ちくぜんのかみとらよし》といって、幼少のころの信玄の傅役《もりやく》をつとめた侍大将であった。この平八郎もまた、甘利左衛門尉昌忠《あまりさえもんのじようまさただ》、武藤喜兵衛《むとうきへえ》（のちの真田昌幸《さなだまさゆき》）らと共に信玄の奥近習《きんじゅう》として仕えたのち、永禄四年の川中島の戦いでは、わずか十七歳という年齢で初陣《ういじん》をかざり、武田本陣が上杉軍の猛攻にさらされた中にあっても、この平八郎は動じることなく、信玄の傍《そば》から片時《かたとき》も離れずに守り抜き、応戦したという。

円成はもとより、段蔵にもこの若者の名は聞こえていた。

「差し出たことにござりまするが、これより先は、この平八郎が客人を案内いたせよと、飯富《おぶ》どのに仰せつかわされて参りました由《よし》に――飯富どのの事は、ご存じであられましょう」

と円成のうしろに立っている、段蔵に笑顔をむけた。段蔵はうなずいた。まぼろしの葡萄《ぶどう》を食った、飯富三郎兵衛尉《おぶさぶろうひょうえのじょう》のことである。段蔵の幻術に驚き、「ちかく沙汰《さた》する」と引き上げていった男だ。

「故《ゆえ》に、ご足労《そくろう》がことと存じあげまするが、円成どのはここでお引き取りくだされますよう——」

　と平八郎は、円成の労《ろう》に対する失礼のほどを慇懃《いんぎん》に詫《わ》びた。円成にしては、おもしろくなかろう。衣まで着替えたのだ。が、質《しち》の身の上というものである。退《ひ》かざるをえなかった。

「飯富どのが、お取りなしのことにあらせられる、そう申されてか」

「左様にござりまする」

「なれば心安《こころやす》うござる……加藤どの、宜《よろ》しゅうござるかな」

「これまでの御心尽《おこころつ》くし、痛み入りまする」

　段蔵は円成に厚く礼を云った。

「取り次ぎは西曲輪《くるわ》になりまする故、早速《さそく》、あちらの門までご同行下《どうぎょう》さろうか」

　と金丸平八郎は段蔵を連れて、堀のふちを歩き、館の南西にある虎口《こぐち》門へと案内した。

　堀を渡って門をくぐると、広場があった。曲輪の左右には屋敷が建ち並び、信玄の主殿などがある一ノ曲輪は、この奥をぬけて、さらに堀を越えた辺りにある。

「加藤どのは、安息《あんそく》国なる地の術をつかわれると聞き申したが——」

西曲輪の建物のまえを歩きながら、平八郎が話しかけてくる。段蔵は表情を崩《くず》すことなく、

「いかにも左様と」

みじかく返答をした。

「飯富どのが申されるには、葡萄を育《そだ》つるが名人にそうな……」

道を案内しながら云った平八郎の言葉に、段蔵は笑った。たしかに、生花をそだてる名人かも知れぬな——笑ったことで、段蔵の心から緊張がとけた。

「安息国に渡《わた》せられたことは？」

と平八郎が訊《き》いている。

「ござらぬよ」

段蔵は云って、視線をそらした。建物の脇に樹《た》っている楡《にれ》の木の梢《こずえ》から、小気味よい鳥のさえずりが降《ふ》るように聞こえてくる。見あげると、目にもまぶしい陽の光のなかに、ちいさな鳥の影が枝に止まっていた。声から察するに、小啄木鳥《コゲラ》であろう。段蔵は目をほそめたが、鳥の姿は逆光で影になり、ついぞ見えなかった。

「こちらでござる」

平八郎に付いて、段蔵は屋敷の角をまがった。数十人の雑兵が、槍《やり》を手に立ってい

る。竹柵《たけさく》が三方を囲い、道はそこで途切《とぎ》れていた。

「……………」

刹那《せつな》、脇にいる平八郎が抜刀し、白刃《はくじん》が段蔵の胸をなめた。

「御免《ごめん》ッ」

と声を聞いたが、遅かった。

「ぬッ」

段蔵はさっと飛び退《の》き、腰の刀を抜こうとしたが、すでに右腕の感覚がなかった。左胸から斬りさげられ、右腕の筋《すじ》までもが断たれてしまっている。利《き》き腕があがらず、慌《あわ》てて左手で刀の柄《つか》をにぎったが、平八郎の剣のほうが疾《はや》かった——つづく太刀が、段蔵に襲いかかった。避《よ》ける暇もなく、段蔵は地面のうえに転がった。同時に、胸に凄《すさ》まじい痛みが走り、噴き出す血で胴体が真っ赤に染《そ》まった。

（まさか——）

段蔵は訳もわからず、ただ平八郎の剣から逃れようとし、その左手は刀を抜こうと慄《ふる》えていた。立ちあがるたびに、膝《ひざ》を崩して倒れそうになった。まるで大風に吹かれた木の葉が地表を舞うように、段蔵は血をまき散らしながら逃げまわった。一瞬、目のまえに闇が広がり、雪がみえた。

（まだだ……）

段蔵の命の火明《ほあか》りが、闇を押しのけた。向かってくる平八郎の姿が見え、白刃を頭上に見あげた。同時に、左手が鞘《さや》から刀を抜いていた。段蔵は抜いた太刀で、平八郎の刀を受け止めたが、力負けし、両膝が崩れ落ちて地面についた——全身が震え、力がまるで沸《わ》きあがってこない。

出血がひどかった。

受け止めた刀も軽々と払われ、

（段蔵よ——）

と声を聴いた。

（夏とは、いやなものじゃな……）

それは懐《なつ》かしき、三吉の声であった——伊賀の郷を走っていた夏の日、段蔵の背に声をかける仲間の言葉をいまこのときに聞いて、段蔵は愕然《がくぜん》となった。

（分かるよ）

と段蔵は振り返って、三吉に声をかけた。とおい昔のことである。日焼けした三吉の顔が、うしろで笑みをこぼした。また、別の声を聴いた。

（へえすけ、大事《だいじ》ないかの——のう、段蔵）

　五郎太よ、おまえはあの日、納屋で毒《どく》を呑んで斬られたはずではなかったか……段蔵は刀を杖《つえ》にして、血まみれの上体を起こし、目のまえに広がろうとする闇をふり払《はら》おうと踏ん張った。歯をくいしばったが、奥歯が慄《ふる》えて根が合わない……胸に開《ひら》いた傷口からは血がとどめもなく滴《したた》り落ち、いまにも意識を失いそうであった。

（まだ、やめてくれ……）

　段蔵は地面を見つめ、現世《うつしよ》から離れまいと懸命に目を見開いた。皆よ、これからおれは武田に奉公するのだ――流《る》浪《ろう》の人生を抜けだし、忍びの本望《ほんもう》を成し遂《と》げねばならぬ。三吉、五郎太……そして、桶《おけ》の水で命を落とした末松、毒にあたってもどらなかった平助や、皆の分まで……おれは忍びの道をゆくのだから。

（まだ逝《ゆ》けぬ……）

　と段蔵は刀を落とし、両手を地についた。血が止まらない……それでもなお、立ちあがろうとしていた。夢がある。武田に仕え、正道の忍びとして身を立てるという強烈な想《おも》いが。

「これへ、槍《やり》をもて」

　近くで、平八郎の声がした。

（おれの境涯《きょうがい》というものは……）

段蔵は這《は》うような姿で地面を見つめながら、ひとり嗤《わら》っていた。自身《おのれ》の運命というものを振りかえり、心中で哄笑《おおわらい》していた。何のための命であったのか――耳に、雑兵たちの足音が近づいてくるのが分かった。

「刺し殺せ」

平八郎の声を聴いて、段蔵は地面にしがみつこうとした。命を取られてたまるものかと、土くれをにぎりしめた。

(まだ、ならぬッ)

目のまえに雪をみた――。

……冬の夜空に舞う美しい雪の一片《ひとひら》を。

(おれは、生涯をかけて逃げだせなかった)

と、水を浴《あ》びせられたような寒気《さむけ》が、段蔵の全身をおそった。これが死というものか……指が土を掻《か》いた。

(あの夜から……この雪の降る夜から、おれは出られなかったのだ……)

意識が朦朧《もうろう》とする――一生をかけて逃《のが》れようとしたものから、ついに段蔵は一歩と抜け出せなかったことを、いま死を迎《むか》える烈《はげ》しい痛みのなかで悟《さと》るのだった。

(天よ、このおれにあたえる老《ろう》はなく、直《ただ》ちに息《そく》するときを呉《く》れ給《たも》うか――何故のことじゃ……わからぬ、おしえてくれ……何故に、おれは生き長らえたものか。ヒダリよ――）

段蔵の口許《くちもと》に、幽《かす》かなる笑みがこぼれた。

（一生《いっしょう》さ）

それはまるで、自分の人生を皮肉にも嗤《わら》っているようであり、すべてを許し得たというような微笑であった。

と、段蔵のその背に、三本の槍が突き刺さった。何も感じなかった。段蔵の軀《からだ》をつらぬく三つの鉾先《ほこさき》は地面を削《けず》りとり、肉から血という血を吐き出させた。

「戸板《といた》をもて。これを始末せよ」

平八郎は雑兵らにそう命じると、刀の血をはらって、鞘《さや》におさめた。

主君、信玄の下知《げじ》であった。

この数ヵ月――飛び加藤なる忍びの者を手飼いの三ツ者らに見張らせ、信玄は二度までも使者をおくって、その素性《すじょう》を見極めさせた。術が、過ぎた。輝虎に同じく、過ぎた術者が敵に通じたことをおもうと、仇《あだ》にもなろうと判断したのである。

「魑魅《すだま》のたぐいは不要じゃ。殺せ」

と信玄は、金丸平八郎に命じていた。折《おり》しも、今川家から借りていた秘蔵の「古今《こきん》和歌集《わかしゆう》」を窃《しのび》に盗《と》られたという、苦《にが》いおもいをした矢先のことでもある。

「埋《う》め捨てよ」

平八郎が戸板を運んできた雑人らに、そう一言、指示をした。

段蔵はおのれの血のうえで、眠るように倒れている。まるで飛ぶことをやめた、一羽の鳥であった。


加藤段蔵なる、男は死んだ。

その遺体《いたい》は、運ばれてきた戸板のうえに乗せられ、雑兵らの手によって曲輪《くるわ》の外へと運び出された。

捨《す》て子の身から、幾《いく》たびと重なる死地を切り抜け、忍びの術によって生きた男の最期であった。わずかに段蔵は、武田信玄という戦国の世に名を馳《は》せた大名の居館の敷地を血で濡《ぬ》らし、そして命を消したのである。

その血だまりの傍《そば》に、段蔵が落としていったものがあった。

緒《お》の切れた、朱《あか》い御守袋――である。

五色の米

京である。

ヒダリたちは、暗夜軒の影を捜《さが》しつづけている。

追い求める獲物の臭気《しゆうき》を嗅《か》いだのは、夏も過ぎて、嵐山から京の町へと秋の風が涼しく吹きおろしはじめた日のことであった。九月も末《すえ》になる——ちょうどこのころ甲斐では、段蔵が勝沼《かつぬま》で葡萄《ぶどう》の香味を口に覚《おぼ》え、天目山へのぼっている——鴨川《かもがわ》をわたって五条坊門から、さらに西へと足をむけたとき、

「ほう、ここぞな処《とこ》にも寺があったか……」

と倉ノ次が独り言をして、ねずみのような顔を築地《ついじ》塀《べい》の裂《さ》け目からのぞかせた。

(——さても、妖《あや》しげじゃわ)

倉ノ次は目をほそめて、境内に澱《よど》んでいる闇のなかを見透かした。生い茂る雑草のなかに、石灯籠《いしどうろう》が倒れている。右のほうには鬱蒼《うつそう》とした竹藪《たけやぶ》がひろがり、蔭《かげ》にある井

戸の端がわずかに見えた。本堂は奥にある。

「しもうたわい、これを見落としておったようや」

倉ノ次は塀の裂け目から顔を離して、辺りを見回した。人通りはなく、すでに夕闇が頭上にせまっていた。塀のなかは、ことさらに暗い。ここでヒダリか、あるいは笹児でも呼びに行くべきであった——が、倉ノ次はおのれに割り当てられた地で、見落としていた場所があったことの発覚こそを恐《おそ》れた。伊賀者の哀《あわ》れ、である。

伊賀の忍びたちは、いずれの敵をまえにしようとも、心が退《ひ》けるということが少ない。よほどの相手でない限り、物怖《ものお》じすることはなかったが、おなじ伊賀者に対してだけは「恐れ」という感情をもっていた。おそらくは、若年《じゃくねん》のころから経験する数々の修法《ずほう》というものが、「味方こそを恐れよ」という特殊な心をつくりあげるためであろう。さらに厳《きび》しい伊賀の掟《おきて》が、互いを見張らせ、裏切り者に対して科《か》せられる凄惨《せいさん》なまでの仕打ちが、下忍たちに恐怖心を植えつけるのだ。

倉ノ次ほどの老練《ろうれん》な忍びにもなれば、知りすぎるほどに、伊賀の掟というものの恐ろしさを知っている。こと同郷の上野ノ左に対しては、この得体の知れない「恐怖《おそれ》」そのものと見ていた。厳格なまでに忍びの道を極めたヒダリこそは、まさに掟の塊であった。

（先ずは、この目でたしかにするがええわさ――）

そう、倉ノ次は自分に云い聞かせ、心の動揺をおさえつけた。塀の裂け目に額《ひたい》を押しつけて、境内のようすを窺《うかが》ってから、

「同士討《どうしう》ちはかなわぬ」

と懐中で五色米をつまみとって、塀の際《きわ》にぱらぱらと撒《ま》いた。後続《こうぞく》があったとき、用心させるための標《しるし》である。闇で遭《あ》って、双方《そうほう》まちがいを起こしては堪《たま》らない。倉ノ次は、苦無《クナイ》を左手につかむと、築地塀のうえに跳びあがり、塀を乗り越えた。

あっという間に境内の地のうえに立っている。

（よう、見えぬわい）

草の茂みに伏せて、本堂の影をじっと睨《にら》んだ。まるで、守宮《やもり》が這いつくばっているような姿である。倉ノ次は夜の帳《とばり》がおりるまで、草むらのなかで動かなかった。息を殺し、ひたすら刻《とき》を待った。

空に星が瞬《またた》いたころ、一匹の老いた守宮《やもり》が草陰《くさかげ》から這い出した。かさかさと音をこぼしたが、まさか人の動く音とは聞こえない。倉ノ次は竹藪まで這い進み、本堂の白壁を遠くに見つめた。花頭窓《かとうまど》があったが灯《ひ》は見えず、檜皮葺《ひわだぶ》きの屋根の上に、かすかな月の光が染《し》みているだけである。物音は聴《き》かない。

(的《まと》はずれかの……)

倉ノ次は竹藪を出て、涸《か》れ井戸の陰に身を隠した。

「うっ」

とおもわず、声をもらした。本堂と井戸の間の地に、蟋蟀《こおろぎ》を刺した竹籤《たけひご》が並べてあるのを視《み》たのだ。

結界《けっかい》である。

神社仏閣なれば注連縄《しめなわ》や鳥居《とりい》を建てて、あるいは扉を設《もう》けたりして清浄《せいじょう》の地と俗《ぞく》地との境界を区切るものであるが、倉ノ次が目にした不気味なる結界《しるし》は、一種の呪《まじな》いであった。

この法(結界)は、忍びが用《もち》いる——おなじ忍びの者に姿を見られぬようにと、地に呪《のろ》いをかけるのである。いまでは伊賀の郷でも、そのような禍々《まがまが》しい習慣を教え伝えることはなくなっていたが、倉ノ次の歳のころの者なら覚え知っている。廃《すた》れた術ではあるものの、そのような禍《まが》い事も果たして効果がなくもない。現《げん》に、倉ノ次はこの結界を恐れ、井戸の端から一歩も進むことができなくなっていた。

(たれか……)

倉ノ次の目が、暗い御堂を見つめた。この妖《あや》しげな結界を立てるとは、古い伊賀者か、あるいは呪術を達観《たつかん》した者に違いない。が、倉ノ次には正体が知れない。誰の仕《し》業《わざ》であろうか。

（こわい）

静寂《せいじゃく》がさらに、倉ノ次を恐懼《きょうく》せしめた。背筋に虫が這《は》いずるような寒気《さむけ》を覚えながらも、この老いた伊賀者は退《ひ》くという考えをもたない。倉ノ次は苦無をしっかりとにぎりしめると、一歩を踏み出した――とそのとき、目のまえの闇の中から蟋蟀《こおろぎ》の声が聞こえてきた。

（ややっ）

と倉ノ次は目をまるくして、また井戸の陰に身を引っこめた。

（鳴《な》いている……）

地面に突き立てられた、生贄《いけにえ》のような蟋蟀の 屍《しかばね》 に目をむけた。まさかとはおもったが、秋の夜風にゆれる竹のざわめきを背に聴くなかで、前方の地のうえから虫の音《ね》がはっきりと聞こえてくるのだ。竹籤《たけひご》で腹を刺されて、まさか虫が生きているはずもない。倉ノ次の額に、汗がうかんだ。

一四、

さらに——また一匹。

ちろちろ

と蟋蟀の屍が、つぎつぎと涼《すず》しげに鳴きはじめた。一方で、倉ノ次の心は恐れに蝕《むしば》まれ、凍りついている。これは幻聴か、それとも術の成せる業《わざ》のことか——苦無をにぎっている手を慄《ふる》わせながら、倉ノ次はこの井戸の陰から飛び出し、見えない敵と仕合うものかどうかと迷《まよ》っていた。

（わしは、負《ま》くる……）

額の汗が、落ちた——それと同時に、背後に黒い影が立ちあがっていた。倉ノ次の耳許《みみもと》で、

「死ね」

と一言、囁《ささや》く声があった。倉ノ次は心臓が破裂するほどに驚いてふり返ったが、すでに手遅れだった。

蟋蟀《こおろぎ》の声が止《や》んだ。

その二日後、

「骸《むくろ》がでた。鴨川にうかんでおったわ」

と笹児が息を切らしながら部屋にはいって来るなり云って、京の町の絵図面をひろげて待っているヒダリに、死体のようすを報《しら》せた。ヒダリは腕を組んで聴きながら、深刻そうなため息をこぼした。死体は、川岸につないであった艀《はしけ》に引っ掛かっているところを見つかったという。つい先刻、倉ノ次が働いていた西洞院の店《たな》の者がきて、遺体は引きとられた。

「溺《おぼ》れたかよ――？」

「いや……それが」

笹児が視《み》たところ、遺体は心ノ臓を一突きにされ、そのあとで川に捨てられたものらしい。明らかに殺されていた。それも盗賊や侍にではない。

「暗夜軒が」

殺した。

笹児の言葉に、ヒダリも同意するように頷《うなず》いた。間違いないだろう。この京のどこかに、あれはまだ居《い》るのだ。

「どの辺りか」

とヒダリが訊くと、笹児も絵図のまえに腰をおろして、図面に描かれた鴨川の流線を指で辿《たど》りながら、北へむかった。笹児の指が止まったのは、大原《おおはら》口の辺りである。

「ちがう。あれは、もっと下流におるぞ」

「ヒダリも、運んだとおもうてか」

「うむ……わからぬが」

直感であった。笹児の指がさし示した場所は、殺害の地ではない。暗夜軒なれば、別の場所で倉ノ次の命をとって、死体は運んで捨てたはずだ。おのれの居場所を知られまいとして。

「いずれにしても、これで知れたな」

ヒダリは立ちあがって、刀を帯《おび》に差した。

「どこへ向かう――?」

笹児が訊くと、ヒダリは倉ノ次の遺体が見つかった辺りを調べて、殺人者の痕跡《こんせき》を辿《たど》るのだと答えた。

「杉六がもどったら、おまえは梅小路《うめのこうじ》から川づたいにあがって来《こ》よ」

「承知した」

「朝に合おう」

とヒダリは小《こ》結《ゆい》町の宿を出た。

まだ陽《ひ》は高く、人の往来も多かった。

屋敷の塀からのぞく木々が秋いろに染まりはじめ、柿の木の枝には実もさがってい る。枝にとまった鴉が、まだ熟《じゆく》さぬ若い柿の実をじっと眺めていた。路傍には蛤《はまぐり》や蜆《しじみ》のむきみを売っている男が、たらいを並べて通行人たちに声をかけ、所々の辻に、三好《みよし》方の武士とおもわれる男たちが、槍を担いだ雑兵を連れて歩いている。

ヒダリは姿のない男のように、往来するひとびとの陰を歩いていた。道すがら、倉ノ次のことをおもい返している。旧好《きゆうこう》旧知《きゆうち》というものは、この老いた忍びの男の心の内にも、重くのしかかってくるようだ。

(讐《あだ》は討ってやるぞ、倉ノ次よ)

ヒダリはこの京の町で、一歩と進むたびに、伊賀者の暗い宿命の沼底へと沈んでいくように感じていた。死をもって死を贖《あがな》う――まさに泥沼《どろぬま》であった――身体《からだ》の老いなどは、忘れている。ただ暗夜軒を討つという一念にかられ、若気《わかげ》のころのように血を滾《たぎ》らせていた。ヒダリはひたすら、川まで歩きつづけた。

申ノ下刻。

ヒダリが大原口に着いた夕刻のころ――宿に残っていた笹児は杉六を待ちきれず、矢立《やだて》をとって残し文《ぶみ》をすると、一人で梅小路へとむかった。下忍の杉六は笹児にいわれて、あさから東寺《とうじ》の辺りを見張っているはずである。こちらから出向いていって、一緒に鴨川をのぼればよい、と考えた。

その杉六が、東寺のちかくで怪しき男を見かけたのは、四半刻ほどまえのことであった。

一人の、旅汚《たびよご》れた雲水《うんすい》である。

その男は南からきて、堀川ぞいに町を上《のぼ》っていく。この京ではよく見かける姿であったが、すれちがい様に笠の下から覗《のぞ》いた顔が、杉六の目を引きつけた。男の額から右頬にかけて、ふかい刀傷を視《み》た。坊主の顔に刀傷とは、穏《おだ》やかではない。

（おっ）

と怪しくおもった杉六は、男のあとをつけた。

（ただの雲水では、無さそうじゃ……）

この坊主には、足音というものがなかった。往来する人波のなかであるとはいえ、杉六も伊賀者だ。雑多な人の足音の中から、目当ての音を聞き分けるくらいの耳はもっている。が、不思議とこの雲水には足音がない。

（いずれの忍びやもしれぬ……）

としばらくも異相の坊主をつけていたが、御影堂《みかげ》の破《や》れ築地《ついじ》を越した辺りでふいに姿を見失った。

「こりゃ、しもうたぞ――」

慌《あわ》てて辺りの辻々をのぞいてまわったが、顔に刀傷のある坊主の姿は、まるで煙の如くに掻《か》き消えてしまった。

「…………」

杉六は、つと足許《あしもと》に目を落とし、立ち止まった。

まばたきも忘れて、小路につづく塀際の地面のうえを、一心に見つめはじめた。視線のさきには、色のついた生米が落ちている。杉六は腰をかがめると、落ちている米粒をつまみあげ、掌《てのひら》においた。

(五色米……)

であった。立ちあがると、顔のまえの塀に裂け目があった。

(――倉ノ次どのが)

この塀の向こうがわに入ったのではあるまいか。と杉六は、その裂け目から中をのぞいてみた。寺である。暗くてよくわからないが、無人のようであった。雑草の類が勝手放題に生え伸び、石灯籠が倒れているのが見えた。杉六は塀から顔を離すと、足許に落ちている五色米を掻きあつめ、この小路から逃げるように走り出た。

「気のまわらん奴じゃ」

と笹児が愚痴をこぼしながら、綾小路を歩いているときであった。はたして辻をまがって駆けてくる、気のまわらない男が目のまえにあらわれた。

「笹児っ……」

杉六が驚いた顔で、足をとめた。笹児は杉六の頭を拳《こぶし》で打って、

「大声で名を呼ぶやつがあるかよ、阿呆めッ」

と押し殺した声で、叱《しか》りつけた。

「申しわけありませぬ……が、これを――」

見つけたのだと、掌をひらいた。

「どこで見つけたや」

笹児に訊《き》かれて、杉六は雲水をつけた件《くだり》から話し出した。話しを聞き終わると、笹児は目を輝かせた。杉六がこの五色米を見つけた辺りは、笹児自身は行っていない。ヒダリにしても上京と祇園の辺りを回っていたから、足を踏み入れていないはずであった。

「ようした」

と笹児は杉六の肩を叩くと、鴨川へとむかって走り出していた。杉六も、笹児のあ

とを走った。

川沿いを走っているうちに、東の空に月が出た。

二つの伊賀者の影が、風のように川岸を奔《はし》って、大原口へと辿《たど》りついたころ――ヒダリは川辺で血に汚れた筵《むしろ》を拾いあげて、月明かりに照らしながら、倉ノ次を殺した者の手がかりはないかと、目をこらしていた。

「見つけた――」

と笹児が顔を見せ、

「なにを」

ヒダリは笹児の掌のうえに、五色米を視《み》た。

「相違《そうい》あるまい」

この色のついた生米こそは倉ノ次がこの世にのこした、最期の足跡である。と同時に、ヒダリたちが追い求めていた相手の居所をおしえる標ともなった。

米の粒が――奇《く》しくも、倉ノ次という老忍の、今際《いまわ》の意地となったのである。

対決

その翌日である。

空を雨雲が覆《おお》い、京の町には生温《なまぬる》い風が吹いていた。一時の秋の冷えた空気も、風にさらわれて消えている。

ヒダリたちは宿にもどってからは声もなく、黙々と支度《したく》をつづけていた。忍び刀の刃こぼれをたしかめ、手裏剣を砥《と》ぎ、着衣に糸のほつれがないかとまで調べた。糸一本にして――それが、わずかな解《ほつ》れであったにしても――死に結びつくというものである。三人の忍びたちは、本能とでもいうように支度に手間をかけた。

卯《う》ノ下刻。

三人は揃《そろ》って、宿を出た。

路端には、飢えで痩《や》せほそり、家もない人びとが物乞《ものご》いのために欠けた茶碗を傍らに置いて、擦《す》りきれた茣蓙《ござ》のうえに坐りこんでいた。そのまま死んでいる者もある。

京は商人たちで栄える「都」の姿をしていたが、一方では飢えに苦しむ者たちの町でもあった。銭が臭《にお》い、死が生まれる墓場なのである。

そのなかを歩くヒダリたちは、黒衣を着込んで笠をかぶり、手には刀を提《さ》げ、まるで地獄からやってきた鬼のような、殺気に満ちた目をしていた。

死神、

と呼ぶのが、相応《ふさわ》しい姿である。まるで路のうえの死人《しびと》の影が立ちあがり、通りを歩いているようにすら見えた——この伊賀者たちにとっては、路端にころがっている貧民たちも、家のなかで銭を洗っている商人や上京に暮らす権力の残骸《ざんがい》たち、さもすれば戦国という時代すらも目に映っていないようである。

ヒダリたちは、ただまえだけを見て歩いている。歩きながら、人のもつ感情というものを心中から剝《は》ぎ取り、辻々に捨てていった。すべての感情を脱ぎ捨てたとき、そこに残るのは「正心《しょうしん》」ひとつである。善も悪もない。大名たちが天下取りにかかげるような、大義名分というものも持たなかった。この男たちにあるのは、上忍百地丹波からの「命令」だけである。

頭上に、——雷鳴を聞いた。

伊賀の狼《おおかみ》たちは、倉ノ次が殺された破《や》れ寺のまえに立って、門の有様を見つめている。門柱は傾《かたむ》き、扉は破れて倒れていた。その奥は煤《すす》でも撒《ま》いたかのように薄暗く、境内や本堂の屋根に溜《た》まる鴉《からす》たちが、不吉な声で笑っている。

ヒダリが空を見あげた。

白い稲妻が光った。

天に亀裂《きれつ》を走らせている——三つをかぞえて、雷鳴が轟《とどろ》いた——空気が震え、龍でも咆《ほ》えたかと杉六が空を仰《あお》ぎ視《み》た。

「退治してくれようぞ」

とヒダリが独り言のように云って、笹児が太い声でうなった。先ず、ヒダリが破れ門をくぐり、笹児と杉六がそのあとにつづいた。

境内に入った三つの影は正面を行《ゆ》かずに、手水舎《ちょうずや》のうらへと廻りこんで、鬱蒼《うっそう》と茂る草むらのなかを隠れるように進んだ。

前方に、竹藪が見えた。

井戸がある——三人は猫のような用心ぶかさで井戸端へと足を進めると、身を伏せて、本堂の影を視た。本堂は静まりかえって、物音をたてるものは何ひとつない。

「ほう……」

ヒダリの目が、結界を見つけて嗤《わら》っている。竹籤《たけひご》に刺さった蟋蟀《こおろぎ》たちが、地面に並べられているのだ。笹児もそれを凝視していた。

「居《お》るな」

と声をもらすと、

「うむ」

ヒダリはうなった。すぐそばの草の葉が濡れている。血だ——ここが、倉ノ次が殺された場所だと直感した。

「どないする気で、ヒダリ……」

笹児が訊くと、

「杉六とここで待て」

と笠をぬいで、手に刀をつかんだ。

「ヒダリよ、一人でゆく気やあるまいの——？」

笹児の顔が、不安に翳《かげ》った。

「急《せ》くな、笹児よ。先ずは、わしが出向いてやる。あれと顔を合わせて、隙《すき》を誘うてくるつもりじゃや。おまえは、これよりあれを一歩も出さんように、見張っておれ。ここでかならず、始末をつける——ええな？」

「おし、まかせてくれ」

「杉六よ、おのれは笹児より出張《でば》るなや。暗夜軒の幻戯《めくらまし》にかかりでもすれば、殺《や》られるでな」

「承知した」

杉六は息を呑んだ。これまで城や陣屋に忍び入り、雑兵の槍《やり》と刀を交えたことは数知れずあったが、忍びの術達者と仕合うのはこれがはじめてのことである。それも、幻術という古い術法のことはうわさには聴いても、実際に目にしたことがない。洞穴の奥で虎と顔を合わせるようなものだと、杉六の心は臆《おく》していた。

みると、
ヒダリが身を低くして、御堂へとむかっていく。まるで豺《やまいぬ》が、うさぎの巣でも見にいくように、足運びが素早かった。あっという間に御堂の桟唐戸《さんからど》のまえに立ち、かがめていた上体を起こしている。知り合いの家にでもあがりこむような、自然な姿であった。

（みつかりまするぞ……）

杉六は胸の動悸《どうき》が乱れるのを感じた。つぎに見ると、ヒダリは肩をいからせ、手で戸を引き開けて中へ入っていく。

（暗い――）

御堂の中は埃《ほこり》と黴《か》びた臭《にお》いが閉じこもり、目が痛いほどであった。いたる処に蜘蛛《くも》の巣が垂《た》れ、床板が抜け落ちた辺りには雑草が生え伸びている。柱はぐらつき、頭上の格天井《ごうてんじょう》が、いまにも落ちてきそうであった。

一歩すすむと、床が軋《きし》いだ。

ヒダリは自重を消そうとしたが、無駄であろうと思いあらたまって、常のように歩いた。

ぎいい、

と足音をたてながら歩くと、暗がりの中から、すきま風が吹き込むような、うすら笑いが聞こえてきた。

ふふふ――、

その笑い声もまた、ヒダリの心中を覚《さと》ったかのように大胆であった。

(あすこか)

奥に、須弥檀《しゅみだん》がある。

黒い影が溜《た》まっていた。ヒダリの目は、暗がりのなかに坐る人の形《かたち》を視た。本尊かと思ったが、ちがう。

「暗夜軒、そこに居《お》ってか」

ヒダリは須弥壇の正面に足を運ぶと、十歩さきを凝視した。黒い影が、歯を剝《む》いて笑っている。

「ほう、上野が左か……」

と声がした。

影の手が持ちあがり、柱のまえにある燭台を指さした。燭台のうえには、松脂《まつやに》を捏《こ》ねてつくった蠟燭《ろうそく》が立てられている。影の指がさすと、その芯《しん》に火がともった。さらに一つ二つと、四方に並べてある蠟燭を指させば、つぎつぎと明かりがともっていく。火種《ひだね》は何もない。

(術か——)

ヒダリはうなった。蠟燭の黄金《こがね》いろの明かりが輪をひろげ、ヒダリの顔から影をはらい落とした。

「歳をとったものよ」

影がしらしらと笑って、ヒダリの顔の皺《しわ》をかぞえながら云う。ヒダリが正面に見据《みす》える相手の顔もまた、蠟燭の輪光でちらちらと滲《にじ》んで見えている。折れまがった鼻、目は虎のように鋭く、顎《あご》にはえた髭が白い——その顔こそは、越後八木沢の地で段蔵が遭《あ》った「天恕《てんじょ》」なる僧のものであった。伊賀忍びの間では「暗夜軒」と云ったほうが、通じるであろう。古いヒダリのような男には「赤兵衛《あかべえ》」で充分かもしれない。

「わしを殺しに参ったか」

太く響くような、声であった。ヒダリは不敵な笑いを口許に泛《うか》べて、

「本尊《ほんぞん》も盗まれるような廃寺《はいじ》に棲《す》まうとは、おぬしらしいわい――まだ、法体《ほったい》をしておるようじゃな」

と床に坐《すわ》りこんだ。ふたりはこれから酒でも酌《く》み交わし、旧交をふかめようとでもする者たちのように、向き合って坐った。が、互いに向けられる笑みの裏には、ただならぬ殺気がこもっている。猫があれば毛も逆立つような空気が、ふたりの間には流れていた。

「おぬしがこうして出向いたとあらば、笹児もどこぞに隠れておるな」

暗夜軒は云い、ヒダリは返事をしなかった。ヒダリは相手から目をそむけて、ただ微笑しているばかりである。

「いずれに来とるな――？」

ヒダリはまたも応えなかった。が、こんどは苛立《いらだ》ったようなため息をついて、

「暗夜軒、おとなしゅうせんかの……暴れられたら、堪《こた》える。おぬしが申すとおり、わしも歳じゃからの」

こんどは暗夜軒が、鐘《かね》を打ち鳴らしたような声で哄笑《こうしょう》した。その声に、床のうえの埃《ほこり》が震えている。

「これは惚《ほう》けてみせよるわい。ヒダリよ、わしの首を獲《と》りに、伊賀から参ったのであろうが――」

相手を挑発するように、目を剝《む》いた。

「この首、獲れるとおもうてか？」

その言葉に、ヒダリは満面の笑顔で応えた。

（ちっ）

暗夜軒は気に入らない――このヒダリという男は、修行を共にしたそのむかしから、なにひとつ変わっていなかった。相手に腹を立てたとしても、表情は絶えず笑っている。心の内がどうにも知れない、不気味さがあった。このときもヒダリの皮肉なまでの笑顔から、暗夜軒はおもわず顔をそむけた。

「今ではわしも、天恕と名乗る一向宗が仏門の僧侶じゃ。ヒダリよ、わしに手出しはならぬぞ……おぬしこそ、おとなしゅうそれが下人を連れて、伊賀にでも帰るがよいわ」

「仏門とな」

ヒダリの一言は、矢を射るように鋭《するど》く響く。

「これは片腹《かたはら》の痛い……渡《わたり》に神も仏もあるまいよ。さにして天怨とはまた、たいそうな名を語ったものじゃ。暗夜軒よ、おとなしゅうここで死にくされや」

ヒダリはこの男を断じて、天怨とは呼ばない。また、赤兵衛と呼ぶことにも抵抗があった。そのむかし、伊賀の七見峠《ななみとうげ》で兄弟子に手をかけ、国を逃散《ちょうさん》した殺人鬼のことである。異名で呼ぶのが、相応《そうおう》というものだ。

「暗夜軒、首をさしだせ」

笑顔で云った。

「そうはいかぬ。我もまた、この乱世の行く末が気になっての。あの世に逝《ゆ》くにしてや、みやげの首一つも持ってゆきとうある」

「おぬしこの京で、たれに仕えておる——三好の家か、それとも織田か？」

暗夜軒は嘲笑して、ヒダリの言葉を受け流しにした。

「まあよいわ」

とヒダリは懐中に手を入れると、銭をつかみ出して床のうえに放り投げた。

銅銭が六枚——音をたてて、床のうえに散らばった。

それを見た暗夜軒の顔から、笑みが消えた。一瞬ではあったが、顔の下に隠されていた憤怒《ふんぬ》の感情が、暗夜軒の表情によぎった。

「何じゃ、この銭《ぜに》は？」

「取れ、暗夜軒――三途《さんず》の川の渡り銭《せん》じゃ」

と笑った貌《かお》のなかで、ヒダリの睛《ひとみ》の奥には「殺意」が泛《うか》んでいる。

「なめくさるなよ、ヒダリ」

暗夜軒も、おなじである――ふたりの鬼気と迫《せま》った目が、睨み合った。いまにも、互いに肚《はら》の底に押さえつけている感情を剝《む》きだしにして、襲いかかろうかというほど、空気が張りつめている。目には見えぬ矢をつがえた弓弦《ゆみづる》が、ぎりぎりと音を立てて引かれたようであった。ヒダリが口を利《き》いた。

「おぬし、方々廻って、なにを懲《こ》りずに説《と》いておる。仏の言葉か、それとも人を殺す業《わざ》が言《こと》か――」

「ふん、いずれにあらんわ」

「渡が人を諭《さと》すは、神仏が言にあらず、この世の苦しみの誤魔化しと、あの世に逝《ゆ》くまえに悟《さと》るがよい」

「しらぬわ」

「汝《われ》や、よう聴けッ」

ヒダリは感情をあからさまにして、怒鳴りつけた。

「伊賀の郷の術というものは、人を活《い》かすが奥義《おうぎ》のすべてぞ。そも、殺生がために無きことを忘れたか。それをおのれら渡《わたり》どもは、人を拐《かどわ》かすことに使いおる……さても、おのれらが拝《はい》する神仏などと申すものは、いずれも人間の臆病《おくびょう》につけいるだけの世迷《よま》いごとじゃと知れ。さっさと冥府《めいふ》にでも立ち去り、地獄の火のなかに焼かれるがよいわッ」

「まだじゃ。わしが事ならば、天下が転げるに手を貸してから、いつでも死んでくれようぞ」

「賢《さか》しらなことをぬかすわい。おのれは毒《どく》じゃ」

「何とでも、ぬかせ」

「忍びが法をくだらぬことに用いるとは、心外千万。潔《いさぎよ》う、これに仕置きを受けいッ」

ヒダリが身を乗りださんばかりに怒鳴りつけたとき、暗夜軒の手が印を結んだ。

「オン・アニチ・マリシエイ・ソワカ……」

「欺《あざむ》くか、暗夜軒ッ」

真言を呑みこむほどの大声であったが、暗夜軒はなおも印を崩さす、呪文《じゆもん》を唱えつづけている。ヒダリは、さらに声を荒げた。

「百地頭目の屋敷で盗みを働き、われが兄者の籐七郎を殺したるが大罪《たいざい》、よもや忘れたとは云わさぬぞッ。これが京で倉ノ次に手をかけたるも、おのれの仕業と知れておるわ。応《いら》えやッ」

暗夜軒の手は火天印を結び、さらなる呪文を唱えはじめていた。

（おのれ……）

ヒダリは暗夜軒の呪いの声に、夏の虫の羽音を耳もとに聴くような、煩《わずら》わしさを覚えはじめた。

「やめぬかッ、暗夜軒。おまえの術なぞ、わしには効《き》かぬ……術を控《ひか》えやッ」

とヒダリが云うと同時に、暗夜軒の目が「かっ」と見開き、印を結んだ指をちかくの蠟燭の火にかざした。刹那《せつな》、紅蓮《ぐれん》の炎が渦巻いて、まるで生き物のようにヒダリに襲いかかった。疾《はや》かった。ヒダリは刀を手に立ちあがり、抜刀するや、逆巻《さかま》く炎を空《くう》で断ち切った。

暗夜軒の幻戯は、ヒダリの剣に消えた。

「おっ」

暗夜軒の姿も消えていた。

ヒダリは背後に気配を感じ、抜き身の刀を手にしたまま振りかえった――はたして
そこには、暗夜軒と十一人の渡衆たちがずらりと影を並べて立っていた。いずれも、
法体（坊主）の姿であった。
（ムッ、しもた……渡の衆が来ておったか）
ヒダリは刀を八相にかまえた。
暗夜軒はおのれの術が破れたとはいえ、いまや勝ち誇《ほこ》った顔でヒダリの慌てざまを
眺めている。その暗夜軒の両脇には、四鬼が立っていた――杉六がつけていた顔に刀
傷のある金鬼《きんき》の姿があり、棘《とげ》のような歯を剝きだしにした水鬼《すいき》、顎髭《あごひげ》をたくわえた厳《いか》
めしい面がまえの風鬼《ふうき》、そして死人のように影が蒼《あお》い隠刑鬼《おんぎょうき》である。
（この者らは鬼か――）
とヒダリは、異相の四人を正面に視た。金鬼が、にやりと笑った。
「怨敵退散《おんてきたいさん》……」
しわがれた声で一言すると、
「飛蛾《ひが》は独《ひと》り夜燭《やしょく》に投《とう》ず――」
と暗夜軒が古典《ほんもん》を引用し、哄笑《こうしょう》した。
「その蛾《が》とはおぬしのことじゃよ、ヒダリ――冥府《めいふ》に去るのも、おぬしがさきのよう

じゃな」

ヒダリは動けなかった。数が多すぎる……手も足も出ないヒダリのようすを見て、暗夜軒は嗤《わら》いがとまらない。

（わしの勝ちじゃ）

と身をひるがえして、堂の外へむかった。水鬼、風鬼、隠刑鬼の三人も、暗夜軒の後につづいて、ヒダリのまえから立ち去った。

（ほお。これが上野ノ左と申す、伊賀の忍びか——）

その場にのこった金鬼が、目のまえの小柄な老忍を蔑《さげす》むように見ていた。

（老いた犬じゃの）

頬の刀傷を醜《みにく》いまでにゆがめて笑った。笑って、手にある錫杖《しやくじよう》で床を打った。のこる渡衆が、その音を合図に、獲物を取り囲む野犬のように輪をつくろうとして、動いた。その瞬間であった。

ヒダリの刀が一颯《いつさつ》した。

「あっ」

と金鬼が声をもらしたが、すでにヒダリの剣は金鬼の左腕を斬り落としていた。錫杖をにぎった腕が、血を噴きながら床に落ちた。まるで、蛇が餌《えさ》に嚙《か》みつくような疾《はや》さである。すでにヒダリは身を低くして、背後の蠟燭の火を一つ、二つと斬って消していた。

「ぎゃ」

と暗がりに悲鳴があがった。ヒダリが蠟燭の火を消しながらに、背にある男を袈裟《けさ》懸《が》けに斬り捨てたのだ——さらに身をひるがえしたときには——そこに呆然《ぼうぜん》と立ち尽くしている、片腕姿の金鬼の首を、ヒダリの黒い刀が刎《は》ね跳ばした。まばたきをする暇もなかった。床のうえに金鬼の首がころがったとき、渡衆のひとりが、
じゃらり、
と鎖分銅を垂らした。が、ヒダリは見ない。この何者とも知れない、ちいさい男の凄《すさ》まじい刀さばきに恐れをなした渡衆の一人が、ちかくの柱の陰に隠れていた。

それを斬った。

柱ごと、男を真っ二つにした——柱が血を噴いて、どおっと崩れると、建物が悲鳴をあげた。頭上から埃《ほこり》が降りそそぎ、格天井が落雷のような音をたてて落ちてきた。渡り衆の男ふたりが逃げきれずに、天井の下敷きになって、首の骨を折り、肺を押しつぶされた。

ヒダリは巻きあがる埃のなかに、躍りあがっていた。脇へ跳び退《の》きながら、そこに

立っていた男に刀を斬りつけた。男は慌てて仕込み刀を抜き放ち、頭上から降ってくる黒い刃を受け止めた。火花が散って、焼けた鉄の粉が男の顔に張りついた。

「ちっ」

とヒダリは舌打ちした——着地をしくじり、床のうえをころがったところを、

「いまじゃ」

と男が吼《ほ》えながら、鎖分銅を飛ばした。ヒダリの刀が空《くう》で分銅を叩き落とし、自身は床のうえを転がりながら、つぎつぎと襲いかかってくる白刃《はくじん》を躱《かわ》した。

(これでは、息が切れてしまうわい……)

ヒダリは床に落ちた格天井のうえに跳び乗って、敵の数をかぞえた。のこる渡どもは、三人まで減《へ》っている。

「やおれ、命を惜しまぬかッ。無用の殺生じゃ、立ち去れい」

ヒダリは怒鳴りつけたが、言葉は届かなかった。男たちは武器を手に、飢えた野犬のような目をして、じわりとヒダリに詰め寄ってくる。

(なれば、もそっと近寄れや)

ヒダリは心中でおもいながら、刀を逆手《さかて》に持ちかえた。

(旋風《せんぷう》の剣を見せてくれようぞ……)

三人は、ヒダリを取り囲んだ。囲んでさらに、輪を縮めていった。

闇に、黒いつむじ風が吹いた。


他方——。

暗夜軒たちがあらわれ、井戸のうらに隠れている笹児たちが身構えている。

「ヒダリはどこじゃ……」

杉六が不安げに、低声《こごえ》でささやいた。笹児は返事をしなかった。腰に刀を差し、懐中で手裏剣をにぎった。

(おのれ、赤兵衛め——ここで、けりを付けてくれようわ)

七見峠の記憶がよみがえり、血が熱く滾《たぎ》っていた。笹児の心は、怒り一色に染まっている。両手に手裏剣をつかんだまま、鷹《たか》のような目が暗夜軒たちの姿を睨《にら》みつけていた。

「杉六。ヒダリの姿を見るまで、ここを動くなよ」

と云うがはやいか、笹児は飛びだしていた。

「おう。笹児か——懐かしいの」

物陰から飛びだしてきた笹児の姿を見て、暗夜軒が笑った。

「外道ッ、死にさらせいッ」

笹児はそう言い捨てると、暗夜軒の顔目掛けて、手裏剣を投げ放った——と同時に、倶《とも》する水鬼《すいき》が暗夜軒のまえに飛び出し、錫杖《しやくじよう》で手裏剣の一枚を弾《はじ》いた。さらにもう一枚、黒い鉄の棘《とげ》が飛んでくると、これを隠刑鬼《おんぎようき》が掌で刺しとめた。

走り出した笹児は、止まらない。

抜刀し、

地を蹴《け》っていた——笹児は鳥のように空《くう》に舞いあがり、真っ向から相手に刀を斬りつけた——と同時に、水鬼と風鬼《ふうき》が、仕込み刀を抜いた。隠刑鬼も掌に突き刺さった手裏剣を引き抜いて捨て、抜刀していた。

「退《の》けいっ」

笹児は咆《ほ》えて、刀を振りおろしながら四人のまえに降り立った。先《ま》ず、水鬼を斬った。笹児の体重を乗せた黒い刃が、水鬼の刀を叩き折ると、そのまま頭を真っ二つに断《た》ち割った。

「伊賀虫ばらがッ」

と、すぐさま隠刑鬼と風鬼が刀を手に襲いかかり、笹児は防御することで手一杯になった。

（刻《とき》をかせぐ……）

　おのれの身をさらすことで、暗夜軒をここに足止めし、ヒダリの応援を待つのだ。笹児は、ヒダリが来ると信じて疑わない。おのれの身を盾《たて》にして、何としても暗夜軒を押しとどめたかった。勿論《もちろん》のこと、殺されるつもりはない。笹児は、くるったように牙を剝《む》く、一匹の犬であった。刀を振りまわし、隠刑鬼、風鬼、そして暗夜軒にと刀を斬りつけた。が、届かない。攻めたかとおもうと、激しい攻撃にさらされ、境内の隅へと押しやられていく――腕が重くなってきた。笹児もすでに若さは失っている。刀をにぎっているだけで、精一杯であった。さらには、手首すらまわらなくなり、剣に鋭《するど》さがなくなった。

（これでは笹児が死んでまうわ）

　と見かねた杉六が、物陰で刀を抜いた。ちょうどそのとき、本堂の中から落雷のような凄《すさ》まじい音が響いてきた――ヒダリが柱ごと男を斬って、均衡《きんこう》を失った格天井が崩落《ほうらく》した音だった――杉六もこれ以上、じっとはしていられない。ひとつ深呼吸をして、物陰から飛びだした。

「来《く》なっ」

　笹児が杉六の姿を目の端《はし》にとらえ、悲痛な声で叫んでいた。おそかった――杉六は暗夜軒たちのまえに姿を露《あら》わにすると、美しい顔だちをした亡霊のような隠刑鬼と刀を交えた。これと奮戦したが、白刃に胴を払《はら》われた。血が地面にこぼれた。

「ぬっ」

正面に暗夜軒なる男の、嘲笑を視《み》た。つぎの瞬間、暗夜軒が錫杖で杉六の顎《あご》を打ち砕《くだ》き、横手から舞いあがってくる風鬼の刀が、杉六を斬った。

「おのれッ」

笹児が叫んで、風鬼に飛びかかった。と同時に、背後にあった隠刑鬼の刀が風をまいて、笹児の上背を斬った。笹児は「わっ」と地面に倒れた。倒れてすぐ、片手に土くれをつかみあげると、覆《おお》いかぶさるように刀を振りおろしてくる隠刑鬼の顔に投げつけた。隠刑鬼は目つぶしを食らって、

「あっ」

と、刀を見当ちがいの場所へ振りおろした。目に入った土が網膜《もうまく》に嚙みつき、まえが見えない——隠刑鬼が目の土を払おうとした、その瞬間であった——笹児が地に倒れたまま、刀を投げ放った。刀は隠刑鬼の胸を貫《つらぬ》いて、心臓を嚙みやぶった。

「ぎゃッ」

と隠刑鬼の悲鳴を聴き、笹児は地面をころがった。

「笹児めッ」

と声を響かせながら、暗夜軒が錫杖を叩きつけた。錫杖は土を削り、さらに振りあげられて、再び地面を打った。笹児は右に左にと地のうえをころがりながら、暗夜軒の攻撃を躱しつづけた。

「道人、われに任せてくれッ」

と、風鬼が刀で刺してくる。笹児は地面のうえを逃げまわった……殺される……立たねば、刺し殺されてしまおうわ——とおもったときには、笹児は井戸の端《はた》まで追いつめられ、逃げ場を失った。これ以上、さがる場所がない。正面に立つ風鬼が刀を頭上高くに振りあげ、その目が笹児の顔を鋭く睨みつけた。

この一撃で、頭を割ってやる……と風鬼の目の奥に、殺意の火が赤々と燃えあがった。刹那、刀に鎖分銅が絡《から》みつき、風鬼のつぎの動きを封《ふう》じこんだ。

「笹児、しっかりせんかいッ」

ヒダリの声が飛んできた。

本堂のまえに立っていた——ヒダリは、投げ絡《から》めた鎖分銅の端をしっかりと両手につかみ、その姿は返り血を浴《あ》びて、まるで鬼のようであった。風鬼がこれに驚いて、刀に巻きついた鎖を外そうと腕を引いた。が、この武器は分銅の重みがうまく作用して、一度絡みつくとなかなかはずせるものではない。あとは、ヒダリの腕力のみが頼《たの》みであった。

（おのれ、ヒダリめがッ）

間に立つ暗夜軒も、声に振りかえっていた——憤怒の顔でヒダリを睨《にら》みつけ——とっさに、錫杖を鎖に絡みつけた。風鬼に合力し、ヒダリの手から鎖を奪いとろうとしたものであった。

「あっ」

と風鬼が、足許《あしもと》に倒れている笹児を見おろして、凍《こお》りついた。笹児が脚絆《きゃはん》に隠していた握り鉄砲を抜き取り、筒穴《つつあな》を風鬼の顔に向けているのだ。把手《たばて》を握り絞《しぼ》った。

がんっ、
と雷鳴のような音がし、筒穴から火が噴きあがった。握り鉄砲から発射された鉄球《てつきゅう》が風鬼の眉間《みけん》をつらぬき、頭のうしろから飛びだした。血飛沫《ちしぶき》があがった——風鬼は驚いた顔のまま、その場に崩《くず》れるように倒れた。風鬼の手から、刀が落ちた……途《と》端《たん》、鎖がゆるんだ。

（まずいッ）

暗夜軒は鎖に錫杖を絡め、全体重をかけていたのだ。鎖がゆるむと、自身も前のめりになった——足を踏ん張ったが——そのときはすでに、ヒダリの手から鎖が離れていた。ヒダリは鎖の代わりに手裏剣を上段にかまえ、次の瞬間には暗夜軒にむけて投げ放っていた。

手裏剣は風を切って、暗夜軒の喉笛《のどぶえ》に嚙みついた。

悲鳴もでない。暗夜軒は声をつまらせ、のどに刺さった鉄の塊を抜きとった。黒い血が、堰《せき》を切ったように傷口から噴き出し、

「うぬぬ……」

と、暗夜軒は呻《うめ》いた。

——刹那《せつな》。

笹児が傍《そば》に落ちている杉六の刀を拾いあげ、暗夜軒の背後に走り寄った。振りかえった暗夜軒の、苦悶《くもん》にゆがんだ顔を見て、

「杉六の分じゃッ」

と胴を斬りあげ、

(これは、七見峠の借《か》りじゃ)

とさらに心臓を突き刺した。暗夜軒は膝《ひざ》を落とし、心臓に刀を刺したまま笹児の顔

を見あげた。

「…………」

笹児はそこに餓鬼《がき》を見ている――恐れと憐《あわ》れみが混濁《こんだく》した、慈悲を乞うような暗夜軒の目が、こちらを見あげていた。笹児は顔をそむけ、暗夜軒の胸に突き刺さった刀を引き抜いた。暗夜軒は倒木のように、力失して地面のうえに倒れた。

「大事ないかよ」

ヒダリが歩いてくる。御堂の中で相手をしていた渡衆の三人は、すでに斬り捨てにしている。

「杉六が……」

笹児は魂を抜かれたように、呆然《ぼうぜん》と立ち尽くしていた。足許をじっと見つめて、

「あかん……杉六の阿呆《あほう》めが、往生《おうじょう》しよった」

と呟《つぶや》いた。

ヒダリもまた、笹児の傍に倒れている杉六の遺体を目にすると、ふかいため息をもらした。おのれの老体が恨《うら》めしくおもった。

若い忍びたちが、この老忍として将来のない自身《おのれ》より、先に逝《ゆ》く姿をこうして目にもすれば、さすがに心もつまろうというものだ。笹児も、おなじ心境なのであろう。

表情も険しく、

「気をまわしすぎじゃ、阿呆が……」

と言葉を吐き捨てると、杉六の両腕をつかんで担《かつ》ぎあげようとした――ヒダリは何も云わない。杉六の胴体に頭巾布を縛《しば》りつけて傷口をふさいでから、冷たくなった遺体の両脚をつかんで、笹児と一緒に抱《かか》えあげた。

二人の老いた忍びは、杉六の亡骸《なきがら》を竹藪のなかに隠し、暗夜軒たちの死体を涸《か》れ井戸のなかに落として、湮滅《いんめつ》をはかった。夜までこの破れ寺に潜《ひそ》み、杉六の亡骸を外に運びだして、伊賀へと連れて帰るつもりである。

笹児が九条まで奔《はし》った。農家から荷車《にぐるま》を買いとると、俵《たわら》をのせて曳《ひ》いてきた――いくつかの俵には土砂や木材をつめて、ひとつに杉六の骸《むくろ》を隠した。それらを荷車に積みあげると、

「国へ帰るぞ」

とヒダリがそう声をかけた相手は、笹児とも杉六の亡骸《なきがら》ともわからない。自身に云って聞かせたものであろうか。

夜の帳《とばり》がおりるころ、小雨がふりだした――ぬかるむ路に荷車を押しだし、ヒダリと笹児は杉六を運んで、秋の京を去った。

老体には堪《こた》えた。

途次、幾度となく荷車の車輪がぬかるみにとられ、息を切らしながら峠の坂をのぼり、下《くだ》るときは足をすべらせて転倒し、荷をとめる縄が切れては足を止め、俵を積みなおすことを繰り返した。

途次、難渋つづきであった。

それでも、二人は苦言《くげん》をこぼすこともなく、若い忍びの死体を乗せた荷車を押しつづけ、あるいは引いてと――ひたすらに、伊賀の国を目指した。

おそらくこの二人の忍びの男たちは、厳しい帰路のなかで、願《ねが》いつづけたに違いない。

おのれが死して埋《う》められるものなら、

(伊賀の――)

土の下であるように……と。

忍びの一生

永禄八（一五六五）年の十一月になり、三好長逸《ながゆき》、政康《まさやす》、石成友通《いわなりともみち》らの三好三人衆は三好義継《よしつぐ》（長慶《ながよし》の養子）を擁立《ようりつ》して、松永久秀と対立した。

甲斐の武田信玄は、さきの義信謀叛《よしのぶむほん》の事件の処分として、共謀した飯富虎昌《おぶとらまさ》らを成敗し、義信は寵愛《ちょうあい》した嶺松院《れいしょういん》と離縁させられ、武田家の嗣子《しし》としての地位を失ったうえ、甲府の東光寺《とうこうじ》に幽囚《ゆうしゅう》の身となった。この二年後の永禄十年十月十九日、義信はこの東光寺で自害するのである。

一方で、――諏訪御料人《すわごりょうにん》の子にして信玄の四男である「武田勝頼《かつより》」が、織田信長の養女を娶《めと》り、武田と織田は一時の同盟関係を結ぶことになった。この勝頼こそは、信玄亡きあとの武田軍団を引き継ぎ、崩れゆく家臣団たちの結束のなかで、天目山に滅びる漢《おとこ》である。

越後の上杉輝虎は、十一月の末、再び関東へ向けて出馬していた。

翌《あくる》、永禄九年。

越前の朝倉義景《あさくらよしかげ》のもとに亡命していた一乗院の覚慶《かくけい》が、二月に還俗《げんぞく》して足利義秋《あしかがよしあき》と名乗っている（この「秋」の一字はあらためられ「義昭」となる）。後年《のち》に織田信長に擁《よう》立《りつ》されて京にのぼり、信長の天下取りの足掛かりとなるのである。

このころになると、信長の下で働く木下藤吉郎（秀吉）という男が、頭角をあらわしてくる。さらには三河の松平家康も、同年暮れに「徳川」と改姓する。

戦国の世は一条のほそい川の流れを辿《たど》り、この永禄年間よりさき、いよいよ大河から天下統一という大海へとむかって流れゆくのである。

そこには、いつも影の者たちがいた。

忍び

――という。

あるいは国をさして、

「伊賀者」

と呼ばれるものたちが、戦国大名の――あるいは暗黒の時代の陰で――活躍するのである。

上野ノ左は一線から身を引いた。笹児と共に京から引きあげたあと、この伊賀の国でひっそりと暮らしている。おのれの剣が人を殺すたびに、縫《ぬ》い合わせた心の古傷が破れるようなおもいがし、暗夜軒を討ってからというものは、夜に床についても寝つけない日が多くなっていた。この老忍にも、死期というものが近づいているのかもしれない。

ヒダリはあさから田に出ると、梅《うめ》の花のにおいを肩で嗅《か》ぎながら、土に鍬《くわ》を入れつづけた。狭い田地を耕し、土を肥《こ》やすことで忘れようとした。京の殺人を——そして、この手が元来、刀をにぎるためのものでなく、土を活かすものであることを思い起こそうとするかのように。

ふと、ヒダリは鍬をおろす手を止めた。

午《ひる》すぎのことである。

(どこぞの、童どもか)

ヒダリの顔が明るくなった。あぜの方《かた》から、童子たちの唄声《うたごえ》が聞こえてくるのだ。見ると五、六人の子供たちが、久米川のほうへと駈《か》けていく姿があった。田之介の顔もまじっている。口をおおきく開け、空にむかって楽しげに唄い声をあげながら、手に持った青竹を振りまわしていた。

ヒダリは春の風にあたりながら、走り去っていく少童たちの姿をいつまでも眺めている。しばらくすると、別の方角から馬の蹄《ひづめ》の音が聞こえてきた。

十人もあろうか。

歳のころは八つと見える——十余名の別の子供たちが、馬にのった男のあとを追って、走っていた。いずれの顔もけわしい表情をし、衣の襟《えり》に一反《いったん》の布をさげていた。布が地面につかないよう走り、馬を追って、山寺の階段を駈けあがっていく。忍びの修練である。日々を適《かな》えば、あの子供たちは下忍にとなろう。

いずれ、

——命を賭《と》して、忍びを働く者となるのだ。そしていつの日と知れず命をとられ、あるいは生き延びてなお、戦雲の地に赴《おもむ》き、郷里遠く見知らぬ土地で別人の貌《かお》をして暮らし、城の堀や屋敷の床下に潜んで息を殺しては、いつぞばれるかと肝《きも》を冷やしながら、生きるために人を斬るのである。

ヒダリは忍びの種たちを遠くに視《み》て、なぜか不思議と血が騒ぐのを覚えた。

(さる時、ある男が師に問うた……)

遠いむかしのことである。ヒダリは、兄弟子のひとりが、師に問い掛けている声を思いおこしていた。

「師よ。忍びとは、なにものを云うぞや——」

その問いかけに、師の声が鎮《しず》かに応えた。

「忍びなるは――音も無く、臭《にお》いも無き者を云わん。何処《どこ》のたれぞとは名も知れず、功名《こうみよう》や勇名《ゆうめい》を求めずして、上忍ともならば、その勲《いさおし》功なるは天地《てんち》造化《ぞうか》の如し也《なり》」

（忍びの業《わざ》は、君のため、天下のための法なり……か）

と、ヒダリは忍びの道を走り出した子供らの背をとおくに眺めながら、過ぎ去りし日々に思いを馳《は》せた。記憶を手繰《たぐ》るうちに、果たして忍びの得体とは左様なものかと疑った。

闇

――である。

人の心の闇こそが、忍者の正体であった。

闇の根源に見るものは、人の慾《よく》である。この欲心から妬《ねた》みや怨《うら》みが産みだされ、あるいは功名や勇名をもとめ、この時流にいたっては財貨を得んとし、華やかさをもとめ、さらに富を欲するという心が闇を紡《つむ》ぐのである。さらに云えば、昼夜の区別もないのが、人の闇というものであった。

忍びとは、この闇に乗じて活路をひらく者たちのことである。ただ闇にのまれては、おのれも闇に染まる。ゆえに「正心」を知り、術をつかって闇を渡り歩くのだ。

闇にあって闇を裂き、光を導くことこそが忍者の業といってよい。人を殺すのではなく、闇を斬るのだ――ヒダリは遠くに子供たちの背をみながら、そう言葉をかけてやりたくおもった。先ずは、修練のなかで自身の闇を斬り捨てよと。

鍬《くわ》をにぎった。

ヒダリはまた土を耕しながら、はたして自身の心のなかに、一片の闇もないのかと自問した。こと、京で討った暗夜軒に対しては、常人のもつ怨《うら》みや憎悪《ぞうお》というものを密かに感じていたものである。

（わしが手をかけたのは、はたして暗夜軒であったのか。それとも――赤兵衛ではなかったか）

分からなかった。そのことが、ヒダリを永《なが》らく悩ませ、一線から身を引かせたのである。が、その答えをもった男が現れ、

「ここに居《い》やったか、ヒダリ――」

と声をかけてきた。ヒダリは背をのばして鍬に腕をもたれると、卯木《うつぎ》が生えるあぜのうえに目をむけた。そこに、笹児が立っていた。

「喰代の御屋敷でお呼びじゃぞ、ヒダリ」

「おまえも、召《め》されたかい」

「そのようじゃ」

「ふむ。では笹児、おまえは先にいっとれ。わしも後から向かうでな」

「承知した――」

笹児は返事をして行きかけたが、ふと足を止めて、

「ヒダリよ……そないに土を掘り返したら、根のつきが悪うなるぞ」

ヒダリは笑って、言葉は返さなかった。

（……そういうことだ）

笹児が立ち去ったあと、しばらくしてヒダリも鍬《くわ》をかついで田をあがった。はるか頭上から、鳶《とび》の声が降ってきた。見あげると、晴れ晴れとした蒼《あお》い天に、翼をひろげた鳶が一羽舞っている。日輪《にちりん》の下に輪を描きながら、唄うように啼《な》いていた。

「鳶か……」

ヒダリの胸中に、ひとりの男の名が浮かびあがった。まるでそれは、暗い湖の底に沈んでいた古木《こぼく》が、泥を吐いて湖面にあらわれるを見るように、静かな水面《みなも》に波紋をひろげるが如く、ヒダリの胸の中《うち》にひろがった。

男といっても、記憶しているのは子供のころの姿ばかりである。笹児から聴いたところによれば――加藤――そう、名を称していたという。死んだものらしい。それを

耳にしたのは、二月《ふたつき》ほどまえのことであった。

（あれは、正心を捨てずに生きたであろうか）

蒼《あお》い天蓋《てんがい》を舞う鳥を見あげながら、ヒダリは声もなく尋《たず》ねた。鳶の声は、春の空に清々《すがすが》しくひびき渡っている。

願わくは黄鵠《おうこく》と為《な》りて故郷に帰らん

（黄鵠にあらず、鳶に成ったか）

ヒダリは天を舞う鳶の声を受け、古い詩を心に聴いていた。

おもえばあの男子《おのこ》は山伏に預け、大事なことをひとつ教えてやれなかった――と、ヒダリは無念におもう。それは、親と子が分かち合う、人本来が持ち得る「愛情」というものである。言葉に知っても、どの様にそれを伝えてやればよかったものか。

ヒダリは方法を知らなかった。

この男もまた戦国という時代にあって、愛情という土には育ち得なかった、一疋《いっぴき》の忍びの者にすぎなかったのだ。

「この一生よ……」

と膝《ひざ》の土をはらい落とした。
伊賀の老忍、上野ノ左——。
その老いた背に、いつまでも鳶の声を聴きながら、独《ひと》り路を歩いた。

【完】

本書は二〇〇九年五月に角川学芸出版から単行本として刊行されました。

|著者| 稲葉博一　1970年生まれ。兵庫県加古川市出身。本書『忍者烈伝』で小説デビュー。その後、『忍者烈伝ノ続』を発表する。2017年4月にシリーズ3作目となる『忍者烈伝ノ乱』（天之巻・地之巻）が刊行された。

忍者烈伝《にんじゃれつでん》

稲葉博一《いなばひろいち》

2016年1月15日第1刷発行
2019年12月6日第5刷発行

発行者――渡瀬昌彦
発行所――株式会社　講談社
東京都文京区音羽2-12-21　〒112-8001
電話　出版（03）5395-3510
販売（03）5395-5817
業務（03）5395-3615

Printed in Japan

講談社文庫

定価はカバーに表示してあります

デザイン―菊地信義
本文データ制作―講談社デジタル製作
印刷――豊国印刷株式会社
製本――株式会社国宝社

ISBN978-4-06-293275-2

講談社文庫刊行の辞

二十一世紀の到来を目睫に望みながら、われわれはいま、人類史上かつて例を見ない巨大な転換期をむかえようとしている。

世界も、日本も、激動の予兆に対する期待とおののきを内に蔵して、未知の時代に歩み入ろうとしている。このときにあたり、創業の人野間清治の「ナショナル・エデュケイター」への志を現代に甦らせようと意図して、われわれはここに古今の文芸作品はいうまでもなく、ひろく人文・社会・自然の諸科学から東西の名著を網羅する、新しい綜合文庫の発刊を決意した。

激動の転換期はまた断絶の時代である。われわれは戦後二十五年間の出版文化のありかたへの深い反省をこめて、この断絶の時代にあえて人間的な持続を求めようとする。いたずらに浮薄な商業主義のあだ花を追い求めることなく、長期にわたって良書に生命をあたえようとつとめるところにしか、今後の出版文化の真の繁栄はあり得ないと信じるからである。

同時にわれわれはこの綜合文庫の刊行を通じて、人文・社会・自然の諸科学が、結局人間の学にほかならないことを立証しようと願っている。かつて知識とは、「汝自身を知る」ことにつきていた。現代社会の瑣末な情報の氾濫のなかから、力強い知識の源泉を掘り起し、技術文明のただなかに、生きた人間の姿を復活させること。それこそわれわれの切なる希求である。

われわれは権威に盲従せず、俗流に媚びることなく、渾然一体となって日本の「草の根」をかたちづくる若く新しい世代の人々に、心をこめてこの新しい綜合文庫をおくり届けたい。それは知識の泉であるとともに感受性のふるさとであり、もっとも有機的に組織され、社会に開かれた万人のための大学をめざしている。大方の支援と協力を衷心より切望してやまない。

一九七一年七月

野間省一